KAI MAGNUS STING

LEICHENPUZZLE

Kriminalroman

edelverlag

Mülheimer Straße 97, D-47058 Duisburg
E-Mail: info@edelverlag.de
Internet: www.edelverlag.de

Titelfoto: Frank Bruno Napirala
Umschlaggestaltung: Ethel Knop
Lektorat: Kerstin Fröhlich
Gesamtherstellung: Edel Verlag
Mülheimer Straße 97, D-47058 Duisburg
Telefon (02 03) 33 25 13, Telefax (02 03) 33 95 69
ISBN 978-3-938957-31-8 (ab 01.01.2007)
ISBN 3-938957-31-X

KAI MAGNUS STING

LEICHENPUZZLE

Kriminalroman

edelkrimi

KAI MAGNUS STING wurde am 8. Januar 1978 in Duisburg geboren. Studium der Neueren Deutschen Literaturwissenschaft, Linguistik, Dogmatik und Fundamentaltheologie.

Seit 1994 ist er als Kabarettist tätig, zunächst mit einer eigenen satirischen Radiosendung („... und der Rest ist Schweigen!"), von 1999 bis 2001 schrieb und inszenierte er die Kriminalhörspielserie „Kieselbachs Fälle", seit 1995 bespielt er die Bühnen in Deutschland, Österreich, Schweiz und Südtirol, Gastauftritte im Hörfunk: WDR (u. a. „Unterhaltung am Wochenende", „Streng öffentlich!", „Zugabe"), DLF, SWR und im Fernsehen: WDR „Mitternachtsspitzen" und „Nightwash", Auftritte mit Ausschnitten aus den Kabarett-Programmen im Bayerischen Rundfunk, 3sat, ZDF, „Satire Fest" Sender Freies Berlin, NDR, Hessischer Rundfunk und auf PRO 7 bei „TV Total" und als Schauspieler (u. a. im letzten NDR-TATORT mit M. Krug und C. Brauer).

Für seine Programme wurde Sting mit diversen Kabarettpreisen ausgezeichnet, u. a. „Paulaner Solo Kabarett", NDR-Kulturförderpreis und dem Publikumspreis „Tegtmeiers Erben".

www.kaimagnussting.de

PROLOG

Er stand nun bereits eine Viertelstunde vor dem leblosen Körper und dachte krampfhaft über die Möglichkeiten nach, den unförmigen Leichnam relativ problemlos in kleine, appetitliche Stücke zu zerteilen.

Das war im Prinzip dieselbe Idee wie bei einem Puzzle, nur umgekehrt. Bei dem Puzzle muss man zusehen, wie man am Geschicktesten den vor einem liegenden Haufen Puzzleteilchen sortiert bekommt (Außenstücke kommen links hin, Mittelteilchen versammelt man auf einem Haufen rechter Hand), der Rand wird als erstes zusammengesetzt, und dann geht es daran, die Mittelteilchen so gut wie möglich miteinander zu verbinden, so dass sie im Endeffekt ein passendes Ganzes ergeben, das sich zu einem Bild formiert. Katzenmotive, das ein oder andere Schiff, meistens Landschaften, Berge bevorzugt, Schloss Neuschwanstein.

Er dagegen musste aus einem fertigen, wenn auch leblosen Körper kleine, passende Fleischpuzzleteilchen machen. Und diese Aufgabe schien sich schwieriger zu gestalten als anfänglich angenommen. Vor allen Dingen war er noch nie ein großartiger Bastler gewesen; geschweige denn ein Hobbypuzzler.

Mit Grauen musste er sich kurz, als er einen Blick auf sein Werkzeug warf, an die Zeit erinnern, als er als kleiner Schuljunge im Herbst aus Kastanien Männchen basteln musste. Mit Korkenzieher und Streichhölzern. Wie oft hatte er damals Fräulein Loose verflucht, die Kunstlehrerin, die in der herbstlichen Zeit mit regelmäßiger Penetranz dazu aufforderte, Kastanien zu sammeln. Er wusste dann sofort, was ihm bevorstand: mühevollste Friemelarbeit und lästige Gänge über die Friedhöfe, wo er immer die meisten Kastanien einsammeln konnte. „Jetzt nehme ich den Toten auch noch ihre Kastanien", hatte er immer gedacht. Damals. Aber ihre ewige Ruhe behalten sie ja. Wenigstens das.

Er blickte auf die vor ihm liegende Leiche. Es half alles nichts, da musste er jetzt (im wahrsten Sinne des Wortes) durch. Vielleicht würde ihm die leise aufkeimende Wut dabei helfen, die er immer verspürte, wenn er an Fräulein Loose und Kastanienmännchen dachte.

Die Vorbereitungen hatte er getroffen, den groben Holztisch in seiner Hinterhofwerkstatt vorher vorsichtshalber mit einer Abdeckplane überspannt und an den Enden mit einem ziemlich robusten Klebeband versehen, so dass sie nicht verrutschen konnte. Der Werkstattboden war mit alten Tapetenresten ausgelegt, mit denen er einst das elterliche Wohnzimmer beklebt hatte: rosa Blümchen auf beigefarbenem Grund. Heute war es eher ein liebliches Betongrau, was an den Wänden hing. Auch farblich hält man mit dem Alter Schritt: Erst werden die Jacken und die Hosen beige und dann die Wände grau, es folgt der Mensch.

„Wie wohl das Wohnzimmer des Toten aussieht?", fuhr es ihm durch den Kopf. Aber das spielte jetzt keine Rolle mehr. Und für den Toten erst recht nicht.

Er hatte, zugegeben, mit Blut seine Schwierigkeiten, also genauer gesagt mit Menschenblut. Mit Tierblut kannte er sich aus. Sein Onkel war Metzger gewesen und er hatte damals oft im Sommer bei Onkel und Tante Urlaub machen dürfen auf dem Dorf. In heißen und schwülen Sommern hatte so eine kleine Familienschlachterei ihren besonderen und eigenen Reiz.

Da hatte man Urlaub, spielte den ganzen Tag in den Feldern, ließ Drachen steigen, man sah die ganzen Tiere, die der Onkel hatte, manche von ihnen ein letztes Mal, bald stieg einem dieser Viehgestank in die Nase und der Geruch nach altem, getrockneten Blut machte sich in einem breit, ein Geruch, den er selbst heute, Jahrzehnte danach, nicht vergessen hatte. Gerüche fressen sich in Nasen wie Falten ins Gesicht.

Und er hatte zusehen können, wie der Onkel, mit einem spekkigen Lederkittel bekleidet, die Ärmel des Friesenhemdes hochgekrempelt und die braune Schiebermütze tief in die Stirn gezogen, dem einen oder anderen Huhn mal eben im Vorübergehen das Genick brach, so als käm es einem alltäglichen Ritual gleich. Dem Händewaschen vor dem Mittagessen beispielsweise. Oder dem Bereitstellen von Salzstangen und Erdnüssen bei einem gemütlichen Fernsehabend. Oder dem leichten Lüpfen des Hutes, wenn ein Geistlicher an einem vorübergeht. So war das auf dem Dorf.

Heute ist das vielleicht nicht mehr so alltäglich, jedenfalls nicht in unseren Breiten. In dörflichen Regionen anderer Länder vielleicht noch eher. Niederbayern zum Beispiel. Aber hier, hier wird nur, wenn ein Geistlicher über den Weg kommt, gesagt: „Nimm den Jungen weg, der Pfarrer kommt."

Er hatte noch keine Probleme mit Geistlichen. Er wollte nichts von ihnen, sie nichts von ihm; so lässt es sich leben.

Einmal durfte er auch den Bolzenschussapparat bedienen. Bei seinem Onkel, nicht bei dem heimischen Geistlichen. Der Onkel stand selbstverständlich daneben; ein Schwein davor. Dann drückte er ab. Der Onkel stand noch immer, das Schwein lag. Dann wurde es auseinander genommen und verwurstet. „Das, was man selber verwurstet, schmeckt immer noch am besten." Zitat Onkel. Er schaute auf den Toten vor sich.

Manchmal dachte er damals beim Bedienen des Bolzenschussapparates an Fräulein Loose. Aber ob er die hätte verwursten wollen, wagte er stark zu bezweifeln.

Und genauso stand er jetzt, allerdings ohne Bolzenschussapparat, vor dem toten Menschen. Verwursten wollte er ihn nicht. Auseinandernehmen schon.

Er überlegte, wie man den leblosen Menschen zerteilen könnte, ohne dass es allzu viel Arbeit machte. Schließlich, und das muss ohne Umschweife festgestellt werden dürfen, lässt sich nicht behaupten, dass es eine angenehme Beschäftigung ist, einen Toten übers Knie zu brechen.

Vielleicht angenehmer als der Sonntagstanztee mit der fetten Rosita, die er einmal heiraten sollte von seinen Eltern aus (da mochten geschäftliche Interessen eine Rolle gespielt haben; aber nicht die Verwurstungsphantasien des Onkels), und aus diesem Grund immer sonntags (eben von seinen Eltern) zum Tanzen aufgebrummt bekommen hatte.

Zwei schreckliche Jahre lang musste er die fette Rosita über das Parkett schieben. Nein, schieben konnte man das nicht nennen. Es war vielmehr ein Hieven, ein Zerren und Rucken, ein Platzieren. Ja, das war es. Er platzierte die fette Rosita immer wieder an andere Stellen des Parketts relativ passend zum Takte der Musik. Aber auch nur solange die Musik nicht zu schnell war. Walzer langsam, ja. An eine Samba war da nicht zu denken. Man könnte auch sagen: Während die fette Rosita einfach nur so teilnahmslos, wenngleich aber durchaus stark schwitzend, auf dem Parkett stand, tanzte er um sie herum, einem Eintänzer gleich.

Und das alles nur wegen seiner Eltern. Wenn die gewusst hätten, was sie ihm damals damit angetan hatten. Er hatte es ihnen nie erzählt. Dafür hatte er ihnen diese Tapete mit den rosa Blümchen auf beigefarbenem Grund geklebt. Und jetzt hatte er seinen Werkstattboden damit ausgelegt. So gibt eins das andere: Die Blumen von gestern sind die Fußabtreter von heute.

Er überlegte sich, ob er die weicheren Stellen des Körpers mithilfe eines Bleistifts oder vielleicht doch eher eines Filzschreibers markieren sollte, um nachher, wenn es eventuell ans Sägen ginge, eben jene Partien besser und vor allen Dingen schneller zu treffen. Oder sollte er den Leichnam nach alter Weidmanns Sitte aufbrechen?

Nein, nein, das wäre des Toten unwürdig. Schließlich lag da ein ehemaliges Menschenwesen auf dem mit Plastikplane bespannten Holztisch vor ihm und kein Tier. Bei einem Tier, da hätte er es sich vielleicht noch überlegt, aber bei einem Menschen... Holztisch hin, Werkbank her, Mensch bleibt immer noch Mensch. Und außerdem würde ihm auch die Kraft dazu fehlen. Also fürs Brechen.

Wie sollte er weiter vorgehen? Weiche Körperpartien mit Filzschreiber markieren war auf jeden Fall nicht schlecht. Aber welcher käme da in Frage? Er hatte da so ein billiges Werbegeschenk einer Möbelfirma anlässlich ihres fünfzigjährigen Bestehens geschenkt bekommen; das könnte er benutzen. Und dann? Säge? Und wenn ja, welches Modell?

Eine handelsübliche Säge, mit der man in der Herbstzeit auch kleinere Laubsägearbeiten durchführen kann? Oder eine, mit der man auf Bäume klettern und sich dickerer Äste entledigen kann? Oder vielleicht doch eher eine Kettensäge, mit der man – wenn's hochkäme - ganze Wälder...

Das würde zuviel Krach machen. Aber er war ja sowieso alleine. Und weit und breit niemand, der ihn hätte hören können. Und was wäre, wenn man doch die Säge hören sollte?

Da würde man wahrscheinlich denken: Da sägt jemand. Aber niemand würde auf die Idee kommen, dass hier gerade pathologische Sägearbeiten stattfinden. Vor allem nicht in der Werkstatt eines Hinterhofes um diese Uhrzeit. Es sagt ja auch keiner etwas gegen diese entsetzlich hellen und grellen Schreie der Katzen, die sie beim Paaren ausstoßen. Das wird von den Nachbarn toleriert. Da wird sein Sägen nicht weiter stören. Wenn auch der eine Laut Leben erweckt und dieser hier eher Leben in seine Einzelteile zerlegt.

Sollte er besser mit der Axt arbeiten? Das wäre deutlich problematischer und arbeitsintensiver. Außerdem hatte er die Axt bereits benutzt. Er hatte dem, zu diesem Zeitpunkt noch lebenden Menschen, die Axt von hinten, Scheitel ziehend sozusagen, in den Schädel geschlagen. Der Mensch war natürlich auf der Stelle tot. Die Axt blutig; sie hatte ganze Arbeit geleistet.

Skalpell ginge auch. Das wollte er sich aber für das Zerlegen aufheben, wenn er den Körper auseinander nehmen musste, wenn es an die Innereien ging, und er feiner zu arbeiten hatte. Innereien nimmt man sich nicht mit einer Säge zur Brust. Und schließlich brauchte er die Teile noch. Ihm lief das Wasser im Munde zusammen, fiel ihm doch ein, wie seine Oma früher immer Leber anbriet. Mit Apfelscheiben und Zwiebeln. Oder Hühnerherzen...

Oder sollte er die Geflügelschere nehmen? Er dachte daran, wie er noch klein war und sein erstes Hähnchen zerteilt hatte, was an und für sich recht gut geklappt hatte. Er wusste noch, wie er vor dem knusprig gebackenen Hähnchen stand, das Nahrungsmittel in der linken, die Schere in der rechten Hand haltend, und mit dem Schneiden begann. Er roch das leckere Hähnchen und ihm lief das Wasser im Mund zusammen. Aber hier?

„Nehmen wir mal die Kettensäge", dachte er sich. Immerhin ging es mittlerweile auf 2 Uhr zu, er war müde und musste in - hier schaute er kurz auf seine Armbanduhr - fünf Stunden wieder raus. Und dazwischen hatte er den ganzen Menschenkörper mit Filzstift zu bemalen und zu zerteilen, immerhin ein Körper von 185 Zentimetern Größe und einem Gewicht von schätzungsweise 94 Kilo. Diese Angaben allerdings mit Vorbehalt, oder, wie hieß es immer bei den Lottozahlen: ohne Gewähr.

Im Schätzen war er noch nie gut gewesen. Er hatte mal auf eine Kontaktanzeige geantwortet, und sich mit der zu treffenden Dame in einem Bistro verabredet. Kennzeichen natürlich die unvermeidliche rote Rose. Wobei er doch diese Rosenduftallergie hatte. Die Dame kam, eine sehr attraktive, sportliche Brünette, man unterhielt sich, nahm Flüssiges zu sich und dann hatte er zu schätzen, wie alt sie denn ungefähr sei. Nicht, dass er es darauf angelegt hätte, allein der Verlauf des Gesprächs führte unabänderlich in diese Richtung. Und nachdem er sie geschätzt hatte, war sie erbost aufgestanden und hatte ihn in dem Bistro sitzen lassen. Seine Rose hatte sie natürlich mitgenommen, was ihn – eingedenk der Allergie - nicht in eine Krise gestürzt hatte.

„So sind die Frauen“, dachte er sich noch, legte den Filzschreiber dann, nach einem erneuten kurzen Blick auf die Uhr, spontan zur Seite, griff nach der Kettensäge, die er, während er in Erinnerungen an die Kontaktanzeigendame schwelgte, aus einem Regal hervorgezogen hatte, warf sie an und setzte in der linken Leistengegend zum ersten Mal an, dass es nur so krachte.

Er war bei der rechten Leiste angenehm überrascht, wie schnell ihm das Zerteilen von der Hand ging. Beim Axthieb in den Hinterkopf hatte er noch erste Bedenken gehabt. Besonders, ob er überhaupt die Kraft aufbrächte, den Menschen mit einem einzigen Schlag direkt außer Gefecht setzen zu können. Was wäre denn gewesen, wenn er es nicht geschafft hätte? Wenn die Axt im Hinterkopf stecken geblieben wäre, das Opfer hätte sich umgedreht, Blut wäre ihm das Gesicht runter gelaufen und eine horrorfilmartige Verfolgungsjagd hätte stattgefunden? Nicht dran zu denken. Ein Mord muss ja schnell gehen. Da kann man nicht vorwarnen, mal kurz Maß nehmen, schon mal probehalber ansetzen, dann den Opfermenschen sachte umdrehen, um ihm dann von hinten den Schädel in zwei Stücke zu schlagen.

Aber die ganze Geschichte war dann ruckzuck vom Hof. Der

Opfermensch hatte ihm den Rücken zugekehrt, er hatte die Axt gepackt, weit ausgeholt und sie ihm fallbeilartig direkt in den Schädel gefahren. Die Axt brauste hinein, das Blut spritzte kurz und heftig auf und gut war's.

Dann hatte er natürlich noch Bedenken von wegen Mensch und Gewalt, also Totschlag, um nicht zu sagen Mord. Und das dann noch mit den eigenen Händen. Beim Axthieb hatte er noch den ein oder anderen Skrupel. Das jetzige Zerteilen sah er vielmehr als sportliche Herausforderung, sein Tun strahlte eine gewisse Faszination auf ihn aus, zeitweise funkelte ein irres Blitzen in seinen Augen.

Mittlerweile war es schon halb drei, was er durch einen erneuten Blick auf seine Armbanduhr feststellen musste. Viereinhalb Stunden noch.

Er schaute auf den Leib, von dem einige Teile bereits abgetrennt waren. Jetzt dachte er wieder an das Puzzle: den Rand links, die Mitte rechts. So hier jetzt auch, bei diesem Leichenpuzzle: Den Torso ließ er unbewegt liegen, da musste er ja auch noch dran arbeiten, die abgetrennten Teile legte er vor Kopf hin. Also nicht vor den Kopf des Toten, sondern vor den Kopf des Tisches. Mit anderen Worten war hier die Körpermitte auch die Puzzlemitte, die einzelnen Körperglieder bildeten den Rand.

Er legte die Kettensäge beiseite, fischte aus seiner Hosentasche ein Taschentuch und wischte sich damit durchs Gesicht. Als er das Taschentuch wieder wegnahm und reinblickte, sah er, dass es voller Blut war. Zunächst erschrak er, dann sagte er sich aber, wie zur eigenen Beruhigung, dass es aller Wahrscheinlichkeit nach das Blut des Toten sein musste. Er fasste den zwingenden Entschluss, nachher erst mal ein Duschbad zu nehmen.

„In einer Dreiviertelstunde bin ich mit dem durch", dachte er bei sich. Dann löse ich die Klebestreifen vom Tisch, packe die Plane mitsamt der Leichenteile zusammen, verstaue alles fürs erste im Keller und verbrenne morgen die Tapetenreste. Und morgen Abend, wenn ich Lust habe, wickel ich die Leichenstücke wieder aus. Dann geht es ans auseinander nehmen; und dann mache ich die Päckchen fertig.

TEIL 1

KAPITEL 1

Der alte Backsteinbau schien auf den ersten Blick wenig einladend und hätte dem zufällig vorbeikommenden und unbeabsichtigt hinaufblickenden Passanten, gerade zur vorgerückten Stunde, einen eher befremdlichen Eindruck vermittelt.

Einige der Bewohner hatten auf den Fensterbänken Geranienkästen stehen, rote meistens mit irgendetwas Weißem dazwischen. Einheitlich: Die sechs Parteien, zwei im Erdgeschoss, zwei drüber, zwei im zweiten Stock, schienen sich ob ihrer Bepflanzung abgesprochen zu haben. Vielleicht auch was das weitere Interieur angeht, denn soweit man es von außen her sehen konnte, hatten die drei Flurfenster, eins vom Erdgeschoss in die erste Etage, das zweite vom ersten in den zweiten Stock, das dritte vom Zweiten unters Dach auf den Speicher, ein und dieselbe Gardinenart; sie unterteilten die Fenster und bedeckten die untere Hälfte mit einem leichten weißen Stoff.

Auch die übrigen Fenster hatten Gardinen; kleinere Lampen, Grünpflanzen und sonstiger Fensterschmuck füllten die Fensterbank aus und versperrten so etwas den Einblick in die Wohnstuben. Deutsche Gemütlichkeit auf 60 qm. Nebst Schrankwand, Läufer, TV-Schränkchen, röhrendem Hirsch in Öl und Dackel (der nicht in Öl, sondern im Körbchen).

Der ganze Bau war symmetrisch, links und rechts die Wohnparteien, in der Mitte die grüne Haustüre, darüber stiegen die Flurfenster hoch und links und rechts der Flurfenster waren kleinere Fenster, deren Glas aus einem unklaren Milchglas bestand, um so den Blick von außen komplett zu verhindern. Eventuelle Schatten hätte man wahrnehmen, Personen, Einzelheiten hätten nicht erkannt werden können. Eben typische Badezimmerfenster, so sie denn zu irgendeiner Straßen- oder Hofseite gingen und nicht durch künstliche Be- oder Entlüftungen ersetzt worden waren.

Eines dieser Badezimmerfenster stand offen, das der zweiten Etage rechts. Und dieses Fenster gehörte zu einem sehr schönen, gepflegten Bad. Blaue Fliesen, bis zu einem Meter siebzig hoch gelegt, über der Badewanne, in der Duschecke bis rauf unter die Decke, die, da an dieser Seite in eine Dachschräge mündend, auch gefliest.

Und diese blauen Fliesen, die einen feinen weißen Rand hatten und erstaunlich gut gelegt worden waren, schienen über die Jahre regelmäßig so sorgfältig geputzt und überdies gepflegt worden zu sein, dass jeder noch so kleine Tropfen oder Staubflusen an ihnen sofort unliebsam ins Auge gefallen wäre. Deshalb fiel der große Blutflecken an der Fliesenstirnseite nur umso mehr unangenehm auf.

Es war, als hätte man einen Luftballon ziemlich prall mit Flüssigkeit, in dem Fall eben Blut, gefüllt, und ihn mit voller Wucht gegen die Fliesen geworfen, woraufhin ihm nichts anderes übrig blieb, als zu zerplatzen, was ein ziemlich kräftiges Blutzentrum beweisen konnte und die Restflüssigkeit folglich dazu zwang, langsam, der Schwerkraft folgend, der Badewanne entgegen zu laufen. Es war aber nicht frisches, warmes Blut. Das Blut hier war schon getrocknet und hatte eher eine Braun- als Rottönung.

Und der tote Mann in der Wanne, der zu dem Blut gehörte, war eher blass als mit gesunder Hautfarbe ausgestattet. Blutleer fast. Natürlich, befand sich doch ein Großteil seines Blutes an der Fliesenstirnseite, etwas noch an seiner Schläfe und anderen Kopfpartien.

Das Wasser war mittlerweile kalt, noch nicht mal mehr der Hauch einer Schaumkrone war auszumachen, dafür vermischten sich zarte Blutflüsse kess mit dem leichten Blau des Wannenwassers, das Ganze einem Tuschekasten gleich.

Der Mann musste seit einigen Stunden so in der Wanne gelegen haben, als sich gegen 16:30 Uhr die Badezimmertüre öffnete und seine Frau eintrat, die, als sie den Anblick richtig wahr genommen hatte, in der Bewegung stockte, einen Schritt zurückwich und in einem Reflex die Hände vor ihr Gesicht schlug.

Sofort hatte sie das Gefühl, als legten sich zwei unsichtbare Hände um ihren Hals und drückten ihr die Kehle zu. Sie schluckte, besser: Sie versuchte zu schlucken. Sie ging in die Küche, öffnete den Kühlschrank, holte eine Flasche Mineralwasser hervor, nahm sich ein Glas von der Anrichte, schüttete es halb voll und trank in großen Schlucken.

Dann ging sie wieder ins Bad, um zu überprüfen ob das, was sie gesehen hatte, auch der Wirklichkeit entsprach. Und es entsprach. Wie ferngesteuert nahm sie das Telefon und wählte die Nummer der Polizei.

„Ja, äh… Also… Zimmermann hier. Ich… Ich glaube, da… da ist irgendwas mit… mit meinem Mann."

Da war nicht nur irgendwas mit ihrem Mann, ihr Mann war tot, das war mit ihm. Also war nichts mehr mit ihrem Mann.

„Was ist denn mit Ihrem Mann?"

„Der… Äh… Ja, also… Der… Der liegt hier."

„Wo liegt Ihr Mann?" wollte der Polizeibeamte am anderen Ende der Leitung wissen.

„Der liegt hier im… im Bad."

„Ist Ihr Mann umgefallen? Hat er sich verletzt? Ist ihm schlecht geworden? Muss er Tabletten nehmen?"

Bei dieser Art von Verletzung helfen nicht mal mehr Tabletten.

„Nein… Er ist… Da ist so viel Blut… Das war da sonst nie. Ich putze regelmäßig… So viel Blut… Das hat er noch nie gemacht…"

Und heute auch zum letzten Mal.

„Jetzt seien Sie mal ganz ruhig." Der Beamte schien die Tragweite der Situation in Ansätzen erkannt zu haben und versuchte, durch das Telefon zu beruhigen. „Setzen Sie sich mal hin und geben Sie mir Ihre Adresse durch, wir sind dann sofort da."

Frau Zimmermann tat wie ihr geheißen und legte auf. Dann erschrak sie, weil sie sich im Auflegen erneut fragte, ob das, was sie da vorhin im Bad gesehen hatte, auch tatsächlich real gewesen war. So was hatte sie noch nie gesehen.

Und was hatte ihr Mann damit zu tun? Warum lag er da? Es war Sonntagnachmittag, da lag er sonst nie in der Badewanne, sonst spielte er mit seinen Kollegen Fußball.

Aber baden? Mitten am Tag? Am Sonntag? Und was hatte das mit dem Blut auf sich? War das seins? Vielleicht war das ja gar nicht sein Blut und er lag da nur so in der Wanne in rotem Wasser und war weggenickt.

Sie ging zurück ins Badezimmer. Ihr Mann lag immer noch in der Wanne, genauso, wie sie ihn vorhin entdeckt hatte. Unbeweglich. Die ganze anatomische Szene wie von Rembrandt als Stillleben festgehalten.

Das braune Blut hing an den Fliesen knapp über seinem Kopf. Und die Blutflecken in seinem Gesicht verrieten, dass er nicht schlief.

Sie setzte sich auf die Toilette neben der Badewanne und betrachtete ihren Mann. Erst jetzt fiel ihr auf, dass er in seiner rechten Hand eine Pistole hielt, halb auf seinem Bauch ruhend, halb unter Wasser. Wieso war er mit der Waffe in die Wanne gestiegen? Warum wollte er sich erschießen? Warum hat er sich erschossen? Woher hatte er die Waffe?

Sie stand auf, ging zur Wanne und betrachtete ihren Mann. Nackt, blutleer und tot. Sie ging zur Stirnseite und schaute auf das Blut. Und wieder auf ihren Mann. Und dann erst sah sie seinen Hinterkopf. Das heißt das, was von seinem Hinterkopf übrig geblieben war. Die Reste seines Hinterkopfs. Das, was mal Hinterkopf gewesen war. Denn dort, wo mal Hinterkopf gewesen war, klaffte jetzt ein großes schwarzes, blutverkrustetes Loch. Sie starrte auf das Loch und fragte sich, wie man mit einer so kleinen Waffe ein so großes Loch produzieren konnte. Er hatte sich buchstäblich das Hirn weggefetzt. So sah es jedenfalls aus. Sie schaute auf die Fliesen hinter ihm und auf diese Melange aus Blut und Hirnmasse.

Wieder legte jemand seine unsichtbaren Hände um ihren Hals und drückte langsam zu, stärker als zuvor. Sie verließ das Bad, ging ins Wohnzimmer, steuerte auf die große Schrankwand zu, öffnete ein Schrankelement links neben dem Fernseher, förderte ein Schnapsgläschen und einen Obstbrand zutage, goss das Gläschen randvoll, hob an und leerte es in einem Zug. Sie hatte während des Trinkens die Flasche gar nicht aus der Hand gestellt, goss nun nochmals voll, hob an und leerte.

Dann erst stellte sie das Gläschen und die Flasche beiseite, ließ das Schrankelement geöffnet, man wusste ja nie, ging zur Balkontür, öffnete sie, trat auf ihren Balkon, stellte sich an die Brüstung und schrie. Sie schrie sich all das von der Seele, was sie in der letzten halben Stunde hatte erleben müssen.

KAPITEL 2

Er hatte sie seit einiger Zeit im Visier. Genau betrachtet, Entfernung abgeschätzt, die Umgebung auf sich wirken lassen, sich selbst zur Ruhe gebracht. Wenn jetzt nichts falsch lief, musste er sie haben.

In der Theorie geht das immer recht gut von der Hand, aber die Praxis sieht da schon anders aus. Alle Faktoren sprachen dafür, die Sache jetzt hinter sich zu bringen. Es war entscheidend. Die Kugel musste sitzen. Er stand unter immenser Konzentration.

Um ihn herum ging das Leben weiter, die Vögel zwitscherten in den umherstehenden Bäumen, Menschen saßen in Büros und gingen ihren Tätigkeiten nach, andere liefen über die Straße mit Einkaufstaschen in der Hand, spazierten, Frauen schoben Kinderwagen vor sich her und er stand da, als ob nichts wär, hielt sie immer noch im Visier und wollte bald die Kugel losschicken.

Eine Kugel. Ein Schuss, ein Treffer. Und aus. Vor allen Dingen musste es unerwartet passieren. Eben so, dass die anderen nicht damit rechneten. Er war ja nicht alleine. Wäre er allein gewesen, hätte er sich noch mehr Zeit lassen können, alles kein Problem. So aber stand hinter ihm der Rest; der Erfolgsdruck saß ihm im Nacken.

Zusammengefasst: Er hatte sein Ziel vor Augen, er hatte eine Kugel, die anderen standen hinter ihm, beobachteten jede seiner Reaktionen, er hatte sich schon genug Zeit gelassen, sie wurden langsam ungeduldig, er musste handeln.

Und er handelte. Er kniff die Augen zusammen, nahm ein letztes Mal Maß, sog scharf die Luft ein, holte aus und...: Treffer.

Punktgenau. Besser hätte er es nicht machen können. Blattschuss, sozusagen. Er nickte, drehte sich zum Rest um und verbeugte sich leicht, woraufhin er leichten Applaus erntete.

„Ein guter Treffer, wahrlich", so der Kommentar.

Sie trafen sich jeden Montagvormittag zum Boule.

„Den kriegen wir nicht besser hin."

„Er hat sich ja auch lang genug vorbereitet."

Friedrichsberg hob beschwichtigend die Hände. „Nur die Ruhe, Freunde, und kein falscher Neid. Wer kann, der kann." Mit diesen Worten bewegte er sich langsam auf die geworfenen Kugeln zu, wuchtete seinen mächtigen Leib nach unten, um sie für die nächste Runde einzusammeln.

Er hatte seine letzte Kugel als letzter Werfer in dieser Runde punktgenau auf die am nächsten an der kleinen Holzkugel gelegenen silbernen Kugel aufgesetzt und sie somit ins Aus katapultiert und seine als die der Holzkugel am nächsten Gelegene platziert.

Er Letzter, nach ihm Runde vorbei, Gegner ins Aus geschlagen, gewonnen.

Er sammelte die Kugeln ein. Gewinner sammelt ein – goldene Regel. Und für Friedrichsberg kein Problem. Er sammelte gerne ein. Und oft. Eben ein Profi in Sachen Boule. Das einzige wirkliche Problem für ihn war nur, aus der gebückten Haltung einigermaßen mühelos wieder in die Ausgangsposition zu kommen. Nach anfänglichen Schwierigkeiten gelang es ihm, auch ohne dabei zu tänzeln wie eine Primaballerina im Tütü, immerhin, bei 128 Kilo und 182 Zentimetern. Er ächzte. Er war, durch seine Größe und sein Gewicht, sehr imposant und wirkte sehr mächtig, konnte er doch, wenn er einen Raum betrat, durch sein visuelles und akustisches Erscheinen (er hatte ein recht lautes Stimmorgan, das er aber geschickt einzusetzen wusste) sämtliche Aufmerksamkeit auf sich ziehen. Oft wirkte er wie ein Nilpferd im Stresemann bei einer Ausstellungseröffnung: nett anzusehen und unterhaltsam, aber irgendwie deplaziert.

„Schiffswrack gehoben, zehn Mann Verlust!" rief Straeten rüber, als Friedrichsberg endlich wieder stand. Kein Kommentar,

Wurf der Holzkugel fürs nächste Spiel. „Mich wundert es nur, dass du nicht längst ans Verlieren denkst, nur damit du die Kugeln nicht mehr einsammeln musst."

„Dafür gewinne ich viel zu gerne." Friedrichsberg grinste übers ganze Gesicht, fuhr sich mit der Linken über seinen Schnurrbart und kam zu der Gruppe zurückgerudert. „Neues Spiel, selbe Dame?"

„Das ist aber das letzte. Wir müssen noch was essen und in anderthalb Stunden habe ich meinen nächsten Schüler. Ausnahmsweise. Terminverschiebung." Willi Dahl wiegte mit der Hand auf und ab. „Ich will sie nicht vernachlässigen. Also die Schüler." Er war Lehrer an der Musikschule. „Wer weiß, wenn das so weitergeht..." Für Geige. Nebenher noch Klavier. Das aber nicht als Lehrer, sondern als Hobby.

Friedrichsberg lenkte ein: „Wie: Wenn das so weitergeht? Du als Holzquäler..."

„Violinist."

„Sag ich ja", brummte Friedrichsberg. „Also: Du als Holzquäler solltest doch froh sein, dass sich überhaupt ein Schülerlein zu dir verirrt."

„Meine Rede. Und es werden immer weniger. Auch in unserem Kammermusikensemble..."

Straeten hob die Hände und blickte übertrieben theatralisch in den Himmel: „Ja, ja, wen interessiert schon die hehre Kunst der Musik in Zeiten wie diesen? Auf, Leute, die letzte Runde. Ich hab auch schon ein leichtes Hungergefühl."

„Hätte mich auch arg wundern müssen, wenn es einmal anders gewesen wäre und du kein leichtes Hungergefühl gehabt hättest." Friedrichsberg visierte schon mit dem rechten Auge die Geworfene und schielte mit dem linken zu Straeten hinüber.

„Hätte, wäre, hättest. Hat nicht, ist nicht, hab. So sieht's aus und nicht anders."

Merken: Montags um elf Uhr Boule, danach, meistens zwischen halb eins und eins, Mittag. Boule immer am selben Ort und das Mittagsmahl meistens auch. Im *Lamm*. Außer es hatte mal ein sagenhaft, so es denn gemunkelt wurde, gutes neues Restaurant eröffnet. Dann wurde das natürlich ausprobiert und drei kritischen Geschmäckern und Gaumen unterzogen.

Selber Ort, selbes Restaurant, selbe Leute: Alfons Friedrichsberg, Jupp Straeten und Willi Dahl. Sie kannten sich nunmehr seit über vierzig Jahren, hatten sich im Studium kennen gelernt. Jeder fing mit demselben Studiengang an, der eine brach ab, der andere wechselte, einer behielt ihn bei. Das hatte er davon.

Und seit einigen Jahren waren sie zusammen im Herrensingkreis Rheintreue. Auch nicht uninteressant: Mittwochs, 19 Uhr Herrensingkreis Rheintreue 1898 e.V. in den Gesellschaftsräumlichkeiten von *Haus Aldenrath*, warme Küche von 12 bis 14 Uhr und von 18 bis 22 Uhr. Wer gegen neun Uhr abends kam, musste allerdings schon damit rechnen, nichts Warmes mehr zu bekommen. Montags Ruhetag.

„Haben wir ja noch mal Glück gehabt. Mit dem Wetter, meine ich.“ Dahls erster Wurf lag hinter ihm, besser gesagt: das Ergebnis vor ihm.

Das mit dem Wetter war wirklich eine Last, wie es eigentlich immer eine Last ist: Erst ist es zu kalt, stöhnen alle rum, es soll doch bitte endlich wärmer werden; dann wird es wärmer, weiß keiner mehr, was er anziehen soll; dann wird es so heiß, dass alle nur noch stöhnen, es soll doch bitte endlich wieder kälter werden; und dann geht alles wieder von vorne los. Aber jetzt spielte es verrückt, sozusagen. Es war Anfang November, der Sommer längst vorbei, der goldene Herbst lag auch hinter ihnen, es war trüb, ungemütlich, feuchtkalt und man musste jeden kleinen Sonnenstrahl nutzen. So man ihn denn nutzen wollte. Seit Wochen spielte der krumme Hund November auf der Depressionshammondorgel des Gemüts seine schaurigen Weisen.

Die drei Bouleisten konnten von Glück reden, dass es heute trocken war. Sonst hätten sie Wasserball spielen können.

„So wie das gestern noch ausgesehen hat... Meine Herren! Da hatte ich keinen Pfennig mehr ums Wetter gegeben.“ Straetens erster Wurf. Jupp Straeten war Anfang sechzig und der mit Abstand Sportlichste. Regelmäßig betätigte er sich in irgendeiner Art sportlich (keine Ahnung wie und in welcher Form; allein, dass er es tat, genügte ja und die anderen beiden wollten da auch nicht näher und genauer nachbohren), war demgemäß gekleidet und langte deshalb auch beim Essen immer tüchtig zu. Wie sagt man da immer: andere Verbrennung oder so. Wo Friedrichsberg gleich ordentlich zunahm, passierte bei Straeten noch lange nichts. Er war schlank und hoch gewachsen, hatte ein dünnes, fast asketisches Gesicht und trug die Haare immer ordentlich gescheitelt.

„Na ja, es waren auch ein paar sonnige Stunden dabei. Oder sagen wir mal eher: heitere. Aber die haben ja auch schlechtes Wetter für heute angesagt."

„Stimmt", nickte Friedrichsberg. „Und dahinten", er deutete mit dem Kopf nach hinten links, „braut sich auch schon wieder ordentlich was zusammen." Friedrichsbergs erster Wurf.

„Sieht nach Regen aus."

„Soll aber Kaffee sein."

„Was sich diese Meteorologen alles aus den Fingern saugen... Unglaublich. Da bin ich mit meinen Krankheiten und Symptomen weitaus wetterfühliger als die alle zusammen. Oder?" Dahl blickte sich um. Willi Dahl war recht klein, schmächtig, wirkte alles in allem gedrungen, war glatzköpfig, schien immer ein wenig verunsichert und eingeschüchtert. Auch wenn er der von den dreien am gesündesten Lebende war, so war er doch auch der, der am häufigsten krank war; einem Hypochonder gleich. Sein fast vollmondrundes Gesicht hatte, auch aufgrund seiner Blässe, immer etwas Krankes an sich.

„Richtig, richtig", bestätigte Friedrichsberg und ließ Dahl zum zweiten Mal werfen. „Nur wirst du für deine Wetterhexerei nicht bezahlt. Und auch wenn wir dir hin und wieder mal ein Bierchen ausgeben..." Wurf Nummer zwei von Seiten Friedrichsbergs. „... ist es doch weniger als das, was sich die Wetterfrösche so alles einsacken. Frosch müsste man sein, da wird man gut bezahlt. Dann klappt's auch mit dem Quaken besser. Überhaupt: Worüber reden wir hier eigentlich?! Gleich plaudern wir noch über Hautausschläge, offene Beine, nässende Wunden und die zurückliegenden Operationen, oder wie habe ich's? Können sie uns ja gleich erschießen."

„Du hast geschummelt. Eigentlich hätte ich erst werfen müssen“, mischte sich Straeten ein.

„Quaaaaak“, machte Friedrichsberg und blies die Backen auf.

„Wie bitte?“

„Ja, aber wenn du es nicht tust... Soll ich denn hier ewig auf dich warten? Stehe ich denn an einer Straßenlaterne und harre der Kundschaft? Also dann, werfe er!“ Straeten warf. Dahl folgte.

Nun hatten sieben Kugeln die kleine aus Holz umzingelt, die Chancen für Straeten sahen bis jetzt am besten aus, dicht gefolgt von Dahls Kugel. Friedrichsberg stand außer Konkurrenz, er hatte sich wohl zuviel mit musikalischen Schrumpfungstheorien, Wetterfroschviten und Krankheitszuständen beschäftigt als mit dem Spiel. Straeten warf ein letztes Mal. Es schien, als würde er dieses Mal alles für sich entscheiden.

Friedrichsberg ging leicht in die Knie, bewegte in sanften Schwingungen seinen Arm nach vorne und wieder zurück und visierte streng die vor ihm liegende Holzkugel und alle umliegenden. „Die einen haben eben nur Ahnung von klassischer Musik...“ Er hatte sich nun genug eingependelt, ließ seine letzte Kugel los und warf sie in Richtung der anderen. „... die anderen von klassischer Musik und von Boule.“ Seine Kugel traf die der Hölzernen am nächsten liegende Kugel Straetens und platzierte seine als am nächsten liegende an der aus Holz. „Bitte sehr, bitte gleich. Hätte Hunger, würde essen gehen. Kommt wer mit?“

Einstimmiges Nicken, von einer leichten Grimmigkeit begleitet. Friedrichsberg sammelte die Kugeln ein, was ihm nun, da er das letzte Spiel doch noch gewonnen hatte und man jetzt zum Essen übergehen würde, nicht mehr ganz so schwer fiel.

Die drei hatten ursprünglich mal damit begonnen, Musik zu studieren, vor vielen Jahren. Dahl hatte das Studium als einziger auch zu Ende gebracht.

Straeten hatte als erster abgebrochen, auf Journalismus umgeschwenkt und eine Stelle bei der Zeitung angenommen. Schon zu Studienzeiten hatte er ab und zu für die örtliche Presse geschrieben, Kritiken, Rezensionen, Kolumnen und Karnickelzüchterausstellungsberichte, (also, es wurden Karnickel ausgestellt und nicht Karnickelzüchter) verfasst. Und irgendwann war die Arbeit so viel geworden und seine ortsbezogene Schreibbekanntheit so groß, dass er das Angebot der Zeitung, fest bei ihnen einzusteigen, nicht ausschlagen konnte und wollte. Seitdem war er Redakteur bei der ortsansässigen Zeitung.

Bei Friedrichsberg sah es etwas anders aus. Auch zunächst mit dem Musikstudium begonnen, aufgrund einiger unerfreulicher Querelen mit einigen ebenso unerfreulichen Professoren den durchaus erfreulichen Entschluss gefasst, dass es doch besser sei, eine andere, erfreulichere Zukunftsvision ins Auge zu fassen, das Studienfach gewechselt, Germanistik studiert, da gingen ihm allerdings nach kurzer Zeit die unerfreulichen Mitstudenten so gehörig auf den Geist, von den Dozenten (ebenfalls unerfreulich) sei an dieser Stelle besser nicht die Rede, dass er es nicht mehr ertrug und erneut abbrach. Er begann eine Buchhändlerlehre, schloss irgendwann ab, machte seinen eigenen Laden auf und betrieb eben diesen bis zu dem Punkt, an dem er keine Lust mehr gehabt hatte. Und das war vor einem Jahr, kurz vor seinem sechzigsten Geburtstag gewesen.

Seitdem war er ein freier Mensch. Besser: Seitdem hatte er das Gefühl, ein freier Mensch zu sein. Er versuchte spärliche Teile seines Ersparten sparsam unter die Leute zu bringen und verdingte sich als Privatier. Seine Freunde Dahl und Straeten mussten noch ein paar Jahre. Nicht mehr viele, aber immerhin. Nicht wegen der Lust, sondern wegen der Rente.

Friedrichsberg hatte die Kugeln eingesammelt und in dem dafür vorgesehenen Behältnis verstaut.

„Und wer trägt den Gewinner jetzt zur Speisung?“ bellte er seine Mitspieler an.

Antwort Straeten: „Der Michael Groß der geworfenen Kugel kennt den Weg und er kann sich selber tragen, er ist alt genug.“

KAPITEL 3

„Wunderbar, da sind Sie ja, pünktlich wie die Maurer. Auf Sie kann man sich wenigstens noch verlassen."

Das *Lamm* war ein Restaurant am Rande der Innenstadt, das durch gehobene bürgerliche Küche bestach. Man bekam einen strammen Max genauso wie ein Rumpsteak, aber ein ausgezeichnetes Rumpsteak, genauso wie einen gebeizten Lachs an Blattspinat unter einem Hauch Sauce Hollandaise, genauso wie ein Lammragout mit Cremekartoffeln, Kräuterkarotten und Birnenkompott, integriert in ein Fünf-Gang-Menü oder wie das alles heißt.

Es war für jeden Geschmack etwas dabei, jede Zielgruppe fand ihr Gericht, allein die typischen Schnitzelfresser und Spaghetti-Bolognese-Verschlinger konnten in dieser Lokalität nicht glücklich werden. Alle anderen schon. Und das soll ja auch eine ganze Menge sein.

Das Restaurant war erst vor knapp anderthalb Jahren eröffnet worden, hatte sich aber in dieser Zeit schon einen exzellenten Ruf erarbeitet.

Zum *Lamm* kam man durch eine kleine Gasse, die zwischen zwei Häuserblöcken lag und auf ein Rückgrundstück führte, wo sich das alte Haus befand, in dem das Restaurant untergebracht war. Sechzig Sitzplätze im Haus, ein kleiner Biergarten zur Rückfront der Wohnblöcke hin, abgezäunt und birkenbestanden.

Die drei kamen an und wurden schon gleich am Eingang vom Chef persönlich begrüßt: Georg Bartolt, Besitzer und Küchenchef, stand im Eingang und breitete, als die drei um die Ecke bogen, die Arme aus.

Straeten rieb sich die Hände. „Ich habe Hunger, was steht denn heute auf der Tageskarte?"

„Was ganz was Besonderes. Wie wäre es mit frischen Pfifferlingen in einer leichten mit Rauke und rotem Pfeffer abgeschmeckten Sahnesauce, dazu hausgemachte Butternudeln und ein gemischter Salat? Vorneweg eine klare Rindfleischbrühe mit Markbällchen."

„Sehr schön. Erst versuchen Sie uns mit der Brühe dem tierischen Wahnsinn näher zu bringen und danach ein weiterer üppiger Schritt zur Verfettung, oder wie hab ich's?"

Bartolt lächelte leicht diabolisch. „Sie haben mich durchschaut, meine Herren. Setzen Sie mich vorher noch als Alleinerbe ein?"

„Lohnt sich nicht, lohnt sich nicht", winkte Friedrichsberg ab. „Und da Ihre Tötungsabsichten allesamt und absolut für die Katz sind, stimme ich Ihrer Menüfolge nur bei. Allein ein einziger Punkt macht mich stutzen."

„Und der wäre?" fragte Bartolt verunsichert.

„Der Nachtisch, das Dessert, der Abschluss ließ bis jetzt thematisch auf sich warten. Sie wissen doch, Nachtisch ist für mich fast schon überlebenswichtig. Wie sieht es mit dem heute aus? Ich muss doch wissen, was mich erwartet." Friedrichsberg strich sich über seinen Bauch und wartete gierig eine Antwort ab.

„Herrencreme mit frischen Waldfrüchten."

Friedrichsberg strahlte übers ganze Gesicht. „Gekauft. PS: Die Waldfrüchte können Sie bei mir getrost weglassen, dafür das Doppelte an Creme, bitte. Meine Herren, wie sieht's mit Ihnen aus?" Er wandte sich an seine Spielgefährten und erntete einstimmiges Nicken von Seiten der Werfer.

„Mir wär's nur Recht, wenn es…"

„Ich weiß doch, ich weiß es", beschwichtigte ihn der Koch. „Ihre Schüler. Aber das kriegen wir hin."

Die vier betraten das Gebäude. Es war sehr hell und freundlich gehalten, alte Eichendielen knarrten bei jedem Schritt, Zwischenbalken trennten die Tische angenehm voneinander ab, ließen jeden Platz zum kulinarischen Intimbereich werden, die Tische waren mit blauen Decken versehen, über dieser, quer, eine weitere, weiße Tischdecke, Teller, Besteck, weiße Stoffservietten, passend zur Decke blaue Kerzen, Bilder an den Wänden, teilweise auch auf dem Boden stehend, rundeten den Gesamteindruck perfekt ab: Ein kleines, feines kulinarisches Etablissement.

Und direkt gegenüber dem Eingang an der Wand hingen mindestens fünf dutzend eingerahmte Fotos, alte Familienfotos, Urlaubsfotos, Bilder aus der Kindheit, Jugend, Ausbildungszeit und Jetztzeit des Chefs. Mit den Eltern früher, mit Freunden, Kollegen, auch mit prominenten Gästen seines Restaurants. Da war ein Politiker dabei, wie ein Schauspieler oder ein jodelnder Volksmusikjapaner.

Eine nostalgische Fotodokumentation aus über vier Jahrzehnten Menschenleben, die viele Gäste zum kurzen Verweilen einlud und besonders Friedrichsberg jedes Mal von neuem faszinierte. Er blieb immer kurz davor stehen, begutachtete die Bilder, immer wieder fiel ihm etwas Neues auf, er fragte nach, verglich die Fotos miteinander und hatte schlicht seine helle Freude dran.

„Mensch, wenn man so was hat... Erinnerung pur, eingerahmt und hinter Glas. Großartig.“ Er stellte das immer etwas neidisch fest, da er selbst versäumt hatte, genügend Bilder zu schießen, aufzubewahren, zu sammeln. Hier und da fiel ihm immer wieder eins in die Hand, aber mehr durch Zufall und er freute sich oft, wenn er selber drauf zu sehen wahr, noch mehr, wenn er dort auftauchte in Gesellschaft mit guten alten Freunden, die er lange nicht gesehen hatte oder äußerlich so nicht mehr in Erinnerung hatte. Zugegeben, bei manchen ist man froh, wenn man sie äußerlich nicht mehr in Erinnerung hat. Oder sonst wie. Hauptsache nicht dran denken. Aber mach was.

„Ist das nicht Zürich?“ wollte Friedrichsberg wissen und wies mit seinem Zeigefinger auf ein kleines Foto in der linken unteren Ecke.

„Gut beobachtet. Das ist Zürich. Da war ich mit meiner ersten Freundin. Das ist aber schon... Ach Gott, das muss ja fast dreißig Jahre her sein. Schon bald gar nicht mehr wahr. Wie wär's mit einem hübschen Platz am Fenster?“ Er wies mit der Rechten in den Raum.

„Von uns aus. Wenn das nur mit der Zeit hinhaut“, fügte Dahl noch schnell an.

„Du kannst es auch gar nicht abwarten.“ Friedrichsberg schüttelte den Kopf. „Anstatt das du es deinen Schülern mal gönnst, dass du ein bisschen zu spät kommst, nein, pünktlich muss angefangen werden. Arme Kinder.“

„Ich weiß gar nicht, was du immer hast. Wenigstens habe ich noch einen anständigen Beruf."

„Ja. Armer Irrer. Halbwegs vernünftige Menschen lassen sich schon längst die Sonne auf den Wanst braten und den lieben Gott einen guten Mann sein." Er schaute in Richtung Bartolt. „Ich hätte gerne einen hübschen Weißwein. Und für unseren Schmalspurpaganini ein Selters." Friedrichsberg nahm Platz an einem Tisch, den sie von Bartolt zugewiesen bekamen.

„Ich nehme auch einen Wein", nickte Straeten dem Chef zu.

„Und ich bleibe beim Wasser. Ist schon Recht. Ich muss ja noch arbeiten." Dahl hatte sich seinem Schicksal ergeben.

Sie waren fast alleine. Außer ihnen saß nur noch einige Tische weiter ein einzelner Herr. In diesem Zusammenhang passt der Ausdruck Herr wirklich wie die Faust aufs Auge. Es war ein recht beleibter, gut gekleideter Mann, glatt rasiert, mit schwarzen, pomadigen, glatt nach hinten gekämmten Haaren. Er aß und trank, schien dabei vollkommen konzentriert und absolut bei der Sache. Neben dem Teller hatte er einen kleinen weißen Block liegen, in den er ab und zu etwas schrieb, sich seine Notizen machte.

Bartolt kam an den Dreiertisch, brachte die Getränke.

„Heute sind wir ja gar nicht alleine", bemerkte Straeten leise und nickte mit dem Kopf in Richtung Fremder.

„Nein, da haben Sie vollkommen Recht. Heute haben wir noch einen weiteren Gast; aber trotzdem sind es nur vier. So ist das eben montags, da haben die Leute keine Lust essen zu gehen. Die sind noch satt vom Wochenende. Vor allen Dingen wollen sie nicht mittags essen. Und die meisten müssen eh jetzt arbeiten. Und Mittagstisch lohnt sich nicht. Die wollen was schnelles, leichtes. Sushi, Baguette, Wrap... Das kann ich ihnen nicht bieten."

„Na, wenn's Geld zum Ende der Woche reinkommt, kann es Ihnen ja egal sein." Dahl schlürfte an seinem Selters.

„Nun, egal ist mir das nicht. Aber ich mache mir auch keinen Kopf. Wohlsein." Bartolt nickte, machte einen leichten Diener und bog nach hinten ab. Auf seinem Weg zur Küche machte er noch Station beim Beleibten, wechselte kurz einige Worte und verschwand dann hinter der Doppelschwingtüre.

„Der ist ja heute ganz alleine. Wenn das mal mit dem Essen klappt. Nachher muss ich ja noch Unterricht…“

„Jetzt geh mir bloß nicht auf die Nerven“, zischte Friedrichsberg. „Erst wird mal gegessen und dann sehen wir weiter.“

„Ja aber der ist heute ganz alleine. Ich hab grad kurz in die Küche gucken können, da war sonst niemand drin.“ In dem Moment kam eine junge blonde Frau durch die Schwingtüre, grüßte freundlich in das Restaurant und stellte sich hinter den Tresen.

„Siehst du, er ist nicht alleine“, versuchte Straeten ihn zu beruhigen.

„Ja aber das ist doch eine vom Personal.“

„Ja von was denn sonst?“ bellte Friedrichsberg. „Die Feuerwehr sieht anders aus!“

„Die schenkt doch nur aus. Also die macht doch nur Getränke.“

„Die Feuerwehr?“

„Nein, die da.“

„Na und? Sei doch froh. Bleibst du wenigstens nicht auf dem Trockenen sitzen.“ Er drehte sich zur Blonden Richtung Tresen. „Fräulein, für meinen Freund noch mal so eine geschmacksneutrale Brause.“

„Kommt sofort“, kam es von ebenda.

„Er muss nämlich noch musizieren“, fügte Straeten an.

„Wenn man euch hat, braucht man keine Feinde mehr.“

„Vielen Dank, der Spruch musste ja kommen. Und für einen guten Freund reicht es bei dir eh nicht.“ Unangenehme Pause. „Wisst ihr eigentlich, wer das da hinten ist?“ Straeten deutete vage mit seinem Kopf nach links.

„Bismarck?“ mutmaßte Friedrichsberg.

„Unsinn. Nicht der auf dem Bild an der Wand, der Dicke da in der Ecke.“ Straeten meinte selbstverständlich den Beleibten.

„Hm… Lass mich überlegen… Ist das nicht dieser… dieser… Herrjeh, Namen…“

„Dieser Restaurantkritiker“, mischte sich Dahl ein.

„Genau, jetzt wo du's sagst. Der Restaurantkritiker?“ Friedrichsberg nickte versonnen. Er hatte letztens noch irgendeinen Artikel von ihm gelesen. Ein ziemlicher Verriss irgendeines Restaurants. Heftig, heftig, hatte Friedrichsberg noch gedacht. „Burkunther heißt der Mann doch, oder irre ich mich da?“

„Nein, nein, du hast vollkommen Recht. Der ist eigentlich ziemlich bekannt in der Szene. Hat einen Namen, der Mann.“

„Klar, Burkunther. Sonst würde er ja auch nicht so heißen, oder? Im übrigen ein ziemlich blöder Name für einen Restaurantkritiker, oder? Burkunther...“ Friedrichsberg ließ den Namen wieder und wieder über seine Zunge rollen um ihn wirken zu lassen. Leise allerdings, damit eben jener nichts davon mitbekam. „Burkunther...“ Er nahm einen Schluck Wein.

„Der bringt doch auch eine eigene Zeitschrift heraus, ein Magazin. Der *Genießer* heißt das. Hohe Auflage mittlerweile. Hat sich richtig hochgearbeitet.“

Bartolt servierte die Suppe und kommentierte das mit einem „Guten Appetit“.

Straeten räusperte sich: „Erst war er ein kleines Licht in der kulinarischen Abteilung irgendeiner Tageszeitung, dann machte er sich vor einigen Jahren selbstständig und bringt seitdem dieses Magazin raus. Und mit seiner Meinung steht und fällt das Schicksal des beschriebenen Restaurants. Kriegst du einen positiven Bericht über deinen Laden: wunderbar, Kundschaft für die nächsten Jahre ist dir sicher. Zerreißt er dich allerdings in der Luft, und das macht er oft und gerne, deshalb ist er ja auch so gefürchtet, dann aber gute Nacht, Marie.“

Der Duft der Brühe stieg ihnen in die Nasen.

„Sag mal“, fragte Friedrichsberg zwischen Rinderkraftbrühe und Markbällchen, „woher weißt du das eigentlich alles?“ Beim „weißt“ waren einige Tropfen Rindsbrühe auf der Krawatte Dahls gelandet. Also nicht, dass ein Markbällchen bei dem Wort zurück in die Brühe geplumpst wäre und katapultartig Flüssigkeit verteilte, nein, allein bei der Aussprache des *„weißt“* kam es zur „Sprengung“.

„Ach, das darf ja wohl nicht wahr sein. Das gibt es doch nicht. Die Krawatte ist hin, die ist versaut. So Brüheflecken kriege ich doch nicht wieder raus."

„Ich gebe dir das Geld für eine neue, ich habe genug Kleingeld dabei. Und die Versaute war eh zu hässlich", entschuldigte sich Friedrichsberg. „Und reg dich jetzt nicht gekünstelt auf. Gleich hast du wieder deine wehrlosen Schüler, an denen kannst du deinen Frust schon noch loswerden." Er wandte sich an Straeten. „Also, woher weißt du das alles?"

Straeten hatte den Verzehr seiner Suppe beendet, wischte sich die Mundwinkel mit der Serviette ab, faltete sie zusammen, nippte am Wein und lehnte sich zurück. „Ich habe das Magazin doch abonniert. Und außerdem interessiert mich dieser Burkunther. Interessanter Typ. Manche kommen mit ihm nicht zurecht, einige hassen ihn, er ist wohl auf dem Weg zur Spitze auch über die ein oder andere Leiche gegangen, aber manche schätzen ihn auch. Er schreibt irgendwie sehr witzig. Am besten ist er, wenn er zerreißt. Dann ist er unschlagbar."

„Aha, soso." Friedrichsberg war nun auch durch mit der Suppe und ließ das Gehörte wirken. „Und was macht der hier? Gut, essen, das sehe ich ja auch. Aber ob er hier nur isst oder ob er auch drüber schreiben will, das würde ich nun gerne wissen. Ein Indiz fürs Schreiben ist ja sein Notizblock. Aber das heißt ja noch lange nichts, oder?"

„Weiß ich nicht. Ich denke aber, dass er schreiben wird, wenn er schon hier sitzt mit Block und so…"

Bartolt erschien, räumte die Suppenteller ab. „War's zu Ihrer Zufriedenheit?"

„Sehr." Die drei nickten.

„Wenn ich noch mal daran erinnern darf, dass ich ja noch unterrichten muss…"

„Sei doch still", chorten die beiden anderen.

Bartolt musste lachen, nickte, wollte gerade wieder in die Küche, als er erstarrte, sich seine Augen weiteten und er voller Entsetzen zu Dahl hinüber sah.

„Was… Was ist los? Hab ich da was? Ist da was?" stotterte Dahl.

„Ja. Ich möchte mich nur ungern einmischen, aber… Was ist denn mit Ihrer Krawatte? Ich denke, Sie müssen noch unterrichten."

Straeten und Friedrichsberg mussten unwillkürlich lachen. Bartolt grinste und verschwand und auch Dahl konnte nach anfänglichem Ärger ein Schmunzeln nicht unterdrücken.

Kaum war an ihrem Tisch erneut Ruhe eingekehrt, tauchte auch schon wieder Bartolt aus der Küche auf und servierte dem beleibten Burkunther einen weiteren Gang. Die drei konnten nicht erkennen, um was es sich handelte. Bartolt und der Restaurantkritiker wechselten kurz ein Wort, dann verschwand der Chef des Hauses wieder in der Küche.

„Ich würde schon gerne erfahren, ob der hier testet oder nicht", gestand Straeten.

Friedrichsberg nickte zustimmend. „Fragen wir ihn gleich doch einfach."

„Wen? Den Kritiker?!" Dahl schien ehrlich entsetzt.

„Natürlich." Friedrichsberg zog die Augenbrauen hoch und die Lippen zu einem O zusammen.

„Aber das geht doch nicht."

„Warum denn nicht? Ich gehe da jetzt gleich rüber, schiebe seine Ente oder seine Gänsestopfleber oder seinen Fisch oder sein Steak oder was immer da tot auf seinem Teller liegt, beiseite, und sage: So, jetzt aber mal Butter bei die Fische, wird hier getestet oder nicht und wie schneidet unser Leib- und Magenkoch ab? Gut oder schlecht? Wenn gut, dann gut, wenn schlecht, dann Rübe ab. Aber ganz glasklar." Dahl starrte. „Kann er sich selber serviert bekommen. *Gourmetkopf auf Silbertablett an Kartoffelschaum, unter glasiertem Honigromanesco mit Apfel im Maul.* Wohl bekomm's!"

„Du willst wirklich zu ihm rüber?" Dahl wurde nervös.

„Mann, wir werden Bartolt fragen. Du kannst dich aber auch anstellen…" Straeten schüttelte den Kopf.

„Ach, ihr. Euch kann man auch nicht für voll nehmen." Dahl schaute zu Burkunther hinüber. „Ich kann den irgendwie nicht leiden. Der ist mir unsympathisch."

„Ich glaube, das ist kein Kunststück. Der ist nicht vielen sympathisch. Ah, da kommt der Hauptgang." Straeten lehnte sich erneut zurück, breitete die Serviette auf seinem Schoß aus und ließ sich von Bartolt den Teller vor die Nase stellen.

„Sagen Sie mal", Friedrichsberg winkte den Chef des Hauses ein bisschen zu sich runter. „Sagen Sie mal, das da drüben… das ist doch dieser Kritikertyp, oder nicht?"

„Ja, warum fragen Sie?"

„Warum ist der denn hier?"

„Vielleicht hat er Hunger?" Bartolt kniff ein Auge.

„Das mag durchaus sein. Ein anderer Grund zum Aufsuchen einer Lokalität, in der es bevorzugt um das Konsumieren warmer Speisen und gekühlter Getränke geht, scheint mir momentan auch nicht wirklich auf der Hand zu liegen. Aber mal im Ernst: Testet der heute bei Ihnen oder nicht?"

„Der testet, jawohl."

„Au. Und? Wie sieht's aus?"

„Hm… Ganz gut, glaube ich. Er ist beim letzten Gang, es kann eh nichts mehr schief gehen."

„Na dann. Vielen Dank für die Informationen."

„Gerne. Danke für das Interesse." Bartolt ging ab.

Das folgende Verzehren der Hauptspeise verlief weitgehend ton- und kommentarlos, man ließ den Kritiker vorerst ruhen. Gefräßige Stille setzte sozusagen ein.

„Ich habe euch doch vorhin", nahm Dahl erneut den Gesprächsfaden auf, „von meinem Kammermusikensemble erzählt."

„Du wolltest, aber Straeten hat dich ja unterbrochen. Dafür nochmals Dank."

„Jetzt aber mal ganz im Ernst, da ist etwas passiert, was mich sehr erschreckt hat. Beziehungsweise uns vom Ensemble." Pause. „Einer unserer Musiker hat sich umgebracht. Erschossen."

„Wie: Erschossen? Selbstmord oder was?" Friedrichsberg ließ kurz von den Pfifferlingen ab und visierte konzentriert Dahl.

„Ja, Selbstmord. Gestern. Da fand ihn seine Frau tot in der Badewanne. Erschossen."

„Und wer?“

„Zimmermann.“

„Zimmermann? Werner Zimmermann? Den haben wir doch letztens erst getroffen, als ihr da bei dieser komischen Schulaula-einweihung spielen musstet. Und der soll sich erschossen haben?“ Straeten schien entsetzt.

„Ja, der hat sich erschossen.“

Friedrichsberg strich sich über den Schnurrbart. „Und warum? Weiß man da was? Hat er irgendetwas hinterlassen? Einen Abschiedsbrief? Oder hatte er einen Grund sich umzubringen? War er krank? Hatte er Sorgen? Ärger mit dem Finanzamt? Mit den Kindern? Mit seiner Frau? Schulden et cetera?“ Friedrichsberg tupfte sich mit der Serviette den Mund ab und spülte mit Wein nach.

„Nicht, das ich wüsste.“ Dahl schüttelte den Kopf. „Ich weiß von nichts. Er hat auch nichts erzählt, nie mal was gesagt. Weißt du, wenn er mal irgendwas erwähnt hätte: Geld und Finanzamt und Steuern nachzahlen… Oder Krankheiten, schwerere… Gut, mal eine Erkältung. Oder der Blinddarm letztes Jahr, aber alles nichts Ernstes, nichts Besorgniserregendes.“

Friedrichsberg nahm einen weiteren Schluck. „Und wie sah es beruflich bei ihm aus? Gab es da Probleme?“

„Auch nicht. Also nicht, dass er uns irgendetwas erzählt hätte. Ja, er hatte das ein oder andere Mal gestöhnt: Schüler und heutige Arbeitsmoral und Faulheit und das Korrigieren der ganzen Arbeiten und die Vorbereitungen… Aber er erwähnte auch nie etwas von Stress mit irgendwelchen Schülern. Auch nicht im Kollegium. Mobbing.“ Pause. Dahl überlegte. „Ich meine, wir haben ja auch nie großartig nachgehakt. Warum auch? Wir haben nichts gemerkt, er hat sich nichts anmerken lassen, da war nichts.“

„Und ob er erst kurz vor seinem Selbstmord etwas erfahren hat? Das ihn kurz vor seiner Tat etwas aus der Bahn geworfen hat?“ fragte Straeten nach.

„An einem Sonntag? Da warst du nicht beim Arzt, da kommst du nicht aus der Schule. Da könnte allerhöchstens etwas Privates vorgefallen sein“, gab Friedrichsberg zu bedenken.

Dahl zuckte mit den Achseln. „Aber was denn? Ich weiß es doch auch alles nicht. Ratlos, einfach ratlos bin ich. Wir sind alle absolut geschockt."

„Wie hast du das denn erfahren?"

„Ich habe mit seiner Frau telefoniert. Heute Nachmittag hätten wir doch eigentlich wieder geprobt, aber heute muss ausfallen, weil das Cello Elternnachmittag hat. Und da wollte ich Zimmermann absagen. Und seine Frau sagte mir, dass er tot ist. Die ist total fertig."

„Und was sagt die Polizei?"

„Wie: Polizei?"

„Ja, nun. Irgendwas muss doch die Polizei dazu sagen. Die müsste doch eingeschaltet worden sein, oder nicht? Kam es nicht zu Untersuchungen?"

Dahl überlegte. „Weiß ich nicht. Ich denke mal schon, dass die was untersucht, aber nichts gefunden haben. Ich meine, was soll die auch schon finden? Die Polizei? Bei Selbstmord?"

„Ja aber glaubst du denn, dass es Selbstmord war?"

„Ja, was denn sonst?", gab Dahl schnell zurück. Dann überlegte er erneut. Und er überlegte lange. Dann kam ein überzeugtes, energisches „Nein. Eigentlich nein. Unmöglich. Der hatte keine Probleme. Das war doch ein absolut lebenslustiger, positiver Mensch. Ein offener Mensch. Bis zum Schluss. Wenn er wirklich ernsthaftere Probleme gehabt hätte, hätte er uns bestimmt etwas davon erzählt. Wir hätten was gemerkt. Wir musizieren nun schon seit… Also seit… seit Jahren miteinander, er hätte uns was erzählt. Wenn etwas gewesen wäre. Nein, so einer bringt sich doch nicht einfach um. Werner nicht."

Friedrichsberg nickte. „Ich kann es mir auch nicht vorstellen. Ich kenne ihn zwar nicht so gut wie du, aber die paar Male, wo ich ihn getroffen habe, machte er mir gegenüber einen durchaus rundum positiven Eindruck."

Straeten, der sich weitgehend aus der Diskussion gehalten hatte, mischte sich an dieser Stelle ein. „Warum hast du denn nicht gleich heute morgen davon erzählt? Das muss dir doch auf der Seele gebrannt haben."

„Nun... Ich... Also ich wollte nicht...“ stammelte Dahl, „... ich wollte doch nicht unser Boule mit der Geschichte stören. Und uns das Essen hier versauen.“

„Ja, fasst man's?!“ donnerte Friedrichsberg. „Das ist doch Unsinn! Dafür sind wir doch da. Erzählen hättest du es uns sollen. Und zwar gleich. Und ohne langes Drumrumgerede.“

Dahl schaute etwas beschämt und mit den Achseln zuckend Löcher in die Tischdecke.

„Und nun? Was sagt uns das jetzt? Was machen wir?“ stellte Straeten in den Raum.

„Also, du meinst, dass Zimmermann eigentlich keinen Grund hatte, sich selber umzubringen, will sagen, soll heißen: Selbstmord zu begehen. Er hat es aber getan. Er ist tot. Und allem Anschein nach wird es Selbstmord gewesen sein. Das sagen jedenfalls die Fakten, so sie uns denn bekannt sind. Und bekannt ist uns recht wenig. – Er hatte aber keinen Grund dazu, sich selber umzubringen. Jedenfalls ist da nichts, von dem wir wissen. – Stellt sich unwillkürlich und zwingend die Frage: Haben wir uns so in diesem Menschen getäuscht, hat er so ein gewaltiges Geheimnis, trägt er eine so große Bürde, dass ihm keine andere Lösung blieb, als die Wahl zum Freitod? Oder führten ihn just aufgetretene akute gesundheitliche Probleme - von denen wir nichts wissen - zu diesem endgültigen Schritt? Er hat auch keinen Abschiedsbrief, keinen Hinweis hinterlassen, warum er so gehandelt hat, keine Erklärung, kein wie auch immer gestaltetes Geständnis, nichts. Richtig?“

Dahl nickte. „So ist es.“

Friedrichsberg zog die Augenbrauen zusammen, eine steile Furche zeichnete sich auf dem Stirnzentrum ab, er richtete sich auf und sprach konzentriert in einem flüstertonlichen Singsang: „Hm... Fassen wir zusammen: Da stirbt ein Mensch den wir kennen auf mysteriöse Weise... Gut, so mysteriös ist die Art und Weise auch wieder nicht: Selbstmord ist Selbstmord, da beißt die Maus keinen Faden ab. Wenn es denn Selbstmord war. - Gehen wir mal von Selbstmord aus, stellt sich unserem erlauchten Kreis, vielmehr Dreieck doch die große Überfrage: Warum? Antwort: Wir wissen es nicht. - Das ist die eine Seite. Die andere Seite: Vielleicht war es doch kein Selbstmord, sondern Mord. In einer Badewanne jemanden zu erschießen ist ja auch kein Akt. Gewiss, unter die Bezeichnung Kavaliersdelikt fällt es auch nicht, aber erschossen ist leicht wer. Und ich glaube nicht, dass es eine Kunst ist, es im Nachhinein wie Selbstmord aussehen zu lassen. Da kriegen bildende Künstler noch ganz andere Klöpse hin. Heißt: Vielleicht war es ein kaltblütiger Mord, also alles umso interessanter, weil – mit Verlaub – alltagsferner, seltsamer, fremder, befremdlicher. Die Überfrage aber bleibt: Warum das? Also warum Mord, wenn es einer war? Was hat Zimmermann wem auch immer wie auch immer angetan, dass es so weit kommen konnte? - Wie man es auch dreht und wendet, die Fragen bleiben. Und es sind verdammt gute Fragen, schlichter und prägnanter ausgedrückt: Es ist ein verdammt gutes Fragewort: Warum? Und dafür ward ihr zu lange zu gut befreundet, als das man diese Fragen unbeantwortet im Raum stehen lassen könnte.“ Friedrichsberg nickte in sich hinein. „Was will ich unterm Monologstrich sagen? Hm… Ich will sagen: Die Kreuzworträtsel dieser Welt sind gelöst, ich will auch nach nichts Waagrechtem mehr befragt werden, selbst das Senkrechte liegt mir fern, allein der Klärung der beiden Warums würde ich mich gerne stellen. Bin alt, dick, habe Langeweile und jedwede Abwechslung – so lange sie nicht im physischen Bereich angesiedelt ist – ist mir nicht unwillkommen. Und um die Angelegenheit auf sich beruhen zu lassen, tragen wir hier zu große Fragezeichen auf unseren Gesichtern. Na, die Herren, wie sieht's aus? Ich würde doch mal sagen, wir gehen der Sache nach. Du und ich“, er wies mit dem Daumen seiner linken Hand auf Straeten und sich, „wir beide haben eh nichts zu tun und du, Dahl, auch nicht wirklich. Schließen wir uns als kriminalistisches Dreigestirn zusammen und gehen der – ich will mal sagen - Affäre Zimmermann auf den Grund. Einverstanden?“ Friedrichsberg schaute abwechselnd in Straetens und Dahls fragezeichenbewährten Gesichter. Die beiden schauten ihn an, dann sich, dann wieder ihn, alle drei hoben die Gläser, stießen an und nickten.

In diesem Moment kam Bartolt und servierte das Dessert. Friedrichsberg nickte anerkennend und orderte drei Birnenbrände. Zum Verdauen von schlechten Nachrichten, großen Veränderungen, recht waghalsigen Unternehmungen, opulenten Speisen und zukünftigen Plänen, wie er meinte. Also für Leib und Seele. Der Chef des Hauses nickte.

„Wann hast du Zimmermann eigentlich das letzte Mal lebend gesehen?“ fragte Straeten.

Dahl musste nicht lange überlegen. „Heute vor einer Woche. Montag eben. Zur Probe.“

Alle drei nahmen ihren ersten Löffel Nachtisch, als der beleibte Burkunther sich von seinem Tisch erhob, seinen Notizblock einsteckte, zu Bartolt rüber ging, einige Sätze mit ihm wechselte, dann an ihrem Tisch vorbeiging, ihnen freundlich zulächelte und ein „Guten Appetit und einen schönen Tag noch!“ nachrief.

Der Montag schien der Tag der letzten Begegnungen zu sein. Vor einer Woche Zimmermann und heute Burkunther. Denn die drei sollten den Feinschmecker heute zum ersten und letzten Mal gesehen haben.

KAPITEL 4

Man hatte sich getrennt, Friedrichsberg stand zunächst plan- und ziellos rum, bis ihm in den Sinn kam, der frühzeitig gewordenen Witwe Zimmermann mal einen Besuch abzustatten zwecks Befragung.

Selbstverständlich hatte er Dahl vorab nach der Adresse gefragt, damit er nicht wie ein wild gewordener Derwisch durch die Stadt jagte, nicht wissend, wie, wonach und warum überhaupt er suchte. Eine Adresse ist, besuchstechnisch gesehen, unabkömmlich.

Kommentiert wurde der allgemeine Aufbruch damit, dass man, sollte wer auch immer was auch immer über wen auch immer (Hauptaugenmerk, um nicht zu sagen: der eigentliche Grund der Ermittlungen lag natürlich bei Werner Zimmermann) herausfinden, sich bei den anderen zu melden habe. Das wurde abgenickt, man grüßte leicht in die Runde, sah man sich doch spätestens in zwei Tagen beim Herrensingkreis wieder.

Friedrichsberg marschierte los. Er hatte einen tüchtigen Schritt am Leib; als jedoch sein Blick in den Himmel wanderte und erste Tropfen auf sein Jackett schlugen, entschied er sich spontan dazu, ein Taxi zu besteigen.

In einem Anflug von Wahnwitz stellte er sich an den Straßenrand und streckte seinen Daumen raus. Das hier war eine Kleinstadt, wo nicht alle Nase lang die Taxis an einem vorbei schossen und man so mir nichts, dir nichts sich eins mit der Daumenmethode zu ergattern wusste.

„Bin ich hier in New York oder wie? In welchem billigen Film stehe ich hier?“, fragte er sich, als auch schon ein Taxi neben ihm hielt.

„Das glaubt mir kein Schwein“, murmelte er, öffnete die Tür und stieg ein.

Kaum dass er saß, begannen auch schon sintflutartige Regenfälle das gelbe, pekuniär zu befriedigende Gefährt in ein wallendes Wasserkleid zu hüllen. Die Passanten auf der Straße begannen zu rennen, Leute verschwanden, sich vorm Nass schützend, in Hauseingängen, vereinzelt wurden Regenschirme aufgeklappt und wie immer bewunderte Friedrichsberg im Stillen diese Menschen, die sich schon morgens zu Hause ungefähr ausmalten, wie der Tag rein wettertechnisch verlaufen könnte und deshalb, vorsichtshalber, einen Schirm mitnahmen und ihn auch gut gebrauchen konnten.

Können die das Wetter in ihrem Müsli ablesen? Sagt ihnen ihr Kaffee morgens: „Nimm heute mal einen Schirm mit, es regnet“, oder was? Vor allen Dingen an den Tagen, an denen morgens noch nicht mal der Hauch einer dunklen Regenwolke am Firmament auszumachen war: Die Leute hatten abends, wenn es sippte wie Sau, einen Schirm in der Hand. Absolut beneidenswert. Und auch ein bisschen krank.

„Sie schickt der Himmel“, musste Friedrichsberg zum Taxifahrer gewandt feststellen.

„Nee. Die Taxizentrale." Aha, ein Spaßvogel. Wird also eine ruhige Fahrt. „Wo soll es denn hingehen?"

„Wenn wir das so genau wüssten..." Der Taxifahrer schaute Friedrichsberg verständnislos an, wie eine auf Melkung wartende Kuh, nicht begreifend, warum der Bauer tatenlos neben ihr steht.

Er gab es, noch bevor er angefangen hatte, auf und nannte ihm die Adresse.

Nach einer gesprächslosen, dafür aber mit der schlagerbewährten Unterhaltungsmusik eines bundeslandansässigen Hausfrauensenders untermalten und somit zweifelhaft angereicherten Fahrt standen sie plötzlich vor der von Friedrichsberg angegebenen Adresse.

„Da wären wir", kommentierte der ungelaunte Taxler ihre Ankunft.

„Wäre schlimm, wenn's nicht so wäre", kommentierte Friedrichsberg zurück, zahlte, stieg aus und blickte den Backsteinbau entlang. Zunächst horizontal, dann vertikal.

Er näherte sich, den Jackettkragen zum Schutz gegen den Regen hochgeschlagen, den Klingelschildern. Sechs Namen, drei links, drei rechts angebracht. Zimmermann. Er drückte. Er drückte nochmals. Es tat sich nichts. Er machte einige Schritte zurück, schaute den Backsteinbau hinauf, Regen nässte sein Gesicht. Zimmermann. Das war der oberste Name in der rechten Reihe. Hier Erdgeschoß, erste, zweite Etage, Dach, also Speicher. Werden die Zimmermanns, pardon, wird Frau Zimmermann wohl in der zweiten Etage auf der rechten Seite wohnen.

Friedrichsberg klingelte erneut. Es tat sich immer noch nichts. Entweder ist sie nicht da oder sie will nicht da sein. Sitzt zu Hause auf der Couch und macht nicht auf. Dann geht sie aber zumindest ans Fenster und schaut nach, wer was von ihr will. Erneutes Klingeln, warten, dann das Zurücktreten, Blick zum Fenster. Da war nichts und da würde auch in den nächsten Minuten nichts sein. Friedrichsberg wurde immer nasser, die Klamotten dito, was alles insgesamt der Gesundheit nicht zuträglich ist. Und das Taxi, das ihn eventuell nach Hause hätte chauffieren können, war auch weg.

Wenn sich da oben keine Gardine bewegt, dann wird da auch keine Frau Zimmermann sitzen. Die Zimmerfrau ist also nicht daheim und muss, damit sich oben eine Gardine bewegen kann, hier unten an mir vorbei kommen, um rein zu gehen. Außer natürlich, die sitzt bei Nachbars und heult sich aus, da kann ich hier stehen und warten, wie ich will, da wird sich keine Gardine bewegen, dachte er sich.

In dem Moment ging die Haustüre auf und eine ältere Dame schaute ihm aus einem buntgeblümten Haushaltskittel strafend entgegen und machte den Mund auf: „Wohnen Sie hier?!"

„Nein. Soll ich?"

„Was?!?!"

„NEIN."

„Was wollen Sie dann hier, junger Mann?"

„Oh, vielen Dank für diese schmeichelhafte Begrüßung. Ich weiß gar nicht, womit ich das verdient habe. Aber unter uns pferdezüchtenden Pfarrerstöchtern: So jung bin ich nun auch nicht mehr, der Lenze grüne Jahre sind seit geraumer Zeit ins herbstliche Braun gewandelt."

„Was wollen Sie von mir?" giftete die Alte. „Wollen Sie mir was verkaufen?"

„Nein, nein."

„Ich kauf eh nichts, da können Sie haben was Sie wollen. Und Reklame dürfen Sie hier auch nicht einwerfen, können Sie gleich wieder alles mitnehmen."

„Werbung mache ich, wenn, dann nur in eigener Sache, indem ich mich Ihnen gegenüber vorstelle. Mein Name ist…"

„Ich verstehe Sie nicht, Sie müssen schon lauter reden!", pekineste die Alte ihn leicht asthmatisch an.

„Ich wollte Ihnen nur…", erhob Friedrichsberg seine Stimme. Es hatte aufgehört zu regnen.

„Was sagen Sie?"

Friedrichsberg holte tief Luft und setzte an. „ICH HEISSE…"

„Was schreien Sie mich denn gleich so an, ich bin doch nicht taub?! Wie heißen Sie denn überhaupt?"

„Friedrichsberg. Alfons Friedrichsberg."

„Kenne ich nicht. Sagt mir nichts. Waren Sie ein Arbeitskollege von meinem Mann?"

„Gott sei Dank nicht. Ich habe weder den westfälischen Frieden unterschrieben, noch an der Front des dreißigjährigen Krieges gekämpft."

„Was sagten Sie? Gibt's schon wieder Krieg?"

Friedrichsberg begann langsam aber sicher zu verzweifeln. „Ja, es gibt Krieg. Aber keine Angst, erst so gegen 17 Uhr. Dann trifft nämlich der Regionalexpress aus Amerika ein, wenn er pünktlich kommen sollte, was ich allerdings stark zu bezweifeln habe. Sie haben also noch genug Zeit."

Man darf ältere Leute in ihren Vorstellungen nicht enttäuschen.

„Na, gut, dass Sie mich noch drauf hingewiesen haben."

„Gerne. Das gibt wieder ein Fleißpünktchen in mein Büchlein. Ich bin Pfandfinder, müssen Sie wissen."

„Pfadfinder sind Sie also. Das ist mir sehr sympathisch, junger Mann. Wollen Sie vielleicht mit hochkommen, ich habe gestern Kuchen gebacken, da könnten wir zusammen Kaffee trinken?"

Friedrichsberg wich leicht zurück. „Oh nein, vielen Dank. Aber auf Kaffee reagiere ich allergisch, wenn er denn in Zusammenhang gebracht wird mit selbstgebackenem Kuchen und älteren Damen. Dank, Dank, immer wieder Dank. Aber Ihr Kaffee muss leider damit leben, nicht von mir getrunken zu werden. Richten Sie's ihm bitte aus."

„Bitte was?"

Friedrichsberg hatte es satt, aus ihm wich die Luft wie aus einem lasch aufgeblasenen Luftballon. Er setzte noch einmal an, das Thema wechselnd, er setzte ein letztes Mal an, er setzte vor allem lauter an: „WISSEN SIE ZUFÄLLIG, WO ICH MOMENTAN FRAU ZIMMERMANN FINDEN KANN?"

„Wen?"

„FRAU ZIMMERMANN!!" Verständnislose, unklare Blicke von Seiten der Buntgeblümten. „Frau Zimmermann", wiederholte er, „wo ist die?"

„Tragisch, oder? Das mit dem Herrn Zimmermann. Netter Mensch. Hat mir immer den Einkauf rauf getragen. War auch nicht mehr der Jüngste."

Oh, mein Gott, jetzt kommt die große Lebensbeichte, durchfuhr es Friedrichsberg. Er unterbrach sie. „Und wo ist Frau Zimmermann jetzt?"

„Ein netter Mann, hilfsbereit, zuvorkommend. War ja Lehrer. Sind ja heute nicht mehr die meisten. Hilfsbereit. Wer weiß, warum er das gemacht hat. Muss man zurückschauen. Ja, ja, die Vergangenheit hinterlässt immer ihre Spuren."

„Da haben Sie durchaus recht, aber wo finde ich Frau Zimmermann?"

„Was?"

„Wo Frau Zimmermann ist, möchte ich wissen."

„Ach so."

Pause.

„Ja, und wo ist sie jetzt?!"

„Weg."

Friedrichsberg lag am Boden. Nicht physisch, aber so doch psychisch. Zugegeben, er war überrascht worden, aber er hatte die Gefahr gesehen, ihr tief ins Auge geblickt, sich ihr gestellt, den Kampf angenommen, gekämpft, hart gekämpft, war aber doch im Endeffekt geschlagen worden. Die Geblümte musste mit ihrem Mann zusammen im Dreißigjährigen gekämpft haben. Nahkampfausbildung. Zwangsläufig. Eine normale Hausfrau schafft das nicht allein, Kriegerwitwe hin, Kriegerwitwe her.

Friedrichsberg stand mit offenem Mund wort- und tonlos vor ihr, dachte sich noch: Warum mache ich das hier eigentlich? Habe ich nichts besseres zu tun? Mich vielleicht vor eine leere Büchse Linsen setzen oder die neue DVD-Sammelbox mit allen *Worten zum Sonntag* inklusive *Making of* anschauen? Bin ich lebensmüde oder Zivildienstleistender, dass ich mich hier mit alten Gewitterziegen rumschlagen muss? Warum macht das Dahl nicht? Dahl kennt Zimmermann eh viel besser als ich. Der soll hier auf- und sich mit dieser polnischen Gebirgsziege rumschlagen. Ich bin doch nicht sein Dummie. Kann er auch gleich mit der Witwe reden. Ich glaube, der kann das eh besser als ich. Ich muss hier jetzt erstmal weg. Vor allen Dingen macht mich der Kittel langsam blind.

Das alles ging Friedrichsberg durch den Kopf, als er so dastand und nur leichte Ruderbewegungen mit den Armen machen und nach Luft schnappen konnte.

„Die Frau Zimmermann kauft aber auch nichts." Die Geblümte sprach's, ging ins Haus, schlug die Tür vor Friedrichsbergs Nase zu und ließ ihn wie einen begossenen Pudel stehen.

Einundzwanzig, zweiundzwanzig, dreiundzwanzig... Langsam hatte er sich wieder beruhigt. Na, dann komme ich eben später wieder. Oder Dahl. Vorausgesetzt, die Alte ist weg. Kämpft an der Front. Gegen den Amerikaner. Hat sie wenigstens was zu tun. Kann sie ihm noch ein Stückchen Kuchen reichen. Allzweckwaffe.

Friedrichsberg machte sich langsam auf den Nachhauseweg. Plötzlich spürte er einen Wassertropfen. Und noch einen. Und noch einen. Und einen weiteren. Es fing wieder an zu regnen. Betrübt und deprimiert rotzte der Himmel seine traurige Last auf die Welt. Und weit und breit kein Taxi zu sehen.

KAPITEL 5

„Was soll denn diese gequirlte Scheiße, Meier?!"

Ein Büroraum, in einer der obersten Etagen eines Bürogebäudekomplexes. Vor Kopf ein riesiges Panoramafenster, das über die Dächer der Stadt zeigte. Skyline hätte man in anderen Fällen gesagt. Also bei anderen Städten. Nicht bei dieser Stadt. Hier war es nicht die Skyline, hier waren es die Dächer der Stadt. Und bei der Stadt handelte es sich nicht um Nizza.

In dem Raum ein langer Konferenztisch, Stühle, Thermoskannen, Wasserflaschen, Tassen, Gläser und Aschenbecher auf dem Tisch.

Auf den Stühlen vier junge, dynamische, gut aussehende, belastbare, erfolgreiche Menschen. Vor ihnen, im Gegenlicht, das durch das Panoramafenster schien, bewegte sich ein ziemlich beleibter Mensch auf und ab, die Arme auf dem Rücken verschränkt.

Alles war in schwarz und grau gehalten. Also die Menschen wie das Interieur. Und die Stimmung.

„Was soll denn diese gequirlte Scheiße, Meier?!“ brüllte Burkunther wutrot angelaufen und warf dem vor ihm sitzenden und sichtlich erschrockenen Meier einige Seiten Papier in den Schoß.

„Ich habe doch nur...“

„Ja, sehen Sie, Meier, Sie haben doch nur. Aber das reicht mir eben nicht, verdammt noch mal.“ Carl F. Burkunther schlug mit der flachen Hand auf die Tischplatte, dass es nur so donnerte. Man merkte auf. Vielleicht auch wegen der Lautstärke, man kann aber auch annehmen, dass manche einfach nur die Hoffnung hatten, dass die fette Hand ihres Chefs aufgrund des heftigen Aufschlags hätte zerbersten können. Mit dieser Vermutung lagen sie allerdings falsch, auch wenn es sie sicherlich gefreut hätte.

Burkunther war seit zehn Jahren Chefredakteur des *Genießers*, und er hatte mit Ausdauer, Härte und guten Verbindungen das Blatt zu einer der führenden Gourmetzeitschriften des Landes gebracht, welches sich weitab von schnell verabreichten Menüfolgen, unwichtigem Küchentratsch und zügig fertig gestellten Gerichten bewegte, sondern nur für die lukullische Abendgestaltung und Gaumenberatung der niveauvollsten Feinschmeckerklientel gedacht war.

Er wollte nicht so szenig sein und die hippsten und toughsten und schnellsten Läden der Stadt, des Landes an den Mann und die Frau gebracht haben. Er wollte Stil, Anmut, Charme, Flair, gutes Essen und noble Weine in vollkommener Atmosphäre präsentieren. Und das war ihm auch gelungen. Mit seiner Beurteilung stand und fiel ein Laden, nach ihm richtete man sich, er und seine Meinung, gut, zugegeben, eher seine Meinung als er, waren angesagt. Und das nicht nur hier in dieser Stadt, nein, auch außerhalb, national legte man Wert auf sein Urteil, Bankiers, Politiker, Schauspieler, Künstler wollten seine Tipps, seinen Rat, seine Hinweise. Und er gab sie ihnen gerne.

Das alles war natürlich mit viel Arbeit verbunden, er hatte in den letzten Jahren sehr viel reisen, sehr viel arbeiten, nicht zuletzt auch sehr viel essen und trinken, schlichtweg konsumieren müssen, aber er tat das gerne. Immerhin ernährte es ihn in mehrerlei Hinsicht.

So brauchte er sich nicht mehr um sich zu kümmern, kulinarisch gesehen, und indem er darüber in Zeitschriften, Büchern und seinem Magazin schrieb, in Rundfunksendungen und Fernsehdiskussionen sprach, mehrte sich von Monat zu Monat, von Jahr zu Jahr das Geld auf seinem Konto. Er war durchaus zufrieden mit sich und seiner Situation. Und, was ihn am meisten freute: Sein Feinschmeckerruf soßte langsam aber sicher über die nationalen Grenzen. Es ging immer weiter voran. Seine Meinung würde bald unverzichtbar sein auf dem internationalen Terrain.

Zu den Anfängen: Carl F. Burkunther (wofür das F. stand wusste keiner so genau, manche dachten an Fresskopf, einige an Fleischbällchen, wieder andere an Futterkrippe) war jahrelanger Mitarbeiter bei einem großen Nachrichtenmagazin in Hamburg gewesen, bis er nach langer Zeit endlich wieder in seine Heimatstadt zurück gekehrt war, um sich etwas vollkommen anderem zuzuwenden.

Und so kam es dazu, dass er mit einigen Freunden und Kollegen das Feinschmeckermagazin *Genießer* ins Leben gerufen hatte. Von diesen Freunden hatte er sich im Laufe der Jahre distanziert, beziehungsweise getrennt, aber dies hier ist der falsche Platz, die unschönen Umstände aufzuführen, die zu den einzelnen Trennungen führten.

Nur soviel: Nicht selten war Erpressung mit im Spiel und die sofortige Trennung von der Mitarbeiterin oder dem Mitarbeiter unumgänglich. Was für eine Erpressung? Man kann nur mutmaßen. Vielleicht so was wie Sex unter Kollegen. Irgendeiner kriegt irgendetwas über irgendeinen raus. Da fragt er sich: Hänge ich das an die große Glocke, mache ich mich drüber lustig und somit unbeliebt oder mache ich mich unbeliebt, ziehe aber Geld aus der Sache. Da entscheidet man sich doch schnell fürs Geld.

Auch Fälle von Mobbing waren an der Tagesordnung: Belästigung von Kolleginnen oder man unterschlug Informationen. Haben Sie das nicht gemacht? Haben Sie nicht davon gehört? Sollten Sie nicht eigentlich dort erscheinen? Sollten, hätten, würden, dürften und so fort. Ja, da ist man aber ganz schnell ausgemobbt.

Getrennt wurde sich immer und oft; der Trennung Gründe wurden viele gefunden.

Und Burkunther hielt nun mal am liebsten alle Fäden alleine in der Hand. Er ließ sich ungern in die Karten schauen und wollte von Anfang an der alleinige Herrscher eines Imperiums sein. Am liebsten seines Imperiums. Dazu hatte er es jetzt gebracht. Und diesen Status wollte er sich von nichts und niemandem nehmen lassen.

Nun stand er also in seinem Büro, plante gerade die nächste Ausgabe des Feinschmeckermagazins und eine ab dieser Ausgabe beginnende Reihe über die führenden deutschen Restaurants, über die ersten Adressen und Häuser am Platze.

Das also war geplant, die vier jungen, dynamischen Menschen vor ihm hatten sich über die Gestaltung der neuen Serie zu kümmern, aber allem Anschein nach schien Burkunther mit ihrer Arbeit nur mäßig zufrieden zu sein.

„Ich habe mein Bestes getan“, stotterte Meier verlegen und eingeschüchtert.

Burkunther zog sich ein Papiertaschentuch aus seiner Hosentasche und tupfte sich die schweißfeuchte Stirn ab. Trotz der nicht besonders hohen Temperaturen, ungefähr 21°C im Büroraum, schwitzte er unaufhörlich, sein rotes, schweineartiges Gesicht glühte.

„Ihr Bestes ist mir aber nicht gut genug, ist Ihnen das klar?!“ Nicken meierseits. „Geht das mal langsam in Ihren hohlräumigen Schädel hinein? Wie oft muss ich Ihnen das denn noch erklären?!“

Burkunther trat an das Panoramafenster und breitete die Arme aus. „Wollen, dass ihnen die Stadt zu Füßen liegt, kommen sich vor wie Baal, der, alles überthronend, auf den Stadtdächern sitzt und auf die Menschen hinablächelt und sind zu blöd, um sich den Arsch abzuwischen."

Er wandte sich um und blickte die Vier an. „Schaut euch mal an, wie sie da sitzen. Kommen sich noch cool vor und denken, sie seien unbesiegbar. Sie sitzen lässig da, feiern sich selbst und haben sich schon längst in die Hose geschissen. Geben Sie's doch wenigstens zu, ich rieche es doch bis hierher!" Er grinste diabolisch und ein unheimliches Funkeln ging durch seine Augen.

Eine kesse Blonde ergriff das Wort. „Sie müssen Meier aber auch verstehen. Wir hatten in der letzten Woche genug zu tun, da kann es schon mal passieren..."

„Ich muss gar nichts. Und passieren darf erst recht nichts, verstanden?! Wir sind hier ja nicht im Kindergarten, wo euch die Aufseherin an die Hand und mit raus zum Spielen nimmt. Hier werden auch keine lustigen Kinderweisen gesungen, hier soll gearbeitet werden. Immerhin bezahle ich Sie für Ihre Leistungen. Ich bezahle Sie für Ihre Arbeit. Und das nicht mal schlecht. Ich kann das ja auch mal so machen wie Sie: Wenn mir mal Ihre Artikel nicht gefallen, überweise ich Ihnen einfach weniger Gehalt. Was sagen Sie denn dazu? Da würden Sie aber ziemlich leer ausgehen. Da ginge Ihnen aber der Arsch auf Grundeis."

Man schaute sich in der Runde nur verständnislos an und zuckte mit den Schultern. „Jetzt zucken die auch noch mit den Schultern und fragen sich: Was will uns der Schreihals da vorne sagen? Ich kann Ihnen erklären, was ich sagen will: Wenn Sie hier nicht sofort nachweisbare Erfolge vorzeigen können, fliegen Sie raus. Allesamt. Aber mit Karacho." Das saß. Burkunther musste unwillkürlich lachen, ob der ihn ratlos ansehenden Gesichter, nahm sich ein Glas, schenkte sich Wasser ein, trank und setzte sich in einen Stuhl.

„Sie sollten sich jetzt mal sehen. Sie erinnern mich an Fische, die auf dem Trockenen liegen und nach Luft schnappen. Sie alle jetzt leicht angebraten und in einer feinen Orangensoße... Herrlich. Und in meinen Augen auch das einzige, zudem Sie taugen. Stinken tun Sie mir eh schon lange genug." Burkunther lachte kurz auf. Es war mehr ein aufjapsen.

Eine dunkelhaarige Dame aus der Runde ergriff das Wort. „Das hier halten Sie wohl für ziemlich komisch, was?"

„Nein, das halte ich nicht für ziemlich komisch. Sie halte ich für ziemlich komisch. Sie sind ein lächerlicher Haufen, eine absolute Lachnummer."

Die Dame erhob sich von ihrem Platz, drehte sich zur Türe und ging auf sie zu.

„Danke für das Gespräch", rief ihr Burkunther im Gehen nach. „Und das war auch Ihr letztes Gespräch, ich hoffe, Sie haben es genossen. Wo die Tür ist, wissen Sie ja wohl, Sie steuern ja drauf zu. Aber nehmen Sie auch gleich Ihren ganzen Kram mit, ich will Sie hier nicht wieder sehen."

Die Dunkelhaarige wechselte kurz die Farbe, also nicht die der Haare, fing sich aber sofort wieder und verließ den Raum.

„Also, meine sehr verehrten Damen und Herren, ich gebe Ihnen noch einen Tag Zeit. Und dann liegen die fertigen Artikel fehlerfrei und zufrieden stellend auf meinem Tisch, ist das klar? Sonst können Sie zum nächsten Ersten bei der *Bäckerblume* anfangen." Jetzt erhob sich auch Burkunther und schaute in die Runde. „Das war's."

Die letzten drei verließen schweigend den Raum. Meier drehte sich in der Türe als einziger noch mal um. „Und der Termin?"

„Was für ein Termin?", schnauzte Burkunther.

„Der Termin heute Abend. Es geht da um das Essen in diesem Restaurant in der..."

„Ach ja, ich weiß, ich weiß. Was ist mit dem Termin?"

„Nun, wir haben doch die Einladung exklusiv zugeschickt bekommen. Eigentlich sollte ich ja hingehen. Aber er fragte in dem Brief doch eindringlich, ob es möglich sei, dass Sie persönlich vorbei kommen könnten."

„Haben Sie diesen Schrieb noch?"

„Ja, hier in meinen Unterlagen." Meier kramte in seinem Papierwust, fischte nach kurzer Suche einen gefalteten Brief hervor und reichte ihn dem Chef, der ihn sich durchlas.

„*Sehr geehrter...* Oh... *würde ich mich deswegen sehr freuen, wenn...* Aha... Ach, so ist das." Er wandte sich an Meier. „Ja, und darf ich vielleicht mal fragen, warum so was nicht viel früher zu mir durchgestellt wird? Immerhin wird meine Person verlangt. Was wollten denn Sie da, Meier?"

„Nun, immerhin stand der Laden ja sowieso auf unserer Liste zu besprechender Restaurants und da dachte ich mir..."

„Sehen Sie, schon wieder. Ich habe Ihnen doch gesagt, dass das nichts bringt. Quod erat demonstrandum. Und jetzt machen Sie, dass Sie hier rauskommen!"

Die Tür fiel hinter Meier ins Schloss. Burkunther trat an seinen Schreibtisch, beugte seinen fettleibigen Körper zur Telefonanlage runter und drückte einen Knopf. „Keine Störung in der nächsten halben Stunde."

Er ging auf seinen Aktenschrank zu, in dem in Ordnern die wichtigsten Ausgaben seines Magazins des letzten Jahrzehnts in Jahresabschnitten aufbewahrt wurden. Er ging zielstrebig auf den Ordner mit der Beschriftung 1997 zu, holte ihn hervor, griff hinein und zog eine Flasche Cognac mit passendem Glas heraus. Warum er den Cognac in dem Aktenordner aufbewahrte? War er doch der Chef hier und konnte sich überall hinstellen was er wollte. Aber Schnaps offen im Büro... Das konnte er nicht gutheißen. Auch bei den Büros von den Kollegen fand er die eventuelle Flaschenbatterie immer etwas... Wie sollte er es nennen? Obszön. Aufdringlich. Er wollte so was in seinem Büro nicht haben.

Er goss sich ein gutes Glas ein und ging langsam, das Glas in der rechten, die Flasche in der linken Hand haltend, zu dem Panoramafenster hinüber.

Er exte das erste Glas, schüttete nach, exte das zweite Glas und genau so lief es mit dem dritten.

Ihn einen Alkoholiker zu nennen hätte er als tiefe Beleidigung empfunden. Ja, zugegeben, er trank nicht gerade wenig, aber trotzdem brauchte er das Zeug nicht, um morgens überhaupt erst mal in Gang zu kommen. Er wollte sich nicht zu den üblichen, abgehalfterten Abhängigen zählen, die irgendwann unrasiert und abgewrackt auf der Straße herumlungern und sich von Flachmann zu Flachmann betteln. Ja, er trank gerne und, ja, das auch, sehr regelmäßig. Aber das hieß ja nichts. Schließlich schüttete er nicht Abend für Abend Unmengen Bier in sich hinein. Beziehungsweise eher selten.

Bier nur wenn er sich einen netten Abend zu Hause machen wollte. Und das kam selten genug vor. Eigentlich kaum. Also so gut wie nie. Draußen konnte er sich so etwas bürgerliches wie Bier nicht leisten. Nicht vom finanziellen Standpunkt aus betrachtet, aber er hatte schließlich einen Ruf zu verlieren. Einen guten Ruf. Seinen Ruf. Schließlich war er kein Unbekannter mehr.

Einmal war es ihm sogar passiert, da war er geschäftlich unterwegs gewesen, und nachmittags hatte er frei und saß seiner Ansicht nach unerkannt in einem Münchner Biergarten vor einer Maß. Da war jemand vollkommen unbekanntes auf ihn zugekommen und hatte ihm auf die Schulter geklopft und gesagt: „Na, trinkt der große Feinschmecker auch mal Bier?!" „Arschloch!" hatte Burkunther ihm entgegen geschäumt. Dieser verfluchte Plebs. Was denkt sich so einer, wenn er einen einfach anspricht und mit seiner Gegenwart und Existenz penetriert? Er hatte sich noch nie gerne in unteren Klassen bewegt, aber manchmal wurde er zwangsläufig mit Proletariern konfrontiert, wenn auch unfreiwillig und mehr als notgedrungen.

Er ließ seinen Blick über die Stadt gleiten. Ihm gehörte eines der führenden Feinschmeckermagazine. Er sagte sich das immer wieder, er fühlte sich gut dabei, ihm tat das wohl, es war sein Kind, er konnte stolz sein und das war er auch. Noch ein Glas.

Log er sich denn nichts mit dem Alkohol in die Tasche? Brauchte er nicht doch den Geruch des Alkohols, diese prozentige Wirkung der ganzen Fusel, das Bier, der Wein und so weiter und so weiter? Vielleicht brauchte er sie. Vielleicht aber auch nicht. Er fühlte sich mit Alkohol nicht unwohl, aber er brauchte ihn auch nicht zwingend. Meinte er.

Er goss sich den fünften Cognac ein, warf den Kopf in den Nacken, jedenfalls so weit, wie es sein fetter Nacken zuließ, und warf die braune Flüssigkeit flugs hinterher. Er atmete schwer auf und schaute auf die Uhr. 17:30 Uhr. Er würde jetzt noch den Fotographen einen Besuch abstatten und schauen, was bis jetzt von deren Seite für die nächste Ausgabe fertig gestellt worden war. Dann würde er nach Hause gehen, sich etwas hinlegen, gegen 19 Uhr aufstehen, sich frisch machen, anziehen, und zu dem Restaurant schlendern, das ihn persönlich eingeladen hatte. Aus verständlichen und nicht von der Hand zu weisenden Gründen.

Natürlich hatte er heute schon einmal warm gegessen. Aber das machte ihm nichts aus. Dann aß er eben gleich zum zweiten Mal warm. Ihm bereitete das Vergnügen, mittags und abends warm zu essen. Wenn es nach ihm gegangen wäre, hätte er auch noch morgens warm gegessen. Von ihm aus…

Das heute Mittag war auch eine sehr angenehme *Angelegenheit* gewesen. Und ein exquisites Mahl. Das Haus, das wusste Burkunther, würde eine wahre Lobeshymne erfahren. Und das schon in der nächsten Ausgabe, für die er heute Abend auch noch essen gehen musste. *Essen gehen musste*, wie das schon klang.

Er freute sich auf das Mahl, das er zu sich zu nehmen gedachte. Er wusste zwar noch nicht, was es gab, er würde sich auch nichts aussuchen dürfen, er würde für sich aussuchen lassen. Und das war auch gut so. Das Haus wollte schließlich, dass man über es schreibt, genauer: dass Burkunther über es schreiben sollte. Das hieß also, man würde ihn wie einen Kaiser empfangen und ihn reich bewirten. Oder, mit anderen Worten: Man würde ihm, Carl F. Burkunther, den Hof machen, ihm die erlesenen Speisen nur so in den Schlund schieben, ihm die guten und wohltemperierten Weine nur so ins weit aufgerissene Maul gießen und ihn von vorne bis hinten verwöhnen.

Und in der Rolle gefiel sich Burkunther nur zu gut. Er brauchte auch seinen Job als Restauranttester. Schließlich musste er überleben. Nicht nur finanziell gesehen. Er hatte sich vor einem Jahr von seiner Frau getrennt, mit der er seit zwanzig Jahren verheiratet gewesen war. Er liebte sie schon nach den ersten sechs Ehejahren nicht mehr, hatte die Ehe auf dem emotionalen Gefrierpunkt weiterlaufen lassen, sich mit der ein oder anderen Geliebten vergnügt und sich dann letztendlich fünf Jahre vor der silbernen Hochzeit scheiden lassen. Das hatte den Grund, dass ihm seine Frau mittlerweile zu teuer wurde, sie sich immer öfter immer teurere Sachen kaufen musste, nur, so Burkunthers Gefühl, um ihn zu ärgern, und sich mit seinem Geld einen Geliebten hielt. Nichts gegen die Tatsache, dass sie sich einen Lover kaufte. Freiwillig würde eh kein klar denkender Mann mit halbwegs Geschmack mit der ins Bett steigen. Verständlich, dass sie sich einen hielt. Aber nicht mit seinem Geld.

Burkunther selbst hatte immer wieder wechselnde Freundinnen gehabt, alle relativ jung, relativ sportlich und sehr hübsch. Aber das alles hielt nicht lange an und wenn doch, artete es nach gewisser Zeit für ihn in Arbeit aus, wurde anstrengend und wirkte abstoßend auf ihn. Also trennte er sich. Einmal hatte er sogar eine Mitarbeiterin aus der Redaktion gehabt, was er eigentlich nie vorhatte, sich von ihr zunächst privat, dann aber auch beruflich getrennt. Liebeleien, sexuelle Kontakte ja. Beziehung auf der Arbeit seitdem nein.

Carl F. Burkunther freute sich auf das Essen heute Abend, er würde Schlemmen und eine gute Zeit haben. Er überlegte sich, was er anziehen sollte und entschied sich in Gedanken für eine dunkle Kombination und eine helle, farbige Krawatte. Er wollte gut aussehen, auch wenn er sich nicht in Gesellschaft befinden würde, nicht mit einer zweiten Person in dem Restaurant erscheinen wollte. Trotzdem befand er, sich dem Mahl gemäß anzuziehen. Nicht wissend, dass es sich hierbei um seine Henkersmahlzeit handelte.

KAPITEL 6

Das war im Großen und Ganzen der Montag. Burkunther aß, soff und kritisierte, und, soviel nur dazu, es wurde ein Verriss. Und nicht nur irgendein Verriss, wo man sich hätte sagen können: In Ordnung, ein Verriss, nein, es wurde ein Verriss, der sich gewaschen hatte und von dem sich der Verrissene so schnell nicht würde erholen können. Und sein Geschäft erst recht nicht.

Warum wurde es ein Verriss? Das fragte sich Burkunther auch, als er, diesen Entschluss bereits gefasst habend, die Restauration verließ. Warum wurde es ein Verriss? So schlecht war das Essen nicht. Und der Wein ebenfalls nicht, immer passend, nie zu aufdringlich, er traf stets genau die Note des Gerichts. Das Ambiente… ja; die Bedienung auch… Trotzdem die Frage: Warum wurde es ein Verriss?

Vielleicht einfach nur aus dem simplen und trivialen Grund, weil er schlechte Laune hatte. Durfte er deshalb einen Verriss schreiben? Durfte er sich von seinen Gefühlen, von seinen Launen lenken und leiten lassen? Ja, warum denn nicht, mein Gott. Er war ein Mensch und keine Maschine. So sah es nun mal aus. Und das Gespräch vom Nachmittag hatte ihn einfach genervt. Obwohl er sich mal wieder so richtig Luft verschafft hatte. Und obwohl er sich auf das abendliche Mahl gefreut hatte. Irgendwie kam die schlechte Laune erst auf, als er in dem Restaurant saß und sich die Stoffserviette über den Schoß breitete. In dem Moment, jetzt erinnerte er sich genau, kam die schlechte Laune. Woran lag's?

Es mag daran gelegen haben, dass der Aperitif nicht die genau erwünschte Temperatur gehabt hatte. Und es mag daran gelegen haben, dass aus den Beschallungslautsprechern in diesem Moment eine ziemlich schreckliche Neuversion eines Presley-Klassikers wehte. Auf Syntheziserebene. Und dieses entsetzlich aufdringliche Parfum der Dame zwei Tische neben ihm. Wenn man dem menschlichen Geruch nicht mehr auf normalem Wege mit Wasser und Seife beikommen kann, müssen eben künstliche Düfte herhalten.

Und diese drei Punkte in diesem einen Augenblick, so nahm Burkunther an, mussten dazu geführt haben, dass er in sich den Entschluss fasste: Heute Abend wird's ein Verriss. Und es wurde einer. Wäre alles anders gekommen, wenn er… Das kann man nicht sagen. Und er am allerwenigsten. Er konnte ja zu diesem Zeitpunkt auch noch nicht ahnen, dass er wenige Tage später tot sein würde.

KAPITEL 7

Später am Abend, einige Kilometer entfernt, klingelte ein Telefon, man hob ab und es ereignete sich folgendes Gespräch:

„Ich bin's."

„Was gibt's?"

„Das werden Sie sich ja wohl schon denken können."

„Ich denke nein."

„Überlegen Sie doch mal."

„Hören Sie, ich habe keine Lust, mich um diese Uhrzeit mit Ihnen zu unterhalten. Oder wissen Sie nicht, wie spät es ist? Es scheint jedenfalls so."

„Ich weiß durchaus, wie spät es ist."

„Schön. Dann werden Sie sich *durchaus* vorstellen können, dass ich nicht gewillt bin, mit Ihnen um diese Uhrzeit zu diskutieren."

„Wir müssen gar nicht diskutieren. Die Sache, um die es geht, ist recht schnell besprochen, und, so Sie sich denn kooperativ zeigen, ebenso schnell vom Tisch."

„Schön. Könnten Sie mir denn mitteilen, um was es geht?"

„Selbstverständlich. Es geht um etwas Geschäftliches."

„Da sind Sie leider bei mir an der falschen Adresse. Unsere geschäftlichen Beziehungen sind in meinen Augen abgeschlossen."

„Richtig. In Ihren Augen. Zunächst waren sie das in meinen Augen auch. Nur haben sich dann Dinge ereignet, mit denen, aus meiner Sicht, nicht zu rechnen war, in die ich aber in gewisser Weise involviert bin, die ich so, wie sie zum jetzigen Zeitpunkt bestehen, nicht unangetastet lassen kann und darf und die ich deshalb aus der Welt zu schaffen gedenke."

„Geschäftlich."

„Ja, ebenfalls geschäftlich."

„Und könnten Sie sich vielleicht etwas weniger geschwollen ausdrücken, das würde es doch erheblich vereinfachen?"

„Gut. Haben Sie heute Morgen die Zeitung gelesen?"

„Ja."

„Dann werden Sie sie in den letzten Wochen wahrscheinlich auch gelesen haben, oder?“

„Ja.“

„Aufmerksam?“

„Hören Sie... Was soll die Scheiße? Können Sie nicht einfach...“

„Ich wiederhole meine Frage: Aufmerksam?“

Der andere Gesprächspartner ließ sich mit der Antwort etwas Zeit. Er holte tief Luft, atmete ein, aus und versuchte sich auf diese Weise etwas zu beruhigen. Nach einer Weile: „Mehr oder weniger aufmerksam, ja.“

„Dann wird Ihnen doch sicherlich nicht entgangen sein, dass die allgemeine soziale Lage in unserem Land nicht die beste ist, oder etwa nicht?“

„Nein, die beste ist sie nicht.“

„Sehen Sie, Sie stimmen mir ja zu. Die Leute stöhnen, sie sind unzufrieden, es geht ihnen schlecht. Die Politiker sagen, es läge daran, dass so viele Leute keine Arbeit haben. Ich glaube aber, es liegt daran, dass zu viele Leute zu wenig Geld haben. Deshalb sollte man immer darauf bedacht sein, genug Geld zu haben. Richtig?“

„Richtig.“

„Wenn einem dann etwas in die, sagen wir mal, Finger fällt, bei dessen Anblick es sofort im Kopf Funken schlägt, heißt das doch, mehr oder weniger: Moment, hier kannst du, wenn du es geschickt anstellst, Geld rausschlagen, oder etwa nicht?“

„Ja.“

„Und nun noch mal die Frage von vorhin: Haben Sie heute Morgen die Zeitung gelesen?“

Sein Atem stockte. Er hatte die ganze Zeit krampfhaft überlegt, auf was er hinauswollte, und mit einem Mal, vor seinem geistigen Auge die Nachrichten des Tages vorbeiziehen lassend, international wie national, schoss es ihm ins Hirn. „Jetzt weiß ich, worauf Sie hinauswollen: Sie wollen mich erpressen!“

„Nun ja, wenn Sie es so ausdrücken wollen: Bitte. Ich würde es anders formulieren: Ich möchte aus einer Unebenheit in unserer Zusammenarbeit Kapital schlagen. Klingt es so nicht viel besser?"

„Es hat denselben Inhalt. Und warum? Womit?"

„Was für eine Frage..."

„Bekomme ich eine Antwort?"

„Hören Sie, ich arbeite für Sie, denke mir nichts weiter dabei und plötzlich lese ich so was. Na, da zähle ich doch eins und eins zusammen und komme zu einem glasklaren Ergebnis."

„Haben Sie irgendwelche Beweise?"

„Ich habe Beweise, dass Sie da in irgendeiner Weise mit drinhängen. Und, ehrlich gesagt, mir reicht diese Tatsache. Und der Polizei wahrscheinlich auch. Und dann wird ermittelt."

„Das war eine winzige Meldung, nicht der Rede wert."

„Wir reden schon seit mehreren Minuten darüber. Es scheint also ein Gespräch wert zu sein. Und auch kleine Meldungen erregen Interesse. Anders gesagt: Auch wenig Scheiße stinkt."

„Wie viel?"

„Fünfzig Riesen."

„Fünfzig?! Sind Sie denn vollkommen verrückt geworden? Fünfzigtausend? Für nichts und wieder nichts?"

„Sie nennen es nichts und wieder nichts. Ich nenn es Ihre Zukunft. Und die sollte Ihnen schon was wert sein."

„Fünfzigtausend..."

„Fürs Erste."

„Fürs Erste?"

„Nun, mal sehen, wie sich die Sache entwickelt."

Pause.

„Und wann und wo...?"

„Morgen Nacht. 1:30 Uhr. Innenhafen, Höhe Yachthafen."

„Und warum nicht am alten Treffpunkt?"

„Abwechslung muss sein, dann wird's wenigstens nicht langweilig. Ich freue mich auf Sie."

Die Verbindung wurde unterbrochen. Er legte den Hörer auf, ging an seinen Bartisch und goss sich ein großes Glas Whiskey ein. Er nahm kurz eine Nase und warf die bernsteinfarbene Flüssigkeit den Rachen hinunter. Er stellte das Glas beiseite und ging wieder zu seinem Bett, legte sich hinein, sich der Tatsache gewiss, dass er diese Nacht kein Auge würde schließen, keine einzige Minute würde schlafen können.

KAPITEL 8

Der Dienstag ist Wochenmarkttag. Und auf Friedrichsbergs Einkaufszettel stand: Birnen, Äpfel, Pfifferlinge, Kartoffeln, Eier, Sauerkraut, Kopfsalat, Brot, Kuchen, Aufschnitt. Heute Mittag sollte es Bratkartoffeln mit Spiegeleiern geben. Einfach aber schmackhaft.

Da mochte Dr. Steubermann sagen, was er wollte, da ließ er nicht mit sich reden.

Dr. Steubermann meinte nämlich noch letztens: „Herr Friedrichsberg, ich sag's Ihnen nur ungern, aber ich sag's: Geben Sie auf Ihre Gesundheit Acht. Essen Sie weniger, essen Sie bewusster, trinken Sie bewusster, und dann werden Sie sehen, wie gesättigt Sie von einem Tomatensalat sein können, wie erheiternd und beruhigend ein Glas Tafelwasser ist."

Der spinnt ja wohl, fuhr es Friedrichsberg in dem Moment, als er das mit anhören musste, durch den Kopf. Tomatensalat. Bin ich Grieche, oder was? Bin ich eine Schnecke, die im Grünzeug liegt und sich einen Lenz macht? Und Tafelwasser... Ich will keine sterile Operation am offenen Herzen durchführen, ich will keinen Säugling taufen, ich will mein Innerstes nicht durch klares Wasser in absoluter Reinheit baden, ich will saufen und, wenn ich Glück habe und es drauf ankommen lasse, manchmal auch noch besoffen werden, aber mit Tafelwasser?! Wie viel soll ich denn da saufen?

Dr. Steubermann ließ sich jedoch nicht davon abbringen. Friedrichsberg, Sie essen und trinken zu viel, war der Tenor. Und von den drei Tenören weit und breit keine Spur. Die Schwergewichtigkeit eines Pavarottis hätte vielleicht sogar von der seinigen etwas abgelenkt, allein, er stand singulär vor seinem Hausarzt, der so ein ernstes Wörtchen an ihn richtete.

Friedrichsberg erledigte seinen Einkauf, um zu guter Letzt

die Eier zu besorgen; vor ihm standen noch zwei weitere Interessenten und Käufer, Hausfrauen, die erst noch jeweils einen Karton Eier haben wollten. Friedrichsberg wartete. Und beim Warten schon bemerkte er in seinem Rücken eine ältere Frau, die zunächst ziemlich dicht an ihn heran kam, dann ungeduldig einen Ausfallschritt zur Seite machte, die Eier betrachtete, sich wieder in die Reihe fügte, erneut an Friedrichsberg vorbei hervorlugte, den Kopf schüttelte, sich räusperte. All das registrierte Friedrichsberg, innerlich schon auf alles Mögliche vorbereitet. Und er verglich das Bild dieser Frau mit dem der geblümten Alten, das er in seinem Kopf trug. Sie war es nicht. Er atmete auf. Erleichtert.

Jetzt war Friedrichsberg an der Reihe, er holte gerade Luft, als die ältere Dame an ihm vorbei nach vorne schnellte, den Zeigefinger erhob und krakeelte: „Geben Sie mir mal zehn Eier!"

Der Eiermensch schaute nicht schlecht. Erst auf die Frau, dann auf Friedrichsberg. Dann wieder zur Frau. Dann zuckte er mit den Schultern.

„Zehn Eier bekomme ich!"

„Dann würde ich an Ihrer Stelle mal zum Arzt gehen", brummte Friedrichsberg.

„Was?"

„Dass Sie nicht gesund sind, sieht man ja schon von weitem, aber dass es gleich zehn Eier sein müssen, das wundert mich schon."

„Wie?"

„Was sagt überhaupt Ihr Arzt dazu? Das wird ja wohl auch nicht allzu oft vorkommen, dass jemand wie Sie und noch dazu in Ihrem Alter zehn Eier bekommt."

„Was?"

„Aber so ist das nun mal im Leben. Der eine bekommt eine Erkältung, weil er bei offenem Fenster schläft, der andere bekommt einen steifen Hals, weil er im Zug sitzt, ein dritter bekommt ein Bein ab, weil er Zucker hat, und Sie bekommen zehn Eier. Woran liegt das denn?"

„Hä?"

„Vielleicht, weil Sie mit den Hühnern zu Bett gehen? Oder schlafen Sie bei offenem Fenster? Soll gar nicht gesund sein. Melden Sie sich mal bei der Tageszeitung mit den vier großen Buchstaben und den vielen bunten Bildern. Die können aus Ihrer Geschichte bestimmt was machen. Und dann werden Sie auf Ihre alten Tage noch reich und berühmt."

„Warum...?"

„Und da ich einer so reichen und berühmten Frau nur allzu ungern im Wege stehen möchte, Ihnen von Ihrer kostbaren Zeit nur rudimentär Sekunden abklamüsern möchte, und Sie ohnehin schon zehn Eier bekommen, lasse ich Sie gerne vor und beschleunige Ihren Kauf nur durch ein an den Verkäufer gerichtetes munteres Zurufen: Einmal Eier für gnä' Frau!"

Die Alte glotzte, der Eiermensch grinste, packte zehn Eier in einen dafür vorgesehenen Karton, reichte ihn der Alten, diese zahlte, glotzte wieder Friedrichsberg an, brummelte „Flegel!" und ging humpelnd ab.

„Nicht schlecht", kommentierte der Eiermensch.

„Ich weiß", nickte Friedrichsberg.

„So gehen die hier selten miteinander um. Ist ungewöhnlich, aber mal was Neues."

„Eben."

„Und Eier sind sehr wichtig für die Ernährung. Und auch sehr interessant. Schon beim Kochen. Eine Faustregel gibt es nicht. Vier-Minuten-Ei, Fünf-Minuten-Ei, hartgekocht, weichgekocht... Im Endeffekt sind die Eier immer anders. Wie die Menschen. Individuell. Man pellt ein Ei und weiß nicht, wie es drinnen aussieht." Das Gesagte hinterließ in Friedrichsbergs Gesicht ein eingemeißeltes Fragezeichen. Noch verstand er es nicht. Der Eiermensch strich sich über seine grüne Schürze. „Aber was kann ich für Sie tun?"

„Ich bekomme zehn Eier."

„Und was sagt Ihr Arzt dazu?!"

KAPITEL 9

Im Radio lief das Mittagsmagazin. Friedrichsberg begann das Essen zuzubereiten. Er dachte an Dr. Steubermann. Das sind also die Bratkartoffeln mit ausgelassenem Speck und gedünsteten Zwiebeln, und die zwei Eier, das sind, jetzt mal hochgerechnet… Das werden so um die… Na, wie viele Kalorien werden das jetzt sein…? Ach, nehmen wir doch drei Eier.

Er briet die Kartoffelscheiben goldgelb an, in der anderen Pfanne bereitete er die Eier zu, natürlich von zwei Seiten gebraten, damit der Dotter schön fest wird, allerdings auch nicht zu fest. Es war ein feudales Mahl. Nichts besonderes, aber genau richtig.

Danach kurze Mittagspause, in der Horizontalen eingenommen, die Sägeblätter rausgeholt und den ein oder anderen mittelgroßen Forst abgeholzt. Handwerklich tätig werden ohne sich zu rühren, so muss es sein.

Nach genau einer Stunde die Arbeit niedergelegt, etwas erschöpft aufgestanden, hatte sich Kaffee gekocht, den Kuchen verzehrt und war dann ins Thermalbad gefahren. Und wenn er eins am Dienstag fast genau so liebte wie den Wochenmarkt, dann war es die Therme.

Und so thermte Friedrichsberg vor sich hin. Exakt vier Stunden, verließ dann das Etablissement und fuhr nach Hause. Während er so in seinem Auto saß, überkam ihn ein ungeheures Hungergefühl. Schon beim thermen hatte er einen leichten Appetit, jetzt allerdings war es ein ausgewachsener Hunger. Also ein Gefühl von Hunger.

Im Kopf ging er den Inhalt seines Kühlschranks durch, begann oben links, fuhr nach rechts rüber, hoppla, der Straßenverkehr, bitte nur in Gedanken nach rechts fahren, dann ein Schubfach tiefer, links, rechts, eins drunter, dasselbe Spiel. So verschaffte er sich einen Überblick über den Kühlschrankinhalt. Und er wusste nun, was es zum Abendbrot gab: Schnittchen mit Aufschnitt und Käse, als Beilage Senfgurken. Und ein eiskaltes Bier.

Zu Hause angekommen zog er sich um, ging in die Küche, wobei ihm einfiel, dass er noch Dahl anrufen wollte, um ihn zu fragen, wie es bei der Zimmermann gelaufen sei, hatte er ihm doch noch am Abend vorher telefonisch den Auftrag gegeben, heute bei ihr vorbei zu schauen.

„Und?“ begann Friedrichsberg. „Hast du was raus gefunden? Was sagt die Zimmermann?“

Pause am anderen Ende der Leitung, ein leichtes Schlucken.

„Äh… Nun… Also, wie soll ich… Weißt du…“

„Ich weiß nichts. Raus mit der Sprache: Was ist los?!“

Dahl druckste immer noch. „Nun… Also… Ich war nicht da.“

Pause.

„Aha. Und warum nicht, wenn ich fragen darf?“

„Heut war doch Dienstag. Und es war mal wieder mein Scheißdienstag.“

„Und das heißt was?“

„Ich bin nicht dazu gekommen.“

„Hm…“ Friedrichsberg strich sich übers Kinn, was Dahl allerdings nicht hören konnte. „Dann gehst du eben morgen hin. Geht das?“

Dahl überlegte. „Ja… Ja, das geht. Morgen Vormittag habe ich eine Pause von einer Stunde, da kann ich eben rüber zu ihr.“

„Gut. Und morgen Abend kannst du uns dann Bericht erstatten. Also dann: Viel Vergnügen und halte dich senkrecht.“

Er legte auf, ging nun endgültig in die Küche und machte sich ans Schnittchenschmieren.

Das Abendbrot nahm er in der Küche ein, danach ging er rüber ins Wohnzimmer und setzte sich erneut an seine Buchlektüre, also an den Hannibal. Alpen. Und dann auch noch mit Elefanten. Müsste ich doch verrückt sein. Mir reichen schon zwei Kästen Wasser in den zweiten Stock, da soll ich mit Elefanten über die Alpen? Das wüsste ich aber. Darauf einen Schluck Bier.

Irgendwann schlief Friedrichsberg über den Alpen ein. Wurde dann aber von seinem eigenen Schnarchen geweckt, dachte, es sei das Posaunen eines Elefanten gewesen, erhob sich, torkelte schlaftrunken ins Bad, wusch sich, ging sich über die Zähne, zog seinen Pyjama an und fiel ins Bett. Das war um 23:20 Uhr.

KAPITEL 10

Fast zwei Stunden später stand eine schwarz gekleidete Person an der Brüstung vom Yachthafen gelehnt und zündete sich eine Zigarette an. Das Feuer zuckte kurz auf, die Rauchware war in Brand gesetzt, das Feuerzeug verstaut und ein tiefer Zug genommen. Er atmete aus.

Er wartete schon fast eine halbe Stunde hier, was allerdings nicht daran lag, dass der, auf den er wartete, zu spät kam, sondern daran, dass er immer etwas früher am Treffpunkt war, nur um zu überschauen, ob die gegnerische Partei, wie er die zu Treffenden gerne nannte, nicht irgendwelche für ihn unangenehmen und unverhofften Vorbereitungen getroffen hatte, was eher selten der Fall war. Aber es kam vor.

Er schaute auf die Uhr. Er würde eine halbe Stunde warten. Länger nicht. Eine halbe Stunde war okay, das war im Bereich des Erträglichen, alles darüber hinaus würde er nicht mitmachen. Und sollte es über die halbe Stunde hinausgehen, würde er die Summe ganz einfach erhöhen. Fünfzigtausend hatten sie ausgemacht. Das heißt, das hatten sie nicht ausgemacht, das hatte er gefordert. Fürs Erste. Und sollte das Treffen aus welchen Gründen auch immer heute nicht stattfinden können, würde er beim nächsten Mal sechzigtausend verlangen. Wieder fürs Erste. Wie viel war da zu holen? Er überlegte. Drei Raten. Drei Raten würden da zu holen sein, da war er sich sicher. Drei Raten à fünfzigtausend. Oder sechzigtausend. Je nachdem.

Er schaute auf die Uhr. 1:32 Uhr. Sechzigtausend entschied er in diesem Moment. Komme, was da wolle. Er nahm erneut einen tiefen Zug und stieß kurze Zeit später den blauen Rauch aus seiner Nase wieder aus.

1:33 Uhr, …34, …35. Der kann bald mal antanzen, der Junge. Ständiges Auf-die-Uhr-Schauen. Mit der Linken tastete er seine Jacke ab, um sich zu vergewissern, ob alles noch an Ort und Stelle war. Er brauchte kein Tonband, kein Aufnahmegerät, um irgendetwas gegen ihn in Händen zu halten. Das, was er gegen ihn in der Hand hatte, war alles in seinem Kopf gespeichert. Jede

Einzelheit, jedes Detail. Das genügte ihm. Die Unterlagen, die er gegen ihn zusammengestellt hatte, waren auch gut verstaut an einem sicheren Ort. Verschlossen und gesichert. Das, was er für dieses Gespräch brauchte, hatte er im Kopf. Allein was er gegen ihn in der Hand haben wollte, war seine Pistole. Eine leistungsstarke schwere Walther, deren Umgang er noch aus dem Polizeidienst kannte.

War dumm gelaufen, damals, dachte er und nahm einen Zug. Suff im Dienst, so eine Scheiße. Aber das ausgerechnet in dieser Nachtschicht sein Chef aufkreuzen musste... Er konnte ja auch nicht ahnen, dass sich an diesem Abend die Ereignisse so überschlagen mussten. Schon allein die Tatsache der fünften Nachtschicht hintereinander, klar, dann noch der Ärger mit seiner Frau, weil er zu viel trank ihrer Meinung nach, dann hatte sie rausbekommen, dass er mit einer Kollegin von ihr aus dem Schreibpool schlief, das kam ja alles in der Zeit raus, dann, wie gesagt, die fünfte Nachtschicht, total unausgeschlafen, nur Mist am Hals, zu Hause wie gesagt auch nur Ärger, und dann noch dieser besoffene Türke, der mit zig Promille rangebracht wurde, nur weil er in irgendeiner blöden Disco Randale gemacht hatte. Als ob er was dafür konnte, dass dieser Türke Randale macht. Erst schrie er nur wirres Zeug, dann bepisste der sich auch noch, und als er ihn anschrie, weil er sich bepisst hatte, rief er auch noch irgendeinen Nazimüll. Irgendwas mit Nazis und Bullenschweine und Gestapomethoden und dem ganzen Kram.

Er zog ein letztes Mal an seiner Zigarette, warf sie auf den Boden, trat sie aus, fischte aus seiner rechten Jackentasche die Schachtel, nahm eine weitere Zigarette, steckte sie sich in den Mund, zündete sie an und inhalierte kräftig.

„Gut“, dachte er sich, „ich hätte ihn nicht vermöbeln dürfen“. Aber da war mir einfach der Geduldsfaden gerissen. Ich hatte genug. Ich konnte ja auch nicht ahnen, dass mich die Kollegen gleich verpfeifen. Und das sofort der Chef kommt, damit war auch nicht zu rechnen.

Die Tritte und Schläge hätte ich noch mit der Discoprügelei erklären können, sagte er sich. Aber die ausgetretenen Zähne...

Gut, das war vielleicht alles ein bisschen zu viel. Aber ich brauchte eben ein Ventil. Und das war der Türke. Ob wehrlos oder nicht, das sei mal dahingestellt. Ich habe eben so gehandelt. Und fertig. Dass ich an dem Abend zu viel gesoffen hatte und dass das der Chef auch sofort bemerkt hatte, konnte ich ja alles nicht ahnen. Also das mit dem Alkohol schon, aber das mit dem Chef nicht.

Nun, es war wie es war, er konnte es schließlich nicht ändern. Jetzt stand er hier, war seit einiger Zeit Privatdetektiv, mehr schlecht als recht, und hatte aus dem, was passiert war, gelernt. Und dass der Türke im Krankenhaus aufgrund seiner Verletzungen auch noch hatte krepieren müssen, damit war ja nicht zu rechnen gewesen.

Er nahm einen erneuten Zug. Leben am Existenzminimum. Mit nichts und wieder nichts über die Runden kommen.

„Beschatten Sie mal meine Frau, ich glaube, die geht fremd.“, *„Ich möchte meinen geschäftlichen Nebenbuhler aus dem Rennen katapultieren. Sorgen Sie für Hinweise und Material, das ich gegen ihn verwenden kann.“* Das waren die Sprüche und Aufträge, die er sich anhören musste. Wenn denn mal was kam. Und es kam nicht viel. Deshalb kam der Auftrag auch nicht ungelegen. Und kompliziert schien er auch nicht zu sein. War er auch nicht. Nur nach all dem, was dann passiert war…

Er schaute auf die Uhr. Zwanzig vor zwei. Er inhalierte. Sechzigtausend. Er schaute auf die Schiffe runter, die vor ihm im Wasser lagen. So was müsste man haben. Ein Bötchen. Und dann nichts wie drauf und ab dafür. Sechzigtausend mal drei… Hundertachtzigtausend. Das könnte hinkommen. Wie teuer wird so ein Schiff sein? Na ja, erst mal das Schiff, dann weitersehen. Das bisschen, was er besaß, zusammenpacken, aufs Schiff und weg. Weit weg. Neu anfangen. Zu verlieren hatte er nichts.

Er schaute zur Hängebrücke hinüber. Nichts zu sehen. Hinter ihm: auch nichts. Hinten, bei den Kneipen und Bars… Nichts. Dienstagnacht eben. Da ist nichts los. Keine Menschen, keine Unruhe, kein helles Licht, kein Laut; da hört man jeden abknickenden Grashalm. Nur er, er hörte im Moment nichts.

Plötzlich hörte er was, das ging ganz schnell. Doch das, was er hörte, klang nicht wie ein abknickender Grashalm. Nein, eher wie Holz. Wie knickendes Holz. Oder eher wie zerbrechendes Holz. Obwohl Holz ja nicht zerbricht. Holz kann gar nicht zerbrechen. Zerbrechen passt eher zu Glas. Glas zerbricht. Holz... Ja, Holz wird zerhackt. Es klang, als hätte jemand Holz zerhackt. Als hätte jemand mit einer Axt in einen Baumstamm geschlagen und so den Stamm zum zerbersten gebracht und somit gespalten. Ein schmetterndes, lautes Zerhacken. Ein wuchtiges Zerhacken.

Und wie er so darüber nachdachte, wie laut doch dieses Holzhacken gewesen war, gerade in dieser nächtlichen Stille, merkte er, wie er in die Knie ging, wie er zwangsläufig in die Knie gehen musste, einem unbestimmten Zwang folgend, wie ihn ein unendlich großer alles betäubender Schmerz übermannte und er zu Boden ging.

Das Holzhacken war kein Holzhacken, sondern ein Rückgratzerhacken gewesen. Und es war sein Rückgrat gewesen. Jemand hatte ihn von hinten niedergeschlagen. Genauer: Man hatte ihm von hinten die Axt in den Rücken gerammt und ihn somit zu Fall gebracht. Und um vollends sicher zu gehen, hatte man ihm dann auch noch, als er schon wehrlos mit zerteiltem Rücken am Boden lag, mit der Axt den Schädel gespalten. Denn diese Methode hatte sich schon einmal bewährt.

Ein letztes Zucken durchfuhr den am Boden Liegenden, der letzte Hauch Lebensenergie zog seinen nicht vorhandenen Hut und dankte ab. Es war wieder ganz still und nichts mehr vom Holzhacken zu hören. In zynischer Kälte grinste ein feister Vollmond über der Szene. Dann wurde der Schwarzgekleidete gepackt, hoch gewuchtet und über das Geländer die Böschung runter ins Wasser geworfen.

So war er seinem Traum vom Schiff etwas näher gekommen. Auch wenn er jetzt nichts mehr davon hatte.

KAPITEL 11

„Es tut mir wirklich schrecklich Leid." Dahl nestelte am Ende seiner Krawatte und schaute Mechthild Zimmermann mitleidig in die Augen.

„Ja, ja, ja. - Das ist auch ganz schlimm. Ich kann das noch gar nicht fassen. - Für mich ist das so, als könnte er jeden Moment hier zur Tür reinkommen." Sie deutete mit dem Kopf zur Korridortür.

Dahl saß mit Mechthild Zimmermann in der Küche der geräumigen Wohnung und schaute mal verloren aus dem Fenster oder ihr mitleidig ins Gesicht. Er hatte einen unbeschreiblich großen Kloß im Hals und wusste weder was er sagen, noch wie er sich verhalten und was er machen sollte.

Mechthild Zimmermann hingegen saß auf ihrem Stuhl, hatte die Hände auf den Knien zusammengefaltet, schüttelte immer wieder den Kopf und schien Löcher in die Tischdecke zu starren. Nichts an ihrem Aussehen ließ darauf schließen, dass sie vor wenigen Tagen ihren Mann verloren hatte. Vielleicht war sie etwas grauer im Gesicht, vielleicht wirkten ihre Augen trauriger als sonst. Allein an ihrer Kleidung hätte man es nicht ausmachen können. Sie trug ein luftiges beigefarbenes Oberteil zu einer blauen Jeans, die Haare streng zu einem Zopf zurückgebunden. Vielleicht ließ ihre ganze Erscheinung sie so traurig wirken. Schwarz trug sie jedenfalls nicht.

„Muss ich eigentlich Schwarz tragen?" Pause. „Ich glaube, ich trage kein Schwarz."

Dahl schaute sie an. Er wusste nicht, was er sagen sollte. Ob sie Schwarz trägt oder nicht? Schwarz oder nicht? Was spielt das denn für eine Rolle? Ihr Mann hatte sich umgebracht, und sie überlegte sich, ob sie was Schwarzes oder nicht etwas Schwarzes anziehen sollte.

Keine Ahnung. Würde er was Schwarzes anziehen, wenn seine Frau…? Er hatte keine Frau. Thema beendet.

„Was meinst du denn?" Sie schaute ihm jetzt direkt in die Augen.

„Was meine ich?“

„Soll ich etwas Schwarzes tragen oder nicht?“

„Ich weiß es nicht. Wie fühlst du dich denn?“

Sie schaute ihn verständnislos an. „Wie: Wie fühle ich mich denn? Wie soll ich mich schon fühlen?“

„Fühlst du dich denn so, als wolltest du gerne Schwarz anziehen?“

Sie überlegte. Sie überlegte ernsthaft, ob sie sich nach Schwarz fühlte oder eher nicht. Dann schüttelte sie den Kopf. „Nein. Ich fühle mich nicht schwarz. Ich fühle mich...“ Sie suchte nach Worten. „Ich fühle mich... Also... Also ich weiß nicht, wie ich mich fühle, aber ich fühle mich nicht schwarz.“

„Gut, dann musst du auch nicht Schwarz tragen.“

Sie war ganz ruhig und schien über das, was Dahl gerade eben gesagt hatte, nachzudenken. „Ja. So einfach ist das. Ja.“

Dahl schaute sich in der Küche kurz um. Ein ordentlicher, gepflegter Haushalt. Selbst in der Küche. Alles an seinem Platz, alles in Reih und Glied, nirgendwo ein überflüssiger Krümel, kein Wasserfleck, keine Kalkablagerungen am Waschbecken oder am Wasserhahn, es war perfekt.

„Ich habe gestern Abend noch geputzt“, fuhr sie ihm in seine Gedanken, so, als hätte sie sie lesen können.

„Ach was“, kommentierte Dahl.

„Ich wusste nicht was ich tun soll. Sonst haben wir dienstags Badminton gespielt. Jetzt geht das ja nicht mehr. Er ist ja nicht mehr da.“ Es entstand erneut eine Pause. „Kommt er noch mal wieder?“ Sie schaute ihm direkt in die Augen und schien durch ihn hindurch zu sehen.

Dahl schluckte. Er musste kräftig schlucken. Dann schüttelte er den Kopf. „Nein. Werner wird nicht mehr wiederkommen, Mechthild.“

Sie wandte den Blick wieder zurück auf die Tischdecke und nickte. „Ja. Er wird wohl nie mehr zurückkommen. Nie mehr.“ Plötzlich begannen Tränen ihr über die Wange zu rinnen. Dann sah sie Dahl wieder direkt in die Augen. „Aber warum ist er denn gegangen?! Warum hat er das getan?“ Sie fing an zu weinen. Sie schluchzte in sich hinein. Dahl reichte ihr ein Taschentuch, das sie sich vors Gesicht hielt.

„Ich weiß es auch nicht. Ich weiß es nicht."

Wie sollte er denn jetzt das Gespräch auf ihren Mann bringen? Wie sollte er sie fragen? Was sollte er sie vor allen Dingen fragen? Was für eine Situation, in der er hier steckte. Warum konnte Friedrichsberg nicht hier sitzen? Warum er? Himmel, Arsch und…

„Da war ja gar nichts."

„Wie bitte?" Er hatte sie nicht richtig verstanden.

„Da war ja nichts. Also er hatte nichts. Er war ja nicht krank. Er hatte noch so eine Generaluntersuchung vor… vor… vor fast einem halben Jahr. Und er war ganz glücklich und zufrieden und sagte, da wäre nichts. Und da war wirklich nichts. Er hätte doch bestimmt gesagt, wenn da was gewesen wäre, oder nicht?"

„Bestimmt."

„Aber so? Der Arzt war auch zufrieden, sagte Werner. Also gesundheitlich… Man nimmt sich doch nicht einfach so das Leben, das geht doch nicht. Gut, einfach hatten wir es nie. Grad auf der Arbeit. Aber es stöhnen ja alle, da ist… da war Werner ja nicht der Einzige. Das Leben ist hart, hat er immer gesagt. Und dann hab ich immer gelacht. Aber wir sind doch zurecht gekommen, ich hab ja auch immer mit dazuverdient. - Was ist eigentlich mit der Beerdigung?"

„Wie bitte?" Dahl war ob dieser Zwischenfrage sehr überrascht.

„Muss ich mich darum kümmern?"

„Ich denke mal schon. Das wirst du machen müssen."

„Das schaff ich nicht alleine."

„Kannst du nicht deine Eltern fragen?"

„Meine Eltern?" Sie überlegte. „Meine Eltern kann ich fragen, ja. Mit denen ist er ja auch immer gut zurecht gekommen. Auch mit seinen Eltern, wir haben viel zusammen gemacht und hatten immer viel Spaß. Aber die sind doch zu alt. Die kann ich damit nicht belasten. Er war ja eh immer sehr positiv, oder?"

„Ja, natürlich."

„Ja, positiv war er. Froh war er. Er hatte ja auch viele Freunde. Immer mit euch und seiner Musik, das war ihm sehr wichtig, ihr habt ihm viel Halt gegeben. Die Musik überhaupt. Wir sind ja auch oft weggegangen. Also in Konzerte. Und in die Oper. Das war sein großes Hobby, die Musik. War auch ein teures Hobby, aber wir hatten viele tolle Abende zusammen. Wir waren auch so oft weg. Essen mit Freunden, Rad fahren, spazieren, im Urlaub... Er sagte immer, es gibt nichts Schöneres für ihn im Sommer, als sich in eine Maschine zu setzen und in Urlaub zu fliegen. Spanien... Das Land hat er geliebt. Heiß und inniglich. Und da haben wir auch viele Leute kennen gelernt und uns mit denen getroffen. Ist aber alles schon so lange her. In den letzten Jahren ist es ruhiger geworden. Wir sind nicht mehr so oft weg. Auch Werner ist ruhiger geworden. Müder."

Dahl schaute sie an. Nicht stören, sagte er sich, den Fluss nicht unterbrechen, lass sie reden, lass sie bloß reden.

„Gut, es war nicht immer alles Gold. Der Job... Der Job hat ihm eigentlich Spaß gemacht. Er ist nie morgens aus dem Haus mit einem schlechten Gefühl. Jedenfalls hat er nie etwas darüber gesagt. Und angemerkt hätte ich ihm das sofort, wenn etwas nicht stimmte. Aber da war nichts, glaub mir. Ich meine, die Schüler, ja, da hat er sich schon mal drüber aufgeregt, geärgert. Die Leistungsbereitschaft ließ nach, die Leistungen fielen ab, Lustlosigkeit breitete sich aus, aber das war ja überall so. Und Werner? Musste an Seminaren teilnehmen und an Fortbildungen, immer mehr Druck, immer mehr, immer schneller. Gemerkt hat er das schon. Aber ob er deshalb keine Lust mehr an seinem Job hatte? Nein, das glaube ich nicht. - Da ging schon viel Zeit bei drauf... Aber gemacht hat er trotzdem viel. Auch mit seinen Klassenkameraden oder mit Kommilitonen, da hat er sich oft mit getroffen oder letztens das mit der Konfirmationsgruppe oder die Doppelkopfrunde jeden Samstagmittag, das waren seine festen Bestandteile. Da kann er nie wieder hin. Die werden ihm doch fehlen. Und er ihnen, oder?"

„Mit absoluter Sicherheit."

„Was mache ich eigentlich mit seiner Geige?"

Dahl schaute sie an und zuckte mit den Schultern. „Behalte sie doch."

„Aber ich kann doch gar nicht spielen."

„Das musst du doch auch nicht. Aber das ist eine sehr schöne persönliche Erinnerung an ihn."

„Ja, eine Erinnerung. Das stimmt. Und der Badmintonschläger? Was mache ich mit dem? Der ist noch neu."

„Behalte den doch auch", sagte Dahl.

„Aber er spielt doch nicht mehr damit. Was soll ich dann damit? Wir sind doch immer dienstags zum Badminton. Da werden wir auch nie mehr hinkommen. Auch seine Leute vom Doppelkopf… Die werden ihm doch mit Sicherheit schrecklich fehlen. Und er euch doch auch, oder?"

„Ja, selbstverständlich. Er fehlt uns sehr."

„Er fehlt mir auch." Sie wippte ganz leicht auf und ab, so, als würde sie lachen. Aber es war kein Lachen, es war das Durchschütteln eines Weinkrampfes. Tränen rannen ihr über das Gesicht und sie schluchzte laut auf.

„Wir sind für dich da, Mechthild. Und wir werden dir helfen. Du brauchst keine Angst zu haben." Dahl nahm ihre Hand in seine und strich behutsam darüber. „Hab keine Angst. Wir sind da."

Sie wurde ruhiger, die Weinkrämpfe stockender, sie holte ein paar Mal tief Luft, schaute hoch zu ihm und sagte mit gebrochener Stimme: „Ich weiß. Danke."

Dahl stand auf, legte ihre Hand behutsam auf den Tisch zurück und sagte leise: „Ich muss zurück zur Musikschule. Die Pflicht ruft, das Leben hält leider nicht an. Auch nicht für Trauerfälle."

Sie nickte.

„Wenn was ist, ruf an." Dahl ging zur Tür, öffnete sie, betrat das Treppenhaus, zog die Türe zu und ging hinunter.

Plötzlich öffnete sich mit einem Ruck eine Tür im Erdgeschoß und eine alte Frau in geblümtem Kittel schaute hervor. „Sind Sie neu hier?"

Dahl wurde abrupt aus seinen Gedanken gerissen. „Wie bitte?"

„Ob Sie neu hier sind?"

Oh Gott, die Alte, vor der mich Friedrichsberg gewarnt hatte. „Nein, bin ich nicht."

„Sie müssen alle zwei Wochen den Flur putzen, montags graue Tonne, alle zwei Wochen dienstags gelbe Tonne, ab 20 Uhr wird die Haustür abgeschlossen, nicht so laute Musik bitte und kein Damenbesuch."

„Das ist alles schön und gut, aber ich wohne hier nicht."

„Was haben Sie gesagt?"

„ICH WOHNE HIER NICHT!"

„Na, Gott sei Dank." Die Türe flog zu.

Dahl atmete hörbar aus und verließ das Haus.

Das Gespräch mit der Witwe hatte ihn mitgenommen. Und dann auch noch das mit der Alten gerade. Und dann die Tatsache, dass er gleich den vollkommen talentfreien sechsjährigen Marc-Kevin unterrichten musste. Eltern, Kinder, Namen und Talente. Grauenhaft. Einfach grauenhaft.

KAPITEL 12

„Grauenhaft." Hauptkommissar Heidenreich schüttelte angeekelt den Kopf. Er kniete neben dem Toten und beschaute sich die Bescherung.

Man hatte den Toten, also das, was von ihm übrig geblieben war, auf den Steg gelegt, Fotos geschossen und den Resttoten untersucht. Kein ganzer Kopf mehr, ein sehr unerfreulicher Anblick.

Da hilft nicht mal mehr Kosmetik, schoss Heidenreich ein Gedanke durch den Kopf, wie vor einigen Stunden die Axt dem Toten. Die Kleidung nass und blutdurchtränkt; das Gesicht und der Körper, also das, was noch zu sehen war, käsig, weiß, teils leicht bläulich angelaufen.

„Wie kann man denn auf so eine Art und Weise jemanden töten?"

„Ganz einfach. Kaufen Sie sich eine Axt…"

„Sehr witzig, Doktor. Als ob töten allein nicht reicht, muss man ihn gleich noch mit der Axt bearbeiten. Das ist die Horrorfilmmentalität. Abschlachten. Einfach abschlachten. Warum auch nicht? Im Kino klappt es ja auch hervorragend. Wahrscheinlich denken die sich noch dabei, macht ja nichts, der steht bestimmt gleich wieder auf."

„Nach einem Horrorabschlachten sieht das aber nicht aus", mischte sich der Polizeiarzt erneut ein. „Das alles war recht gezielt. Da saß jeder Schlag. Hier im Rückenbereich…" Er fuhr mit einem Kugelschreiber von den Schulterblättern abwärts, die Positionen andeutend. „Also hier saß der Schlag genau. Sicherer und gezielter hätte man das nicht machen können. Fast schon… Ja, fast schon professionell. Und auch der Schlag in den Schädel. Das saß." Der Arzt nickte anerkennend.

„Sie schließen also ein Verbrechen im Affekt aus?" Heidenreich erhob sich, schlug sich den Dreck von den Knien und streckte den Rücken durch, als ob er den tödlichen Hieb mit der Axt am eigenen Leib hatte ertragen und jetzt etwas dagegen tun müssen.

Der Polizeiarzt spitzte die Lippen. „Ausschließen kann ich nichts, das müssen Sie. Ich kann nur feststellen. Und ich kann mich nur wiederholen: Das sieht alles so professionell aus, das ich bezweifeln möchte, dass diese Tat im Affekt geschehen ist."

Der Platz vor dem Yachthafen war mit rotweißem Polizeiband abgesperrt worden, die Treppe zu den Booten war mit Beamten, Koffern, Utensilien und anderen Gegenständen vollgestellt, die Spurensicherung tat hier unten in Schutzanzügen ihre Arbeit, oben am Band hielten Streifenpolizisten Schaulustige davon ab, sich dem Tatort zu nähern. Kurz: Schlachthofszene in maritimem Ambiente mit Beiwerk.

„Wann ist denn der Tod eingetreten?" wollte Heidenreich wissen.

„Grobe Schätzung", brummelte der Polizeiarzt, der jetzt ziemlich nah mit dem Gesicht über dem Toten hing. Er schaute auf seine Armbanduhr. „So vor zehneinhalb Stunden. Geschätzt."

„Hm… Reicht mir schon. Seit wann liegt er im Wasser?"

Schweigen.

„Ist er erst erschlagen worden und dann ins Wasser… Oder im Wasser…?"

„Vermutlich ist der Mann erst erschlagen und dann ins Wasser geworfen worden."

„Todesursache…?"

„Die sieht man ja wohl", unterbrach ihn der Arzt.

Heidenreich nickte stillschweigend.

„Mit der Axt sind Sie sich sicher?"

„Ziemlich. Genaueres allerdings erst…"

„… nach der Obduktion. Ich weiß." Der Hauptkommissar verzog das Gesicht.

„Vielen Dank."

„Ich habe zu danken, Doktor." Heidenreich wandte sich ab. Sein Blick fiel auf die am Steg festgemachten Boote. Nicht schlecht, dachte er sich. Ein eigenes Boot müsste man haben.

„Laubling!"

Die Treppe heruntergestürmt kam ein junger, etwas linkisch wirkender Mann, der sich unter Entschuldigungen an den Beamten vorbeischlängelte und der hier so wirkte wie ein Modeschöpfer im Erdmännchengehege: ein Hingucker allemal und überflüssig obendrein.

„Herr Hauptkommissar?" Etwas atemlos trat er neben seinen Vorgesetzten.

„Laubling, haben Sie die Bootsbesitzer schon befragt?"

Laubling zuckte zusammen. „Oh, nein, Herr Hauptkommissar, das tut mir Leid, da habe ich noch nicht nachgefragt, aber wenn Sie wollen, setze ich mich sofort dran, dann frag ich sofort nach, ich habe nur eben…"

„Ist schon gut, Laubling, ist schon gut. Wie heißt der Tote eigentlich?"

„Das habe ich noch nicht in Erfahrung bringen können." Der Mann im Erdmännchengehege errötete.

„Na, wunderbar." Heidenreich wurde von Minute zu Minute mürrischer. „Wissen Sie eigentlich, warum wir erst vor einer Stunde hiervon erfahren haben?" Er deutete mit einem Kopfnicken in die Szene.

„Das weiß ich nicht."

„Der Mann hier ist seit ungefähr elf Stunden tot. Und Sie wissen nicht, warum wir erst jetzt davon erfahren haben?“

„Nein, Herr Hauptkommissar.“

Heidenreich hielt sich zurück. „Wer hat den Toten entdeckt?“

„Eine Frau. Eine Bootsbesitzerin. Die hat Brötchen kaufen wollen und ihn dann zufällig… Also sie sah, wie der hier so im Wasser schwamm...“

„Der Mann war tot, der ist nicht mehr geschwommen. Der lag im Wasser.“

„Genau. Die Frau hat sich noch gedacht: Warum schwimmt der denn da? Und dann um die Uhrzeit? Und dann auch noch mit dem Kopf nach unten? Und dann hat die Frau uns angerufen.“

„Und dann, und dann, und dann… Wo ist diese Frau jetzt?“

„Die Frau… Die Frau ist in ärztlicher Betreuung. Steht unter Schock.“

„Laubling, ich frage Sie noch mal: Wo ist die Frau?“

Laubling wies mit der Linken zur Straße hinauf. „Dort im Notarztwagen.“

Heidenreich nickte, schaute noch mal zum Toten hinunter und stieg die Treppen zur Straße hinauf.

Er kam gerade bei der polizeilichen Absperrung an und wollte das Band in die Höhe heben, als ihn ein Mann ansprach: „Sind Sie hier der Chef?“

Heidenreich schaute dem Mann ins Gesicht. „Wer möchte das denn wissen?“

„Ich. Mein Name ist Schmitz. Karl-Ernst.“

„Das ist schön, Herr Schmitz.“ Karl-Ernst Schmitz war allem Anschein nach Angler. „Und was kann ich für Sie tun?“

„Ich möchte gerne hier angeln.“

War der Mann von Sinnen? Vollabsperrung, es wimmelte von Polizei, sie steckten mitten in der Arbeit, ein Ende war zum jetzigen Zeitpunkt noch lange nicht in Sicht, da kam dieser Angler an und wollte seinem Hobby nachgehen. „Also das tut mir Leid, Herr Schmitz. Aber wie Sie unschwer erkennen können, befinden wir uns hier in polizeilichen Ermittlungen. Da können Sie leider nicht angeln." Trotz seiner aufkommenden Aggression zwang Heidenreich sich, ruhig zu bleiben.

„Was ist denn hier passiert?"

„Wenn Sie Glück haben, können Sie es morgen in der Zeitung lesen." Er wollte sich schon an ihm vorbei zum Notarztwagen kämpfen, als Schmitz wieder ansetzte.

„Ich angle hier aber jeden Mittwoch. Und jeden Samstag."

„Das ist schön."

„Und heute ist Mittwoch."

„Richtig. Und bis zum nächsten Samstag ist es auch nicht mehr so lang."

„Ich angle hier jeden Mittwoch. Sie wollen mir doch wohl nicht sagen, dass ich…"

Heidenreich drehte sich nach hinten um und rief zum Steg hinunter: „Laubling, kümmern Sie sich mal hier drum." Und zu Schmitz: „Petri heil." Heidenreich ließ den Angler stehen und näherte sich dem Notarztwagen.

„Guten Tag. Wie geht es der Zeugin?"

Der Notarzt kratzte sich am Hinterkopf. „Schock. Habe ihr Medikamente gegeben. Sie schläft."

Heidenreich nickte. „Wann, denken Sie, werde ich mit ihr reden können?"

Der Notarzt schaute auf seine Uhr und wiegte abschätzend den Kopf. „Also ich denke mal, dass sie in einer Stunde wieder auf den Beinen ist, aber ich würde an Ihrer Stelle heute Nachmittag mal nach ihr sehen. Einverstanden?"

Heidenreich nickte. „In Ordnung." Er verließ den Wagen, trat wieder hinter die Polizeiabsperrung, an die Brüstung und schaute auf das Treiben hinab.

Was für ein Mittwoch. Das wird dauern, bis wir hier weg können. Und an Feierabend war erst mal gar nicht zu denken. Erklärungen, Sitzungen, dann kam auch noch irgendwann die Presse, die wieder irgendetwas Schlaues hören wollte, das alles musste er seiner Frau erklären… Schrecklich.

Bei Mord liefen die Uhren anders. Überstunden waren ja eh an der Tagesordnung. Aber bei Mord: Tag- und Nachtstunden.

Und was für ein Mord… Nicht erschossen, erstochen, ganz klare Sache, einfaches Motiv, im Affekt gehandelt, da fackelt man nicht lange, nicht als Täter, da sticht man zu, nicht als Opfer, da fällt man flugs tot um, nicht als Kommissar, da wird ermittelt und verhaftet, denn der Täter liegt auf der Hand, nachdem man mal ein bisschen im privaten Umfeld recherchiert hat, nein, so ein seltsamer Axtmord musste es ja sein.

Was sich die Leute alles einfallen lassen. Axt. Hatte er auch schon lange nicht mehr gehabt, so was Originelles. Das Letzte war eine Harpune gewesen. Also das letzte kuriose Mordwerkzeug. Harpune. Aber eben auch im Affekt. Im Wohnzimmer. Harpune lag im Wandschrank, der Mann hatte sich wahrscheinlich den ganzen Tag bedienen lassen und ständig nur gemeckert und gemosert und das dreißig Jahre lang, da kann es nun mal passieren, dass der Finger recht nervös am Abzug zittert. Da hat so ein Typ schon mal die längste Zeit lebendig im Sessel gesessen. Harpune.

Aber hier die Axt… Das hatte er noch nie, eine Axt. Wer macht so was? Und warum? Was für eine Motivation steckt dahinter? Grauenhaft. Und dann auch noch so blutig.

Heidenreich schüttelte den Kopf, ging zu seinem Wagen, stieg ein, griff ins Handschuhfach und holte ein Mettbrötchen mit Zwiebeln hervor, in das er herzhaft hinein biss.

„Grauenhaft. Einfach grauenhaft."

Und noch ein Bissen.

KAPITEL 13

Burkunther hatte heftig die Türe zugeworfen, saß nun in seinem Büro und blätterte die Artikel seiner Mitarbeiter durch. Nicht der ganz große Wurf, aber alles in allem war er auch nicht unzufrieden. Mit seinem Bericht über dieses schreckliche Restaurant, zu dem sich der Chef erdreistet hatte ihn höchstpersönlich einzuladen, dem Bericht über das *Lamm* und dem dritten Teil seiner Schlemmerreise durch den Süden Frankreichs würde dem diesmonatigen Blatt doch noch das ein oder andere Glanzlicht aufgesetzt werden.

Die Schlemmerreise hatte ihn einiges gekostet. Nicht finanziell gesehen, nein, nein. Aber das ein oder andere Pfund hatte es ihm doch eingebracht, was ihm seine Waage mit dem hoch erhobenen Zeigefinger deutlich vor Augen zu führen wusste. Blödes Ding. Den, der die Waage erfunden hat, würde er gerne mal kennen lernen.

Für das Blatt war es eine gute Fahrt gewesen. Schon seit zwei Ausgaben konnte er darüber schreiben und, so er denn seine Erfahrungen weiterhin gut zu Papier bringen und mit dem ein oder anderen Tipp, mit der ein oder anderen Weinempfehlung, mit diesem oder jenem Rezept garnieren konnte, auch noch weitere vier Ausgaben füllen.

Und dann kam natürlich auch noch der Verriss dazu. Der würde so schnell kein Bein mehr auf den Boden bekommen, dieser Kochspieler. Seinen Laden würde in den nächsten Monaten keiner mehr betreten, der etwas auf sich hielt und in der Szene angesagt sein wollte.

Was ihm, Burkunther persönlich, das brachte, der Verriss? Achselzucken; keine Ahnung. Vielleicht Genugtuung. Manche Leute sind einfach schon zufrieden, wenn sie wissen, dass sie dafür verantwortlich zeichnen, dass es anderen Menschen schlechter geht als ihnen. Und sei es nur dadurch, dass sie eine kleine schriftliche Abrechnung abgeliefert haben. Wenn die es aber in sich hat, dann gute Nacht. Pervers, aber so sind sie eben, die Leute. Begreifen muss man das nicht. Will man auch gar nicht, denn wenn man es begreift, versteht man sie ja.

Burkunther nahm einen Schluck Wasser und überflog den Verriss. Genau so konnte man ihn abdrucken. Ruiniert, so seine Gedanken, ist er. Ruiniert. Ein feistes Grinsen zog sich über sein Gesicht und er strahlte wie das Kind vorm Weihnachtsbaum.

Drei Blätter weiter die Lobeshymne. Und es war, das konnte man mit Fug und Recht behaupten, eine wahre Lobeshymne. Und die hatte Bartolt sich auch verdient. Exzellente Menüfolge, vollmundig abgeschmeckt, absolut anstandslos zubereitet, nur erlesenste Auswahl an Bestandteilen, Fleisch, Fisch, Gemüse, Obst, hervorragend, dazu perfekt abgestimmte und sich selber und die Speisen ergänzende Weine, alle aus deutschem Anbau, alles wunderbare Jahrgänge, die nicht zu kräftig im Mund lagen, nichts übertönten, sondern vielmehr fein ergänzten, im Restaurant selber eine harmonische Atmosphäre, absolut stimmig, aber dennoch familiär.

Und all das zusammengenommen machte es für ihn zu dem Gastrotipp des Monats. Ach was, er würde weitergehen, der Gastrotipp des Jahres. Das würde er freilich noch nicht so drastisch in dieser Vehemenz formulieren, aber er würde ganz klar darauf zusteuern und auch bekannt geben, dass es für ihn wahrscheinlich der Tipp des Jahres werden würde. Drüber schreiben konnte er ja in der dezembrischen Jahresendausgabe des *Genießers*.

Selten so gut gespeist. Das würden… er blätterte in seinen Unterlagen… das würden vier Seiten werden, DIN A… dings… mit Fotos, er hatte gestern extra noch einen Fotografen vorbeigeschickt, der sehr ansprechende Bilder gemacht hatte, die Auswahl war schon getroffen, mit Anzeige und eben als Inhalt seine Lobeshymne… Das ist als Werbung, rechnete er durch, das ist als Werbung unbezahlbar. Dafür würde er bestimmt das ein oder andere Mal kostenlos dort essen dürfen. Es ist ja nun nicht so, als würde er so was ohne Berechnung machen.

Dass da nicht schon vor ihm jemand gegessen und geschrieben hatte. Diese Tatsache wunderte ihn sehr. Na, war er eben der Erste. Wieder mal. Umso besser. Würde er erneut als der Entdecker da stehen.

Gestern hatte er auch einen Fotografen bei diesem Kochspieler vorbeigeschickt. „Mach mal schöne Bilder", hatte Burkunther gesagt, „wir wollen ihm den Untergang so hübsch wie möglich illustrieren." Auch hier waren es ansprechende Fotos geworden. Allzu platzeinnehmend wie bei der Lobeshymne sollte es nicht werden, aber für den gesellschaftlichen Genickbruch würde es schon reichen.

Burkunther ließ seinen Blick über den voll bepackten Schreibtisch gleiten. Texte, Bilder, Ausdrucke, Vorlagen… Ja, das wird eine gute Ausgabe werden, das hatte er im Gefühl. Und das trog ihn nie.

Noch ein Schluck Wasser. Ein Blick auf die Uhr. In zwei Stunden ging all das in den Druck. Auslieferung, wie immer, am Freitag. Leider konnte er das Erscheinen nicht mehr erleben, denn: Tod Burkunthers am Donnerstag.

KAPITEL 14

Nehmt Abschied, Brüder, ungewiss ist alle Wiederkehr…

Die Uhr ging auf viertel vor neun zu, vielmehr: sie steuerte krampfhaft und unaufhaltsam auf viertel vor neun zu, als das letzte Lied angestimmt wurde. *…die Zukunft liegt in Finsternis und macht das Herz uns schwer.* Und viertel vor neun hieß immer: Pause. Da konnte kommen, was wollte, viertel vor neun: Pause. *Der Himmel wölbt sich überm Land. Ade, auf Wiedersehn! Wir ruhen all in Gottes Hand. Lebt wohl, auf Wiedersehn!*

Auch wenn der Chorleiter mal zu spät kam oder die Hälfte des Chores, weil der Bus Verspätung hatte oder das Fußballtraining des Enkelkindes länger gedauert hatte als sonst, und es doch noch abgeholt und nach Hause gebracht werden musste oder weil man zu lange am Abendbrottisch gesessen hatte oder weil spontan Besuch gekommen war oder, malen wir mal den gern portraitierten Teufel an die oft bepinselte Wand, Todesfall in der Familie… *Es ist in jedem Anbeginn das Ende nicht mehr weit…*

All das waren beileibe keine triftigen Gründe, die Pause nach hinten zu schieben. *…wir kommen her und gehen hin, und mit uns geht die Zeit.* Und selbst wenn der Leiter darauf bestand, die Pause aus welchen Gründen auch immer etwas zu verschieben, um viertel vor neun wurde Pause gemacht, da war sich der Chor geschlossen einig. Und wären mal Klagerufe aufgekommen, hätten sie die Gewerkschaft eingeschaltet.

Der Himmel wölbt sich überm Land. Ade, auf Wiedersehn! Wir ruhen all in Gottes Hand. Lebt wohl, auf Wiedersehn!

Und dann ging es an den Getränkekampf: Günstige Plätze versprachen zeitiges Biertrinken.

Türe zum Schankraum links. Jetzt stehst du aber ganz rechts

außen. Bis du mal an den anderen Sängern vorbei bist, ohne dich ansprechen oder ablenken zu lassen, bis du an der Tür bist, da ja die anderen Sänger, beziehungsweise deren Großteil, in der Pause auch nichts anderes vorhaben als etwas zu trinken, bis du durch eben diese, also die Türe, bist, an der Theke, bis das Mädel hinter der Theke mal gehört hat, was du eigentlich überhaupt willst… Da kann eine zehnminütige Pause dem puren Nichtsnutz geopfert worden sein, noch bevor du überhaupt in den Genuss eines kalten Getränkes gekommen bist. Da kann die Pause um viertel vor neun sein oder nicht, die Kehle bleibt trocken, ob du willst oder nicht. Da kann deine eigentliche Pause erst beginnen, wenn die wirkliche Pause schon seit zwei Minuten vorbei ist und du es erst wieder merkst, wenn du schon wieder singst. So.

Da man aber schon seit Jahren seine Stammplätze hatte, wusste man, wer als Erster in den Genuss des Bieres kam und wer als Letzter. Dahl und Straeten (beide Tenor) beispielsweise standen Mitte rechts (da Tenor). Also keine gute Pausenausgangsposition. Nur: Ihr (Tenor) Joker war Friedrichsberg (Bass). Der (Bass) hatte eine so gute Position erwischt (da Bass), dass er (Bass), sobald der Chorleiter den Beginn der Pause eingeläutet hatte, die Notenmappe unter den Arm geklemmt, durch die Tür in den Schankraum eilen und direkt drei Bier ordern konnte. Jupp und Willi würden schon so bald wie möglich nachkommen (da Tenor) und mit ihm (Bass) ihre (Tenor) Kehlen ölen.

So lief es schon seit Jahren und seit Jahren gut.

Nehmt Abschied Brüder, schließt den Kreis! Das Leben ist ein Spiel…

Friedrichsberg ließ im Kopf die Geschehnisse der letzten Tage Revue passieren. All das, was seit Montagmorgen passiert war, kreiste in bunten Bildern vor seinem geistigen Auge.

Das Boulespiel, das *Lamm*, Burkunther, Dahl mit seiner Geschichte vom toten Mitmusikanten Werner Zimmermann, das Haus, die geblümte Alte, das, was Dahl eventuell herausgefunden hatte…

Sie mussten in der Pause unbedingt über die Angelegenheit reden und sich überlegen, was sie als Nächstes tun sollten. Wenn es überhaupt etwas zu tun gab… *und wer es recht zu spielen weiß, gelangt ans große Ziel.* Selbstmord, Mord, Tod, Schusswaffe, Badewanne, Blut, Selbstmord. Zimmermann. Die Bilder kreisten und wiederholten sich.

Friedrichsberg fuhr zusammen. Er war gar nicht bei der Sache. Unkonzentriert. Hatte er sich gerade versungen? Der Chorleiter guckte ihn so blöde an… Wurscht. So guckte er immer. Refrain!

Der Himmel wölbt sich überm Land. Ade, auf Wiedersehn! Wir ruhen all in Gottes Hand. Lebt wohl, auf Wiedersehn!

Ende, aus, Chorleiter winkt ab, bläst an zur Pause. Der Abschied war genommen, die Pause begrüßt. Friedrichsberg klemmte sich die Mappe unter den Arm, nickte dem Chorleiter freundlich zu und war schon durch die Türe verschwunden, noch bevor der Leiter seinen Blick erwidern konnte, um an der Theke seinen Getränkewunsch aufzugeben.

„Drei Bier bitte." Friedrichsberg wartete, nahm die Getränke entgegen und in einer Nische des Restaurants Platz, um auf seine beiden Freunde zu warten.

„Oh, ich sehe, du hast schon Bier hier stehen. Schön." Ein Korpulenter war auf Friedrichsberg zugekommen und wollte Platz nehmen.

„Lass mal, Heinz. Aber das Bier ist nicht für dich."

„Komm, ich habe Durst. Singen strengt mich immer so an."

„Gut, dass du keinen Sport treibst; wärst du ja schon längst Alkoholiker."

Von hinten näherte sich Straeten. „Na, Heinz, suchst du die Erholung vom Leistungssport?"

Der Korpulente schaute bitter drein, sonderte ein „Hach" ab, drehte sich um und ging an die Theke. Dort angekommen traf er auf Dahl, der ihm auf die Schulter klopfte. „Mensch, Heinz, nach soviel sportlicher Leistung erstmal ein Bier, was?"

„Halt doch deinen Mund", raunte der korpulente Heinz.

„Was ist denn mit dem los?" fragte Dahl, als er sich zu den anderen beiden an den Tisch setzte. „Heute zu viele schräge Töne getroffen, oder was?"

„Scheint so. Oder er ist noch zu erschöpft vom Hundertmeterlauf", sagte Straeten, man lachte, der Korpulente schaute aus den Augen blitzend zu den Dreien rüber. „Na warte", dachte er sich. „Straeten werde ich", da er im Singkreis vor ihm stand, „nach der Pause von hinten mit feuchter Aussprache, mit feuchtem Singsang, beglücken. Oder vielmehr benetzen. Hoffentlich wird's ein Trinklied. Ein süffiges."

Die drei stießen an, nahmen einen kräftigen Schluck, setzten das Glas wieder auf den Tisch und schauten sich an. Friedrichsberg ergriff als erster das Wort. „Und", fragte er an Dahl gewandt, „hast du was herausgefunden?"

Dahl zuckte mit den Schultern. „Ja. Oder nein. Wie man's nimmt."

„Was heißt *wie man's nimmt*? Hast du jetzt was herausgefunden oder nicht?" Straeten schaute ihn mit erhobener Augenbraue an.

„Nun, ich habe mit Mechthild gesprochen. Aber die kann es sich auch nicht erklären. Im Endeffekt, etwas pauschal gesagt: Sie alle haben ihn geliebt und er hat sie auch alle geliebt."

„Und wenn sie nicht gestorben sind, dann lieben sie sich noch heute", brachte Friedrichsberg Dahls Ausführungen zu Ende. „Ferkel."

„So ungefähr." Dahl nahm einen Schluck. „Ich meine, der Schock sitzt noch tief. Die Trauer wird erst in den nächsten Wochen richtig an die Oberfläche kommen. Aber mit der Angst und dem Ungewissen ist sie jetzt schon konfrontiert worden. Und das setzt ihr zu. Das merkt man. Ich weiß es nicht, aber es kann durchaus sein, dass wir, wenn wir etwas Gras über die Sache haben wachsen lassen, mehr von ihr erfahren können."

„Sprich: Nach der Beerdigung."

„Wieso nach der Beerdigung?"

„Ja, von wegen *Gras über die Sache*. Und hier, stellvertretend für das Gras eher Erde."

„Das war geschmacklos." Straeten knuffte Friedrichsberg mit dem Ellbogen in die Seite.

„Ich bitte untertänigst um Verzeihung."

„Wie denkst du denn über die Sache?“ fragte Straeten Dahl.

„Ich weiß es nicht. Ich weiß es wirklich nicht. Ich kann mir nicht erklären, warum sich Werner umgebracht hat. Ein zweiundvierzig Jahre alter Mann, in der Blüte seines Lebens...“

„...die jetzt verwelkt ist...“ unterbrach Friedrichsberg erneut.

„...in der Blüte seines Lebens“, fuhr Dahl fort, „wie der Dichter so schön sagt, keine gesundheitlichen Probleme, kein Ärger im Job, hauptsächlich Freunde...“

„Du willst sagen, das ist alles so problemlos und lupenrein, dass es schon wieder gewaltig nach Ärger und Problemen stinkt.“

„So kann man es auch sagen“, sagte Straeten.

Friedrichsberg nahm einen großen Schluck Bier und wischte sich den Schaum aus dem Bart. „Ich weiß nicht, ich weiß nicht. Entweder ist er wirklich so ein unbeschriebenes Blatt oder ein richtig schlimmer Finger. Um es mal etwas blumiger auszudrücken, nicht gleich so fäkal, dafür lieber etwas im haptischen Rahmen bleiben wollend. Gell?“

Der Chorleiter trat auf die drei zu, nickte, wandte sich an Friedrichsberg und schaute ihn über den Rand seiner Lesebrille lange tonlos an.

„Kann ich Ihnen irgendwie behilflich sein?“ fragte Friedrichsberg. „Ist im laufenden Kalenderjahr noch mit einer Wortmeldung zu rechnen oder wollen Sie mir hic et nunc eine Scharade präsentieren?“

Ein Räuspern von Seiten des Chorleiters. „Entschuldigen Sie die Frage, Herr Friedrichsberg, aber kommen Sie eigentlich nur noch zum Saufen oder zum Singen?“

„Pardon? Ich konnte dem gerade nicht in Gänze folgen. Könnte ich das von Ihnen verbal Verhunzte noch mal druckreif formuliert haben?“

Jetzt schaute ihn der Chorleiter durch seine Lesebrille an. Ein untrügliches Zeichen höchsten Ärgernisses. „Nun, ich fragte, ob Sie nur noch zum Saufen kommen.“

„Mitnichten. Sonst täte ich ja wohl nicht singen. Da ich aber durchaus singe und nicht nur saufe, komm ich zwangsläufig auch zum Singen und nicht nur, wie von Ihnen angenommen, zum

Saufen. Sollte ich aber irgendwann nicht mehr singen, also sänge ich dermaleinst nicht mehr, söffe ich nur noch, bettelte ich manisch um Sänge Ihrerseits, mich aus dem Suffe zu prügeln."

Kopfschütteln. „Sie lernen es nie. Leider kann ich auf Ihren Bass nicht verzichten, sonst…"

„Und guter Bass will geölt sein, sonst tönt er nicht. Kann ich Ihnen sonst wie noch dienen?"

„Nein danke. Bin bedient genug."

„Hach", Friedrichsberg lehnte sich auf seinem Stuhl zurück und streckte seinen Bauch raus, „wie gerne hätten wir Ihnen einen Stuhl für Ihr kleines Intermezzo angeboten, allein, die Lust dazu glänzte durch Missen."

Die Lesebrille drehte sich wortlos um, ging drei, vier Schritte, kleine Drehung, „In fünf Minuten fangen wir wieder an", erneut Drehung und weitere Schritte zurück in den Übungsraum.

„Schlumpf." Friedrichsberg nahm einen großen Schluck Bier. „Und alles lebt wieder in harmonischer Zwietracht mit Lockenpracht."

„Was meinst du denn, Dahl? Bescholten oder eher un-? In Bezug auf Zimmermann?" fragte Straeten, nicht näher auf den Chorleiterdisput eingehend.

„Ich habe jetzt einige Jahre mit ihm musiziert; das schweißt zusammen. Ich kann mir nicht vorstellen, dass irgendetwas mit ihm nicht in Ordnung gewesen sein soll." Er überlegte kurz. „Aber man weiß es ja nicht. Man kann den Leuten nur vor den Kopf gucken." Pause.

„Gott sei's gedankt", zwillingten Friedrichsberg und Straeten verbal.

„Ich muss sagen, das passt mir alles nicht."

„Was passt dir nicht?" fragte Friedrichsberg.

„Mir passt nicht, schlecht oder negativ oder kritisch über Werner nachzudenken."

„Ja, aber entschuldige mal, du sagtest, dass dir das mit dem Selbstmord seltsam vorgekommen ist. Und wir haben uns gesagt, dass wir uns das Ganze mal anschauen. Und das tun wir jetzt. Und wo gehobelt wird, da fallen Späne. Wenn du zu Hause saugst, wirbelst du Staub auf. Das das hier nur bedingt schön oder angenehm werden könnte, da war mit zu rechnen." Dahl nickte in sich hinein. „Aber ich bin auch deiner Meinung, dass wir die trauernde Witwe jetzt erstmal in Ruhe lassen sollten."

„Und? Was schlägt uns der Meisterdetektiv vor?", wollte Straeten wissen.

Friedrichsberg fuhr sich mit den Händen über den Kopf. „Hm… Ich würde mal vorschlagen, wir versuchen, etwas von seinem Hausarzt zu erfahren. Und wir gehen in die Schule."

„Wie: Schule? Wer denn? Wann denn? Warum denn?", entfuhr es Straeten etwas panisch.

„Ich würde vorschlagen", schlug Friedrichsberg vor, „wir zwei, morgen, Nachforschungen."

„Warum denn wir zwei? Ich war schon lange nicht mehr in der Schule. Und ich bin eigentlich auch ganz froh drum. Warum denn jetzt auf einmal wieder? Warum nicht du und Dahl?"

„Weil Dahl immer noch in die Schule geht. Und das ist auch gut so. Nötig hat er's. Und weil er aus diesem simplen Grunde zeitlich nicht kann, greife ich in meiner gewohnt sympathischen Art über deinen Kopf hinweg auf dich zurück. Freust du dich?"

„Ich kann meine Freude kaum in Worte kleiden."

„Wusste ich's doch. Also gehen wir in die Schule. Und da werden wir dem verbeamtet-komatösen Kollegium mal auf den Zahn fühlen."

„Und wie willst du deine pädagogischen Nachforschungen begründen? Willst du sagen: Obacht! - der Schulrat kommt, oder was?"

„Nein, nein. Aber so was Ähnliches. Achtung, Amtsarzt, oder so."

Straeten starrte Friedrichsberg an. „Ja, was denn jetzt?"

„Hab keine Angst, schütthaariger Freund, bis morgen ist mir was Originelles eingefallen. Und sei's, ich sag, wir kämen von der Presse."

„Presse, Presse… Was denn für eine Presse?"

„Saftpresse. Wenn's hart auf hart kommt."

Straeten und Dahl schüttelten den Kopf.

„Was denn jetzt? Kommst du nun mit oder nicht?“

Dahl sagte: „Gut, dass ich morgen früh Unterricht habe.“

„Dich habe ich nicht gemeint“, raunzte Friedrichsberg und visierte Straeten streng an.

Ein Moment Bedenkzeit, zweiundzwanzig, dreiundzwanzig, vierundzwanzig… „Ja, ja, ja, ist schon gut, ich komme mit.“

„Es wird dein Schaden nicht sein. Man lernt nie genug. *Non scholae, sed vitae discimus. Nicht Scholastiker, sondern Wittenberger werfen Diskus.* Wie schon die alten Latriner zu Trinksprüchen neigten. Prost, auf die Schule“, sprach's und leerte sein Glas. Die anderen beiden taten es ihm nach.

„Auf, ihr Trunkenbolde“, bauerte der korpulente Heinz zu dem Tisch, an dem die drei saßen, hinüber. „Pause ist rum. Wir machen weiter.“

„Und? Mit welchem Lied?“ wollte Dahl wissen.

„*Bunt sind schon die Wälder*“, rief Heinz ihnen zu.

Sechsmaliges Augenkreisen. Die drei erhoben sich, stellten ihre geleerten Gläser auf den Tresen, die Wirtin bedankte sich lauthals, und mit einem angesungenen „*Flinke Träger springen, und die Mädchen singen, alles jubelt froh!*“ betraten die drei die Sangesräumlichkeit.

KAPITEL 15

„Denen gehört noch nachträglich der Sarg von innen mit Fotografien ihrer blasphemischen Bausünden ausgeschlagen!“ grunzte Friedrichsberg. Straeten und er standen vor dem gymnasiastischen Schulgebäude.

Das Portal alt, Gebäude dreigeschossig, Dachstuhl nicht mitgerechnet, in dem seit Jahrzehnten der älteste und aus diesem Gebäude nicht mehr wegzudenkende und schon Generationen von Schülern auf seinem brahmsschen Gewissen habende Musiklehrer hauste, ein altes Gemäuer also, an das auf der Südseite vor vielen Jahren ein asbestischer, siebziger Jahre Schuhkartonneubau geklatscht worden war. Naturwissenschaften. Man bereute. Nicht der Wissenschaften wegen, sondern des Anbaus. Also die Schule bereute. Der Architekt nicht mehr, der war tot. Zu Recht. Und zu Lebzeiten hatte er auch nicht bereut. Da hatte er gelebt. Und zwar vom guten Geld, das er mit solchen architektonischen Verbrechen sowohl an Menschheit als auch an Naturwissenschaft verdient hatte. Alles in allem eine Gebäudemelange, die nach Kreide, Fußschweiß, Säuberungsmittel und Klostein roch und in deren Atmosphäre ein nicht unbeträchtlicher Hauch von Rohrstock und Züchtigung mitschwang.

„Da würden sie noch post mortem Blindheit erlangen. Obwohl: Hätte auch wieder was für sich: Könnten sie nicht die Würmer sehen, die ihnen auf den Pelz rücken um sich an ihnen zu laben und aus ihnen Humus zu machen." Eine Schülerin biss ins Pausenbrot. „Mahlzeit, junges Fräulein."

Die angesprochene schaute Friedrichsberg nur an, als hätte er ihr ein unsittliches Angebot gemacht. Hatte er aber nicht. „Hätte ich mal", dachte er bei sich.

„Hast du das gesehen? Wie die dich angeschaut hat? Wenn Blicke töten könnten..."

„... wäre ich gar nicht erst auf die Welt gekommen."

Friedrichsberg drückte die Klinke zum Hauptportal runter, öffnete die Flügeltüre und beide betraten das Schulgebäude. PVC-Belag auf dem Boden, Rauputz an den Wänden, alles im lockeren, heiteren Sandton gehalten, von Schulklassen, die, so sah es jedenfalls aus, noch nicht einmal imstande waren, den Griffel ordentlich zu halten, selbst gemalte Bilder in lädierten Rahmen, Gipsbüsten von großen Köpfen auf halbhohen Säulen durch Halogenstrahler illuminiert in Ecken stehend. Das war der erste Eindruck.

„Und hier soll man was lernen?" gab Straeten mit weit geöffneten Augen und halb offenem Mund fast tonlos von sich.

„Ja: Wie trist das Leben ist. Oder sein kann. Oder will. Oder muss. Je nachdem. Und ein gebüstetes Schlauköpfchen fehlt hier: meins!"

Gegenüber führte eine große schwere Treppe in den ersten Stock zu Klassenzimmern und sonstigen Räumlichkeiten, zur rechten Hand ging ein Flur ab zu einem separaten Klassenzimmergang, zur Linken lagen ein Aufenthaltsraum für Schüler und die Lehrerzimmer.

„Ich glaube, da müssen wir hin." Die beiden drehten sich um und erst in diesem Moment fiel ihnen auf, wie laut es in dem Eingangsbereich war, wie viele Schülerinnen und Schüler sich dort aufhielten, riefen, brüllten, rannten, und wie all das durch die Größe des Raumes verhallt wurde.

„Man versteht ja sein eigenes Wort nicht mehr."

„Wie bitte?" fragte Friedrichsberg.

„Man ver…"

Friedrichsberg winkte ab. „Schon gut, hab's verstanden."

Sie steuerten auf den Lehrerzimmereingang zu. Rechts neben der Tür befand sich entlang der gesamten Wand das *Schwarze Brett*. Infos, Lehrpläne, Vertretungspläne, Zeitungswerbung, Treffpunktbekanntmachungen, Hofdiensteinteilungen, Raumänderungen, Schüleraustausch, Bekanntgebungen: *Habe Füller-etui gefunden…*, *Suche Nachhilfe in Latein…*, *Wer hat mein Englischbuch gesehen?*, *Habe Eltern zu verschenken…* und so weiter…

„Das mit dem medialen Zumüllen mit Informationen fängt hier schon an. Erstaunlich."

„Hör mal", sagte Straeten. „Fällt dir auf, wie es plötzlich leiser wird?"

Man spitzte die Ohren.

„In der Tat. Wie kommt's?"

Und da sahen die beiden einen kleinen Lehrer, der die Schüler, nicht gerade zu deren Willen, des Gebäudes verwies. „Na, los, wir haben Pause. Raus mit euch! Ich seh dich da hinter der Säule! Bei drei seit ihr draußen! Aber dalli!"

„Was macht der da?" wollte Friedrichsberg von Straeten wissen.

„Woher soll ich denn das wissen? Frag ihn doch."

„Mach ich auch." Friedrichsberg ging auf den Lehrer zu.

„Ach, lass das doch", flüsterte Straeten ihm noch hinterher, aber es war zu spät.

„Guten Tag, meine Name ist Friedrichsberg. Und wie ist Ihrer?"

„Warum wollen Sie das wissen?"

„Weil ich gerne weiß, mit wem ich das Vergnügen habe."

„Gestrich. Geographie und Sozialwissenschaften."

„So sehen Sie auch aus."

„Bitte?"

„Ich wollte nicht Ihren gegenwärtigen Gefühlszustand und Ihre Leidenschaften, sondern lediglich Ihren Namen erfahren."

„Den habe ich bereits genannt, Gestrich."

„Oh, das tut mir Leid." Friedrichsberg wies ins Halbrund. „Was machen Sie hier eigentlich gerade? Wie nennt man das? Oder gibt's da keine spezifische Beschreibung für?"

„Innenraumdienst. Ich halte die Schüler vom Lehrerzimmer fern."

„Wer hat sich denn so was ausgedacht? Wer kommt auf solche abstrusen Ideen? Und warum müssen Sie die Schüler vom Lehrerzimmer fern halten? Bewahren Sie dort den heiligen Gral auf, oder wie hab ich's?"

„Anordnung vom Direktor aufgrund der Wünsche des Kollegiums. Damit der Lehrkörper wenigstens in der ihm zustehenden Pause seine Ruhe vor den zu Unterrichtenden hat."

Friedrichsberg schaute Gestrich an und wartete darauf, dass dieser loslachte. Zumindest lächelte. Oder grinste. Griente, meinetwegen; wegen des Witzes, den er soeben gemacht hatte. Aber da kam nichts.

Friedrichsberg schüttelte den Kopf. „Wissen Sie was? Sie tun mir Leid. Von ganzem Herzen. Beziehungsweise besser: Nur von halbem Herzen aus, da Sie diesen Umstand Ihrer zukunftslosen Vegetation selbst gewählt haben. Und wenn ich mal ganz viel Zeit habe, und das habe ich nie, denke ich mal an Sie und steck für Sie eine Kerze an." Er drehte sich um, schaute Richtung Lehrerzimmer. „So was Dämliches. Ruhe des Lehrkörpers... Na, die wird jetzt aber mal ordentlich gestört."

Er schlug dreimal kräftig an das Holz der Lehrerzimmertür und sagte zu Straeten gewandt: „Die geht noch nicht mal von außen zu öffnen. Ohne Schlüssel. Die spinnen ja wohl."

Dann wurde geöffnet. „Ja?" sagte jemand Blasses tonlos.

„Nein", sagte Friedrichsberg, drückte seinen wuchtigen Körper gegen die Tür, öffnete sie somit noch mehr und verschaffte sich und seinem Begleiter so Eintritt in die Höhle des... Nun, normalerweise kommt jetzt *Löwen*. Aber in diesem Fall muss man wohl eher sagen: *in die Höhle der Schafe*. Oder der *Lämmer. Ruhende Lämmer.*

„Was wird das denn jetzt?" fragte der Blasse.

„Das wird nichts, das ist schon was. Und zwar ein Besuch. Guten Tag, die Herrschaften!" bellte Friedrichsberg, sich durch seinen Auftritt eh schon genug Aufmerksamkeit verschafft habend, nun durch akustische Vehemenz noch deutlicher hervortretend, in die Runde. Das Kollegium verstummte und blickte auf den dicken Mann mit Schnurrbart, der sie aus ihrer Pausenlethargie gerissen hatte.

Straeten blieb geschickt im Hintergrund und hoffte still, dass dieser Spuk so schnell wie möglich vorbei sein würde.

„Wir beide gehören einer Sonderermittlungskommission an, die sich ausschließlich mit dem Fall Ihres verstorbenen Kollegen Werner Zimmermann auseinandersetzt. Da in diesem Zusammenhang noch nicht alle Punkte lückenlos aufgeklärt werden konnten, bitten wir Sie um Mitarbeit, damit der Fall so schnell wie möglich ad acta gelegt werden kann. Wir beide, mein Kollege und ich", hier wies er auf Straeten, „stehen Ihnen in der nächsten Dreiviertelstunde selbstverständlich gerne zur Verfügung. Wir befinden uns im..." er überlegte, es fiel ihm der Raum neben dem Lehrerzimmer ein „...Aufenthaltsraum und sollte uns irgendjemand von Ihnen irgendetwas erzählen wollen, so bitten wir ihn oder sie, dies jetzt und hier, hic et nunc, zu tun. Man dankt."

Ein Mensch im hinteren Drittel des Raumes, vom äußeren Erscheinungsbild Chemie und Physik, meldete sich zu Wort: „Und Sie glauben, das macht ihn wieder lebendig?"

„Diese Frage halte ich für ziemlich unqualifiziert, da ich nicht annehme, dass selbst Sie mit diesem Phänomen ernsthaft rechnen würden. Wenn ja, halte ich es für ziemlich fragwürdig, Sie zum Studium zugelassen zu haben, respektive, Sie auf Schüler loszulassen. Oder sind Sie Relilehrer?"

„Ich wiederhole meine Frage."
„Ich freu mich."
„Sie glauben, das macht ihn wieder lebendig?"
„Lebendiger als Sie alle Male!"
Gemurmel kam auf, eine junge Lehrerin erhob sich, packte ihre Utensilien, die vor ihr auf dem Tisch lagen, zusammen und schlängelte sich an Straeten vorbei.
„Also, wir sind im Aufenthaltsraum. Wenn Sie Ihrem toten Kollegen einen letzten Dienst erweisen wollen und Sie wissen etwas, irgendetwas, dann melden Sie sich bitte. Auch wenn Sie nichts wissen, können Sie gerne kommen. Obwohl: Besser nicht, sonst wird's zu voll. Vielen Dank." Leichter Diener, Abgang.
„Was war das denn jetzt?" fragte Straeten, draußen angekommen.
„Das war der gespielte Witz", sagte Friedrichsberg mit Nachdruck. „Ich hasse solche Leute, die nur um sich selbst und um ihre Fächer kreisen. Bürokratenärsche allesamt. Lass die mal in die freie Wildbahn. Die rufen schon nach zehn Minuten nach der Frau Mama."
Friedrichsberg steuerte auf den Aufenthaltsraum zu, klopfte leicht an und öffnete. Es war ein kleiner Raum, zwei Doppelfenster auf der gegenüberliegenden Seite, sieben Schultische, fünfzehn Stühle, rechts Tafel an der Wand. Der Raum war fast leer, an zwei Tischen saßen fünf Jungs in viel zu großen Hosen, Pullovern und Jacken, mit Mützen auf dem Kopf.
Als die beiden Alten rein kamen wurde es sofort still.
„Tag zusammen."
„Was wollt ihr hier?" Die Gruppe hatte wohl einen Sprecher.
„Sitzen und sinnen", sagten die beiden.
„Geht ihr hier noch zur Schule?"
„Nein, mitnichten. Auch das Angebot einer Aufnahme würden wir dankend ablehnen. Man lernte schon genug."
Der Gruppensprecher griff in eine Tasche seiner Jacke, holte etwas Weißes in einer kleinen Tüte heraus, ließ die Tütenhand unter dem Tisch verschwinden und schien den Gegenstand seinem Nebensitzenden weiterzureichen.

„Haut ab, oder seid ihr zum Sterben hier?“

„Ach Gott, den Spruch hat mein Opa schon gehört“, Friedrichsberg verzog das Gesicht. „Und er konnte damals schon nicht mehr drüber lachen.“

„Ihr sollt abhauen.“

„Was habt ihr denn für Probleme? Stören wir euch beim Basteln? Wir würden uns hier gerne kurz niederlassen. Ein paar Minuten, mehr nicht. Haben Verabredungen getroffen mit eurem Lehrerpersonal.“

„Wir müssen was klären hier. Und ihr stört uns dabei. Fertig.“

„Bei was stören wir euch denn?“

„Hör mal, Opa, verpissen sollst du dich, oder habe ich mich nicht klar genug ausgedrückt?!“ Der Gruppensprecher stand auf, kramte aus einer Hosentasche ein Klappmesser hervor, fummelte gekonnt damit herum, ging auf Friedrichsberg zu und hielt ihm das aufgeschnappte Messer unter die Nase. Der Halbstarke war etwas größer. Straeten öffnete schon mal die Türe und gab Rückendeckung, indem er sich schnell genug auf die Flucht hätte machen können.

„Ich muss zu meinem Missfallen feststellen, dass wir nicht das Vokabular teilen, was wiederum dazu führt, dass ich Ihren Mitteilungen nur in rudimentären Ansätzen folgen kann.“

Der Gruppensprecher hatte Friedrichsberg derweil an die Wand gedrängt, das Messer war Friedrichsberg immer näher gekommen, der Sprecher immer größer geworden, die Kraft der Restgruppe hatte er in seinem Rücken. Es hätte nicht mehr viel gefehlt, und der Gruppensprecher hätte kleine Schnitzarbeiten an Friedrichsbergs Nase vornehmen können.

„Pass mal auf, Opa, ich polier dir gleich so die Fresse, dass du… dass du… dass du schon sehen wirst.“ Er steigerte sich in die Situation, war sich seiner Gewalt, auch der Gewalt seines Messers, sehr sicher. „Und dann kannst du deinen Scheißzwieback nur noch…“

Just in dem Moment war Friedrichsberg mit dem rechten Fuß etwas hinter den Sprecher gestiegen, hatte mit beiden Händen die Jacke seines Gegenübers gepackt, sich gegen ihn geworfen, so sich und ihn zu Fall gebracht und zu Boden geschickt, mit dem kleinen aber bedeutsamen Unterschied: der Gruppensprecher lag unten, Friedrichsberg auf ihm. Und das konnte, aufgrund Friedrichsbergs nicht zu verachtendem Gewicht, beim Bubi zu einigen pneumatischen Engpässen führen.

Mit weit aufgerissenen Augen und absolut überraschtem Gesicht starrte der Junge ihn an.

„Pass mal auf, du rasseldummes Pförtnerkind", begann der Obenaufliegende, „wenn du oder irgendeiner aus deiner Sandkastengang mir noch mal so dämlich kommt und mich so saublöd anmacht, dann leg ich dich wieder um und dann setz ich mich erneut auf dich drauf. Aber dann nässt sich der alte Opa auch noch ein. Und das wollen wir doch beide nicht, oder? Also, die Warnung steht." Er stand auf, ließ den Bengel liegen, winkte zum Gangrest rüber und verließ den Raum, nicht ohne die Türe hinter sich zuzuknallen.

„Habe die Ehre, meine Herren."

„Das war aber haarig. Was wäre denn gewesen, wenn ein Lehrer rein gekommen wäre?" fragte Straeten.

„Dann hätte ich ihm auf diesem weichen Jüngling Platz angeboten."

„Glaubst du, da kommt noch jemand von den Lehrern?" Straeten schaute auf die Uhr, Friedrichsberg schaute in Richtung Lehrerzimmer.

In der Zwischenzeit hatte es gegongt, Schülermassen strömten durch die Gänge zurück in die Zimmer.

Friedrichsberg schüttelte den Kopf. „Ich glaube, da wird sich nichts mehr tun. Die haben wir abgeschreckt. Leider. Habe ich zu dick aufgetragen?"

„Wie immer", gab Straeten nickend zu. „Dann auf, Richtung Ausgang."

„Aber eines kann ich dir versprechen: Die Schule hat mich nicht zum letzten Mal gesehen. Irgendetwas muss doch aus diesen Lehrern herauszubekommen sein. Die können doch dem gewaltsamen Ableben eines Kollegen nicht so gleichgültig gegenüberstehen oder? Und bei so vielen Leuten hier… Da wird doch irgendeiner irgendetwas wissen. Irgendeine Kleinigkeit. Und irgendwem wird Zimmermann mit absoluter Sicherheit auch nicht sonderlich sympathisch gewesen sein. Da muss also noch was kommen. Und da wird auch noch was kommen. Und die Bengel knöpf ich mir auch noch mal vor. Was war das, was die da unter dem Tisch verschwinden ließen? Was hatten die zu verbergen? Eine Tüte, weißer Inhalt… Das wird doch wohl nichts Rauschhaftes gewesen sein? Und Puderzucker ist nun auch nicht so abenteuerlich, dass man seinen Konsum heimlich vollzieht. Wie alt werden die gewesen sein?"

„Volljährig alle male."

„Denke ich auch. - Also hier waren wir nicht zum letzten Mal. *Heute ist nicht alle Tage, ich komm wieder…*"

Die beiden steuerten auf den Ausgang zu, als Straeten plötzlich im Gang erstarrte.

„*… keine Frage.* Was ist los? Alterserscheinung?"

„Guck mal hier." Straeten hielt Friedrichsberg einen Zettel hin.

„Wo hast du den denn her?"

„Aus meiner Manteltasche. Frag mich nicht, wie der da rein gekommen ist."

Friedrichsberg faltete den Zettel auseinander. Es war die halbierte Seite eines karierten DIN A 5 Blattes. *„Heute Abend, 21 Uhr, Steinbruch.* Jetzt wird's ja immer mysteriöser. Ein Zettel, per Hand geschrieben… Sieht nach einer Frauenhandschrift aus. Hat dir bestimmt die flüchtige Dame von vorhin zugesteckt. Oder dieser Gestrich. Dem traue ich so eine Mädchenklaue auch noch zu. Aber wenn's ein Mädel sein sollte… Willst du da nicht lieber alleine hin? Dein letzter an dich adressierter Liebesbrief wird doch noch in Sütterlin geschrieben worden sein."

„Jetzt hör aber auf. Was wird das sein?"

„Da will uns jemand sprechen. Aber nicht im Lehrerzimmer und nicht im Aufenthaltsraum und nicht vorm Kollegium, sondern alleine, unbeobachtet von allen."

„Gehen wir da hin?"

„Ich auf jeden Fall. Das lasse ich mir nicht entgehen. Auf die alten Tage noch ein Date… Hätte ich nicht zu träumen gewagt. Und du? Komm doch mit, spannend und interessant wird's allemal."

Straeten hielt kurz inne, nickte dann zustimmend. „In Ordnung. Ich komme mit."

„Schön. Ich hole dich um viertel vor neun ab."

„Und komm diesmal bitte pünktlich."

„Wird gemacht, Chef."

„Schön wär's."

„Weißt du was?", sagte Friedrichsberg an Straeten gewandt, als sie die humanistische Bildungsstätte endlich verlassen hatten und die freie Luft atmen konnten, „Ich danke noch heute dem lieben Gott auf Knien für meine angeborene Faulheit, dass ich mein Studium nicht geschafft und mich nicht diesem Affentollhaus ausgeliefert habe."

Straeten nickte.

Friedrichsberg schien wirklich zufrieden. „Obwohl ich auf die regelmäßigen Fütterungen nur höchst ungern verzichte."

KAPITEL 16

Er fand seinen einfachen Tod, nach dem er lange vergebens gesucht hatte, am erstaunlich stabil befestigten goldenen Gelenk des zwölfarmigen Kronleuchters seines biedermeierisch eingerichteten und reich mit auf den ersten, wie auch auf den zweiten Blick recht kitschigen Gemälden behängten Wohnraums, wo er an einem späten Donnerstagabend unbeteiligt baumelnd aufgefunden wurde.

Die Freude war gering.

Jedenfalls bei Fräulein Sylvia, der Zugehfrau, die ihren Kunden hängend antraf. Das Fräulein, fünfundzwanzig Lebensjahre zählend, verheiratet und zwei Kinder und aus Polen stammend, kam, fast einem schweizerischen Uhrwerk gleich, jeden Donnerstagmorgen, deshalb ist es durchaus verwunderlich, dass sie ihn diesmal an einem Donnerstagabend fand.

Also, sie hatte ihn vorher noch nie erhängt am Kronleuchter

oder sonst einem Gegenstand baumelnd gesehen und auch nachher nicht. Wäre das der Fall gewesen, also hätte sie ihn schon das ein oder andere Mal in ähnlich grotesker Haltung angetroffen, sie hätte sich wahrscheinlich überlegt, ein weiteres Mal dieses Etablissement aufzusuchen. Denn mit so was scherzt man nicht. Und besonders nicht mit Fräulein Sylvia. Da war die junge Polin recht humorabhold.

Auch den sonstigen, etwas zotig anmutenden Scherzen ihres Geldgebers trat sie nicht mit Respekt oder gar Begeisterung gegenüber, sondern vielmehr mit strikter Ablehnung und Missachtung.

Sie fand ihn nur einmal. Aber sie fand ihn an diesem Abend und zwar deswegen, weil sie am Donnerstagmorgen einen Zahnarzttermin hatte. Der Weisheitszähne wegen. Beide links. Also oben und unten. Sie bat um Verschiebung ihres Morgentermins, wollte so schnell wie möglich ihre Putzarbeiten nachholen, schob es auf den Donnerstagabend, weil sie nachmittags ihre Termine hatte, der Tote selbst nachmittags auch unterwegs war, also hatte unterwegs sein wollen, man weiß ja schlussendlich nicht, ob der Tote, als er noch nicht tot war, noch unterwegs war. Wenn er schon tot gewesen sein sollte, hätte er nicht mehr unterwegs sein können.

Letztendlich verschoben sie so ihr Zusammentreffen auf den Donnerstag, 19 Uhr. Nicht, weil er ihr beim Putzen hatte helfen wollen, wo käm er denn da hin, auch so ging er ihr nicht zur Hand; und auch nicht, weil die beiden etwas anderes miteinander zu tun hatten als zu Putzen. Hätte man ja auch annehmen können. Auch das nicht. Nein. Er schaute ihr nur so gern beim Putzen zu.

Wenn sie zum Beispiel in ihrer sich immer wiederholenden Choreographie mit leichten gleichmäßigen Bewegungen, aber dennoch etwas ruckartig mit der Saugdüse des Staubsaugers behände über den Perser glitt, zunächst, mit einer eher wegdäuenden Armbewegung den Fransen des Teppichs folgend, also im Sinne des Geknüpften, dann allerdings, als genauer Kontrast und Gegensatz zu ihrer vorangegangenen Tat, alles an sich reißend, dem Geknüpften sozusagen das Genick brechend, gegen die Teppichborsten ankämpfend. Und das immer wieder und immer wieder aufs Neue.

Und die Bewegungen, die sie dabei auszuführen hatte, sich immer wiederholend, immer wieder aufs Neue, kreisend, zunächst nur mit den Händen, dem Oberkörper, gefolgt vom ganzen Unterleib und vollendet durch an Tanzschritte erinnernde Fußstellungen, diese Bewegungen, untermalt von den Handgriffen, die eine Frau durchzuführen weiß, geht es darum, sich die Haare aus dem Gesicht zu wischen, diese Bewegungen also, allein durch den leichten Schweißfilm in ihrem Gesicht zur Vollendung gebracht, brachten ihn jedes Mal fast um den Verstand, heiße Sturzbäche der Leidenschaft durchflossen seinen Körper.

Oder wenn ihr zum Beispiel bei einer so gewöhnlichen Tätigkeit wie dem Fensterputzen, kaum das sie mit ihrem Putzleder die große Glasscheibe berührte, das eh schon viel zu knappe T-Shirt aus dem Hosenbund glitt und eine zierliche, wohlproportionierte Hüfte und einen fast als vollkommen zu bezeichnenden, leicht gebräunten Bauch mit einem dieser auf ihn immer etwas verrucht wirkenden Piercings versehenen Bauchnabel preisgab.

Gar nicht erst davon zu reden, was passierte, wenn entlegenere Fensterpartien zu erreichen waren, die, um sie zu erreichen, eine gewisse Körperanspannung zwangsläufig nach sich zu ziehen hatte, was zu einer enormen Anspannung des Gesäß- und Brustbereichs führen musste. Kurzum: Was für Brüste...

Diese Rundungen, die so fest und prall und begehrenswert vor seinen Augen prangten und nur zu schreien schienen: „Faß mich an, na los, greif nach mir!", wie mochten sie wohl ohne T-Shirt aussehen? Blanke Haut, blanke Brüste, festes rundes Fleisch? Wie mochten sie schmecken? Wie sich anfühlen? Genauso herrlich wie sie am angespannten Körper aussahen? Oder war der dazwischen liegende Stoff nicht doch der eigentliche erotische Höhepunkt? Das eben nicht wirklich sichtbare, das nicht sofort Greif- und Erfassbare, sondern das indirekte, noch Erforschbare.

Und ihr Hintern... Dieser ihn immer wieder anlachende und auffordernde Körperteil, dieser Schelm, der ihn immer wieder zu überreden versuchte, ihn anzufassen, sich ihm unsittlich zu nähern. Im Insgeheimen feixte er über ihn, er verspottete ihn. Dass er eben nicht zupackte, dass er sich eben nicht traute. Aber diese Genugtuung wollte er ihm nicht geben. Er würde sich unter Kontrolle halten, er würde sich nicht dazu verleiten lassen, sich ihm, in welcher Form oder Art auch immer, zu nähern.

Nein, er würde standhaft bleiben, wenn auch diese An- und Ausblicke ihn immer wieder von Neuem innerlich erschüttern, aufwühlen und erbeben ließen. Allein, wenn er nur an ihren Körper dachte, durchfuhr es ihn wie von tausend Ameisen durchwandert. Er wurde kribbelig, unruhig. Ganz zu schweigen, wenn er sie sah. Innerlich ein Tornado, blieb er doch nach außen hin die Ruhe selbst, durch nichts und niemanden in seiner Ruhe gestört, aus seiner äußerlichen Lethargie gerissen.

Ganz ruhig lehnte er in der Tür, ging in die Küche, nicht, weil er irgendetwas benötigte, allein, um einen Blick auf sie zu werfen, an ihr vorbei zu gehen, sie zu riechen, sie, wenn auch nur auf Entfernung, zu spüren; oder er saß im Sessel, tat so, als würde er lesen oder Musik hören. Das alles tat er nicht, auch wenn es so aussah. Er beobachtete sie. Er nahm sie in sich auf. Ein Kunstwerk, das er allwöchentlich erleben durfte und von dem er nie genug bekommen konnte. Er freute sich mittwochs abends schon auf den Donnerstagmorgen. Jetzt allerdings nicht mehr. Jetzt war er tot.

Wenn es wieder so weit war, Fräulein Sylvia also wieder zum Putzen kommen konnte, bereitete er sich vor. Er stand früh auf, frühstückte ausgiebig, was er sonst in dieser Form nicht tat, für ihn war das Frühstück nur die lästige Nahrungsaufnahme, um nicht nüchtern zum Mittagsmahl zu erscheinen. Eigentlich reichte ihm zum Frühstück eine Tasse Tee. Das hatte zu genügen. Aber donnerstags frühstückte er. Ausgiebig. Der Tee durfte trotzdem nicht fehlen. Und er duschte sich. Das tat er sonst nur, wenn ein verheißungsvolles Abendessen auf ihn zu warten hatte, von dem er sich versprach, dass es grandios werden und in einem rauschenden Gaumenfest enden könnte. Nur und ausschließlich dann duschte er vorab. Und wenn Fräulein Sylvia zum Putzen kam. Dann auch. Selbst vor dem Beischlaf duschte er sich nie. Nie.

Warum auch? Er kannte sich, seine Eigenheiten und seine Gerüche. Der andere Mensch war ihm egal. Meistens blieb es eh bei dem einen Mal. Hinterher war die Verführung, sich zu duschen, größer. Aber auch nur dann, wenn ihm der Beischlafpartner egal war. Wenn es eine tolle Nacht gewesen war, ihn sein „Opfer" lange auf seinen Gebrauch hatte warten lassen, und er diese Trophäe noch etwas mit sich rumtragen wollte, dann duschte er sich ebenfalls nicht, damit er sie noch eine Weile nachriechen konnte. Vor Fräulein Sylvia duschte er sich schon.

Und eine Viertelstunde vor ihrem Erscheinen machte er sich bereit für ihr Eintreffen, für ihr Erscheinen.

Er musste bei dieser Wortwahl immer etwas schmunzeln. Hochkarätige Gäste aus diversen fremdsprachigen Königshäusern werden erwartet, dann treffen sie ein und erscheinen; aber keine Putzen. Richtig, richtig, doch bei Fräulein Sylvia war das noch etwas anderes. Das war... ein Ereignis. Und das musste begangen werden. Deshalb machte er sich bereit.

So saß er immer mit einem Glas Rotwein (ja, auch schon am frühen Morgen; aber hier ging es ihm um den puren Genuss) in der Rechten und einem Buch in der Linken, das er immer mit dem Daumen und als Gegenpart Zeige- und Mittelfinger zu halten wusste, in seinem Sessel, hatte vorher eine Schallplatte aufgelegt und hörte ein Klavierkonzert. Irgendeines. Meistens Beethoven. Und dann saß er da, hörte, schaute, träumte, soff und genoss. Fräulein Sylvia.

Ob er ihren Anblick jetzt auch genossen hätte, wenn er sie hätte sehen können, wie sie ihn sah, dort hängend, Kopf blutleer, tot, kalt, grau? Mit der richtigen musikalischen Untermalung vielleicht. Tot. Hängend. Gräuliches Blau oder bläuliches Grau. Und der Darm entleert. Oh, daran und an den begleitenden Geruch hatte er gar nicht gedacht. Egal. Wer denkt im Moment seines Todes schon an Darmentleerung?

Das Opfer seiner Begierde sieht ihn tot. Was heißt Begierde? Begehrte er sie so sehr? Nun, er war voller Begierde ihr gegenüber, dass er allerdings nur ihr gegenüber Begehren verspürte, wäre etwas zu hoch gegriffen. Begierde, Begehren...

Ein anderes Wort würde es vermutlich etwas präziser ausdrücken, wenn es auch durch seine abgenutzte Verwendung leicht in den unseriösen, um nicht zu sagen leicht schmutzigen Bereich lappte. Das Wort war, schlicht, simpel: Geilheit. Sie war das Opfer seiner Geilheit, einfach formuliert. Begierde hin, Begehren her, Geilheit traf's. Er verspürte eine fast schon pubertär zu nennende Geilheit, wenn er Fräulein Sylvia sah. In ihrer Arbeitskluft. Von hinten. Wenn sie sich bückte. Wenn sie sich reckte. Wenn sie verschnaufte und sich mit einem Taschentuch den Schweiß von der Stirn wischte. Wenn sie leicht bekleidet ankam, oder im Winter dick eingemummt, sich Schale für Schale vom Leib entledigend, sich in der Küche kurz zurückzog, zwecks Umzug, um dann nach wenigen Minuten als Putzteufelchen wiederzukehren. Quasi Rückzug.

Er hatte ihr verboten, die Türen zu schließen. Von abschließen war gar nicht mal die Rede. Allein das simple Schließen einer Türe hatte er ihr verboten. Er nannte es eine negative Angewohnheit, deren Einzug er schon im Keim ersticken wolle. Türen auf. Und wenn auch nur, wie beim Umziehen, einen Spalt. Nur durch diesen kleinen Spalt zwischen Küchentür und Rahmen hatte er sie einmal beobachten können. Beim Umziehen. Ein unbeschreibliches Gefühl kam in ihm auf. Eine Verhärtung seiner Glieder, ein innerliches Aufbäumen, ein Kitzeln und Kribbeln an der Wirbelsäule, ein Schweißausstoß unter den Achseln und an der Stirn. Die Hände juckten ihm. Es hätte nicht viel gefehlt… Aber auch dieses Mal hatte er sich unter Kontrolle.

Schwerer schon fiel es ihm, als er ihr im letzten Sommer angeboten hatte, sich bei ihm nach getaner Arbeit zu duschen. Sie bemerkte ihn nicht, wie er plötzlich im Wasserdampf vernebelten Bad neben der Dusche stand und sie durch die angeraute nasse Duschwand hindurch beobachtete. Anstierte. Erst als sie fertig war, er ruckartig die Kabinentür öffnete und ihr ein Handtuch entgegenhielt, erschrak sie leicht. Nein, sie erschrak schwer, wusste diesen Schrecken allerdings nicht so deutlich zu zeigen. Er lachte nur.

Nein, mit Begierde hatte das recht wenig zu tun. Es war pure Geilheit. Die sexuellen Lüste unterdrücken, um sich für das Höhere aufzubewahren, den einzig wahren und wahrhaftigen Genuss. Die Geilheit anders ausleben.

Fräulein Sylvia... Sieht ihn tot, erschrickt unbeschreiblich, erstarrt, begreift und schreit in einem Augenblick, dass es durch Mark und Knochen geht, gewinnt an Leben, rennt dann ins Bad und kotzt ins Waschbecken.

Das heißt, sie hätte gerne ins Waschbecken gekotzt. Also sie hat dann auch hinein gekotzt. Aber vorher, auf dem Weg dorthin, noch auf den Flur zwischen Wohnzimmer und Bad, dann gegen die Wand, auf die Ablage vor dem Waschbecken und den Rest dann doch noch ins Waschbecken. Musste sie das alles also wieder putzen.

Sie stand da, umklammerte links und rechts die Keramik und würgte. Sie würgte so stark, dass ihr das Gefühl kam, sie würde ihr Innerstes nach außen kehren. Sie hätte gerne aufgehört, aber der Ekel und der Abscheu waren so groß, dass sie nicht anders konnte. Das Bild; und erst der Gestank... Jetzt kam sogar schon Galle. Sie riss ein Fenster auf, stellte sich ganz nah ans Fensterbrett, beugte sich raus und atmete einige Male tief ein und wieder aus. Ruhiger werden, runter kommen, ganz langsam, nur nicht an das gerade Gesehene denk... Und dann ging es schon wieder von vorne los. Ab zum Waschbecken und einen erneuten Schub Galle in die Keramik spucken. Mund ausspülen, zurück ans Fenster, atmen. Ein, aus, ein, aus. Sie setzte sich auf den Badewannenrand. Runterkommen. Sie blickte an sich herab. Ihr T-Shirt hatte auch leiden müssen, einige Flecken zeugten vom Vorangegangenen. Sie zog es aus.

Hätte er sich das alles in seinem Sessel sitzend, Wein, Klavier und so weiter, ansehen können, er hätte bestimmt seine helle Freude gehabt. Applaudiert vielleicht. Sie ging zurück in den Wohnraum.

Es ging um ihn, er hing dort, er war tot, er konnte Fräulein Sylvia nicht sehen. Und nicht genießen. Kein letztes Mal, obwohl er ihr so vorkam, jetzt, da sie vor ihm stand, als würde er sie wieder aus seinen hervorgetretenen Augen lüstern anstieren und sich jede Sekunde von seinem Strick loslösen und ihr entgegenkommen. Ekelerregend.

Und so war sie wie immer rein gekommen, hatte sich noch gewundert, warum die Tür aufsteht, warum keine Klaviermusik läuft, warum er sie nicht ruft, beim Namen nennt, auf seine ekelhafte Art auflacht, aber sie hatte vermutet, dass es sich wieder um eines seiner makabren Spielchen gehandelt hatte, immer etwas geschmacklos, aber nie zu nahe tretend. Obwohl was heißt das: Spielchen? Es waren nie irgendwelche Spielchen gewesen, es war nie etwas passiert. Er war ihr nur ab und zu unangenehm gewesen. Äußerst unangenehm. Und sie hatte öfters vermutet, dass er das, was er tat, nur deshalb tat, um sie irgendwie einzuschüchtern oder zu verunsichern. Sie hätte sich nie wegen irgendetwas beschweren oder aufregen können. Berechtigterweise aufregen können. Aber dieses Unterschwellige, dieses ungute Gefühl, das man hatte, wenn man die Wohnung betrat, wenn man nur an ihn dachte, wenn zu Hause das Telefon schellte und man für eine Zehntelsekunde glaubte, er könne es sein… Dieses Gefühl konnte ihr keiner nehmen. Und dieses Angstgefühl hatte sie ihm zuzuschreiben.

Aber sie konnte diesen Job nicht absagen, nicht ablehnen. Sie musste arbeiten. Wenn auch nicht zwingend bei ihm, aber sie musste Geld verdienen. Und er zahlte ihr gutes Geld. Da versuchte sie auch, seine „Spielchen" zu ertragen. Und bislang ging es auch noch. Es war auszuhalten.

Aber heute hatte sie nichts gehört. Und die Türe stand offen. Sie also rein, Türe zu, rief noch nach ihm, bewegte sich vorsichtiger als sonst, hängte ihren Mantel an die Garderobe, zog sich die Schuhe aus, schlich, sich vorsichtig nach allen Seiten umschauend, durch den Korridor, wie sie es schon in dutzend Kriminalfilmen im Fernsehen gesehen hatte. Dass sie einmal in einer solchen Situation sein würde, das hätte sie nie für möglich gehalten. Und sie hatte noch mehr nie für möglich gehalten. Und zwar, dass sie mal einen Toten würde sehen müssen. Und so kam sie in den Wohnraum, ein Blick, ein Erkennen, ein Schrei, der Rest ist Geschichte.

Dass sich also das Fräulein Sylvia nicht vor lauter Begeisterung auf die Schenkel schlug, liegt klar auf der Hand. Deshalb: Die Freude war gering. Natürlich nicht bei allen und bei jedem. Denn wo was von der Decke baumelt, gibt es meist was zu erben.

Und auch sonst: Wo ein Mensch geht, hinterlässt er immer zwei Meinungen. Die einen sagen: Schade drum; die anderen sagen: Gott sei Dank. Und bei ihm waren die anderen in der Mehrzahl.

KAPITEL 17

Straeten zog mit Zeige- und Mittelfinger der rechten Hand den Hemdsärmel etwas zurück und lugte auf seine Armbanduhr. Viertel vor neun. Er und Friedrichsberg waren doch noch übereingekommen, dass es besser wäre, wenn man sich schon um halb neun treffe, um rechtzeitig und vor dem so genannten *Datepartner* im *Steinbruch* zu sein. Gerade im Hinblick auf Friedrichsbergs chronisches Zuspätkommen. Deshalb hatte Friedrichberg Straeten auch schon um halb abgeholt und deshalb saßen sie auch schon seit fünf Minuten in einer Ecke des Schankraums.

Der *Steinbruch* bezeichnete sich selbst als so eine Art Treffpunkt, Café, Bar, Restaurant, aber auch Discos und Jazzkonzerte, selbst Diavorträge fanden hier in regelmäßigen Abständen statt. Für Discos war Friedrichsberg zu alt, Diavorträge interessierten ihn einen feuchten Kehricht, allein zu dem ein oder anderen Jazzkonzert, das im gemütlichen Hinterzimmer des Cafés ein ums andere Mal stattfanden, war er erschienen. Dann fand sich dort immer so genanntes *Stammpublikum* ein, das an Tischen, auf Hockern oder im Stehen der Musik lauschte. Und hinterher trank man mit den Akteuren ein Bierchen und fachsimpelte. Sonntags kamen eher die jungen Familien mit drei Kindern und zwei Hunden (oder umgekehrt) mit befreundeten Familien zum Frühstück hierher, unter der Woche Studenten oder Dozenten, um über Projekte, Seminare, Hausarbeiten oder anderen universitären Kram zu diskutieren. Aber auch ganz normale Leute frequentierten den *Steinbruch* schon seit Jahren und gerade das machte ihn für Friedrichsberg zu dem was er war: Ein angenehmer Treffpunkt für alles und jeden. Und ganz ungezwungen.

Der Raum war ziemlich in die Länge gezogen; kam man durch die Schiebetür in der Glasfront herein, war direkt vor Kopf an der langen Seite die Theke, dahinter die Küche, links an der Fensterseite einige Stehtische mit Hockern, im hinteren linken, sowie im gesamten rechten Bereich viele Tische mit Stühlen. Die beiden Säulen in der Mitte des rechten Raumes umstanden auch einige Hocker, damit man sich locker um die Säulen drapieren konnte. Und im hinteren Bereich des rechten Raumes ging es in den Konzert-, Tanz- oder Vortragsraum.

Viertel vor.

Friedrichsberg hatte sich ein großes Kristall bestellt, Straeten einen Rotwein. Friedrichsberg war der festen Überzeugung, dass er auch mit zwei Weizenbieren noch gut Autofahren könne. Das würde ihm nichts ausmachen, das würde ihm auch keiner anmerken. Ob es den anderen etwas ausmachte oder ob es sie störe war ihm schlicht egal. Zwei Biere gingen. Zwei Große.

„Was machen wir hier überhaupt?“ fragte Straeten nach einer Weile angenehmen Schweigens. Nur das regelmäßige Rauschen der nahe gelegenen Autobahn hatte die Stille untermalt.

„Hach...“ Friedrichsberg atmete aus, schloss die Augen, lehnte sich in seinem Stuhl zurück und verschränkte die Arme vor der Brust. „Ich komme mir hier immer vor wie im Urlaub. Im Rauschen höre ich die Südsee. Ich liege unter Palmen, lasse mir die Sonne auf den Pelz brennen, gut aussehende Frauen tanzen Hula, leichte Musik dringt zart an mein Ohr, ich schlürfe Cocktails. An guten Tagen. An schlechten sitz ich hier, die Linden pinkeln in mein Getränk, dicke Mädchen tragen bauchfrei, ich trinke Pils und der Autolärm kotzt mich an. Aber irgendwie schön ist es.“

„Und was machen wir jetzt hier, um meine anfängliche Frage noch mal zu wiederholen?“

„Hm... Wir warten auf eine Briefeschreiberin.“

„Ja, aber warum? Was erwartest du?“

„Eine Briefeschreiberin, wie gesagt. Mein Gott, wir behaupten, wir würden irgendwie im Fall Zimmermann ermitteln, setzen die These in den Raum, da steckt uns irgendwer ein Zettelchen zu mit der Bitte um ein Treffen heute hier um 21 Uhr. Warum sollten wir dem nicht nachkommen? Ich halte es für relativ unwahrscheinlich, dass hier gleich ein alter schwarzer Bentley vorfährt, die Fensterscheiben runtergekurbelt und wir von ein paar Maschinenpistolensalven niedergestreckt werden. Glaub ich nicht. Und selbst wenn, nehm ich vorher noch einen tiefen Schluck Bier und gebe mich meinem Schicksal hin."

„Du hast eine Ruhe..."

„Ich habe keine Ruhe. Ich habe Interesse. Und zwar an dem, was hier gleich passiert. Wenn was passiert. Vielleicht hat es sich die Schreiberin ja doch noch anders überlegt und sitzt jetzt zu Hause und lässt uns alte Hanseln hier versauern. Kann alles möglich sein." Er guckte zu Straeten rüber. „Wäre ja nicht das erste Mal, dass dich eine Frau sitzen lässt, oder?"

„Du mich auch", ein Schluck Wein. „Dann warten wir eben ab."

Friedrichsberg beugte sich vor und nahm die Speisenkarte an sich. „Sollen wir uns was zu Essen bestellen?"

„Doch nicht um diese Uhrzeit. Krieg ich ja die ganze Nacht kein Auge zu."

„Musst du doch auch nicht. Oder musst du morgen früh raus?"

„Nein. Wie immer eben."

Friedrichsberg schaute noch mal auf die Speisenkarte. Mittlerweile war es 21 Uhr.

„Recht hast du. Lassen wir's bleiben."

Blick auf die Uhr.

„Wie viel geben wir ihr?" fragte Straeten.

„Wem? Was?"

„Nun, der Briefeschreiberin für ihre Informationen?"

„Erstens wissen wir überhaupt noch nicht, ob es eine Briefeschreiberin ist. Das haben wir ja einfach nur gemutmaßt, weil uns die Schrift weiblich dräute. Aber ob's so ist, wie's ist, wer weiß? Zweitens: Sollte es eine sein, wissen wir nicht, ob sie im Auftrag gehandelt hat, also ob sie das Briefchen für jemand anderen geschrieben hat und nicht doch gleich ein Mann hier aufschlägt. Und drittens: Nichts. Wenn sie meint, uns etwas mitteilen zu müssen, dann kann sie das gerne tun. Zahlen werde ich nichts. Die kann von Glück reden, wenn ich sie nicht auf dem Bierdeckel hier sitzen lasse.“ Er fuchtelte mit dem Zeigefinger zwischen Wein und Bier hin und her.

„Und wie lange warten wir noch?“

„Herrgott, bist du ungeduldig. Jetzt komm doch mal runter. Es ist ein angenehmer Abend; wir trinken was und lassen es uns gut gehen. Um halb zehn werde ich, so sich bis dahin nichts getan hat, hier die Zelte abbrechen. Aber bis dahin hat sie noch alle Zeit der Welt. Also eine halbe Stunde. Manche kriegen in der Zeit noch nicht mal ihre Schuhe zugebunden. Andere zetteln in der Zeit einen Krieg an. Die Messer sind gewetzt, die Pistolen poliert und die Gewehre entsichert. Warten wir's ab.“

Keine zehn Minuten später fuhr ein Damenfahrrad vor und eine junge Frau Ende zwanzig mit blondem Pferdeschwanz und alternativer Bekleidung stieg ab, kam in die Kneipe und ging auf die beiden Herren zu.

„Guten Abend. Ich bin Silke Perkowski. Gut, dass Sie da sind“, sagte sie, krampfte sich ein Lächeln ab und nickte leicht. Verhuschtes Häschen, dachte Friedrichsberg. Die beiden erhoben sich und streckten ihr die Hände entgegen.

„Nehmen Sie bitte Platz, mein Name ist Friedrichsberg. Das ist Jupp Straeten. - Was möchten Sie trinken?“

„Eine Apfelschorle.“

Bedienung kam, es wurde bestellt. Schweigen.

„So so“, unterbrach Friedrichsberg die geschwätzige Stille. „Sie sind also auch ein Freund, besser gesagt: Eine Freundin des akademischen Viertels?“

Verwirrung seitens des Pferdeschwanzes. Man verstand nicht ganz. Friedrichsberg zeigte auf eine Uhr an der Wand.

„Ach so... Ja... Äh... Also nein, ich meine... Das ist so... Ich komme vom Handball und da wurde es etwas später und...“

Friedrichsberg unterbrach sie: „Nun, das hat keine Relevanz. Fiel mir nur so auf und ein und wollte zu Gehör gebracht werden.“ Er lächelte sie an, sie hielt seinem Blick nicht stand, wich ihm visuell aus, vergrub ihre Hände im Schoß und musterte sie ausgiebig. Sie schaute hoch und Straeten direkt ins Gesicht. „Was haben Sie denn mit dem Selbstmord von Werner… Also Herrn Zimmermann zu tun?"

Da hatte sie sich den Richtigen ausgesucht. „Nun, ich… Also wir…"

Friedrichsberg übernahm rasch. „Wir sind befreundet gewesen mit Herrn Zimmermann. Und uns wundert, dass er sich umgebracht hat. Oder haben soll. Oder wie auch immer. Und da haben wir uns gedacht, weil der Fall für die Polizei klar zu sein scheint und Ermittlungen nicht unternommen werden, hören wir uns mal um. Und da gehört nun mal sein Arbeitsplatz mit dazu. Also mit zu den abzuhörenden Orten, sozusagen." Er lächelte erneut. „Reines Interesse quasi."

Silke Perkowski lächelte zurück.

„Und uns hat gewundert, dass uns jemand, wir nehmen mal an Sie, einen Zettel zugesteckt hat. Jetzt sitzen wir hier mit Ihnen, uns treibt die Neugier. Wir lauschen, Sie reden. Wenn Sie wollen. Aber schließlich", er lachte auf, „sind wir dafür hier."

Sie nickte und begann: „Ich möchte… Also, ich bin Lehrerin für Biologie und Physik. Und erst seit dem letzten Schuljahr an der Schule. Das ist meine erste Stelle, müssen Sie wissen. Und deshalb habe ich Ihnen auch den Zettel zugesteckt. Ich möchte vor dem Kollegium nicht auffallen. Also nicht direkt am Anfang. Und dann auch noch mit so was in Verbindung gebracht werden. Wissen Sie, man muss aufpassen als junge Lehrerin, da wird man eh streng genug betrachtet. Von den männlichen wie von den weiblichen Kollegen. Wissen Sie, die einen schauen aus Interesse, die anderen aus Misstrauen, manche wegen beidem. Deshalb der Zettel. Und ich danke Ihnen, dass Sie gekommen sind. Mit irgendwem muss ich ja mal drüber sprechen. Wissen Sie…" Friedrichsberg und Straeten wussten nichts, ließen sie aber mal reden, eine Quelle, die sprudelt, sollte man nicht versiegen lassen. „… ich komme ja eigentlich gebürtig aus dem Saarland."

„Und dann heißen Sie Perkowski?" unterbrach Straeten. „Das ist aber ungewöhnlich."

„Mein Vater ist hier im Ruhrgebiet geboren worden. Also in Essen. Und dann ist er wegen der Arbeit ins Saarland. Und wegen der Liebe."

„Was man nicht alles macht", Straeten schüttelte leicht den Kopf.

„Na ja, und wissen Sie, aus studientechnischen Gründen bin ich ins Ruhrgebiet und hier irgendwie nicht mehr weggekommen. Ich fühle mich ganz wohl hier. Nur dann natürlich die erste Stelle, der erste Job, da wird man schon etwas nervös. Man kommt in eine fremde Schule, wird mit fremden Leuten konfrontiert, muss direkt einiges leisten... Da ist man froh, wenn man sich jemandem anschließen kann." Sie machte eine Pause, so als müsse sie sich das Geschehene noch mal vors geistige Auge holen.

„Und da haben Sie sich Werner Zimmermann angeschlossen?" mutmaßte Friedrichsberg.

Der Pferdeschwanz nickte. „Richtig. Also der Werner war immer so eine Art Ansprechpartner. Er kam direkt an meinem ersten Tag auf mich zu, man kam ins Gespräch, er fragte mich, woher ich komme, was ich hier mache, wie und wo ich was studiert habe, ob ich Freunde hätte und so weiter... Wir verstanden uns ganz gut."

Nur weil Straeten auch mal etwas zu dem Gespräch beisteuern wollte, sonderte er ein „Das ist ja schön." ab. Friedrichsberg schaute ihn streng an.

„Wir haben uns in den Pausen oft unterhalten und er schien mir auch ein sehr positiver, freundlicher, umgänglicher Mensch zu sein."

„Was heißt schien?" wollte Friedrichsberg wissen.

Der Pferdeschwanz druckste ein wenig herum. „Nun ja, also er hat schon viel mit Schülern gemacht, das war schon auffällig. Also positiv auffällig. Wenn es auch an manchen Stellen etwas übertrieben war, wenn Sie mich fragen."

„Was heißt das?"

„Nun, er traf sich mit manchen Schülern nachmittags zum Rudern, oder samstags kam er mit in die Aula, wenn einige Schüler Fußball spielten. Nicht immer, aber öfters. Das fiel mir schon auf. Aber ich habe mir nichts dabei gedacht. Manche Lehrer ziehen sich total zurück, er wollte eben etwas über den Unterricht hinaus mit seinen Leuten, mit seinen Schülern unternehmen."

„Und das war Ihnen dann doch etwas rätselhaft, oder wie verstehe ich jetzt Ihr Zögern?"

„Nun ja, ein bisschen schon."

„Meinen Sie denn, dass... Nun, dass... Also dass da irgendetwas..." Wie sollte Friedrichsberg das nun sagen? „Wie soll ich das nun sagen... Ja: Lief zwischen ihm und seinen Schülern was?"

Der Pferdeschwanz errötete. „Nein, nein. Also ich glaube es zumindest nicht." Sie überlegte ernsthaft. „Nein, das kann ich mir nicht vorstellen. Aber er hatte auch mit so einer Truppe von Achtzehnjährigen zu tun. Und das schien mir irgendwie nicht so ganz sauber."

„Wie meinen Sie das? Nicht so ganz sauber?"

„Na, das war seltsam, irgendwie. Ich glaube, da lief was."

„Wie: Da lief was? Also doch?!"

„Nein, nein, nicht was Sie denken. Da lief etwas anderes. Ich bin mir aber nicht sicher und ich will nichts Schlechtes über einen Kollegen, zumal der ja auch schon tot ist..."

„Passen Sie mal auf, Frau Perkowski: Ich bin nicht hier, um Sie oder Zimmermann oder sonst wen zu verurteilen. Das machen ganz andere Leute. Und von diesen ganz anderen Leuten kenn ich auch keinen und will auch keinen kennen lernen. Heißt also: Mir ist vollkommen egal, was da war und wie das da war. Beziehungsweise ist mir der Ausgang egal. Aber wenn wir die Umstände des Selbstmordes etwas erhellen möchten, muss ich wissen, was da los war. Und da hilft mir jedes Detail. Ob Sie sich nun sicher sind oder nicht. Ob das jetzt reine Spekulation oder Einbildung ist oder nicht. Also: Was war da?"

Silke Perkowski musste schlucken. „Nun... Also es ist ja nicht offiziell... Und es darf auch nie offiziell werden. Da weiß man nichts drüber und der Schulleiter versucht auch krampfhaft, den Mantel des Schweigens darüber zu breiten. Und wenn herauskommen sollte, dass ich das... Also das Sie das von mir... Das darf nicht passieren."

Friedrichsberg musste tief Luft holen. Wenn diese Tussi nicht bald aus dem Quark kam, würde er ungehalten werden. Noch hatte er sich unter Kontrolle. Aber nicht mehr lange. „Aber Frau Perkowski", begann er. „Ich habe Ihnen doch grade schon zugesichert, dass über meine Lippen kein Sterbenswörtchen..."

Sie unterbrach ihn. So was aber auch. „Gut. Gut, ich sage es. Wissen Sie... Also ich glaube, dass an unserer Schule mit Drogen gehandelt wird."

„Ach was." Friedrichsberg war verblüfft. Nicht, dass er damit gerechnet hätte. Aber er musste sich ernsthaft über die Bestürzung von Silke Perkowski wundern, für die das, so schien es Friedrichsberg jedenfalls, absolutes und unerlaubtes Neuland zu sein schien.

„Ja, aber sagen Sie bloß nichts", beruhigte sie ihn und damit sich. „Das darf nicht an die Öffentlichkeit. Dass an der Schule geredet wird, scheint uns allen klar zu sein. Aber der Direktor will es nicht öffentlich machen. Das geht ja gegen seine Schule."

War das für sie skandalös? Drogen gehören seit Jahren an die Schule wie Rindenmulch mittlerweile in jeden zweiten Garten, der was auf sich hält: nicht zwingend notwendig, aber genauso wenig von der Hand zu weisen.

„Nein, nein. Und weiter?"

„Und weiter glaube ich, dass diese Schülergang dahinter steckt."

„Gut, gut. Und weiter?"

„Und das der Drahtzieher Werner Zimmermann ist."

„War", korrigierte er.

„Wie bitte?"

„War", korrigierte er erneut.

„Ja, richtig. War."

„Hm..." Friedrichsberg strich sich über den Bart. Das mit den Drogen hatte ihn nicht weiter gewundert. So was gibt es eben. Aber dass Werner Zimmermann dahinter stecken sollte, verwunderte ihn schon eher. Passte das in sein Bild, das er von Zimmermann hatte? Passte das in ihr Bild? „Das ist ein Dingen. Seit wann wissen Sie das, Frau Perkowski?"

„Nun, wissen tu ich nichts."

„Nein, richtig. Wissen tun Sie nichts. Aber seit wann keimt in Ihnen dieser sonderbare Verdacht?"

Sie überlegte. „Seit zwei Monaten."

„Und wie kam es dazu?"

„Nun, das war so: Ich musste einen Nachmittag länger in der Schule bleiben. Ich wollte Arbeiten korrigieren. Im Lehrerzimmer, weil bei mir zu Hause die Handwerker… Da habe ich einfach keine Ruhe. Jetzt wollte ich gegen 18 Uhr Schluss machen. Ich konnte mich nicht mehr konzentrieren, musste noch etwas einkaufen und wollte auch nach Hause. Die Handwerker hätten eh schon weg sein sollen. Jetzt hatte ich mein Rad in der Abstellkammer neben dem SV-Raum abgestellt."

„SV-Raum?" unterbrach Friedrichsberg den Redefluss zwecks Klärungsbedarfs.

„Schülervertretung."

„Ach ja."

„Wissen Sie, ich stelle mein Rad immer in die Abstellkammer neben dem SV-Raum. Und aus dem Raum hörte ich Stimmen. Mehrere Stimmen. Um 18 Uhr. Da habe ich mich natürlich gewundert. Die Türe stand einen Spalt breit offen, da habe ich mal reingeschaut. Und da saßen die vier aus der Gang zusammen mit Werner und auf dem Tisch so komische Tüten mit bunten Pillen und irgend so einem weißen Zeug drin."

„Hm."

„Ich erschrak natürlich schon, zog mich schnell zurück. Die hatten mich nicht bemerkt, ich konnte mich unerkannt zurückziehen. Und das war es. Mehr nicht. Ich weiß also auch noch nicht mal, ob das, was ich gesehen habe auch das war, was es meiner Meinung nach war. Also verstehen Sie mich?"

Friedrichsberg nickte langsam. „Ja, ich verstehe Sie."

„Und ich wäre Ihnen dankbar, wenn das unter uns bliebe."

„Selbstverständlich."

Friedrichsberg zeigte dem Kellner hinter dem Tresen durch Heben seines leeren Glases an, dass er gerne noch ein Bier trinken würde.

„War das alles?", fragte er an die Lehrerin gewandt.

„Na ja, nicht ganz."
„Was heißt nicht ganz?"
„Dazu müsste ich aber etwas ausholen. Oder besser von Anfang an erzählen."
Straeten verdrehte innerlich die Augen und schaute auf die Uhr.
„Ich fasse mich kurz, keine Angst."
„Angst haben wir nicht mehr. Dazu sind wir zu alt", bemerkte Straeten. Friedrichsberg musste grinsen. Das Bier wurde serviert.
„Erzählen Sie."
„Also", begann sie, „ich habe Ihnen ja gesagt, dass Zimmermann irgendwie mein erster Ansprechpartner war in der Schule. Und er war auch der erste, der mich mal privat... Also der mal gesagt hat, man könnte sich ja auch mal privat nach der Schulzeit, also am frühen Abend... Also wir waren dann mal was trinken."
Sie ließ das so im Raum stehen, als müsste es irgendwie kommentiert werden, was Friedrichsberg dann zur Rettung der Situation auch tat: „Ja, das erleichtert doch schon, wenn man auch privat mal was macht."
„Ja eben, das hatte ich mir auch gesagt. Und wir haben uns eigentlich relativ regelmäßig getroffen. Also alle zwei Wochen mal. Nur dann... Also irgendwie... Ich weiß nicht, ob er da was in den falschen Hals gekriegt hat, aber... Also er wurde irgendwie zudringlich."
„Was heißt zudringlich?"
„Ja, was heißt schon zudringlich?" empörte sich der Pferdeschwanz. „Erst war er ganz angenehm, dann wurde er zudringlicher, erzählte schlüpfrige Witze, kam mir immer näher, hielt mir das vor, was ich ihm mal erzählt hatte, was ich ihm anvertraut hatte... Also es wurde unangenehm. Er wurde mir unangenehm."
„Wann war das?"
„Das war vor ein paar Monaten. Ich hatte dann den Kontakt erst mal weitgehend abgebrochen, gut, in der Schule kann man sich schlecht aus dem Weg gehen, das merken ja auch die Kollegen, aber ich versuchte schon auf Distanz zu gehen. Und vor zwei

Wochen kam er wieder auf mich zu. Es täte ihm leid, er wolle sich mit mir aussprechen, das hätte er alles nicht so gemeint."

„Haben Sie sich denn wieder getroffen?" Friedrichsberg nahm einen Schluck Bier.

Langsam nickte der Pferdeschwanz. „Ja, wir haben uns noch mal getroffen. Am selben Abend."

„Und?"

„Nun, nichts."

„Was heißt nichts?"

„Als ich gegen halb acht abends in das Restaurant kam, saß er schon da, hatte was getrunken. Anfangs ging es, aber dann fiel er wieder in die Thematik zurück, die wir hatten, als es zwischen uns zum Streit gekommen war. Und er kam mir wieder näher, was ich gar nicht wollte."

„Was haben Sie dann gemacht?"

„Ich bin gegangen. Ich habe das nicht mehr ausgehalten. Ich bin gegangen und habe gehofft, dass es bald aufhört. Dass er damit aufhört. Und ich habe mich geärgert, dass ich mich auf ihn eingelassen habe."

„Nun", sagte Friedrichsberg, „hat er Sie denn dann wenigstens in Ruhe gelassen?"

Sie machte eine etwas zu theatralisch wirkende Pause und zog ihre Antwort somit in die Länge. Dann kam es aber knapp und präzise: „Er ja."

„Was heißt er ja?"

Erneut die theatralische Pause, wie um eine besonders gute Pointe herauszuzögern. Dann: „Nun, Werner ließ mich in Ruhe. Aber dann kam dieser Privatdetektiv."

„Was denn für ein Privatdetektiv?" Langsam wurde es Friedrichsberg etwas zu unübersichtlich und er fragte sich, ob der Pferdeschwanz sich nur wichtig machen wollte. Diese beiden Pausen, aufdringlicher Lehrerkollege… Alles sehr seltsam.

Wer weiß, wie viele gute Nachbarn zig Leichen im Keller haben. Und man sieht es ihnen nicht an. Also nicht den Leichen, dass es welche sind, sondern den Nachbarn, dass sie welche haben. Also nicht Nachbarn, sondern Leichen im Keller.

Die Frau vom Zimmermann hatte auch nichts erwähnt. Gut, Frauen, besonders Gattinnen, erfahren von solcherart negativen Seiten ihrer Lebenspartner meistens als letztes, wenn sie sie nicht entdeckt haben sollten.

Wie dem auch sei: Annäherungen, eventuelle Drogengeschäfte mit Schülern und jetzt auch noch so ein dubioser Privatdetektiv. Friedrichsberg sah sich in einem schlechten Fernsehkrimi, wo irgendwer umgebracht wurde, dem Kommissar zig Verdächtige über den Weg liefen und im Endeffekt irgendeiner von denen verhaftet wurde. Spielte hier bis jetzt ein Gärtner irgendeine tragende Rolle? Nicht? Schade. Man hätte das Ganze abkürzen können. Nee, das war Friedrichsberg alles ein bisschen zuviel. Nichtsdestotrotz ließ er den Pferdeschwanz erzählen.

„Also, was für ein Privatdetektiv?"

„Ja, das war ganz seltsam. Vor ein paar Wochen komm ich mit meinem Rad nach dem Unterricht vom Schulhof, will gerade aufsteigen und nach Hause fahren, als sich mir so ein schmieriger Typ in den Weg stellt."

„Na prima", dachte Friedrichsberg. Erst muss ein Privatdetektiv mitmischen und dann muss der auch noch schmierig sein. Wenn schon Detektiv, dann wenigstens auch schmierig. Klischee, Klischee.

„Und was wollte der von Ihnen?"

„Der stellte sich mir erst mal in den Weg, ich kam gar nicht weiter. Dann hielt er mein Rad am Lenker fest und sagte, ich sei doch Lehrerin an der Schule hier, er hätte mich beobachtet, ich würde doch Werner Zimmermann kennen, ich hätte mich ein paar Mal mit ihm getroffen, ob da was liefe, ob ich ihm da genauere Auskünfte geben könne, und was da mit den Schülern liefe, ob ich da was wüsste." Pause.

„Ja und? Was dann?"

„Ja, nichts."

„Wie: nichts?" wollte jetzt Straeten wissen.

„Er drückte mir seine Visitenkarte in die Hand und verschwand."

„Wie lange ist das jetzt her?“ fragte Friedrichsberg, nicht besonders von dieser Geschichte angetan.

„Nun, so zwei Wochen ungefähr.“

„Zwei Wochen.“ Er nickte.

„Wissen Sie“, begann sie wieder, „ich habe mit solchen... Personen in der Regel nichts zu tun. Ich weiß auch nicht, wie ich mich gegen so etwas erwehren kann. Da bin ich froh, wenn ich meine Ruhe habe vor so Leuten.“

Friedrichsberg lehnte sich in seinem Stuhl zurück. „Also“, begann er, „ich möchte Ihnen ungern zu nahe treten, aber mir kommt das alles ziemlich seltsam vor und es besteht an einigen Stellen noch Klärungsbedarf. Punkt 1: Warum sollte er Ihnen unsittlich näher gekommen sein? Haben Sie dafür irgendwelche Beweise?“

Sie schaute verdattert ob dieses Verbalangriffs. „Äh... Nein.“

„Hm... Und Punkt 2: Diese Geschichte mit der Schülergang... Haben Sie so etwas noch mal gesehen? Haben Sie Zimmermann mit Schülern und irgendwelchen seltsamen Tüten, Päckchen, Pülverchen, Pillchen oder sonst was gesehen?“

„Nein.“

„Hmhm... Oder haben Sie ihn noch mal mit dieser Gang zusammen gesehen in einer wie auch immer gearteten seltsamen Kombin-, beziehungsweise Konstellation?“

„Auch nicht, nein.“

„Hmhmhm... Haben Sie irgendeinen Beweis dafür, dass irgendetwas Unkoscheres zwischen Zimmermann und seinen Schülern vonstatten ging?“

„Äh...Nein.“

„Hmhmhmhm... Sehen Sie, das sind alles unbeweisbare Anschuldigungen, da können wir leider nichts mit anfangen. Es ist ja nun nicht so, dass wir hieb- und stichfeste Beweise brauchen oder haben wollen. Aber das ist mir persönlich alles ein wenig zu schwammig.“ Hier musste Friedrichsberg an die Aufenthaltsraumepisode und die Existenz des geheim gehaltenen Tütchens denken. „Na ja... Und dann kommen Sie uns noch mit diesem angeblichen Privatdetektiv.“

„Aber den gibt es wirklich. Ich hab doch hier seine Visitenkarte.“ Sie nahm ihren Rucksack auf die Knie, wühlte darin herum, Friedrichsberg schaute Straeten an, Straeten Friedrichsberg, dann zauberte der Pferdeschwanz plötzlich die Karte aus dem Sack wie das Kaninchen aus dem Hut. „Hier.“ Sie hielt sie ihnen hin.

ROLF BERGER – PRIVATE ERMITTLUNGEN stand auf der Karte in großen Buchstaben. Drunter Adresse, Telefon und so weiter.

Friedrichsberg stutzte, Straeten mit.

„Ich habe mir das nicht ausgedacht.“

Man schluckte kurz. „Nein, nein“, begann Friedrichsberg, „davon sind wir auch nicht ausgegangen. Nur weist Ihr Bericht die ein oder andere Lücke auf, die natürlich geschlossen werden möchte. Und mit dieser Karte… Darf ich die eigentlich mitnehmen?“ Sie nickte. „Danke. Nun, und mit dieser Karte, da sind wir schon mal ein gutes Stückchen weitergekommen. Denke ich. Was wollte denn dieser Detektiv von Ihnen?“

„Das habe ich Ihnen doch gesagt.“

„Ja, ja, aber… Also, die Quintessenz des Ganzen liegt nicht klar vor mir.“

„Ich weiß es auch nicht, er hat mich dann ja auch so stehen lassen. Es schien irgendwie um mich als Geliebte zu gehen.“

„Um Sie als Geliebte… Hm…“ Friedrichsberg nahm das vor ihm stehende Bierglas, legte an, leerte es in einem Zug, stand auf und reichte seinem weiblichen Gegenüber die Hand. „Frau Perkowski, ich danke Ihnen für Ihre geopferte Zeit, für Ihre Informationen, ich werde alles selbstverständlich absolut vertraulich behandeln und nichts weitergeben. Sie können mir vertrauen.“

Der Pferdeschwanz errötete leicht. „Ja, und wenn Sie wieder in die Schule kommen sollten… Wissen Sie, mir wäre es lieb, wenn wir uns dann nicht… Also, wenn wir so tun könnten, als ob… Wissen Sie…“

Er unterbrach, er hatte genug gewusst für heute Abend. „Ist recht, ist recht. Ich kenne Sie nicht, Sie kennen mich nicht. Und alles zerstört sich innerhalb von zehn Sekunden. Wie bei John le Carre.“

„Wie bei wem?"

„Ist schon gut. Welche Fächer hatten Sie?"

Sie stutzte. „Bio und Physik."

„Ach deshalb." Friedrichsberg legte einen Geldschein auf den Tisch. „Betrachten Sie sich als eingeladen." Er lächelte sie an. „Wenn was sein sollte…" Er notierte auf einem Bierfilz seine Telefonnummer, „… rufen Sie mich einfach an. Auch falls Ihnen noch etwas einfallen sollte. Ich bin für Sie da."

Sie nickte erneut.

Jetzt stand auch Straeten. Man verabschiedete sich, die Frau bestieg das Rad, die beiden ihr Auto. Radio an. Auf dem Klassiksender spielten sie Bruckner. Die beiden saßen erstmal eine Weile stillschweigend da und lauschten der Musik.

„Was sagst du denn dazu?" fragte Straeten plötzlich.

„Nun, Bruckner ist nicht Bach, soviel steht schon mal fest."

„Nein, ich meine zu dieser Silke Perkowitz?"

Friedrichsberg ließ sich Zeit, er überlegte. „Ich weiß es nicht. Ehrlich, ich weiß es nicht. Was sagst du denn?"

„Ich glaube, die spinnt. Also die ist nicht ganz richtig im Kopf. Will sich wichtiger machen als sie eigentlich ist."

„Hm… Mag sein. Mag aber auch nicht sein." Friedrichsberg schaute auf die Uhr. Es war bereits kurz vor halb elf. „Ich schlage vor, wir fahren mal zu diesem Berger."

„Wer, bitte schön, ist denn jetzt Berger?"

Straeten wurde ungläubig angeschaut. „Na, dieser Privatdetektiv."

„Bist du denn des Wahnsinns?! Jetzt, um halb elf? Der schläft doch mit Sicherheit. Da kannst du doch jetzt nicht mehr vorbeifahren."

„Warum nicht?" Er startete den Wagen. „Gerade jetzt ist die beste Zeit, diesen Burschen abzufangen. Wenn nicht jetzt, wann dann? Und ich bin noch wach und gut drauf. Das will ausgenutzt sein."

„An die normal arbeitende Bevölkerung denkst du dabei wohl überhaupt nicht, was?"

„Nein, was schert es die Geisteswelt, wenn die Malocher krauchen?"

Er fuhr los und auf dem schnellsten Wege nach Hochfeld, wo laut Visitenkarte das Büro oder die Wohnung oder was auch immer von dem Privatdetektiv war. Etwas über zehn Minuten später waren sie da und standen vor dem Haus. Es lag in einer dieser typischen Hochfelder Straßen. Zwar verkehrsberuhigt, aber freiwillig wäre da sowieso kein Auto durchgefahren. Heruntergekommene Häuser, schmutzige Ecken, alles ziemlich verwahrlost.

„Viertel vor elf, das geht doch nicht."

„Und ob!" Friedrichsberg stieg aus, ging auf das Haus zu, schaute die dreckige Fassade hoch, aus blinden Fenstern blinkten bunte Lichter zwischen undefinierbaren Grünpflanzen hervor, Fernsehantennen und fadenscheinig befestige und gesicherte Elektrokabel zierten das Haus, Gardinen, ehemals weiß, hielten sich allein mithilfe des Nikotins an den Stangen oder vor den Fenstern, Außenrollos waren teilweise halb heruntergezogen, er schüttelte den Kopf und betrachtete das Klingelschild. Mehrere Namen, bei denen die Konsonanten in wahlloser und scheint's zufälliger Reihenfolge an- und hintereinander gestellt wurden, manchmal unterbrochen von Vokalen, ein Schmidt und da: ein Berger.

„Mensch, Mensch, Mensch, hier ist es ja selbst zum Sterben zu hässlich."

Straeten saß immer noch im Auto, hatte die Fensterscheibe einen Zentimeter heruntergekurbelt, sich ganz dicht an ihr platziert und zischelte zwischen Türrahmen und Scheibe: „Mensch, lass es bleiben, komm wieder hier rein, wir fahren nach Hause."

Friedrichsberg schaute weiter auf die Türschellen. „Hier klingelt selbst der Tod nicht an, weil er um sein Leben fürchtet."

„Komm, Mensch, wir fahren. Sonst wirst du noch verprügelt", zischelte Straeten.

„So schnell wird hier nicht verprügelt."

„Du rennst noch in dein Unglück!"

Aber Friedrichsberg betätigte die Klingel.

„Bist du denn wahnsinnig?! Lass es doch einfach bleiben. Kriegt gleich eins über den Schädel, der Mann, aber nein, er kann ja nicht hören."

Es tat sich nichts. Keine Regung, kein Geräusch, keine Stimme über die Gegensprechanlage, nichts.

„Der scheint nicht da zu sein", sagte Friedrichsberg zum Auto hin.

„Mensch, dann komm schnell hier rein. Und nichts wie weg. Morgen ist doch auch noch ein Tag. Da ist es heller, dann sind hier Menschen, dann ist das alles halb so gefährlich."

„Ja, und du hast morgen keine Zeit und ich kann ohne dich fahren, oder wie? Was du immer hast." Er schüttelte den Kopf und stieg in sein Auto.

„Na, los, worauf wartest du noch? Fahr los."

Aber Friedrichsberg kramte erst mal sein Mobiltelefon hervor und wählte eine Nummer.

„Wen rufst du denn jetzt an?"

„Ich rufe bei diesem Berger an. Mal sehen." Straeten verdrehte die Augen; es schien keinen Sinn zu haben. „Es tutet. Nimmt aber niemand ab. Es scheint keiner da zu sein."

„Ja, sonst hätte er dir ja auch aufdrücken können."

Friedrichsberg winkte ab. „Pscht, Anrufbeantworter. Ähem... Ja, guten Tag, Herr Berger, hier spricht Friedrichsberg. Ich hätte Sie gerne in einer wichtigen Angelegenheit gesprochen. Rufen Sie mich doch mal bitte zurück." Er nannte zum Abschluss noch seine Rufnummer und legte auf.

„Und du denkst, du wirst angerufen?"

„Da bin ich mir sogar sicher. Wenn er denn da ist. Oder mal erscheint und sein Band abhört."

Friedrichsberg startete den Wagen und die beiden fuhren durch die Nacht nach Hause. Im Radio lief jetzt Beethoven. Auch kein Bach.

Und Friedrichsberg sollte auch am nächsten Tag seinen Rückruf erhalten. Nur wusste er zu diesem Zeitpunkt noch nicht, dass sich jemand ganz anderes melden würde.

KAPITEL 18

Er hatte an diesem Donnerstag lange arbeiten müssen und war froh gewesen, als er endlich zu Hause angekommen war und sich zum ersten Mal am heutigen Tag für einen kurzen Augenblick hinsetzen konnte. Zuvor war er aber noch erst in die Küche gegangen, an den Kühlschrank, und hatte sich ein Glas kalte Milch eingeschüttet. Dann ins Wohnzimmer, an die Stereoanlage und eine CD eingelegt. Irgend so eine wild zusammengestellte Platte mit den Rock- und Pop-Hits der letzten zwanzig Jahre.

Jetzt saß er. Er trank. Nach dem dritten Lied ging ihm die Jaulerei auf den Geist, er stand auf und schaltete die Anlage aus. Er sah auf die Uhr. Er ging ans Fenster, schob die Gardine ein Stück zur Seite und schaute auf die fast menschenleere Straße. Nur vereinzelt Leute unterwegs, manche mit Hund. Arme Irre. Mitten in der Nacht müssen sie mit ihren Tieren vor die Türe. Na, wenigstens ist es trocken. Er trank das Glas aus, stellte es auf die Anrichte in der Küche, schaute wieder auf die Uhr. Er schüttelte den Kopf.

Wenn er es jetzt nicht machte, würde er es nur erneut unnötig in die Länge ziehen. Er hätte es schon Montag machen sollen. Aber da kamen abends Freunde, sie blieben zu lang, um sich danach noch mit der Sache zu beschäftigen, und irgendwie hatte er über die Unterhaltungen des Abends die Leichenreste im Schuppen vergessen.

Er hatte eine Kleinigkeit zubereitet, nur ein paar Schnittchen, nett zurechtgemacht selbstverständlich, schließlich waren es gute Freunde, aber es war nur ein improvisiertes Essen, schnell, leicht, nichts Besonderes. Wein hingestellt, auch Bier, man trank und aß. Und redete. Ein sehr schöner Abend. Und viel zu selten. Und eben kein Abend, um danach noch an dem Toten herumzufuhrwerken.

Jetzt war es auch schon ziemlich spät, wie er nach erneutem Blick auf die Uhr feststellen musste. Aber es half alles nichts, was getan werden musste, musste getan werden. Er überlegte kurz, ob er aus seiner Wohnung noch etwas benötigte… Nein, tat er nicht. Er zog hinter sich die Türe zu, schloss ab und ging nach unten, über den Hof in seinen Schuppen.

An der der Tür gegenüberliegenden Wand war ein großes Holzregal. Und in der linken hinteren Ecke stand vor diesem Regal unter schwarzen Planen, auf denen einige Kisten Wein postiert waren, eine große Gefriertruhe, die ein Vorhängeschloss zierte.

Er ging zu dieser Truhe, räumte den Wein und die Planen ab, kramte aus seiner Hosentasche zunächst zwei dünne weiße Handschuhe hervor und dann den passenden Schlüssel, zog sich die Handschuhe über und schloss auf.

Beim ersten Blick, das musste er zugeben, durchfuhr es ihn erneut heiß. Auch wenn er sich erst vor ein paar Tagen mit dem Toten heimwerkerisch auseinandergesetzt und ihn zerlegt hatte, auch wenn er verhältnismäßig ruhig geblieben war, jetzt stand ihm, er merkte es genau, der Schweiß im Gesicht, ein vereinzelter Tropfen lief ihm sogar den Rücken herunter; aber es half alles nichts.

Vor ihm lagen, säuberlich in separaten Tüten beziehungsweise Tütchen verpackt, je nach Größe die Einzelteile der Leiche, Rumpf, Ober- und Unterschenkel, Füße, Ober- und Unterarme, Hände, Kopf.

Den Kopf hatte er wohlweißlich gleich zu Beginn der Gefriertruhenbestückung ganz nach unten gelegt, da er, so er denn nochmals und nochmals an die Truhe musste, nicht immer in das Gesicht des Toten schauen musste. Und am Boden der Truhe konnte der Tote gucken wie er wollte, er musste es nicht mit ansehen. Obwohl er ihm auch gleich nach der Tat die Augen zugedrückt hatte.

Er suchte nach den beiden Händen, denn um die sollte es jetzt gehen. Die linke fand er unter dem rechten Oberarm, die rechte leider unter dem Rumpf, oberhalb des Kopfes. Durch einen dummen Zufall war die wohl irgendwie dahingerutscht.

Er nahm die beiden Hände heraus, schloss die Truhe und ging zu seiner Werkbank. Dort wickelte er die Plastiktüten auf und legte die tiefgefrorenen Hände vor sich hin. Er spitzte die Lippen und überlegte sich, wie er jetzt am besten vorgehen sollte. Dann zuckte er kurz mit den Schultern und sagte sich, was soll's, probier ich's einfach.

Er nahm sich eine kleine Laubsäge aus der Werkzeugkiste, hielt mit seiner Linken die Rechte des Toten fest und versuchte nun, den Daumen vom Rest der Hand abzutrennen. Er setzte an, hielt aber augenblicklich inne, als er wieder an die Axt denken musste.

Nimm doch die, ging es ihm durch den Kopf. Ein Hieb und fertig. Er legte die Laubsäge wieder beiseite, nahm sich die Axt vor und nahm Maß. Noch zögerte er, aber es ging ihm schneller von der Hand, als er anfänglich glauben mochte. Er holte kurz aus und ließ die Axt schnell und punktiert auf die Hand fallen, sie trennte brutal den Daumen von der restlichen Hand und schlug in das Holz der Arbeitsplatte ein. Das hatte gesessen und war unproblematischer gewesen, als er gedacht hatte. So verfuhr er mit den restlichen Fingern der rechten und auch der linken Hand des Toten.

Dann lagen zwölf Einzelteile vor ihm auf dem Tisch; er legte die Finger und die malträtierten Hände zurück in die Truhe, schloss ab und deckte alles wieder zu. Einen Daumen hatte er nicht zurückgelegt. Den steckte er in ein Kuvert, beschriftete es, löschte das Licht und verließ den Schuppen.

Er ging über den Hof, durch das Haus auf die Straße, hin zum nächsten Briefkasten und warf den Umschlag ein; dann ging er zurück in seine Wohnung, wieder in die Küche, wieder ein Glas Milch, aber auch ein Gläschen Birnenbrand im Wohnzimmer. Und keine Rock- und Pop-Hits der letzten zwanzig Jahre. Ruhe.

Er war sehr gespannt auf die Reaktionen des Empfängers seiner Post. Leider konnte er ihn nicht dabei beobachten. Oder? Zumindest würde es ihm nicht leicht fallen. Mal sehen, dachte er sich. Wäre er entsetzt? Oder angenehm überrascht, wenn er zum Frühstück einen Daumen aus der Post zog und ihn sich zwischen hart gekochtem Ei und Marmeladentoast anschauen konnte? Er wusste es nicht. Man würde sehen.

KAPITEL 19

Freitag hatte Friedrichsberg sich bereits für 8 Uhr den Wecker gestellt, weil er am frühen Morgen gleich mit Dahl sprechen wollte, was heißt wollte: musste, da er von ihm unbedingt eine wichtige Information einholen wollte.

Und zwar hatte Friedrichsberg noch in der letzten Nacht dreimal versucht, Rolf Berger telefonisch zu erreichen, was ihm leider nicht gelang. Auch am Morgen, direkt nach dem Weckerklingeln, noch bevor er Dahl angerufen hatte, noch bevor auch nur ein Tröpfchen Milchkaffee seine Lippen netzen konnte, hatte er es erneut bei Berger versucht, aber immer und immer wieder war der Anrufbeantworter angesprungen, nur hatte Friedrichsberg ihm nichts mehr drauf gesprochen. Eine Mitteilung genügt.

Es ärgerte ihn schon, dass er Berger nicht erreichen konnte. Warum nicht? Auswärtige Termine? Tagelange Beschattung einer so genannten Zielperson mit Übernachtungen im Auto? Oder nur so was Profanes wie Telefon kaputt? Friedrichsberg furchte die Stirn. Aber das Treffen, die Konfrontation mit diesem Privatdetektiv, die Informationen, die er ihm eventuell über Werner Zimmermann geben konnte, waren ihm so wichtig, dass er nicht länger warten wollte und konnte.

Und wenn er bei ihm einbrechen musste, dachte Friedrichsberg zunächst noch so im Scherz. Aber dieser Scherz wich recht schnell einem Ernst. Und es wurde so ernst, dass er eben kurz nach dem Weckerklingeln, kurz nach dem erneuten Versuch, Berger zu erreichen, Dahl anrief und ihn nach der Telefonnummer eines Schülers bat, von dem er wusste, Dahl und er hatten sich mal vor einiger Zeit darüber unterhalten, dass er es nicht so mit dem Recht und dem Eigentum anderer Leute und dem Hausfriedensbruch und dem Eindringen in fremde Wohnungen etcetera und so weiter hatte. Deswegen fand sich dieser Bursche schon das ein oder andere Mal in Polizeigewahrsam, und hatte ein Vorstrafenregister… Man will gar nicht fragen.

Und genau an diesen Kerl musste Friedrichsberg denken, als er sich fragte, wie er am besten mit den Informationen eines sich in Abwesenheit befindlichen Privatdetektivs konfrontiert werden könnte. Kurzum: Ruf den Einbruchsburschen an, triff dich mit ihm, er soll dir die Tür zu den Informationen aufmachen, steck ihm was zu und schon ist der Drops gelutscht.

Nun hatte Friedrichsberg allerdings nicht mit der Gesetzestreue und der Hartnäckigkeit Dahls gerechnet und so dauerte es geschlagene fünfzehn Minuten, bis er ihm die Nummer aus der Stimme geleiert hatte. Und das noch bevor er auch nur einen winzigen Tropfen Milchkaffee gesehen hatte. Er war noch nicht mal dazu gekommen, vorab einen aufzusetzen, dass er ihn jetzt wenigstens riechen konnte. Und er bestand auf die Nummer des Mobilanschlusses dieses Typen.

„Ich weiß von nichts!“ hatte Dahl noch, kurz bevor Friedrichsberg auflegen konnte, gerufen. Allein, um damit auszudrücken, dass er mit dieser Aktion absolut gar nichts zu tun haben wollte.

Friedrichsberg erreichte ihn recht spät auf dem Handy, die Kirchturmglocken schlugen gerade zum Mittag.

„Haben Sie Interesse, sich etwas dazuzuverdienen?“ fragte Friedrichsberg.

„Um was geht es denn?“

„Sagen wir mal so: Ich möchte in eine Wohnung und komme nicht hinein. Weil ich keinen Schlüssel habe. Und einen Schlüsseldienst möchte ich höchst ungern bemühen.“

„Und warum nicht?“

„Nun, weil ich befürchte, dass er mir nicht auftut.“

„Also ist das nicht Ihre Wohnung?“ Das war mehr Feststellung als Frage.

„Das könnte man so sehen, wenn man böse Gedanken hätte, die wir allerdings natürlich nicht haben. Oder haben wollen. Oder sollen.“

„Ich kenne Sie aber doch gar nicht.“

„Das müssen Sie doch auch nicht. Ich kenne Sie schließlich auch nicht. Und wir wollen uns ja auch nicht näher kennen lernen, oder?“

„...“

„Sie sollen mir eine Türe öffnen, etwas davor stehen bleiben, um zu gucken, ob wer guckt. Mehr nicht. Ich gehe rein, bleibe zehn Minuten drin, Sie bleiben draußen, wenn was ist, geben Sie Laut, dann gehen wir, ziehen die Türe zu und keiner hat irgendwas bemerkt. So einfach."

„Ja, und von wem haben Sie meine Nummer?"

„Von einem guten Freund, der nicht näher genannt werden will."

„Und was springt dabei für mich raus?"

Jetzt musste Friedrichsberg scharf überlegen. „Hm... Ich würde sagen... 150 schwarz auf die Hand."

„..."

„Schnell und still verdientes Geld."

„Und wann?"

„Jetzt, würde ich sagen."

Pause und Schweigen am anderen Ende der Leitung. Dann: „In Ordnung. Können Sie mich abholen?"

„Nichts lieber als das."

Es wurde eine Adresse genannt, die zwar nicht unbedingt auf dem Weg von Friedrichsberg nach Hochfeld und somit der Bergerwohnung lag, aber der Umweg war es ihm wert, gemacht zu werden.

Kurze Zeit später standen die beiden dem Haus, in dem Berger wohnte, gegenüber auf der anderen Straßenseite an einem Baum. Beide schauten die Fassade hoch. Der *Türöffner* war ungefähr Mitte zwanzig, groß, kräftig, also eher sportlich, breite Schultern, hatte kurze, blonde Haare, mit Gel etwas nach hinten gezogen und war unauffällig angezogen. Die übliche Jeans, ein T-Shirt, Lederjacke. Friedrichsberg, auch in gedeckten Farben gehalten, schaute auf die Uhr. Es war mittlerweile kurz nach halb eins.

„Mittagszeit. Da sind viele Leute zu Hause und essen. Da ist es still, man kriegt mit, was um einen herum an außergewöhnlichen Geräuschen abläuft... Aber man ist auch geschafft von der Woche, will seine Ruhe haben, kümmert sich um nichts. Und es erscheint mir ein Haus zu sein, in dem Leute leben, die sich nur bedingt für ihre Nachbarn interessieren", philosophierte Friedrichsberg halblaut vor sich hin.

„Was ist jetzt? Gehen wir rein oder lassen wir's bleiben? Ich hab schließlich nicht den ganzen Tag Zeit."

„Gemach, junger Freund, Gemach. Der lebensfrische Grashüpfer, der nur allzu forsch seinen kühnen Wiesengalopp fort zu setzen gedenkt, wird allzu rasch von den grausamen Scherenklauen des Rasenmähers freudig begrüßt. Drum: Nur die Ruhe. Das alles will überlegt und geplant sein."

Friedrichsberg beobachtete weiter das Haus und spitzte die Lippen. Dann griff er sein Handy und wählte eine Nummer.

„Was machen Sie denn da?"

„Wonach sieht es denn aus? Ich telefoniere. So nennt's jedenfalls der Laie."

Kurze Zeit später, ohne auch nur ein Wort gesagt zu haben, legte Friedrichsberg wieder auf und ließ das Handy verschwinden. „Keiner zu Hause."

„Ach so, Sie haben bei dem Typen angerufen um sicher zu gehen, dass er nicht da ist. Ich verstehe. Ich bin übrigens Marc. Mit c."

Friedrichsberg nickte. „Gut. Und ich bin der Alfons. Mit a. Und du bist dir sicher, dass du da rein kommst? Also unten sowie oben?"

„Es sollte mich jedenfalls sehr wundern, wenn es nicht so wäre. Ist ja nicht das erste Mal. Weißt du, ich habe…"

Er unterbrach ihn. „Ich will's gar nicht wissen." Letzter prüfender und abschätzender Blick auf das Haus. „Na, dann mal los, wollen wir mal die Burg stürmen. Hoffentlich ist der Burgherr nebst Fräuleins ausgeflogen und wir haben freie Bahn. Und hoffentlich sind die Burghunde angeleint. Und hoffentlich machen wir das hier nicht für um und lau." Sie nickten sich zu und überquerten die Straße.

„Ich beschäftige mich jetzt mit dem Schloss. Gib mir Rückendeckung", flüsterte Marc. Und so geschah es. Marc zog aus seiner Hosentasche ein kleines Lederetui hervor, beugte sich zum Schloss herunter und begann, daran herumzufummeln. Friedrichsberg machte sich noch etwas breiter als er ohnehin schon war, was allerdings nicht nötig gewesen wäre, füllte somit den

Eingangsbereich prächtig und ließ Marc fast komplett hinter sich verschwinden. Interessiert studierte Friedrichsberg das Klingelschild.

„Und, was ist jetzt da unten? Wird's bald?"

„Momentchen noch, gleich müsste ich's haben."

Zweiundzwanzig, dreiundzwanzig, vierundzwanzig...

„Was jetzt? Das muss hurtig gehen, wir haben keine Zeit zu verlieren."

„Ja, ja, ich mach ja schon. Irgendwie klemmt das hier."

„Mir kommen gleich die Tränen. Das wird langsam auffällig. Wenn wir nicht bei drei drin sind, müssen wir uns was anderes überlegen."

„Ich beeil mich ja schon."

Es dauerte aber doch noch. „Und? Eins, ..."

„Ja, ja."

„... zwei, ..."

„Ja, gleich."

„... drei..." Friedrichsberg schnaufte hörbar aus und drückte mit seinem fleischigen Zeigefinger zwei Klingelknöpfe auf einmal. Wenige Sekunden später war eine Stimme an der Gegensprechanlage zu hören.

„Ja, bitte?"

„Die Post!" rief Friedrichsberg, der Türsummer ging, die Tür schwang auf, der halb gegen die Tür gelehnte Marc stolperte in den Flur, Friedrichsberg rief: „Danke!", die Tür fiel hinter ihnen ins Schloss und es war wieder still.

„So macht man das."

Marc zog die Augenbrauen hoch. „Ich weiß nicht, woran es lag. Sonst passiert mir das nie."

„Schon gut. Aber bei der Wohnungstüre darf uns das nicht passieren."

Sie schauten auf die Türe gegenüber den Briefkästen. Besser gesagt auf das Türschild. Also auf den Namen auf dem Schild. Kopfschütteln. Kein Berger. Sie gingen die Treppe hoch in den ersten Stock. Dort zwei Türen, kein Berger. Zweiter Stock. Links kein Berger. Aber rechts ein Berger.

„Hier ist es", flüsterte Friedrichsberg.

„Wer ist der Mann überhaupt?" fragte Marc.

„Das geht dich nix an. Und je weniger du weißt, umso glücklicher kannst du sein. Denk immer dran." Er wies auf das Schloss. „Mach lieber auf." Er ging zu der gegenüberliegenden Tür und hielt mit seinem Daumen den Spion zu. „Das machst du auch, wenn ich drin bin. Und klopf an die Türe, falls jemand kommen sollte."

„An die Türe?" Er zeigte auf die Seite, auf der Friedrichsberg stand.

„Mensch, nein, du Blitzmerker. Du klopfst an die Türe der Wohnung, in der ich bin. Aber sieh erstmal zu, dass ich überhaupt reinkomme."

Wieder beugte Marc sich hinunter, legte sich etwas gegen die Türe, und fummelte mit dem Inhalt seines Lederetuis am Schloss herum. Es machte kurz zweimal Klick, dann stellte sich Marc auf, schlug sanft gegen die Tür und dieselbe schwang auf.

Friedrichsberg stutze und ein breites Grinsen zog sich über sein Gesicht. „Jubel, Trubel, Kameradschaft! Das hätte ich nicht gedacht. Mein Kompliment. Jetzt komm her und halt das Guckloch zu. Du weißt, was du zu tun hast, wenn sich im Treppenhaus irgendetwas tut. Gib mir ein Zeichen."

„Wird gemacht, Chef."

Die beiden nickten sich zu und Friedrichsberg betrat die Wohnung, zog hinter sich die Türe leise zu.

Jetzt war er drin, kramte aus seinen Hosentaschen dünne Lederhandschuhe hervor und streifte sie sich über. Blitzartig schoss es ihm durch den Kopf: Was mach ich hier eigentlich? Bin ich denn des Wahnsinns fette Beute? Wenn jetzt jemand kommt? Wenn dieser Berger zu Hause ist, aber nur nicht ans Telefon gegangen ist? Wenn mich gleich wirklich ein Hund anspringen sollte? Wenn er hier eine Leiche liegen hat. Oder wenn er hier selbst als Leiche liegt… Nachher bin ich's gewesen.

„Hallo? Ist da wer? Alle Berger, Hunde, Leichen und sonstige In- und Ansassen bitte um Wort- und Tonmeldung." Er hörte nichts. „Schön, dann eben nicht. Aber nicht, dass ich nachher verschrecke!“

Wie gehe ich vor? Er erinnerte sich an die unzähligen Fernsehfilme, die eine ähnliche Grundthematik hatten: Mann bricht in Wohnung ein, Polizei stürmt Wohnung, Sondereinsatzkommando stürmt Wohnung. Dann sind sie drin. Was machen die dann? Alles absichern. Erstmal alles absichern und sich einen Überblick verschaffen. Friedrichsberg bewegte sich und obwohl ihm sein Herz bis an die Ohren schlug und er nur seinen Herzschlag hören konnte, und sich insgeheim ärgerte, dass das so laut sein musste, man könne ihn doch bestimmt bis ins Parterre hören, zwang er sich, ruhig zu atmen und langsam runterzukommen. Was heißt langsam? Schnell, hurtig, er hatte ja nicht den ganzen Nachmittag Zeit. Jeden Moment konnte Berger auftauchen. Das Herz schlug wieder schneller. Und lauter. Mist. Ruhig Blut, alles wird gut.

Er schaute in den Flur. Also gut, Überblick der Lage: Hinter ihm die Türe, vor ihm der lange Flur, direkt links eine Türe, angelehnt, er stupste sie auf: Bad, leer. Zwei Meter weiter auf der linken Seite noch eine Tür. Gegenüber dieser Tür wieder eine Tür. Auch vor Kopf eine Tür. Mein Gott, Türen über Türen. Jetzt langsam und mit dem Rücken zur Wand sich gegen den Uhrzeigersinn bewegen. Und ruhig atmen. Warum war er denn so nervös? Gut, er befand sich in einer fremden Wohnung. Aber das tat er schließlich nicht zum ersten Mal. Nur hier war er eingebrochen. Und das war er zum ersten Mal.

Er bewegte sich auf die zweite Tür der linken Seite zu. Diese Tür stand offen. Küche, auch leer. Dann ganz langsam die Türe gegenüber der Wohnungstüre. Er öffnete sie vorsichtig und leise. Vorrats- und Abstellkammer. Gut. Er sah auf die nächste Türe, die auch geöffnet war. Das war die einzige Türe auf der rechten Seite. Die noch, dann hatte er es geschafft. Fürs erste. Er öffnete sie sachte. Wohnzimmer, ebenfalls leer. Aber auf der rechten Seite dieses Zimmers befand sich noch eine Türe. Geöffnet. Er ging hinüber und sah in den dahinter liegenden Raum: das Schlafzimmer. Leer. Er atmete aus. Hörbar aus. Er hatte es geschafft.

Er war drin, die Bude war leer. So, jetzt keine Zeit verlieren, emsig ans Werk.

Er stand im Schlafzimmer. Ein Doppelbett, ungemacht, zwei Kleiderschränke, groß, eine Tür stand offen, auf den ersten und zweiten flüchtigen Blick sah er Hosen, Hemden, Jacken, Sakkos, Wäsche, teils dreckig, ein Stuhl neben dem Bett, Klamotten hingen drüber, einige lagen auf dem Boden. Friedrichsberg schüttelte den Kopf. Hier würde er nichts finden. Und auch nichts suchen wollen, ehrlich gesagt.

Er ging zurück ins Wohnzimmer: zwei kleine Fenster, keine Gardinen, Fernseher in der Ecke, Video, DVD, rustikale Schrankwand mit Motivtellern, Gläsern, Keramikfiguren, Glasblasekunst, Bild an der Wand, Waldmotiv, zwei Sofas, ein Zweier, ein Dreier, ein Sessel, alles in einem dunklen Grün, Glastisch. Auf dem Glastisch die TV-Zeitschrift der laufenden Woche, Sportmagazin, fünf leere Bierdosen, eine Flasche Korn, halbleer, drei Schachteln Zigaretten, Inhalt ebenfalls nicht mehr vorhanden, überfüllter Aschenbecher, zwei Pornofilme, Notizblock mit Bleistift. Was er sich allerdings (im Hinblick auf die Pornofilme) notieren wollte, konnte sich Friedrichsberg beim besten Willen nicht vorstellen. Unter einem der Fenster stand ein Billigschreibtisch, darauf ein Computer, Unmengen von Papieren, Fotos, Rechnungen, Quittungen, Notizzettel, neben dem Schreibtisch ein kleines Aktenregal, drei Ordner, leer, vier lagen auf dem Boden davor, aufgeschlagen oder zu, voll bis obenhin mit irgendwelchen Zetteln, Briefen, Notizen, durchsichtige Hüllen mit Inhalt, das geordnete Chaos eines Lebenskünstlers eben.

Friedrichsberg schüttelte erneut den Kopf. Weiß Gott, er war selbst nicht der Ordentlichste, aber das hier überstieg selbst seine Vorstellungen von Chaos. Ihm kam es fast so vor, als hätten hier schon andere vor ihm irgendwo nach gesucht. Ein Mensch allein kann so was nicht vollbringen.

Wo sollte er anfangen? Wonach sollte er überhaupt suchen? Wollte er in diesem ganzen Müll überhaupt wühlen? Er schüttelte den Kopf. Er war eingebrochen, nur um sich Müll zu betrachten. Eine Wohnung, bei der man sich fragte: Hat es eine einzige Person soweit gebracht oder war vielleicht erst der Müll da und die Wohnung wurde drumrum gebaut?

Er ging rüber zur Abstellkammer, öffnete die Türe, schaute hinein. Sauger, Besen, Schrubber, Kartons, Lebensmittel, Tüten, Dosen, Jacken... Türe zu, hier würde er auch nichts finden.

Küche. Gegenüber der Türe Fenster, linke Seite Küchenzeile, rechte Seite halbhohe Schränke, in der Mitte ein alter Holztisch, so einer, wie Friedrichsberg ihn noch von seinen Eltern her kannte, drei Stühle, von der Decke baumelte eine Glühbirne. Er zuckte mit den Schultern. Was sollte er hier suchen, geschweige denn finden? Nichts.

Weiter ins Bad. Dusche, Klo, Waschbecken, Alibert, einige Waschutensilien, Rasierer elektrisch, mehr nicht. Raus hier.

Der Flur war an der rechten Seite vollgestellt mit Kartons, Umzugskartons. Friedrichsberg nahm sich einen Karton hervor und zog ganz langsam den Deckel ab. In dem Moment klopfte es an der Türe, sofort ließ er den Deckel wieder hinunter gleiten, mit zwei Schritten war er an der Wohnungstüre, öffnete sie, trat ins Treppenhaus, zog die Türe möglichst leise zu und schaute Marc mit weit aufgerissenen Augen an. Sein Herz schlug jetzt bis an die Schädeldecke, und diese allein hinderte es daran, hinauszuhüpfen.

Marc nickte mit dem Kopf in Richtung Treppen. Von unten kam jemand mit langsamen, mühevollen Schritten hoch. Dann sahen sie einen Hut, einen Körper zum Hut, Einkaufstüten, die von alten Händen getragen wurden. Friedrichsberg wies mit dem Kopf zum Hut und bedeutete somit Marc, hinzugehen.

„Kann ich Ihnen bei den Tüten helfen?“, fragte der den Hut.

Der Hut gehörte einem alten Mann, der noch nicht einmal hoch schaute, sondern, mit den Augen immer noch auf den Stufen klebend, leise sagte: „Das ist aber sehr nett, junger Mann. Dritter Stock, links.“

„Wird gemacht“, flötete Marc, nahm dem Alten die Tüten ab und sprintete in Zweierschritten in den Dritten. Der Alte klebte immer noch an den Stufen, schlich kommentarlos an Friedrichsberg vorbei, der unbeweglich dort stand und sich nicht bemerkbar machte, nahm die nächste Treppe in Angriff und näherte sich so immer mehr seiner Behausung. Marc eilte an dem Alten vorbei zurück in den Zweiten.

„Nochmals Dank, junger Mann“, sagte der.

„Keine Ursache“, sagte Marc, schaute kurz Friedrichsberg an, dieser wies mit dem Kopf zur Tür, stopfte selber mit seinem Daumen erneut das Guckloch gegenüber, die Bergertüre sprang wenige Sekunden später wieder auf, und Friedrichsberg huschte hinein. Sofern man bei seiner Leibesfülle von Huschen reden kann.

Er drin, Türe zu. Wo war er stehen geblieben? Er schaute sich um. Mein Gott, wie trostlos, dachte er sich. Wie manche Menschen hausen können. Was für ein schäbiges Loch. Ach ja, Umzugskarton. Er ging zu dem Karton und zog wieder den Deckel ab. Bücher. Was, dieser Mensch las? Er war bass erstaunt. Alte, in Leder gebundene Bücher. Er schaute auf den Rücken. Karl May. Wahrscheinlich Erbstücke, die er über e-Bay verscherbeln wollte. Deckel drauf. Er ging ins Wohnzimmer zum Billigschreibtisch. Er betrachtete sich das Spektakel. Unordnung in Reinform.

Er schaute auf den Computer. An krieg ich das Ding. Aber dann? Er winkte ab. Lassen wir's. Er schaute sich den Papierwust auf dem Schreibtisch oberflächlich an. *Beschatten Sie meine Frau...* Diebstahl aus dem Nachbarhaus, Verfolgung einer schönen jungen Frau, heimlicher Verehrer oder eher unheimlich, Körperverletzung, Sachbeschädigung, entlaufener Ehegatte, fremdgehender Kater oder umgekehrt... Alles so genannte „Fälle“, in denen Berger ermittelte oder ermittelt hatte, aber alles uninteressant, nicht aktuell und nicht von Belang.

Er schaute auf den Boden, auf die am Boden liegenden Ordner. In einem der Ordner sah er alphabetische Einlegeblätter. Er bückte sich, nahm sich den Ordner, wuchtete seinen kräftigen Leib wieder hoch und blätterte nach dem Buchstaben Z. Da, x, y, z, umblättern, ein Yüksel war vertreten, aber kein Zimmermann. Scheiße. War das vielleicht doch nur ein Hirngespinst von dieser Perkowski? Hatte die sich irgendetwas eingebildet? War sie diesem Berger vielleicht gar nicht begegnet? Unsinn, dann hätte sie ja nicht die Visitenkarte haben können. Oder war er ihr zwar begegnet, aber der Rest war von ihrer Seite aus dazu gesponnen? Obwohl: Warum? Ist doch auch Quatsch.

Er schaute auf die Uhr. Er war schon eine gute Viertelstunde in der Wohnung. Beeilung, Beeilung, dachte er sich. Nur: Was sollte er noch tun? Wo sollte er noch suchen, was sollte er noch machen? Irgendwie war er es auch leid. Da stand er als Jungeinbrecher in einer fremden Wohnung und suchte nach irgendetwas. Aber nach was? Er wusste es nicht. Und wofür überhaupt? Da brachte sich jemand um, und nur weil man annahm, dass er keinen Grund für einen Selbstmord hatte, musste er in fremde Wohnungen einbrechen. Ja, bin ich denn bescheuert?

Friedrichsberg hatte keine Lust mehr, er wollte gehen. Er ließ noch ein letztes Mal seinen Blick über das Wohnzimmer gleiten, um…

Plötzlich kam ihm ein Gedanke. Er schaute noch mal auf die Wand über dem Dreiersofa, ging schnellen Schrittes ins Schlafzimmer, eilte dann in den Flur, von da aus in die Küche: in der ganzen Wohnung hing nur ein einziges Bild: im Wohnzimmer. Das Waldmotiv. Mehr nicht. Er ging zurück, stellte sich auf die Dreier, packte das Bild am wuchtigen Rahmen und nahm es ab. Friedrichsberg war enttäuscht: kein Tresor dahinter. Schade. Hätte jetzt gepasst. Das Wichtigste befindet sich immer hinter dem Bild. Obwohl: hinter dem Bild… Er stieg von der Couch, stellte das Bild auf den Boden, lehnte es an den Tisch und besah sich die Rückseite. Und da klebte, mit Hilfe von zwei starken Klebebändern an der Rückseite befestigt, ein großer brauner Umschlag. Friedrichsberg riss ihn vorsichtig ab und schüttete den Inhalt auf die Couch.

Es waren fünf DIN A 4 Seiten, eine Korrespondenz zwischen Rolf Berger und… ja, und Mechthild Zimmermann. Friedrichsberg überflog kurz die Schreiben. *Sehr geehrter Herr Berger… Dienste als Privatdetek… Verdacht, Mann geht fremd… möchte ich Sie bitten… mit freundlichen…* Zweites Blatt: *Liebe Frau Zimmermann… für das Vertrauen… nehme gerne Ihren Auftrag…* Drittes Blatt: *…Herr Berger… nach wochenlanger Arbeit… endlich Ergebnisse… würde mich freuen…* Viertes: *Frau Zimmerm… tut mir*

Leid… wie am Telefon bereits… unbestätigter Verdacht… Nummer fünf: *Vielen Dank für… beruhigt… endlich wieder schlafen…*

Hm… Friedrichsberg strich sich über den Schnurrbart. So, so, die Frau Zimmermann. Da war also doch noch etwas Gesprächsbedarf. Er überlegte kurz, was er mit den Briefen machen sollte oder konnte. Mitnehmen? Nein, geht nicht. Was denn dann? Er brauchte Beweise. Und das waren welche. Ihm fiel nichts ein. Also tütete er alles wieder ein, befestigte den Umschlag an der Bildrückseite und hing alles wieder an seinen Platz.

Er war nicht unzufrieden, der Einbruch hatte sich gelohnt. Jedenfalls hatte er Beweise dafür, dass bei Zimmermanns doch nicht alles eitel Sonnenschein war. Er schaute auf die Uhr. Fast fünfundzwanzig Minuten war er schon in dieser Wohnung. Es wurde Zeit. Er verließ das Wohnzimmer und ging an der Küche vorbei zur Wohnungstüre, nicht ohne noch mal auf den alten Holztisch in der Küche zu schauen, der ihn an seine Kindheit erinnerte. Bei seinen Eltern stand so ein Tisch auch in der Küche. Da konnte man vorne und hinten noch mal eine Extrafläche herausziehen und somit den Tisch verlängern, wenn sich mal Besuch angemeldet hatte. Und auf der linken Seite des Tisches war immer eine Schublade gewesen, in der er seine Wachsmalstifte und Papier gelagert hatte, um, wenn die Mutter kochte, am Tisch sitzen und malen zu…

Er machte auf dem Absatz kehrt und ging in die Küche. Er schlug die dreckige graue Tischdecke zurück; auch dieser Tisch hatte diese Schublade. Er atmete tief durch. Entweder war sie leer oder sie beherbergte irgendwelche Küchenutensilien oder sie enthielt etwas, das man nicht so schnell finden sollte und was im Arbeitsteil des Wohnzimmers definitiv deplatziert gewesen wäre, weil zu wichtig und daher besser für fremde Augen nicht auffindbar.

Seine Linke umfasste den Schubladenknauf und in einem Rutsch hatte er sie aufgezogen. Inhalt der Schublade: Ein kleines Notizbuch, ein weiterer länglicher brauner Umschlag und vollgeschriebene Papiere. Friedrichsberg nahm sich den Umschlag, nicht zugeklebt, und entleerte ihn auf dem Küchentisch. Zum

Vorschein kamen rund drei Dutzend Fotos, bunt und auch schwarzweiß, auf allen war Werner Zimmermann zu sehen, auf einigen zusammen mit Silke Perkowski, auf den meisten war er zusammen mit einer Friedrichsberg unbekannten Frau, was nichts heißen sollte.

Die Bilder mit dieser Silke waren unverfänglich, nichts Besonderes. Da waren zwei Menschen zusammen, mal hier, mal da, allerdings nicht in sonderlich verfänglichen Situationen.

Aber die Bilder mit der fremden Frau waren da schon von anderem Kaliber. Anhand der Kleidung der beiden Personen und auch aufgrund des immer wieder anders erscheinenden Hintergrunds war fest davon auszugehen, dass sich die Aufnahmen über einige Monate hinzogen. Und die Situationen waren nicht immer glücklich gewählt. Mal standen sie nur nebeneinander, mal hielten sie aber auch Händchen, umarmten sich, küssten sich, ja, Berger hatte es sogar fertig gebracht, die beiden das ein oder andere Mal in unmissverständlicher Situation zu erwischen. Im Park auf einer Decke, im Auto, in einer gegenüberliegenden Wohnung. Und es war, das war auch zu erkennen, eine andere Stadt. Das konnte... Ja, das konnte Düsseldorf sein. Hier Rhein, Oberkasseler Rheinseite und so.

Friedrichsberg ließ die Bilder wieder im Umschlag verschwinden. Dann nahm er sich das Notizbuch vor. Randvoll stand es mit Treffen und Terminen, Namen, Abkürzungen, Telefonnummern. Friedrichsberg überlegte nicht lange und ließ es vorsichtig in seine Jackentasche gleiten. Das alles hier und jetzt durchzusehen, dazu hatte er keine Zeit mehr. Zu den anderen Papieren gehörten zwar auch Kontoauszüge – dieser Mann befand sich seit geraumer Zeit deutlich in den Miesen - , aber auch Blätter, auf denen mit Hilfe eines Klebstoffes aus Zeitungen ausgeschnittene Buchstaben befestigt worden waren. Kurz: Erpresserbriefe. Und die, so konnte er sich jedenfalls zusammenreimen, gingen nicht an, sondern von Rolf Berger aus. War dieser Messie für Arme also ein Erpresser.

Friedrichsberg dachte kurz nach. Ich kann ja nicht all das hier mitnehmen. Aber interessant ist es schon. Notizbuch, in Ordnung. Aber selbst das ist riskant. Und der Rest? Den kann ich unmöglich auch noch mitgehen lassen. Was mach ich nur? Er ging durch den Flur, an die Wohnungstüre, öffnete sie vorsichtig. Marc schaute ihn verdutzt an.

„Das wird aber auch Zeit", zischte der.

Friedrichsberg legte den gestreckten Zeigefinger auf die Lippen und winkte ihn hinein.

„Und was ist mit dem Guckloch?"

Erst jetzt fiel Friedrichsberg auf, dass Marc immer noch krampfhaft das Guckloch zuhielt. Er winkte ab, Marc ließ vom Loch ab und huschte in die Wohnung.

„Was gibt's denn? Hast du mal auf die Uhr gesehen? Ich wollte hier nicht meinen Lebensabend verbringen."

„Hast du einen Fotoapparat mit?" fragte ihn Friedrichsberg.

„Wie: Fotoapparat? Willst du, dass ich dich jetzt auch noch knipse, oder was?"

„Nein. Aber ich muss Fotos machen. Und ihr jungen Leute habt doch meistens so kleine Digitalkameras, die ihr überall mit hinschleppt."

„Nee, ich habe so was nicht. Wofür brauchst du die denn überhaupt jetzt?"

„Ich habe interessantes Beweismaterial gefunden. Das kann ich aber nicht alles mitnehmen. Ich will das fotografieren. Aber wenn du nichts dabei hast, dann…"

„Halt", unterbrach ihn Marc. „Mit meinem Handy kann ich auch Fotos machen."

Friedrichsberg stutze. „Wirklich?"

„Ja, klar. Also, was soll ich knipsen?"

Sie gingen ins Wohnzimmer. Friedrichsberg nahm das Bild von der Wand, riss den Umschlag ab, legte die Briefe schön fein säuberlich nebeneinander auf den Boden. Marc fotografierte jeden einzelnen. Dann verstauten sie die Briefe wieder in dem Umschlag, klebten ihn an die Rückseite, Bild an die Wand, fertig.

Dann die Küche. Küchentisch, fein säuberlich alles nebeneinander auf den Tisch, ein Foto nach dem anderen. Marc fotografierte die Kontoauszüge, die Erpresserschreiben, die Fotos.

Friedrichsberg nahm sich eines der Fotos, drehte es um und las auf der Rückseite: *Werner Zimmermann, Elke Rondoff, 7.6., München*. Er legte das Foto zurück auf den Stapel zu den anderen. Elke Rondoff. Hm… Er trat ein paar Schritte zurück ans Fenster, als er auf etwas Unebenes trat; ein Schlüssel, der bei der Entleerung der Schublade wohl auf den Fußboden gefallen sein musste; er war ihm vorher nicht aufgefallen.

„Was ist denn das?"

„Ein Schlüssel", bemerkte Marc.

„Klasse, du Fachmann, das sehe ich auch. Aber was für einer? Bank- oder Schließfach?"

Marc zuckte mit den Schultern. „Red nicht rum, nimm ihn mit, probier es aus."

Friedrichsberg nickte, steckte den Schlüssel in seine Hosentasche, verstaute den Rest wieder in der Schublade. Er schaute sich noch mal um. Nichts vergessen, alles wieder an Ort und Stelle, alles in Ordnung? Er nickte.

„Dann auf!" Sie verließen die Wohnung, zogen leise die Türe hinter sich zu, schlichen die Treppen hinunter und traten auf die Straße, überquerten eben jene und gingen zum Auto.

„Endlich wieder frische Luft."

Auch Friedrichsberg atmete laut aus und auch hörbar wieder tief ein. „Das war eine riskante Sache. Aber wir haben es geschafft. Und es hat sich gelohnt."

Sie stiegen ins Auto und fuhren los. Friedrichsberg setzte Marc in der Innenstadt ab. Er bekam seine 150 €, versprach, sich so schnell wie möglich um die Bilder zu kümmern, Friedrichsberg solle ihn am Montag mal anrufen.

Friedrichsberg fuhr weiter und hielt vor einem italienischen Restaurant. Mittlerweile war es 14 Uhr, und sein Magen streikte, er hatte Hunger bis unter die Achseln. Er betrat das Restaurant, setzte sich in eine ruhige Ecke, bestellte sich einen Rotwein, eine Tomatensuppe und eine Portion Pasta. Er saß so da, trank und aß vom Vorspeisenteller und merkte, wie er sich langsam aber sicher wieder beruhigte. Er fischte das Notizbuch von Rolf Berger hervor und blätterte darin herum.

Rotwein.

Viele Namen, viele unbekannte Namen, aber eben auch die Namen Mechthild und Werner Zimmermann. Und diese Elke Rondoff stand drin. Wer immer das auch war. Vielleicht eine Lehrerin, also Kollegin, von Werner Zimmermann. Er entschloss sich, nach dem Essen noch mal bei der Schule vorbeizufahren.

Tomatensuppe.

Und Telefonnummern. Die meisten ortsansässig. Viele von Nachbarstädten, einige von weiter weg. Zimmermanns Nummer stand auch drin. Elke Rondoffs leider nicht. Warum nicht, es wäre doch so einfach gewesen. Aber vielleicht stand sie gerade deshalb nicht drin. Silke Perkowski stand auch nicht drin. Dafür Abkürzungen. Aber keine Wörterabkürzungen, sondern Namenskürzel. WZ oft. Gut, da konnte er sich denken, wer das war. LJ, keine Ahnung. PK, ebenso. B, dito. Er trommelte einen Rhythmus auf die Tischplatte.

Pasta.

Sei es, wie es sei, jetzt musste er erstmal wieder in die Schule, dann musste er sich mit Straeten und Dahl treffen und reden und dann noch mal mit dieser Zimmermann. Die wusste doch wohl auch mehr, als sie zugeben wollte. Warum hatte sie nichts gesagt? Allem Anschein nach hatte sie doch diesen Berger beauftragt, ihren Mann zu beschatten, weil sie davon ausging, dass er sie betrog. Und der Korrespondenz nach zu urteilen, stritt Berger das ab. Will sagen, er hatte ihr mitgeteilt, dass da nichts war mit fremden Frauen. Aber die ganzen Fotos deuteten ja eher in eine andere Richtung.

Er zahlte und verließ das Restaurant. Mittlerweile war es kurz nach drei.

Draußen griff er sich sein Handy und rief Straeten an.

„Und, wie ist es gelaufen?“ fragte der ihn sofort. Friedrichsberg berichtete.

„Das war aber riskant. Du warst in der Höhle des Löwen, Mensch!“

„Richtig“, gab Friedrichsberg zu. „Er war aber nicht da. Zugegeben: Ich meine, ihn knurren gehört zu haben, bin von ihm aber nicht erwischt worden. Und ich habe einiges gefunden, über das wir reden müssen."

Sie vereinbarten ein Treffen für 18 Uhr im *Lamm*. Als Friedrichsberg sich gerade verabschieden wollte, unterbrach ihn Straeten: „Ach, bevor ich es vergesse... Ich weiß gar nicht, ob du schon davon gehört hast, aber dieser Feinschmecker, dieser Gourmetkritiker, dieser Carl Burkunther..."

„Ja, was ist denn mit dem?"

„Nun, der... Der ist tot. Gestern Morgen in seiner Wohnung gefunden worden. Von seiner Putzfrau. Er baumelte von der Decke."

„Das kann doch wohl nicht wahr sein. Den haben wir doch am Montag erst..."

„Ja, ja, am Montag haben wir ihn das letzte Mal gesehen. Und Mittwochs hat er sich wohl erhängt. Oder Donnerstagmorgen."

„Erhängt..." brabbelte Friedrichsberg vor sich hin.

„Ja, erhängt. Es war Selbstmord."

Friedrichsberg setzte sich auf eine Bank. „Selbstmord. Schon wieder. Hm... Die Selbstmörder fliegen tief."

Er unterbrach die Verbindung und lehnte sich auf der Bank zurück. Selbstmord. Noch einer. Erst Zimmermann, jetzt Burkunther. Selbstmord. Scheint wieder in Mode zu kommen. Eine auffällige Häufung von Selbstmorden. Oder doch nur zufällig?

Er öffnete den obersten Knopf seines Hemdes und atmete tief durch. Ihm wurde die Luft knapp. Jedenfalls schien es ihm so. Zwei Selbstmorde in einer Woche. Und beide Male waren ihnen die Opfer bekannt. War das noch normal? Seltsam, äußerst seltsam.

Plötzlich ging sein Handy. Was hatte Straeten denn noch vergessen? Er nahm ab.

„Was ist los, Straeten? Ist dir noch was eingefallen?"

Pause am anderen Ende der Leitung. Dann: „Hier ist nicht Straeten, tut mir leid. Hier ist Heidenreich von der Mordkommission. Spreche ich da mit Herrn Alfons Friedrichsberg?"

Was sollte das denn jetzt? Ein dummer Scherz? Versteckte Kamera? Dann war es aber wirklich ein saublöder Gag. Aus dem

Alter war er eigentlich raus; dachte er zumindest. Oder hatte man mitbekommen, dass er in die Wohnung von diesem Berger... Na, da ruft man aber doch nicht gleich die Mordkommission an. Vor allen Dingen ruft einen dann nicht gleich die Mordkommission an. Das machen doch die hundsnormalen Streifenhörnchen. Aber doch nicht gleich die Mordkommiss...

„Hallo? Spreche ich da mit Herrn Alfons Friedrichsberg?"

„Ja, das tun Sie. Und mit wem spreche ich da bitte?"

„Das sagte ich bereits. Mein Name ist Heidenreich, ich bin von der Mordkommission."

„Also wenn das ein Spaß sein sollte, dann finde ich ihn höchst unpassend. Mit so was scherzt man nicht."

„Mir ist auch nicht zum Scherzen zumute. Dreißig Dienstjahre... Da hat man längste Zeit gescherzt, möchte ich mal sagen."

„Gut. Sie sind wirklich von der Polizei? Also von der Mordkommission?"

„Allerdings, das bin ich."

„Und was kann ich da für Sie tun? Noch habe ich keinen umgebracht. Kann mich jedenfalls nicht dran erinnern. Und so schlecht ist das Essen hier auch nicht, dass sich an diesem Zustand was ändern könnte. Heißt: Ich habe nicht vor, den Mundschenk übern Pfefferstreuer zu brechen."

„Nun, ich würde mich gerne mal mit Ihnen unterhalten."

„Wer möchte das nicht? Und warum, wenn ich fragen darf?"

„Wir sind hier leider mit einer Leiche konfrontiert worden."

„Mit einer Leiche. Selbstmord eventuell?" Hier versuchte Friedrichsberg seinerseits kurz zu scherzen.

„Mitnichten. Dem Mann... Es handelt sich um einen Mann, dem diese unappetitliche Angelegenheit widerfahren ist, dem Mann also, ist der Rücken und dann auch noch der Schädel gespalten worden."

Pause. Friedrichsberg merkte, wie sich ein Kloß in seinem Hals ansammelte und festsetzte. Er schluckte.

„Der Schädel. Gespalten."

„Sehr wohl. Wir haben ihn am Innenhafen gefunden."

„Und warum rufen Sie mich an? Ich habe keinem den Schädel gespalten.“ Erneuter Scherzversuch seitens Friedrichsbergs. Mehr notgedrungen als freiwillig. Er wusste nur einfach nichts zu sagen und seine Äußerungen kamen mehr einem Atmen gleich.

„Das vielleicht nicht. Aber wer weiß das schon so genau. Ermitteln müssen wir schließlich.“

„Ja, alles schön und gut, aber warum denn bei mir?“

„Weil Sie einer der letzten waren, die mit ihm Kontakt aufgenommen haben.“

Erneute Schweißansammlung bei Friedrichsberg. „Wie bitte?“

„Den Toten müssen Sie gekannt haben.“

„Warum denn?“

„Sie haben ihn angerufen. Der Tote ist Rolf Berger.“

KAPITEL 20

Friedrichsberg war sofort wieder in das Restaurant und direkt an die Theke gegangen.

„Den Toten müssen Sie gekannt haben“, hatte dieser... dieser... Na, wie hieß er noch gleich? Irgendwas Theologisches hatte der im Namen... dieser... Ha... He... Heidenreich, ja, Heidenreich hieß der Mann, Herrgott!, Namen, gesagt.

„Den Toten müssen Sie gekannt haben.“

Wie? Wer? Was für ein Toter? Ich soll der letzte gewesen sein, der mit irgendeinem Toten Kontakt aufgenommen hat? Das wüsste ich aber. Kontakt zu Toten. Bin ich ein Medium, mit dem man Kontakt zu Toten aufnehmen kann? Irgendein durchgeknallter Fan will mit dem toten Elvis reden? Will, dass der fleischgewordene Bananensplit ihm noch mal was vorsingt? Mit Toten reden... Was für ein Schwachsinn. Mach ich nicht. Ich kenne auch keine Toten. Doch, ich kenne genug Tote, aber alles Tote, für die mich kein Kommissar meint anrufen zu müssen. Und mit denen ich auch nicht unbedingt reden will; was sollen die mir schon sagen?

Und dann kam das ganze Blatt auf den Tisch: „Sie haben ihn angerufen. Der Tote ist Rolf Berger.“ Spiel, Satz, Sieg, superverwandelter Elfmeter, Schach matt, Mau Mau, Schiff versenkt. Und Friedrichsberg saß auf der Bank und rang nach Luft. Wie ein Fisch auf dem Trockenen.

An der Theke bestellte er sich erstmal einen Grappa.

„Äh… Rolf… Rolf Berger…"

„Den kennen Sie doch, oder etwa nicht?"

Was sollte Friedrichsberg sagen? So schnell wie dieser Polizist Antworten erwartete, konnte er im Moment gar nicht denken. Kannte er Berger, kannte er ihn nicht? Langsam denken; eins nach dem anderen. Natürlich kannte er ihn, musste er ihn kennen. Schließlich hatte er ihm auf den Anrufbeantworter gequatscht. Was hatte er noch mal gesagt? Was hatte er draufgesprochen? Ihm fiel es ums Verrecken nicht ein. Klar, seinen Namen und seine Telefonnummer. Das musste er genannt haben, sonst hätte dieser Kommissar ihn ja nicht anrufen können. Warum hatte er ihm bloß was aufs Band gesprochen? Da bist du schon so alt, und immer noch nicht klug geworden.

Der Grappa kam, hinunter damit. Noch einen, bitte.

„Ja, ja, den kenne ich."

Woher kannte er ihn? Was sollte er diesem Kommissar denn sagen? Du hast ihn nicht umgebracht, du wusstest überhaupt nicht, dass er tot ist, du bist dir keiner Schuld bewusst. Also was faselst du hier herum? Er kam sich vor wie in einem dieser Krimis, wo der verdächtige Hauptakteur von der Polizei verfolgt wurde, obwohl der überhaupt nichts gemacht hatte. Vielleicht war er zur falschen Zeit am falschen Ort gewesen, aber er hatte niemanden umgebracht, niemanden gefoltert, gepiesackt, nichts.

Aber was heißt auch *falsche Zeit, falscher Ort*? Ihm wird die Nummer von diesem Berger mit einer Information zugesteckt und er ruft da an. Nicht mehr, nicht weniger. So. Und wenn diese Perkowski diesen Typen umgebracht und ihm, Friedrichsberg, dann die Nummer zugesteckt hat, nur, um ihm den Mord warum auch immer, wie auch immer, unterzuschieben? So nach dem Motto: Der war ja da, hat den auch noch vorher angerufen und so weiter? Quatsch! Zu weit hergeholt. Aber so was von weit hergeholt! Verwerfen, die Idee. Sofort.

Aber warum wurde er jetzt von der Polizei kontaktiert? War er so eine Art Kimble? Mensch, jetzt mal langsam. Dieser Heidenreich hatte nichts gesagt, nichts Großartiges gefragt, nur festgestellt, dass er mit diesem Berger Kontakt aufgenommen hatte. Mehr nicht. Also: Was spinnst du dir hier zusammen? Und was denkst du dir für ein krudes Zeug aus? Sag ihm doch einfach, wie es ist. Gut: Sagt man ihm dann auch, dass man gerade eben noch in der Wohnung des Toten war, eingebrochen, und ein Notizbüchlein mitgenommen und ein paar Fotos geschossen hat? Wohl besser nicht.

„Sie hatten ihm ja auf den Anrufbeantworter gesprochen. Und Sie sagten da etwas von einer wichtigen Angelegenheit. Was war das?"

Wichtige Angelegenheit, wichtige Angelegenheit… Mensch, was sag ich da jetzt?

„Mir ist meine Katze entlaufen."

Was hatte er da gesagt?! *Mir ist meine Katze* und dann auch noch *entlaufen*?! War er von Sinnen, nicht mehr ganz bei sich?

„Ihnen ist Ihre Katze entlaufen? Aha. Wie hieß sie denn?"

„Wer?"

„Na, die Katze?"

„Puschel."

„Ihre Katze hieß Puschel?"

„Jawohl. Und es ist ein Kater."

Der zweite Grappa kam. Und runter damit.

Versuchte er ernsthaft einem Polizisten weiszumachen, dass er von einem Privatdetektiv eine Katze, pardon: einen Kater suchen lassen wollte? Als erwachsener Mann? Lag wohl an den Grappa.

„Hätten Sie etwas dagegen, wenn wir uns mal treffen würden?" wollte der Kommissar wissen.

„Wir zwei? Wir sollen uns treffen? Nun, und warum, wenn ich fragen darf?"

Der Kommissar ließ sich für seine Antwort etwas Zeit. Etwas zuviel Zeit, wenn es nach Friedrichsberg ging.

„Noch einen Grappa?“ wollte der Mann hinter dem Tresen wissen.

Friedrichsberg schüttelte den Kopf. „Nein, danke.“ Er zahlte.

„Stimmt so“, sagte Friedrichsberg. Einszehn Trinkgeld.

„Danke“, sagte der Mann hinter dem Tresen.

„Ich bin neugierig“, sagte der Kommissar. „Und ich möchte mit jedem reden, der in den letzten Tagen vor dem Tode Bergers noch mit ihm zu tun hatte. Jedenfalls versuche ich es.“

„Und wann?“ Friedrichsberg ging im Kopf den Plan des heutigen Tages durch. Er wollte noch in die Schule, dann das Treffen mit den beiden anderen… Blick auf die Uhr. Kurz vor halb vier. Vom anderen Ende der Leitung her hörte er nichts. „Was halten Sie von 16:30 Uhr?“

„In einer Stunde?“ Pause. „Warum nicht, von mir aus schon. Und wo?“

„Im Café gegenüber vom Stadttheater. Ich werde eine rote Rose im Knopfloch tragen.“ Friedrichsberg unterbrach die Verbindung.

So war es gewesen. Und dann eben die beiden Schnäpse. Das Telefonat mit diesem Polizisten hatte er mehr oder weniger verdaut. Dankenswerterweise war es zur Abwechslung mal ein Mord und kein Selbstmord. Da war er schon froh.

Jetzt lief er Richtung Innenstadt, Richtung Gymnasium. Würde er überhaupt noch jemanden antreffen? Wollte er überhaupt jemanden antreffen? Erstmal nicht. Er wollte lediglich einen Blick auf die Lehrerpläne oder sonst was werfen, um zu sehen, ob es dort eine Lehrerin mit Namen Elke Rondoff gab. Könnte ja sein.

Jetzt wollte er erstmal in diese Schule und dann kam die Konfrontation mit dem Polizisten. Und mit einem Stückchen Torte, entschied sich Friedrichsberg spontan. Wenn er schon im ersten Gespräch mit Heidenreich gesündigt hatte (siehe Lügen), so konnte er doch auch im zweiten Gespräch sündigen (siehe Torte).

Er stand plötzlich vor dem Portal des Gymnasiums. Er war, ohne es bemerkt zu haben, bereits angekommen. Er drückte die

Klinke. Abgeschlossen. Er ging um das Gebäude zum Neubau, hin zu dem zweiten Eingang. An zwei Tischtennisplatten vor der Turnhalle auf der gegenüberliegenden Seite stand eine Gruppe Jugendlicher, schön eng und dicht zusammen, ähnlich den Schildkröten, den römischen Truppen bei Angriffen, nur das die dazu noch ihre Schilde in bewährter Schildkrötenmanier (daher ja auch der Name) schützend vor sich hielten, rauchten, tranken irgendwas aus irgendwelchen Flaschen und spuckten neben sich auf den Boden. Lustlos, mit sich selbst überfordert, null Bock, aber cool. Er erkannte in einigen von ihnen die Truppe aus dem Aufenthaltsraum, mit der er sich die Tage schon mal kurz beschäftigt hatte.

„Buh!" machte Friedrichsberg zu ihnen rüber.

Einige zuckten kurz zusammen, mehr aus Reflex als aus sonst was, guckten aggressiv zu ihm rüber. Weil sie das am besten können.

„Werft euch mal schön eure Pillen ein und vergesst das Fliiiiieeeeegen nicht!!" sang Friedrichsberg, dabei bewegte er seine Arme auf und ab, einem ziemlich dicken Vogel gleich.

Er stand vor der Türe des Neubaus, drückte die Klinke herunter. Hier war noch geöffnet, Friedrichsberg enterte das Gebäude. Es war ruhig und alle öffentlichen Schullichter gelöscht.

„Wo möchten Sie hin?!" kam es ihm entgegen.

„Wie bitte?" Er schaute sich um, entdeckte aber niemanden.

„Ich frage, wo Sie hin möchten?" Hinter einer Säule erschien eine kopftuchbestückte Putzfrau mit Schrubber in der Hand. Schrubber etwas in Kampfhaltung.

„Ich möchte zum Lehrerzimmer."

„Warum?" kam es zurück.

Gute Frage. „Mein Sohn hat die ganze letzte Woche gefehlt."

„Ihr Sohn?" Stimmt, berechtigte Gegenfrage. Sohn war nicht schlecht. Enkel hätte besser gepasst.

„Ja, mein Sohn. Ich habe das Elternglück erst ziemlich spät erfahren dürfen." Verständnisvolles Nicken seitens des Kopftuches. „Ich habe hier das Attest vom Arzt." Friedrichsberg wedelte mit einem Protokoll wegen Falschparkens, das er seit drei

Wochen in der Manteltasche mit sich führte, durch die Luft. „Das muss ich abgeben."

Das Kopftuch machte einen beinahe traurigen Gesichtsausdruck. „Lehrerzimmer ist leider zu. Kann ich nichts machen. Keine Schlüssel."

„Macht ja nichts", beschwichtigte Friedrichsberg. „Schieb ich es einfach unter der Tür durch."

„Ist gut. Aber kommen Sie wieder hier vorbei, dass ich weiß, dass Sie weg sind."

„Wird gemacht", rief Friedrichsberg ihr im Abgang über die Schulter zu und ging in Richtung Lehrerzimmer. Das wäre geschafft. Treppe hoch in den ersten Stock. Glastüre auf, er auf den Gang. Er verharrte kurz im Schritt, lauschte nach Geräuschen, aber es war still. Er ging den Gang am Lehrerzimmer vorbei, natürlich ohne das Protokoll wegen Falschparkens unter der Türe durchzuschieben, obwohl: warum nicht, wäre er es los gewesen, und ging an die große Front, an der auch das schwarze Brett hing.

Er fuhr mit seinen Augen das Brett ab, von links nach rechts, oben, unten. Namen von Lehrern… Wie sehen Schülernamen aus, wie Lehrernamen? Unsinnig. Vertretungspläne… Da. Silke Perkowski war verzeichnet. Eine Elke Rondoff nicht, was nichts hieß. Er suchte weiter. Links neben den Vertretungsplänen eine Liste mit all den Lehrern dieser Schule, getrennt männl., weibl. und dann alphabetisch untereinander. Er schaute bei weibl., R, aber eine Rondoff, Elke war nicht zu finden. Hm…

Wer weiß, vielleicht lag Berger ja doch irgendwo tot in der Wohnung. Aber wo? Er war in jedem Raum gewesen, hatte überall nachgeschaut und nichts gefunden. Und so einen Toten sieht man ja. Wo hätte er liegen können?

Vielleicht in einem der Umzugskartons in der Diele? Aber wie soll man da eine Leiche unterbringen? Außer man verteilt sie schön auf mehrere Kisten, damit…

„Da ist das Lehrerzimmer nicht", rief das Kopftuch.

Huch, Friedrichsberg war so in seinen Gedanken versunken, er hatte sie nicht bemerkt. „Nein, nein, ich weiß", sagte er und ging durch den Gang zurück Richtung Ausgang Neubau. „Vielen Dank", rief er ihr noch nach.

Er verließ das Gebäude und ging an der Aggressionsgruppe vorbei. Er blieb stehen. Die Gruppe verharrte in ihren Bewegungen, die Gespräche verstummten, einem Stillleben ähnlich.

„Was für ein Zeug werft ihr euch eigentlich immer so rein?"

„Das geht dich gar nichts an!"

„Mag sein. Interessiert mich aber trotzdem. Und ihr vertickt die doch auch an andere. Habe ich zumindest von gehört. Und dann wird's brenzlig. Das ist dann nicht nur Eigenkonsum, dann ist das Dealerei, Freunde. Und dann hat die Polizei auch Interesse an euch und euren Freizeitaktivitäten. Werden ja nicht gerade Liebesperlen oder Knöterich sein, oder? Also, was ist es? Ecstasy, LSD, Speed oder härteres? Crack, Koks, Kokain, Heroin vielleicht sogar?"

„Alter, du hast doch keine Ahnung. Und jetzt zieh Leine."

„Was ihr wohl schon getan habt."

„Verzieh dich!"

„Pass bloß auf, Opa", raunte ihm ein anderer gut hörbar zu.

„Ja, ja, das tue ich. Ich schaue immer artig erst nach links und dann nach rechts, wenn ich über die Straße gehe. Gehabt euch wohl!"

Friedrichsberg steuerte das Café gegenüber dem Stadttheater an. Traditionshaus seit anno schieß mich tot. Vor einer großen Wand, die unzählige Kaffeemühlen schmückte, nahm er Platz. Er war viel zu früh, hatte noch zwanzig Minuten bis zum vereinbarten Termin. Aber das machte nichts. Er bestellte sich einen Milchkaffee und ein Stück Torte, das er sich vorab an der Kuchen-, oder besser Tortentheke ausgesucht hatte und wartete. Ein Blick durch den Raum. Um ihn herum saßen ältere Damen in kleineren Grüppchen, manche auch mit Tochter oder Sohn und Enkelkind, wahrscheinlich auf dieses Treffen bestehend und die Kinder gingen drauf ein, immer schön das Erbe im Auge haltend.

Wie erkannte er diesen Heidenreich überhaupt? Wie sieht so ein Kommissar aus? Schlapphut, Trenchcoat, Zigarette im Mundwinkel, unrasiert?

Oder erkannte er ihn? Also Heidenreich Friedrichsberg? Aber vielleicht stand Friedrichsberg in der Zeitung. Große Überschrift: Rentner tötet Privatdetektiv. Unterschrift: Er war zu blöde, um seinen Kater zu finden. Und daneben sein Bild. Er musste lachen.

Dann kamen der Milchkaffee und die Torte. Schokoladentorte. Mit Sahne. Er rührte vier Löffelchen Zucker in den Kaffee. Der war auch nicht mehr das, was er mal war. Der war früher viel süßer. Dann dachte er noch mal über sein Bild in der Zeitung nach. Auf dem Nebentisch lag eine Tageszeitung. Er stand auf, nahm sie sich, setzte sich wieder, schlug die Stadtbeilage auf und blätterte. Natürlich war er nicht zu sehen. Warum auch? Aber da war ein Artikel über Carl F. Burkunther. Er schaute sich um und riss ihn heraus. Dann faltete er die Zeitung wieder zusammen und legte sie zurück. Er nahm einen Schluck Milchkaffee.

„Herr Friedrichsberg?" Er schaute auf. Vor ihm stand ein kleiner hagerer Kerl, schütteres dunkelgraues Haar, leichter Scheitel, lange spitze Nase, Hose, Pullover, Kordsakko, Jacke. „Gestatten, Heidenreich." Nicht unsympathisch auf den ersten Blick.

Friedrichsberg erhob sich. „Guten Tag", er reichte ihm die Hand und wies auf den Stuhl ihm gegenüber. „Nehmen Sie doch bitte Platz."

„Vielen Dank. Sie haben sich schon etwas bestellt?"

„Ja, ich war so frei. Ich war etwas zu früh hier, deshalb dachte ich, kann ich ja schon was bestellen. Und wie ich sehe", Blick auf die Uhr, 16:23 Uhr, „sind Sie auch früher dran."

Heidenreich lächelte. „Ja, ja, ich hatte noch etwas in der Stadt zu tun, da dachte ich, komme ich mal vorbei."

Es entstand eine kurze Pause. „Wie haben Sie mich denn erkannt?"

„Nun", Heidenreich lehnte sich zurück. „Sie sind der einzige Mann, der hier alleine sitzt."

Friedrichsberg schaute sich um. Da hatte Heidenreich Recht, das war von einer bestechenden Logik. Eine Bedienung kam vorbei, Heidenreich bestellte sich einen Tee „(Aha, Teetrinker also", dachte Friedrichsberg!) und sagte: „Schön, dass Sie die Zeit gefunden haben."

„Blöde Phrase", dachte Friedrichsberg.

„Gerne. Jetzt müssen Sie mir nur mal verraten, womit ich dienen kann."

„Nun, ich hätte gerne Informationen von Ihnen."

Pause.

„Und was für welche?"

„Sie haben bei Rolf Berger angerufen. Gestern. Weswegen?"

„Das habe ich Ihnen ja schon gesagt: Wegen meines Katers."

„Ach ja, wegen Puschel, richtig?"

„Richtig."

„Und das soll ich Ihnen glauben?"

„Das wäre schön. Denn es entspricht der Wahrheit."

„Soso. Der Wahrheit. Aber ist es nicht recht ungewöhnlich, dass ein Mann wie Sie einen Privatdetektiv damit beauftragt, seine Katze wiederzubeschaffen."

„Seinen Kater."

„Ja, seinen Kater. Verzeihung."

„Nun, ich finde nicht. Wissen Sie, ich habe den guten Puschel schon so lange, da wächst einem so ein Tier ans Herz." Friedrichsberg hatte eine Katzenhaarallergie. Wenn der wüsste, dachte er sich. „Ich bin viele Jahre schon alleine, da ist einem so ein Tier ein guter und treuer Begleiter in trüben Stunden. Ich möchte auf Puschel nicht verzichten."

„Ja, ja, das verstehe ich. Mein Sohn hatte mal einen Wellensittich. Und der ist ihm weggeflogen. Da war was los, kann ich Ihnen sagen." Er sagte aber nichts. „Wir haben den Vogel natürlich nicht wieder gefunden. So was ist über die Dächer und weg. Und so ein Sittich kommt ja auch in der freien Wildbahn sofort um."

„Vielleicht vergnügt sich just mein Kater mit Ihrem Sittich..."

Der Tee kam.

Friedrichsberg nahm ein großes Stück Torte auf die Gabel und führte es zum Mund.

„Wie haben Sie denn Kontakt aufgenommen?"

„Nur über Telefon."

„Also kannten Sie ihn gar nicht persönlich, diesen Berger?"
„Nein."
„Und woher hatten Sie den Kontakt?"
„Über einen Freund."
„Und wie heißt der?"
Oho, Vorsicht: Falle! Jetzt musste schnell eine gute Antwort her. „Das war irgendwer aus dem Chor, Herrensingkreis, keine Ahnung mehr, wer genau. Beim besten Willen."
Heidenreich nickte.
„Wie ist dieser... dieser Berger denn ums Leben gekommen? Und wann?"
Heidenreich atmete ein. „Am Dienstag in der Nacht. Und es war eine höchst unappetitliche Angelegenheit. Er wurde erschlagen."
„Hui, erschlagen. Das ist aber nicht schön."
„Mit einer Axt. Und der Schädel wurde ihm gespalten."
So, das Stückchen Torte brauchte ein bisschen länger, bis es unten war. „Am Dienstag. Mit einer Axt. Den Schädel. Aber wer macht denn so was?"
Heidenreich schüttelte den Kopf. „Ich habe aufgehört, mir solche Fragen zu stellen. Es gibt Leute... Es gibt Fälle, da machen Sie sich als Normalbürger überhaupt keine Begriffe."
„Haben Sie denn schon... Also haben Sie irgendwelche Beweise gefunden? Oder Indizien, die in irgendeine Richtung weisen?" Stückchen Torte, das letzte, dann mit vollem Mund: „Waren Sie schon in seiner Wohnung?"
„Ja, ja, alles schon erledigt. Das machen ja auch die Leute von der Spurensicherung."
„Und? Was gefunden?"
„Ja, genug. Namen, Verweise, Akten. Dieser Berger hat viel und regelmäßig, also oft mächtig im Dreck gewühlt. Und da kann man sich noch so gründlich die Hände waschen, irgendwas bleibt immer zurück." Heidenreich lachte leise vor sich hin. „Und wissen Sie, was ich bei alldem so interessant finde? Bei all den Daten und Informationen und Namen und Fotos und betrogenen Gattinnen und falschen Freunden und Geldeintreibern?" Er machte

eine theatralische Pause und schaute Friedrichsberg aus großen Augen an.

„Nein, weiß ich leider nicht."

Heidenreich nahm noch ein Schlückchen Tee, beugte sich zu der Bedienung rüber, die just in diesem Moment hinter ihm vorbeirauschte und flüsterte ihr ein „Zahlen, bitte!" zu und wandte sich dann wieder an Friedrichsberg: „Ihren Namen habe ich außer auf dem Band des Anrufbeantworters nirgendwo gefunden."

KAPITEL 21

Friedrichsberg, Straeten und Dahl saßen an ihrem Stammplatz im *Lamm*. Zunächst wollte Friedrichsberg von den anderen beiden wissen, was mit diesem Burkunther los war. Eben nichts mehr, da tot. Aber auch über die detaillierten Bedingungen, Verstrickungen oder sonst was, wussten die beiden nichts zu erzählen. Nur soviel: Burkunthers Putzfrau hatte ihn tot von der Decke baumelnd aufgefunden, als sie zum Arbeiten erschienen war, sie stand unter Schock, war schreiend ins Treppenhaus gelaufen, Nachbarn seien herbeigeeilt, die riefen dann auch die Polizei, Notarzt, Spurensicherung, Putzfrau Spritze, Krankenhaus, Tatortuntersuchung, Ergebnis: Selbstmord.

Friedrichsberg hatte sich alles geduldig angehört, das ein oder andere Mal den Mund gespitzt, die Augenbrauen hoch gezogen, sich auch mal hinterm linken Ohr gekratzt. Auch Selbstmord. Zwei Selbstmorde. In einer Woche. Und montags hatten sie ihn noch gesehen. Und das genau hier, nur wenige Tische entfernt.

Friedrichsberg hatte von seiner mittäglichen Unternehmung berichtet, sehr zum Missfallen Straetens, und auch zum Leidwesen Dahls. Von wegen von Rechts wegen.

„Mensch, Kinder, wir haben doch keinen umgebracht", hatte sie Friedrichsberg noch versucht zu beschwichtigen.

Nachdem Heidenreich gezahlt hatte (er hatte Friedrichsberg großzügigerweise eingeladen, was er, also Friedrichsberg, allerdings nicht als Bestechungsversuch angesehen hatte), waren die beiden auseinander gegangen. Der Kommissar hatte ihm noch eine Visitenkarte zugesteckt, mit der Bitte, wenn ihm noch etwas einfalle, solle er sich doch melden. Und wenn ihm noch etwas einfallen sollte, würde er sich auch bei ihm melden. Alles eine große Melderei, die Friedrichsberg schon jetzt gehörig gegen den Strich ging.

Sie verließen das Café. Er war einen großen Bogen gelaufen, kramte seinen Autoschlüssel hervor, hielt aber plötzlich diesen Schlüssel in der Hand, den er zufällig aus der Schublade vom Küchentisch bei Berger befördert hatte. Er schaute drauf. Wo mag der wohl hingehören? Er steckte ihn wieder weg und hielt dann seinen Autoschlüssel in der Hand, dachte aber an die beiden Grappa, schaute auf sein Auto und überlegte sich, wie viel er beim Treffen im *Lamm* an Bier konsumieren würde und steckte den Schlüssel wohlweislich wieder ein. Auch wenn er durchaus der festen Überzeugung war, dass er toxisch angereichert die hervorstechendsten Leistungen erbringen konnte, mochten das Außenstehende womöglich für eher fraglich halten.

Kurz vor sechs stand er vor dem Restaurant, öffnete die Türe und schon strahlte ihn die Fotowand wieder an. Ein Gesamtkunstwerk, übertrieb er in Gedanken. Ein im Laufe der Zeit, im Laufe der Jahre zusammen gesammeltes nicht gemaltes Bild. Ein von vielen namenlosen Künstlern zusammengeschustertes Werk. Jeder hat seinen Anteil dazu geleistet mit seinem Foto, jeder hat mit seinem Gesicht etwas dazu beigetragen. Er stand davor und ließ es wirken. Besonders fiel ihm diesmal eine Ecke auf, in der prominente und minderprominente Zeitgenossen abgelichtet waren. Da waren Politiker des Landes, da war der ein oder andere Schauspieler aus Serien, auch mal aus Kinofilmen, aber eher selten, vom Theater welche, auch Opernsänger, Schlagersänger, drei Damen mit Hund, er entdeckte sogar zwei Schriftsteller von Weltrang. In seinen Augen. Und alles, bis auf die Schriftsteller und zwei Opernsänger, namenlose Damen und Herren. Bekannte Gesichter, gewiss. Aber ein Name zum entsprechenden Gesicht mochte ihm nicht einfallen.

Er ging weiter in den Schankraum, wo ihm vom Tresen her Georg Bartolt in voller Kochmontur entgegen kam.

„Guten Abend, Herr Friedrichsberg. Sie werden schon erwartet.“

Er nickte. „Alles andere hätte mich auch gewundert.“ Bartolt musste grinsen. „Aber was machen Sie hier? Müssen Sie nicht an die Töpfe?“

Bartolt blieb stehen und kam Friedrichsbergs Ohr etwas näher. „Sehen Sie, da hinten?“ Er wies mit dem Kopf in eine abgelegene Ecke des Raumes. „Da sitzt der Oberbürgermeister.“ Er wiegte den Kopf hin und her, das Ganze ein bisschen wortlos kommentierend. „Und da lässt man sich gerne kurz mal blicken. Ich meine: Ihm ist das eigentlich egal. Aber sie legt da höchsten Wert drauf.“

Friedrichsberg nickte verständnisvoll. „So ist das nun mal mit den First Ladies.“ Beide lachten tonlos.

„Ich muss aber auch gleich wieder nach hinten. Aber einen Stammgast bringe ich gerne an seinen Platz.“ Bartolt führte ihn zu dem Tisch. „Da Sie reserviert haben, war es überhaupt kein Problem, Sie wie gewohnt unterzubringen. Darf ich Ihnen Ihren Mantel abnehmen?“

„Gerne.“

Friedrichsberg schaute sich um. Es war Freitag, es war gut gefüllt, beste Ausgehzeit, Bartolt war ein netter Kerl, ein guter Geschäftsmann, ein exzellenter Koch. Da ist ein volles Haus schlicht und ergreifend das, was er verdient hatte.

„Und darf ich Ihnen einen Wein bringen? Oder lieber Bier?“

„Lieber ein Bier.“ Hatte er eh mehr Appetit drauf. Schon die ganze Zeit.

Bartolt nickte, drehte sich um, brachte den Mantel an die Garderobe und verschwand in der Küche.

Die beiden anderen saßen schon und warteten bereits auf ihn. „Da bist du ja endlich.“

Friedrichsberg schaute im Setzen auf die Uhr. „Jetzt stellt euch mal nicht an, es ist gerade mal kurz nach sechs. Aber ganz kurz nach sechs.“

„Was war denn los heute? In der Wohnung?“

Friedrichsberg erstattete Bericht, zwischendurch wurden die Getränke serviert, und dann erzählte er auch noch von seiner akustischen, später auch physischen Konfrontation mit dem Hauptkommissar.

Dahl schüttelte nur den Kopf. „Wir hätten das gleich lassen sollen. Direkt von Anfang an."

„Warum denn das?" wollte Friedrichsberg wissen.

„Das hat uns doch bis jetzt nur Ärger eingebracht. Du bist irgendwo eingebrochen, weil irgend so eine Lehrertussi meint, sie müsse sich wichtig machen. Und der, bei dem du eingebrochen bist, ist umgebracht worden und du wirst verdächtigt."

„Werde ich gar nicht", trotzte Friedrichsberg leicht.

„Ich habe mit der Witwe gesprochen", fuhr Dahl fort. „Die weiß nichts und konnte mir nichts sagen. Dann in der Schule: Auch keine Ergebnisse. Ihr trefft euch mit dieser Lehrerin: Auch nichts. Doch: Der Privatdetektiv. Und der hat dir auch nur Scherereien gemacht. Die Gespräche waren umsonst, alles umsonst. Nur Scherereien."

„Fang jetzt bloß nicht noch das Flennen an." Friedrichsberg war schon froh, dass Dahl nicht in Tränen ausbrach.

„Letzten Endes ist es doch so: Es bringt sich ein Freund um, das ist schade, das ist schlimm und das ist traurig. Aber er wird seine verdammten Gründe gehabt haben. Auch, wenn die für uns nicht klar auf der Hand liegen. Aber es ist doch vermessen von uns, zu sagen: Wir schauen mal, ob wir was herausfinden. Ein tragischer Selbstmord, Ende, aus."

„Bis hierhin muss ich dir recht geben, Dahl. Aber: Diese Lehrertussi, wie du sie nanntest, ist mit einem Privatdetektiv konfrontiert worden. Und dieser Privatdetektiv hatte ein Auge auf Werner Zimmermann geworfen oder auch zwei. Und das im Auftrag von seiner Frau, der jetzigen Witwe Zimmermann. Sie wusste also davon, hat uns gegenüber aber so getan, als sei alles in bester Ordnung. Und bei dem Privatdetektiv finden sich Beweise, die dokumentieren, dass bei weitem nicht alles in bester Ordnung war. Er hatte eine Geliebte. Und das über einen langen Zeitraum. Und diese Geliebte heißt aller Wahrscheinlichkeit nach

Elke Rondoff. Soweit die Fakten. Jetzt die sich daraus zwangsläufig ergebenden Fragen: Was weiß diese Frau Rondoff? War sie mit ihm zusammen? Wie lange war sie mit ihm zusammen? War das mehr? War das nur eine Affäre, die sich immer wieder wiederholt hat? Wussten da auch noch andere drüber Bescheid? Wusste es die Zimmermannwitwe? Wenn nicht, gut. Wenn ja, was hat sie gemacht? Was hat sie unternommen? Hat sie überhaupt was unternommen? Wollte sie was unternehmen? Kommen wir zu den Kontoständen von diesem Berger: Aus den Kontoauszügen geht glasklar hervor: Der Mann war pleite, kräftig in den Miesen. Jetzt die nächsten Fragen: Hat er die Rondoff erpresst? Hat er die Zimmermann erpresst? Hat er Werner Zimmermann erpresst? Und, der letzte Fragenblock, jedenfalls fürs Erste: Wer hat Rolf Berger umgebracht? Elke Rondoff, Mechthild Zimmermann oder gar Silke Perkowski?"

Er nahm einen großen Schluck Bier, Dahl schaute ihn aus großen Augen an.

„Das ist jetzt alles aber ein bisschen weit hergeholt, oder nicht?" wollte Straeten wissen.

„Nun, ich finde nicht. Das sind ein paar der Fakten. Und ein paar der Fragen, die sich zwangsläufig daraus ergeben. Wenn man denn eins und eins zusammenzählt und Adam Riese einen guten Mann sein lässt."

„Ja, gut. Aber das mit den drei mordenden Frauen... Also ich weiß nicht."

„Ich halte da auch nicht sehr viel von. Bei der Zimmerfrau kann ich es mir auch nicht vorstellen. Bei Silke Perkowski... Ich weiß es nicht, ich kenne sie nicht. Aber auch Ponys können unsanft austreten. Wenn sie wollen. Und diese Frau Rondoff kenne ich noch gar nicht, was ich aber morgen nachholen möchte und werde."

„Du willst die besuchen? Du kennst die doch gar nicht. Und was willst du der überhaupt sagen? Guten Tag, ein entfernter Bekannter, der mit Ihnen höchstwahrscheinlich mal im Bett gelegen hat, hat sich umgebracht, ich hätte da gerne mal ein paar Fragen an Sie gerichtet?"

Friedrichsberg grinste und nickte. „So ungefähr hatte ich mir das gedacht. Noch ein Sträußchen Blumen in der Hand und dann Sesam, öffne dich."

„Na, die wird dir danken."

Noch ein Schluck Bier.

„Die wird dich achtkantig aus ihrer Wohnung werfen."

„Solang sie das nicht aus dem Fenster macht, soll's mir recht sein. Ändern könnte ich's dann eh nicht mehr. Und wohnte sie im Parterre, wär's mir eh wurscht."

Dahl schüttelte immer noch, oder schon wieder, den Kopf. „Ja, aber das sind doch wahnsinnig viele Informationen. Da werden wir doch überhaupt nicht Herr drüber." Dahl war zu jeder Zeit mit allem und jedem überfordert. Dass ihn sein morgendliches Aufstehen nicht schon fertig machte, verwunderte Friedrichsberg und Straeten schon sehr.

„Unsinn", bellte ihn Friedrichsberg an. „Man muss den Berg nur sortieren und nach und nach abzutragen versuchen, dem Erdboden gleichmachen. Ich will ja nicht sisyphusmäßig Steine rollen. Ganz im Gegentum."

„Ja, aber um welchen Preis?" brüllte Dahl fast. Die Gäste an den umliegenden Tischen schauten kurz rüber.

Friedrichsberg lächelte nach allen Seiten zurück, so, als entschuldige er sich für sein teils geistig umnachtetes Gegenüber, zückte aus der Innentasche seines Sakkos ein Etui, zog eine Zigarre hervor, Streichhölzer und setzte sie in Brand.

„Und, und das ist doch die Frage: Mit welchem Ergebnis?", stellte sich Straeten auf Dahls Seite. „Wir hören uns jetzt schon fast eine Woche um. Und mit welchem Ergebnis? Mit welchem Erfolg? Mit nichts! Nichts, nichts und wieder nichts. Das ist doch blödsinnig."

Es wurde ruhiger. Friedrichsberg hatte sich auf seinem Stuhl zurückgelehnt, die Arme vor der Brust verschränkt und paffte dicke Kringel in die Luft.

„Erstens: ja, zweitens: ja, drittens: ebenfalls ja. Ihr habt recht, alles schön und gut, ich bin der Buhmann, euer privater Prügelknabe. Und euer Beichtvater, wie mir scheint. Jetzt habt ihr euch hübsch ausgeheult, trocknet eure Tränen, und dann ist es aber auch wieder gut." Die beiden schauten ihn an. „Was seid ihr denn? Männer oder Memmen?! Erst sagt ihr, dass es euch seltsam erscheint, dass sich Werner Zimmermann umgebracht hat. Gut, wir haben uns dann umgehört. Und ich gebe euch recht: Wäre bis heute nichts mehr passiert, das heißt: Wäre es bei unseren Gesprächen mit der Witwe geblieben, die den drei Affen ähnlich, nichts gesehen hat, nichts gehört hat und nichts sagen kann oder will oder möchte oder was weiß ich, dann hätte ich heute, hier und jetzt auch gesagt: Wisst ihr was? Mir reicht's, das bringt doch alles nichts. Aber dem ist ja nicht so. Mittlerweile haben wir drei herausgefunden, dass Werner Zimmermann sich an die Lehrertussi herangemacht hat. War das die Erste? Eine von vielen? War Zimmermann ein schlimmer Hund oder krummer Finger oder umgekehrt? Tatsache allein ist: Das unbeschriebene Blatt, für das er immer von allen, oder von so vielen, gehalten wurde, scheint er nicht gewesen zu sein. Und das belegen auch die Fotos bei diesem Privatdetektiv. Hatte er auch was mit Elke Rondoff? Scheint jedenfalls so. Und zwar schon länger. Interessant, wenn man mich fragt. Aber man fragt mich ja nicht. Ist auch gut so, denn wenn man's doch tut, kriegt man nur viele lange Antworten. Und hier haben wir auf einen Streich gleich drei Menschen, die sauer auf Zimmermann gewesen sein konnten. Und vier Menschen, die ihn hätten unter Druck setzen können. Ja, was wollen wir denn mehr? Wurde Zimmermann vielleicht erpresst? Wenn ja: Wer hat Zimmermann erpresst und somit, falls er nicht liquid war, eventuell in den Selbstmord getrieben? War es seine eigene, ihn angeblich liebende Gattin? War es seine Geliebte? Oder seine Kollegin, die ihm drohte, damit an die Öffentlichkeit zu gehen? Sexuelle Nötigung, Belästigung, etcetera? Oder war es der Privatdetektiv, der mit der Nummer viel Geld bei Zimmermann rausschlagen wollte? Oder war es jemand ganz anderes? Weiß man's? Und was ist mit dieser Jugendgang, von der die Lehrertussi meint, sie hätte irgendwelche krummen Dinger mit Zimmermann gemacht? Nennen wir die Drogen beim Namen: Drogen. Drogengeschäfte, Handel, Verteilung, Vertreibung, was weiß ich. Dass uns die Truppe spanisch vorkommt, ist ja eh kein großes Geheimnis. Also: Was ist da los? Was ist da wirklich dran? Was hat Zimmermann damit zu tun? Hat die Truppe ihn unter Druck gesetzt, weil was weiß ich nicht? Oder stecken da größere Fische hinter, die sich Zimmermann mal vorgenommen haben? Die großen Kois schnappen sich den kleinen Goldfisch. Und in der Szene gibt es genug Querverbindungen. Da kennt der eine den anderen und der kennt wieder einen. Und der wiederum kennt zwei Russen. Die sprechen kein Wort Deutsch. Die verstehen auch kein Wort Deutsch. Aber die können sich Fotos anschauen und Gesichter merken. Und die sind blitzschnell da und blitzschnell und vollkommen lautlos wieder weg. Die kennen keinen und keiner kennt die. Ist auch besser so. Denn die, die die kennen gelernt haben, haben schnell den silbernen Löffel abgegeben. Und plötzlich stehst du in einer kommoden Betonwanne im Hafenbecken und besiehst dir Schiffrümpfe von unten. Herrliche Bilder! Oder du schaust hinter dich und stellst fest, dass du dir den Hinterkopf weggepustet hast, obwohl du dich gar nicht mehr dran erinnern kannst, was zum einen daran liegen kann, dass dir das halbe Hirn fehlt, zum anderen, dass du's gar nicht warst. Oder du startest dein Auto und findest dich innerhalb weniger Sekunden in hunderttausend Einzelteilchen frei in der Luft schwebend vor. Ein Heidenspaß. Macht das alles glücklich? Und schon öffnet sich der nächste Fragenkomplex: Wer hat den Privatdetektiv umgebracht? Die Witwe, die Geliebte, die Lehrerin? Oder wieder wer ganz anderes? Zimmermann kann's ja nicht gewesen sein. Der hat ein Alibi: Alibi durch Tod. Was Besseres kann einem gar nicht passieren. Und geht uns der Mord an diesem Berger überhaupt etwas an?

Und nun was ganz Spezielles: Zu unserem Selbstmord und dem Mord kommt jetzt noch ein zweiter Selbstmord hinzu: Der Selbstmord von Gourmettester Carl F. Burkunther. Also, wenn ihr mich fragt, gut, ihr fragt mich nicht, aber wenn ihr mich fragt: Das alles finde ich höchst interessant. Vor allem, dass es alles in einer Woche passiert. Und dass es alles irgendwie zusammenhängt."

Dahl schien schon vor zehn Minuten die Ohren auf Durchzug gestellt zu haben. Allein Straeten fragte nach: „Moment mal: Wieso bist du denn der Meinung, dass alles zusammenhängt?"

Friedrichsberg ölte seine Stimme durch einen großen Schluck Bier und paffte munter an der Zigarre. Er schien sich in seiner Rolle als Mischung zwischen Orakel von Delphi und Koloss von Rhodos sehr zu gefallen. Also auf jeden Fall Weltwunder.

„Kurz und knapp: Zimmermann ist tot, Selbstmord, Berger ist auch tot, Mord, Berger hatte Zimmermann observiert, hatte Kontakt zu Kollegin von Zimmermann aufgenommen. Und als wir das erste Gespräch über diese Affäre führten, am letzten Montag hier an dieser Stelle, saß einige Plätze weiter dieser Burkunther, der jetzt auch tot ist. Und ebenfalls Selbstmord. So die Zusammenhänge aus meinen Augen in der Kürze der Zeit." Erneutes Paffen.

„Hm... Du hast nicht unrecht", musste Straeten zugeben. „Du hast nicht unrecht. Also bist du der Meinung, wir sollten weiter nachforschen?"

Friedrichsberg zog die Augenbrauen bis zum Anschlag. „Ja, selbstverständlich, was denkt denn ihr? Wofür all die Mühen? Grad jetzt, wo wir eine Woche Arbeit und Zeit investiert haben? Grad jetzt, wo man langsam Zusammenhänge erkennt? Wo's interessant wird? Gerade jetzt!" Er schlug mit der Faust auf den Tisch, dass die Gläser tanzten. Man schaute wieder zu ihnen herüber, was Friedrichsberg mit einem Lächeln und Kopfnicken quittierte und dem Ausspruch: „Gläserrücken. Will mit meiner toten Tante reden. Habe noch eine Frage offen das Erbe betreffend."

„Und was meinst du? Was sollen wir jetzt tun? Wie gehen wir weiter vor?" Dahl hatte ein wenig Angst in den Augen.

Friedrichsberg spitzte die Lippen. „Ich würde vorschlagen", begann er, „dass du", er wies auf Dahl, „dich noch mal mit der Zimmerfrau auseinandersetzt. Und diesmal kannst du der richtig auf den Zahn fühlen. Du hast ja einiges in der Hand. Von wegen Briefwechsel mit Privatdetektiv, Fotos mit fremder Frau, Lehrerin, Jugendgang und so weiter und so fort. Klopf mal ein bisschen auf den Tisch! Glaubst du, du kriegst das hin?"

Dahl musste schlucken. „Ich denke schon. Schreib mir das doch noch mal alles etwas auf."

Friedrichsberg verdrehte die Augen und sagte: „Wird erledigt. Und du", wandte er sich an Straeten, „schlägst bei der Redaktion vom *Genießer* auf und hörst dich mal um, was das für ein Typ war, dieser Burkunther. Wende dich am besten an seine Sekretärin, an die Person, die auf der Wichtigkeitsliste direkt nach ihm kommt, und an den untersten im Team. Ich denke, wenn wir die Extreme mal gehört haben, haben wir genug Informationen zusammen. Und ich denke auch, dass du das schaffen wirst." Er nickte Straeten zu.

„Ich denke auch. Glaubst du denn, dass da Samstag wer arbeitet?"

„Mit Sicherheit. Irgendeinen Workaholic wirst du da bestimmt antreffen."

„In Ordnung. Und was machst du?"

„Ich werde die Adresse von dieser Elke Rondoff recherchieren. Die scheint keine Lehrerin zu sein. Jedenfalls nicht an dem Gymnasium, an dem Zimmermann arbeitete. Und dann werde ich der Dame mal einen Besuch abstatten. Ich bin mal sehr gespannt. Und dann", er unterbrach sich, um den Schließfachschlüssel aus seiner Hosentasche zu ziehen, „muss ich noch herausfinden, zu was dieser Schlüssel gehört. Und am Sonntagabend gehe ich ins Konzert. Die Philharmoniker spielen. Ich habe eine Karte. Und ich glaube, mit alldem genug vor der herb-männlichen Brust zu haben." Er nahm den letzten Schluck Bier. „Lasst uns aufbrechen, der morgige Tag wird anstrengend genug. Und die Jüngsten", er reckte sich kurz, was den Stuhl veranlasste, durch ein lautes Knacksen kurz aufzuheulen, „sind wir auch nicht mehr. Siehe Stuhl."

Dahl stand schon halb, als Straeten sagte: „Kommt, eine Runde können wir noch", versuchte er die anderen beiden zu überreden. „Wollt ihr was essen? Ich lade euch ein?"

„Ist gebongt, du Erhörer meiner innigsten Wünsche", jauchzte Friedrichsberg, orderte noch eine Getränkerunde für alle drei und die Speisekarte.

KAPITEL 22

Er nahm sich das Messer vor, hielt es in der linken Hand, setzte sich aufrecht, räusperte sich; ein leichter Schweißfilm bildete sich auf seiner Stirn, sein Herz schlug schneller. Der Schnitt musste präzise sitzen: punktgenau hinein, gezieltes Schneiden, auftrennen. Wenn es nicht beim ersten Mal gleich saß, war es eh zu spät. Was geschnitten war, war geschnitten, was aufgebrochen war, war aufgebrochen. Nur, und dessen war er sich bewusst: wenn er es nicht gleich in zwei adäquaten Hälften hinbekam, war der Tag für ihn gelaufen. Gut, vielleicht nicht gleich der ganze Tag, aber doch zumindest die erste Hälfte. Schlechte Laune wäre da vorprogrammiert.

Er tupfte sich mit einer Serviette die Stirne ab, legte sie wieder weg und fing an. Er stach zu, schnitt gezielt und konzentriert und hatte dann im Endeffekt zwei gleich dicke Teile Mohnbrötchen vor sich auf dem Frühstücksteller liegen.

Seine Frau saß ihm gegenüber und schaute ihn zwischen Orangensaftglas und Frühstücksei kopfschüttelnd an. „Also bei aller Liebe, Gernot, aber hab dich doch mal ein bisschen unter Kontrolle.“ Sie zeigte auf die beiden Brötchenhälften. „Wie lange hast du jetzt dafür gebraucht?“ Sie wartete eine Antwort ab, die allerdings nicht kam. „Zehn Minuten“, gab sie sich selbst die Antwort.

Der angesprochene Gernot zuckte nur kurz mit den Schultern.

„Und auch die Post. Jeden Tag dieselbe Prozedur: Die großen Pakete oder Briefe nach unten, und dann kleiner und spitzer nach oben steigend.“ Erneutes Kopfschütteln.

Gernot bestrich die untere Mohnbrötchenhälfte mit Margarine. „Almut“, begann er, der Diskussion augenscheinlich schon etwas müde, „wir sind jetzt genau zehn Jahre und vier Monate verheiratet. Du wusstest von meinen Angewohnheiten, ich habe sie schon seit vielen Jahren, ich habe sie nicht ändern können und auch nicht wollen, und ich werde sie voraussichtlich auch nie ändern. Auch, weil ich mich nicht in der Lage sehe, das zu können." Auf die Margarine kam jetzt noch eine satte Schicht Sauerkirschkonfitüre. Er wischte sich die Finger an der Serviette sauber, räusperte sich, reckte den Rücken, nahm einen Schluck Kaffee, schluckte und biss dann in die Sauerkirschkonfitüremohnbrötchenhälfte.

„Und jeden morgen dieselbe Frühstücksprozedur."

„Du kennst das, du hast dich dran gewöhnt. Nimm es hin und nicht so schwer."

„Nein, ich habe mich nicht daran gewöhnt. Immer noch nicht. Tut mir Leid." Sie bestrich eine Schwarzbrotscheibe mit Rübenkraut und biss genüsslich hinein. Soweit man bei Schwarzbrot mit Rübenkraut von Genuss überhaupt reden kann. „Und was", begann sie mit vollem Mund, „ist mit diesen seltsamen Figuren?"

„Du sollst doch nicht mit vollem Mund sprechen. Du weißt doch, wie das aussieht. Und du weißt auch, dass ich es auf den Tod nicht ausstehen kann, wenn mich plötzlich deine Schwarzbrot-Spucke-Gemische treffen. Liebe hin, Liebe her. Ich habe dich schon einige Male darauf hingewiesen." Angewidert betrachtete er sie.

Sie schluckte die Masse hinunter. „Also, ich habe dich gefragt: Was ist mit den Figuren?"

„Mit welchen Figuren?"

Sie schaute ihn streng an. „Du weißt genau, welche Figuren ich meine."

Er wusste es. Also er wusste, welche Figuren sie meinte. Und welche Figuren es waren. Zinnfiguren. Zinnfiguren, die die unterschiedlichsten Zünfte darstellten. Ärgerlich, hatte sie sie doch entdeckt. Und er hatte sie eigentlich so gut vor ihr verheimlicht. Das ging ihm sowieso ziemlich auf den Geist: Dieses ständige schlechte Gefühl oder Gewissen, das er hatte, nur weil er wieder irgendwas sammelte. Und irgendetwas war es ja nicht. Es waren die Zunftzinnfiguren. Sehr detailgetreu, feinsäuberlich gegossen, handbemalt, streng limitierte Auflage. Er hatte in einer Zeitung davon gelesen und sie unbedingt haben, sie in seinen Besitz bringen müssen. Zunächst ein Zehnerset. Man konnte sie entweder auf kleine Halter befestigen und auf den Tisch oder in ein Regal stellen oder sie per Haken an die Wand hängen.

Er zuckte wiederholt mit den Schultern. „Du meinst doch nicht etwa die Zinnfiguren, oder?“

„Frag doch nicht. Natürlich meine ich die, was denn sonst?!“

Schweigen.

„Wo stehen die denn jetzt?“

„Die stehen in meinem Zimmer.“

„Na, Gott sei Dank. Nicht wieder wie letztes Mal mit diesen Sammeltassen. Die standen ja alle irgendwie in der Wohnung verteilt.“

„Das ist doch jetzt schon fünf Jahre her“, sagte er etwas ermüdet.

„Ja? Ist das schon wieder fünf Jahre her? Kommt mir nicht so lange vor. Und wo hast du sie jetzt? Weggeschmissen doch bestimmt nicht.“

Seine Augen weiteten sich, er wurde zornig. „Natürlich nicht weggeschmissen. Wo denkst du hin? Das sind wertvolle Sammeltassen.“

„Genauso wertvoll wie die Zinnfiguren?“

Er hatte den Verzehr seiner einen Mohnbrötchenhälfte beendet, wollte sich gerade seine zweite Hälfte schmieren, ließ aber das Messer fallen, tupfte sich mit der Serviette den Mund ab, stand auf, schob den Stuhl an und verließ den Raum. So einen Samstagmorgenanfang brauchte er nun wirklich nicht. Da hatte das mit dem Brötchenaufteilen mühelos geklappt, da kam ihm seine Frau so blöd. Nein, beim besten Willen.

Er wusste ob seiner Schwächen. Er hatte Schwächen, und nicht gerade wenige. Aber das wusste seine Frau, das wusste sie von Anfang an. Und er hatte sich ihr offenbart und ihr freigestellt, ob sie es, aufgrund all dieser Tatsachen mit ihm aushalten könne oder eher nicht. Sie meinte, sie könnte. Und? Konnte sie? Es schien nicht so zu sein.

Auf dem Dielenschrank lag die Post, fein säuberlich der Größe nach sortiert. Er nahm sie mit, klemmte sie sich unter den Arm und ging zu seinem Raum. Er öffnete die Türe, trat ein und schloss sie ganz behutsam wieder ab.

Jetzt war er in seinem Reich. Und das muss man sich folgendermaßen vorstellen: Ein rechteckiger Raum, vor Kopf ein kleines Fenster, Blick auf die stark befahrene Straße vor dem Haus. Aber diese Tatsache (viele Autos, Lärm, Fußgänger, Hunde und so weiter) machte ihm nicht allzu viel aus, da er im fünften Stock einer Altbauwohnung lebte und von dem Trubel so gut wie gar nichts mitbekam. Hier lebte er schon seit zwanzig Jahren, erst als Student, WG-mäßig, jetzt richtig, also nur er und seine Frau.

Die linke und die rechte Wand waren mit Regalen von oben bis unten vollständig bedeckt, den Raum an sich teilte ein drittes Regal, das auch bis unter die Decke ging. Vor dem Fenster, das rechts von dem Raumteilregal war, ein Schreibtisch, links vom Raumteilregal ein weiteres, halbhohes Regal. An der Türseite wieder Regale bis unter die Decke. Und die Regale waren vollgestellt mit allem möglichen und unmöglichen Zeug. Was für ein Zeug? Unterschiedlichstes: Puppen, Steine, Eulen, Elefanten, Briefe, Urlaubskarten, getrocknete Blätter, seltene Flaschen und die eben erwähnten Sammeltassen und Zinnfiguren und etliches mehr. Was für Puppen und Steine und Eulen und Elefanten und Briefe und Urlaubskarten und getrocknete Blätter und seltene Flaschen und Sammeltassen und Zinnfiguren und etliches mehr? Nun, Sammelstücke eben.

Gernot war ein Sammler. Er sammelte alles, was sich ihm in den Weg stellte. Egal, was es war, es wurde, so es von Gernot interessant, hübsch, schön oder als angenehm merkwürdig empfunden wurde, gesammelt. Aber nicht, dass man denkt, in den Regalen herrschte Unordnung, nein: Es war alles hervorragend geordnet. In den Regalen alphabetisch, jedes einzelne Teil dann noch mal nach Größe geordnet und nummeriert. Das fing bei Aalfotografien an und hörte bei eben jenen Zinnfiguren auf. Und dann nach Größe. Hier war sein Reich. Seine Frau hatte keinen Zutritt, das gehörte ihm ganz alleine. Das hielt er auch alleine sauber. Und hier konnte er all das unterbringen, was er sammelte. Jedes Mal überkam ihn eine ungeheure Freude, wenn er sein Zimmer betrat; da kam er sich vor wie ein kleiner Junge, der endlich wieder an seine Modelleisenbahn darf. Hier hatte er Ruhe.

Von draußen hörte er an diesem Morgen seine Frau wieder telefonieren. Wahrscheinlich mit ihrer besten Freundin. Da wird wieder gelästert. Soll sie doch, dachte er sich. Soll sie doch, meinen Segen hat sie. Geht sie mir wenigstens nicht auf den Geist.

Er legte die Post auf den Schreibtisch und stellte das Fenster auf Kipp. Er setzte sich hin und ging die Post durch. Für seine Frau, Frau, Rechnung, auch Frau, Urlaubsgrüße... Halt, Moment, er schaute sie sich genauer an. Ein Bild von der italienischen Küste. Er drehte die Karte um. *„Liebe Grüße aus Italien senden euch Bärbel und Franz-Hermann. Das Wetter ist toll, die Menschen nett, das Essen ein Gedicht. Wahrscheinlich kommen wir nie wieder.*" Na Gott sei Dank, dachte er bei sich. *„Bis bald. Wir müssen euch die Fotos zeigen. Ciao!*" Er nahm die Karte, ging rüber zum Regal, R, S, Sc, St, T, U, Um, Ur, Urlaubskarten. A, B wie Bärbel, da waren schon einige der Karten von Bärbel und Franz-Hermann. Die Italienkarte kam gleich hinter die *„Holländische-Inseln*"-Karte. Er setzte sich wieder an den Schreibtisch, wieder an die Post. Rechnung, Werbung, Werbung, Rechnung, hört das denn gar nicht auf? Warum musste zum Wochenende immer so viel Post kommen? Entsetzlich.

Und dann kam es: Ein Päckchen. Für ihn. Kein Absender. Er legte es auf die Seite. Die letzten beiden Sachen auf dem Stapel waren eine Zeitschrift und die Samstagszeitung. Die beiden und die restlichen Sachen kamen auf einen Stapel nach links, dann nahm er sich das Päckchen vor. Ein braunes Kuvert, ein weißer rechteckiger Aufkleber, darauf als Computerausdruck seine Adresse. Und eben kein Absender. Er tastete das Päckchen ab. Ein dickes Päckchen. Ungleichmäßig dick. Inhalt? Womöglich etwas Längliches. Vielleicht eine weitere Zinnfigur? Aber wer sollte ihm eine Zinnfigur schicken? Wer wusste davon? Und der Versand der Zinnfiguren hätte doch seine Absenderadresse drauf geschrieben. Seltsam. Er nahm sich einen Brieföffner und schlitzte vorsichtig das Päckchen auf. Er schaute hinein, erkannte nicht auf Anhieb, was drin war, hob das geschlossene Ende des Päckchens an, und aus der Öffnung kullerte der Inhalt auf den Tisch, direkt vor ihn. Gernot schluckte, leichte Übelkeit kam in ihm auf, sein Pulsschlag erhöhte sich merklich, das Herz schlug ihm bis in die Ohren. Seine Hände wurden feucht: Vor ihm lag ein abgetrennter Finger. Er legte das Päckchen nach links beiseite, betrachtete den Finger vor sich auf dem Tisch. Er kniff die Augen kurz zusammen, so, als wolle er sich kneifen, so, als müsse er sich kneifen, um sich des Gegenstands vor sich zu vergewissern, so, als müsse er die letzten Zweifel beiseite räumen, so, als könne er die letzten Zweifel beiseite räumen, dass es sich eventuell doch nicht um einen Finger handelte. Erneutes Kneifen. Kein Zweifel: Ein menschlicher Finger. Schlucken. Er hatte ihn noch nicht berührt. Ein menschlicher Finger. Und ob der Breite, der Dicke des Gliedmaßes, schloss er auf einen männlichen Daumen, sauber von der Hand abgetrennt, glatt, einwandfrei, so er das denn als Laie beurteilen konnte; allein er war etwas blutverkrustet.

Er lehnte sich auf seinem Stuhl zurück und war sich nicht ganz sicher: Sollte er sich nun ekeln oder freuen? Obwohl freuen auch das falsche Wort war an und für sich. Wer freut sich schon über einen Finger? Gut, jeder, der einen hat in der richtigen Auslastung: nicht zu viel und nicht zu wenig; zehn dürfen es sein. Aber wenn man ein Päckchen erhält, es öffnet und herauskommt ein Finger, ein menschlicher noch dazu... Was macht man da? Was empfindet man da? Er starrte unbewegt auf diesen Finger. Fünf Minuten. Zehn Minuten. Nach einer Viertelstunde erhob er sich, beugte sich zum Fenster vor und öffnete es ganz. Er atmete durch. Man freut sich nicht über einen geschenkten Daumen, dessen war er sich mittlerweile so gut wie sicher. Aber wirklichen, echten, tiefen Ekel empfand er auch nicht. Beileibe nicht. Und bei weitem erst recht nicht.

Aber wer hatte ihm den Finger geschickt? Freund oder Feind, die altbekannte Frage? Eigentlich, aufgrund der Brutalität und der Abartigkeit der Tatsache eines abgehackten Fingers, eher Feind. Aber aufgrund des Interesses an diesem Gegenstand, das er entwickelte, eher Freund. Freund oder Feind? Schwierige Frage. Er kramte in seinem Gedächtnis nach möglichen Feinden, die ihm so etwas hätten zuschicken können. Aber, die Enttäuschung war groß, weder auf dem Feind-, noch auf dem Freundsektor fand er potenzielle Fingerlieferanten.

Gewiss, dessen war er sich durchaus bewusst, die Liste seiner Feinde war lang, was nur bedingt an persönlichen Erlebnissen lag. Nein, allein seine berufliche Tätigkeit führte zwangsläufig dazu, sich genug Feinde zu machen. Auch solche, die einem durchaus den Tod an den Hals wünschten. Oder an sonst einen Körperteil, wo Bruder Hein gerne hängt. „Ich bringe dich um!", „Du bist tot, wenn ich hier rauskomme!", „Wir sehen uns noch! Wir sehen uns!" waren nur wenige der harmloseren Versprechen, die er regelmäßig entgegennahm. Besser: entgegennehmen musste oder entgegenzunehmen hatte. Aber keinem dieser Versprechensgeber traute er eine solche Kreativität zu, ihre Rache durch einen Finger zu offenbaren oder anzukündigen.

Aber welcher Freund hätte ihm diesen Finger zuschicken sollen? Er grübelte nach einer Möglichkeit. Sie fiel ihm nicht ein. Die Freunde, die paar, die er hatte, waren nicht solche, die einem einfach Gliedmaßen zukommen ließen. Ein Bildband von der Toskana, erlesener Rotwein, kubanische Zigarren, ja. Aber abgehackte Finger? Wohl eher nein. Und wäre es ein Freund gewesen, so hätte er doch seine Adresse auf den Umschlag schreiben können. Und ein Kärtchen beilegen mit der Aufschrift: *„Wünsche viel Vergnügen…"* oder *„Für Deine Sammlung… Mit freundlichen Grüßen."*, *„Viel Spaß wünscht…"* Unterschrift, ähnliches.

Aber wie dem auch sei: Ein Finger für seine Sammlung. Pardon, kein Finger. Ein Daumen. Er schaute ihn sich, immer noch auf dem Tisch liegend, also der Daumen, genauer an. Ein Daumen, kein Finger. Männlich. Hand, Hand… Er vermutete rechte Hand, da die Abtrennungsspuren ganz klar auf der rechten Seite lagen, wenn er genauer hinsah. Das heißt also, dass rechts vom Daumen noch was kommen musste. Also rechte Hand, ein Daumen von der rechten Hand eines Mannes. Oder einer sehr männlichen Frau. Heutzutage wusste man ja nie so genau. Er musste etwas in sich hineinlächeln, als ihm einige der etwas männlich anmutenden Damen, die ihm bis zum heutigen Tag über den Weg gelaufen waren, ins Gedächtnis traten, er riss sich aber gleich wieder zusammen. Draußen telefonierte immer noch seine Frau, er konnte sie durch die geschlossene Türe hören.

Er sah den Daumen vor sich liegen und dachte an seine Sammlung. Er schaute rüber ins Regal. Unter D war noch viel Platz. Soviel mit D gab es nicht, beziehungsweise bot sich nicht an zum Sammeln. Er hatte mal vor Jahren damit begonnen, bei seinen ausrangierten Bettdecken und Kopfkissen die Daunen zu entnehmen, genauer: eine Belegdaune pro Decke, respektive Kissen. Und die hatte er dann einsortiert. Einen Dachziegel hatte er sich auch ins Regal gelegt. Natürlich vor der Daune. Wegen Dac und Dau. Aber einen Daumen... Oder fiel der Daumen unter die Bezeichnung F wie Finger? Nein, nein, nein, das war ein Daumen, und damit fiel er unter D, ganz einwandfreie Sache. Unter F würde er nur kommen, wenn der Absender auf die Idee käme, ihm weitere Finger, also die restlichen neun Finger, oder besser: die restlichen acht Finger und den zweiten Daumen zuzuschicken.

Er musste daran denken, was wäre, wenn er die restlichen Finger, also die acht plus den zweiten Daumen... Das wäre ja... Also, er könnte sich ja gar nicht... Wenn er wirklich noch die restlichen Finger zugeschickt bekommen würde und somit dann zwei komplette menschliche Hände beisammen hätte... Welcher Sammler könnte das schon von sich behaupten? Wer *kann* das von sich behaupten?! In ihm loderte das Feuer der Begeisterung. Das wäre der Wahnsinn! Schmetterlinge, aufgespießte Käfer, Raupen, Würmer, Fledermäuse, ausgestopfte Tiere... Aber zwei menschliche Hände. Gut, Ärzte, Laboratorien, zu Forschungszwecken... Richtig, die hatten so was irgendwo rum stehen. Aber Privatleute so wie er? Der hundsgemeine Sammler eben? Wer von denen besaß denn einen Daumen? Richtig, seine eigenen jetzt mal ausgenommen.

Plötzlich merkte Gernot, wie ihm langsam kalt wurde. Ihm zog die Kälte von den Füßen aus die Beine hoch. Er stand auf und schloss das Fenster. Er setzte sich wieder und starrte auf den vor ihm liegenden Daumen. Ein Blick auf die Uhr: Schon seit einer Stunde saß er so da, die Zeit war wie im Flug vergangen. Weder an Feind noch an Freund musste er denken, wollte er denken. Er dachte nur noch an den Daumen und die restlichen Finger. Ein Kleinod, ein absolutes Kleinod in seiner Sammlung. Highlight traf es auch. Er wollte, er musste alle Finger beisammen haben, dann wäre er zufrieden. Vorher würde er nicht ruhen. Aber wie sollte er an die restlichen Finger gelangen? Würde er weiterhin Gliedmaße zugeschickt bekommen? Sollte es etwa nur bei diesem einen bleiben? Nein, nein, diesen Gedanken wischte er sofort aus seinem Kopf. Da wird noch was kommen. Da muss noch was kommen! Das geht gar nicht anders, es muss einfach noch was kommen!! Anders ging es gar nicht. Er nahm von seiner Ablage, in der er auch die Stifte, Schere, Heftzwecken, Büroklammern und ähnliches aufbewahrte, eine Pinzette, griff damit den Daumen, tütete ihn ganz sachte und vorsichtig wieder ein, schloss die unterste Schreibtischschublade auf, legte den Umschlag hinein und schloss wieder zu. Den Schlüssel legte er unter die Schreibunterlage. Er stand auf, schob den Stuhl wieder an, ging Richtung Tür, nicht ohne noch einmal kurz vor einem der Wandregale stehen zu bleiben und voller Stolz und Ehrfurcht auf seine Sammlung zu schauen, ging dann zur Türe, schloss sie auf und betrat den Flur.

Von seiner Frau war nichts mehr zu hören. Anscheinend telefonierte sie nicht mehr. Sie hatte wohl genug gelästert. Oder ihre Gesprächspartnerin hatte keine Zeit mehr, was weiß ich. Und dann hatten sie aufgelegt. Würden wahrscheinlich am späten Nachmittag wieder miteinander reden. Per Telefon. Frauen sind da sehr merkwürdig. Können da sehr merkwürdig sein. Was die so alles wegtelefonieren… Er spitzte die Ohren, aber er nahm sie nicht wahr. Wo war sie? Er lauschte Richtung Wohnzimmer, dann Schlafzimmer, Küche… Nein, sie war nicht da, das heißt, sie war nicht zu hören.

In der Diele stand ein Schränkchen, in der oberen linken Schublade befanden sich immer sein Portemonnaie und sein Haustürschlüssel. Hier, wie bei jedem anderen Gegenstand in seinem Umfeld, ob zu Hause oder auf der Arbeit, konnte er blind in tiefster Dunkelheit auf Anfrage nach jedem Gegenstand gezielt greifen. Und er würde ihn hundertprozentig erwischen und hervorholen. Dank seiner Genauigkeit, Präzision und, bitte sehr, seinem Ordnungszwang. Und seinen neurotischen Ticks.

Beides, also Geldbörse und Schlüssel, steckte er sich in die Hosentaschen, nahm vom Garderobenhaken seinen Mantel und öffnete die Wohnungstüre. Er hatte einen Daumen geschickt bekommen. Mein erster Daumen, was für ein Ereignis. Abends würde er sich erstmal eine Flasche Wein aufmachen und diese Sendung feiern. Seiner Frau würde er nichts davon sagen. Die hätte kein Verständnis dafür, würde wahrscheinlich in Panik ausbrechen, ihn beschimpfen, Zeter und Mordio schreien und sonst was. Das mit dem Daumen war sein kleines, eigenes Geheimnis. Sein Daumengeheimnis. Und davon sollte keiner irgendwas erfahren. Das blieb bei ihm. Und bei dem Absender natürlich, der ihm allerdings mittlerweile ziemlich egal war. Also es war ihm egal, ob er Freund oder eben Gegenteil war. Hauptsache, er würde ihm weiterhin die restlichen Finger zusenden.

Er stand schon mit einem Fuß im Treppenhaus, als aus dem Wohnzimmer seine Frau in die Diele kam. Wusste er es doch. Spätestens wenn ich die Wohnung verlasse, kommt sie an. Ist doch neugierig genug, sich die Mühe zu machen und ihr Versteck zu verlassen. Hab ich's doch geahnt. Ein Lächeln zog sich über sein Gesicht, das langsam zu einem Grinsen anwuchs.

Mitten in der Diele blieb seine Frau stehen, setzte die Hände auf die Hüfte, knickte ein wenig ein, so Standbein Spielbein, und starrte ihn an. „Was machst du denn jetzt? In Mantel und Hut? Wo willst du jetzt hin?"

Er dachte nur an den Daumen und die eventuell folgenden Finger. „Ich muss Einmachgläser kaufen", sagte er und zog die Türe ins Schloss.

KAPITEL 23

Eigentlich eine Stimmung wie zum Helden zeugen: freundlich, trocken, sonnig.

Friedrichsberg hatte gut reden. Vor allen Dingen zwischen Lammfilet und in Rosmarin geschwenkten Kartoffeln. Aber auf direkter Tuchfühlung mit der Witwe eines Freundes? Da sah das schon ganz anders aus. Da wäre er gerne der gezeugte Held gewesen.

„Bringen Sie den Müll raus?"

Dahl fiel aus seinen Gedanken in den tristen Antiheldenalltag zurück. Reflexartig fragte er: „Wie bitte?"

„Bringen Sie den Müll raus?" Erst jetzt sah er die Alte in ihrem... Oh nein, die Geblümte! Er schaute kurz nach oben, Richtung Himmel, so als wolle er drohend einem Gott ins Antlitz grollen. Musste das jetzt sein? Er stand vor der Haustüre, und die war, als er so gedankenverloren da stand, aufgegangen, die Geblümte, in der Türe stehend, hatte sich vor ihn platziert.

„Nein, mache ich nicht."

„Was sagen Sie?" krakeelte die Geblümte.

„Ich sagte, ich bringe den Müll nicht raus!"

Sie schaute ihn immer noch so an, als hätte sie ihn nicht verstanden. „Müssen Sie aber, sonst stinkt's. Und meinen können Sie dann auch mitnehmen." Sprach's, und drückte ihm ihren Müllbeutel in die Hand. Die Türe fiel zu.

Dahl stand da, Türe zu, Müll in der Hand. Er stank. Fisch. Faules Obst. Kohl. Und durch den durchsichtigen Beutel schimmerten einige Dinge, die Dahl eigentlich nicht aus der Nähe sehen wollte. Er ging zu den Tonnen und entledigte sich des Mülls.

Wenig später saß er Mechthild Zimmermann im Wohnzimmer gegenüber, vor sich ein Glas Wasser.

„Das finde ich aber nett, dass du vorbei gekommen bist", hatte sie gesagt. „Wenn die wüsste", hatte Dahl gedacht.

„Du", begann er, Schluck Wasser, Räuspern, Aufrichten, „wir, also Friedrichsberg, Straeten und ich, also uns kam der Tod deines Mannes, also von Werner, irgendwie, also wir waren uns nicht sicher, ob es wirklich ein, also wir hatten uns gedacht, dass es doch eigentlich eher unwahrscheinlich ist, dass, also, wenn man überlegt, was Werner für ein Mensch war, auch gerade wenn man sich überlegt..."

Mechthild hatte Dahl die ganze Zeit angeguckt, unterbrach ihn jetzt, so, als wolle sie ihn ob der Tatsache des Todes ihres

Mannes beruhigen. „Was denn, Willi?“

„Wir haben etwas herausgefunden, was nicht so ganz in unser Bild von Werner passt. Und dazu wollten wir dich mal befragen.“

Mechthild schaute ihn etwas unklar an. „Was meinst du mit *wir*?“

„Nun, das habe ich dir ja vorhin versucht zu erklären. Friedrichsberg, Straeten und ich kannten ja deinen Mann. Wir waren alle drei von dem Tod sehr erschüttert und uns schien diese Tat sehr… Nun, wie soll ich mich da am besten ausdrücken? Sehr… unwirklich. Sie passte nicht zu Werner. Nie ein Anzeichen von Depression und auch du maltest ihn bei unserem letzten Gespräch in den schönsten Farben. Verständlicherweise. Ich kenne ihn auch nur als einen ruhigen, freundlichen und liebenswerten Zeitgenossen. Also fragten wir uns: Warum bringt sich so jemand um? Und wir haben uns umgehört.“

„Ihr habt was?!“ Die anfangs noch etwas verklärten Augen waren mit einem Mal klar und durchdringend.

„Wir haben Nachforschungen angestellt und sind zu einem erstaunlichen Ergebnis gekommen.“ Er machte eine Kunstpause. So wie in der Musik, wie im Film, im Roman. Von wegen Spannungsbogen und so weiter. „Und zwar schien Werner dem weiblichen Geschlecht gegenüber nicht abgeneigt gewesen zu sein.“

Sie schaute ihn an. „Das ist mir bewusst. Schließlich hat er ja auch mich geheiratet.“

„Nein, so meine ich das nicht. Er war auch anderen Frauen außer dir, oder neben dir, nicht abgeneigt.“

„Was Werner vor meiner Zeit gemacht oder getrieben hat, weiß ich. Interessiert mich aber nicht mehr. Ich kann nur sagen was jetzt ist und was in unserer Ehe war. Und da gab es nur uns zwei.“

War sie wirklich so naiv? Wusste sie allen Ernstes nichts von ihrem Mann und seinen Geliebten? Gut, was hieß Geliebten? Noch wussten sie nichts Genaues, noch waren es Vermutungen, Befürchtungen, Annahmen. Allein, weil da Fotos existierten, hieß das ja noch lange nichts. Er hatte die Bilder auch nicht gesehen. Nur vom Hörensagen. Und danach eine Situation beurteilen…? Schwierig. Aber wie hatte es Friedrichsberg noch gleich so schön formuliert: „Erst mal in die Offensive, Bange machen gilt nicht, bluffen und dann weitersehen. Voll rein!" Aber diese Zimmermann tat ja so, als wüsste sie von nichts was. Stellte sie sich bloß an, war sie wirklich so unwissend, oder hält sie mich zum Narren? Deshalb: Parole: Attacke!

„Weißt du denn nichts davon, dass er sich hemmungslos an seine Kolleginnen in der Schule rangemacht hat?" Mit Verlaub, hier trug Dahl etwas dick auf. Aber er versuchte es jetzt mit der Schockmethode. „Und dass er seit geraumer Zeit eine Geliebte hatte?"

In Mechthild kam Bewegung. Sie richtete sich auf. „Das stimmt nicht, das ist eine Lüge."

„Das ist keine Lüge, das ist die Wahrheit. Es existieren eindeutige Bilder. Tut mir Leid, Mechthild."

Sie schüttelte vehement den Kopf. „Das kann gar nicht stimmen. Ich habe das überprüfen lassen."

Dahl nickte. „Ich weiß. Durch einen Privatdetektiv. Durch einen Privatdetektiv mit Namen Rolf Berger."

Ihre Augen weiteten sich. „Richtig", sie klang ungläubig. „Woher weißt du das?"

„Wir haben recherchiert. Und wir haben überdies herausgefunden, dass dieser Berger deinem Mann… Nun, auf die Schliche gekommen ist."

Dahl erzählte ihr alles. Nach dem dahlschen zehnminütigen Monolog schien die Witwe wie am Erdboden zerstört. Sie begann in sich hinein zu schluchzen, immer wieder aufgerüttelt durch Weinkrämpfe, Taschentücherarmeen versuchten vergebens den Tränenfluss aufzuhalten. Und Dahl war sich nunmehr sicher, dass sie zwar diesen Privatdetektiv hinzugezogen hatte, aber beim besten Willen nichts über seine Ergebnisse gewusst haben konnte. Dahl war sie zu überrascht.

„Davon… davon… weiß ich… weiß ich nichts. Wirklich. Er hatte mir… Ich hatte ihm… geschrieben. Einen Brief. Mit der

Bitte… mit der Bitte mir zu sagen, ob denn… ob denn was an meinen Vermutungen…" Hier schnäuzte sie sich geräuschvoll. Und äußerst effektiv. „… an meinen Vermutungen dran… also… sei. Er hat mir… Berger hat mir auch zurückge… geantwortet. Und da war nichts! Sagte er jedenfalls." Sie schluchzte laut auf und Tränen überströmten ihr Gesicht.

„Wieso hast du denn diesen Berger hinzugezogen? Wie bist du überhaupt auf den gekommen?"

„Ich habe… Von dem habe ich in der Zeitung gelesen. Da stand so eine Annonce. Und ich habe angerufen." Neues Taschentuch, altes Spiel.

„Ja, aber warum, Mechthild? Warum… Ja, warum nimmt man sich denn gleich einen Privatdetektiv?"

Zunächst Schnäuzen, dann Folgendes: „Mit unserer Ehe… Mit unserer Ehe war es eigentlich… in den letzten Jahren nicht mehr so… so, wie es eigentlich… eigentlich sein sollte. Irgendwie war er immer nicht da."

Sie machte eine Pause, die Dahl sofort nutzte: „Bei unserem ersten Treffen hast du aber was ganz anderes behauptet."

„Da habe ich mir das auch noch schöngeredet. Ich habe mir das schon seit Jahren schöngeredet. Ich habe das alles nicht glauben und wahrhaben wollen. Erst das mit unserer verpfuschten Ehe und dann das mit seinem Tod."

„Nun, das war aber auch keine Monate her. Ganz im Gegenteil: ein paar Tage."

„Er… Er ist tot. Mein Mann ist tot. Mag er in den letzten Jahren gewesen sein, wie er wollte, er war mein Mann!" Hier wurde der Ton etwas lauter und hysterischer.

„Ja, ja, ist ja schon gut, Mechthild. Aber wie war er denn wirklich? Also in den letzten Jahren?"

„Wie er war? Zurückgezogen. Einfach zurückgezogen. Ich weiß nicht wie, nicht warum; zurückgezogen eben. Er hatte nicht mehr so viel Zeit für mich, kam abends erst spät nach Hause, war an den Wochenenden oft weg, Seminare, Sitzungen, Treffen, Ausflüge, Klassenfahrten… Er war für mich nicht mehr so da, wie früher."

„Aber das kann doch wirklich daran liegen, dass man zeitlich ein bisschen ausgelastet…“

Sie schaute ihn streng an: „Zeitlich ein bisschen ausgelastet?! Es besteht ein Unterschied zwischen einem vollen Terminkalender und einer Abkapselung. Und Werner hat sich abgekapselt von mir, zurückgezogen.“ Sie machte eine Pause. „Er hat mich allein gelassen. Ich lebte die letzten Jahre für mich. Und er für sich. Wir beide nebeneinander her.“

Dahl nickte.

„Was habt ihr denn herausgefunden?“ wollte sie plötzlich wissen.

„Ach, nichts weiter. Nur eben, dass da wohl irgendetwas nicht stimmte. Weißt du denn, ob sich dieser Berger an Werner gewandt hat?“

Mechthild schaute auf. „Was soll er denn von Werner gewollt haben? Warum soll er sich an ihn gewandt haben?“ Sie begriff nicht, auf was Dahl hinauswollte.

„Hat Berger Werner erpresst?“

„Nein. Also ich habe nichts mitbekommen. Und die Post landet jeden Morgen erst mal bei mir. Das wäre mir aufgefallen.“ Sie schüttelte den Kopf.

„Ernsthaft?“

„Ja, glaubst du etwa, ich lüge dich an?!“ Dahl schüttelte den Kopf, stand wortlos auf, ging zur Türe und verließ die Wohnung. Gedankenverloren stieg er die Treppen hinab. Hatte er richtig gehandelt? Das Falsche gesagt, das Falsche gefragt? War er zu forsch gewesen? War sie jetzt verärgert? Sei es, wie es sei, er konnte es nicht ändern. Ihm war es auch letztendlich wurscht. Musste er sich schon mit dieser ganzen Affäre rumschlagen, konnte er auch die ein oder andere unpassende Frage stellen und ihr auf die Füße treten. „Ein guter Tritt auf den Fuß hat noch niemandem geschadet“, dachte er sich. Und ihre Gegenfrage, ob er meinte, sie lüge ihn an… Was hatte sie denn gemacht bei ihrem letzten Gespräch?

„Wohnen Sie hier?!“ Er hatte die Geblümte gar nicht bemerkt, die, als er das Treppenhaus herunter kam, ihre Wohnungstüre geöffnet und sich ihm in den Weg gestellt hatte.

„Ja, seit dreißig Jahren. Ich bin ihr Sohn“, war seine Antwort, die er im Vorbeigehen auf sie abließ. Die Geblümte stutzte ohne nochmaliges Nachfragen. Und Dahl wunderte sich über seine launige Antwort. Die Sonne, das alte gehässige Brennglas, schien immer noch. Kann es einem gehen, wie es will, die Sonne strahlt, als könnte sie den Menschen nicht in die Seele blicken.

KAPITEL 24

Dahl hatte Friedrichsberg angerufen. Er wusste jetzt, dass die Zimmerfrau zwar Berger engagiert hatte, dass der aber für sie nichts in Erfahrung gebracht hatte. Gut, das hatte er auch der postalischen Korrespondenz entnehmen können. Und er hatte sie nicht erpresst. Sonst hätte sie was dazu gesagt. Berger hätte Zimmermann erpressen können. Wahrscheinlich wird er das auch getan haben. Und Zimmermann bringt sich aufgrund dessen um? Möglich. Berger wird umgebracht. Aber nicht von Zimmermann. Der war schon tot. Zwei Tage lang. Ist Berger von der Zimmerfrau getötet worden? Unwahrscheinlich. Aber nicht auszuschließen. Wer hätte ihn dann umbringen sollen? Nun gut, solche Leute haben viele Feinde.

Müßiggang gehörte für Friedrichsberg zum Samstag wie die Kirchenglocken zum Sonntagmorgen. Er hatte ausgeschlafen, war dann aufgestanden, in die Küche, hatte sich vom Wochenendstuten, vom ungesüßten, drei Scheiben, drei dicke Scheiben abgeschnitten, hatte sich einen Kakao gemacht, Erdbeerkonfitüre, Quark, Butter und die Zeitung bereitgestellt. Und dann war die erste Stunde des Samstags ins Land gezogen.

Nachdem er sich dann hergerichtet hatte, nahm er die Telefonbuch-CD, legte sie in den Rechner und suchte nach Elke Rondoff. Und er fand sie auch. Und dankenswerterweise war er näher an ihr, als er es zu hoffen gewagt hatte. Laut dieser Telefonbuchsache wohnte sie in Kaarst. Dreiviertelstunde, dachte Friedrichsberg. Er schrieb sich die Telefonnummer und die Adresse auf einen Zettel und rief bei ihr an. Er ließ lange durchläuten, niemand nahm ab. Er schaute aus dem Fenster. Es war trocken, aber mittlerweile etwas trübe. Ein Blick auf die Uhr. Kurz vor zwölf. Eine halbe Stunde gebe ich ihr noch, dann fahre ich einfach hin. Ich will mich ja anmelden, und nicht einfach so da aufschlagen. Was macht das denn für einen Eindruck? Als würde er sich normalerweise Gedanken über Eindrücke, die er hinterließ, machen. Warum setzt du dich nicht gleich in dein Auto und fährst hin? Aber wenn sie nicht da ist? Dann hast du den ganzen Weg umsonst gemacht. Und das geht ins Geld. Spritkosten. Die zahlt dir kein Schwein. Er versuchte nochmals, sie zu erreichen. Niemand nahm ab. Egal, dachte er sich, fahr ich hin. Ihm schossen Ideen von Bergen und Propheten durch den Kopf. Zunächst fragte er sich, ob er Prophet oder Berg sei. Er hatte sich morgens gewogen. Bin Berg, stellte er dann fest.

Über die 57 war Kaarst recht schnell zu erreichen. Erst Stadtautobahn, ein wenig Landstraße, dann die 57. Eigentlich war auf dieser Strecke der Stau vorprogrammiert, aber Samstag mittags war da nichts, kein Berufsverkehr, nur die Hobbyfahrer. Und die waren schon schlimm genug. Konnten schlimm genug sein. Wenn sich schon auf der Ablage umhäkeltes Klopapier und debiler Wackeldackel zum fröhlichen Stelldichein zusammenfinden und der Fahrer vorne Kordhütchen trägt, ist mit dem Tachonadelerreichen der 80 sowohl IQ-Wert als auch die absolute Höchstgeschwindigkeit erreicht. Geriatrie in beige im Geschwindigkeitsrausch. Dann die Landstraße. Tempo 70. Kam man sich so langsam vor, nach einem guten Stück Autobahn. Als würde man kriechen, als käme man nicht vom Fleck. Er schaute auf die Uhr, war erst eine Viertelstunde unterwegs.

Und wie sie hier rasten... Gerade junge Leute. Die fuhren hier wie die Bekloppten. Als säßen sie im Autoscooter. Ja, ja, wir fahren wie im Autoscooter und das ganze Leben ist ein Rummelplatz und wir schießen uns die Bären. Da, schon wieder einer. Und er fuhr schon knapp über 80, kriechen wollte er ja auch nicht. Das war ja hier eine Landstraße und keine Warteschlange. Noch einer. Mit mindestens 110 Sachen dran vorbei. Und so was wird nie geblitzt. Dafür kann man so was irgendwann als Baumumwicklung am Straßenrand wieder entdecken.

Vorne alles frei, Blick in den Außenspiegel, nichts, Blick in den Rückspiegel, ni… Doch, halt, da war noch einer. Der fuhr mit Sicherheit nur knappe 70. Lässt sich eben Zeit, der Mann. Wer schon rote Autos fährt… Obwohl: Rasen nicht gerade die in den roten Autos wie die Wahnsinnigen? Es heißt doch auch, dass die mit den roten Socken am schnellsten laufen.

Es ging wieder über in die Autobahn, jetzt konnte Friedrichsberg Gas geben. 120 maximal, er schlug auf das Lenkrad, ja werde ich denn wahnsinnig?! Wahrscheinlich bin ich's schon. Aber er hielt sich dran. Nein, er hielt sich strikt an die Vorgaben der Geschwindigkeitsbestimmer. Und wenn da 120 stand, dann fuhr er eben nur… 135. So. Hier wurde der Verkehr schon wieder etwas dichter, nicht übermäßig, immer noch schossen sie an ihm vorbei, mit mindestens 20 Sachen drüber, und im Rückspiegel sah Friedrichsberg immer noch den roten Wagen, der sich seit der Landstraße konstant an die Geschwindigkeit hielt. Sogar was drunter blieb.

Folgte der Wagen ihm etwa? Das konnte nicht sein. Das bildete er sich nur ein, redete er sich ein. Blick nach hinten. Seit der Landstraße. Oder schon früher? War er auch schon auf der Stadtautobahn hinter ihm gewesen? Konnte er nicht mehr sagen, nicht mit absoluter Sicherheit. Er spitzte den Mund. Er ließ etwas Tempo fallen, war jetzt auf exakt 120. Eigentlich müsste, so dachte er sich, der Rote langsam näher kommen. Aber er kam nicht. Der lässt sich zurückfallen. „Gut, wenn du's wissen willst", dachte Friedrichsberg sich und verlangsamte auf 110. Dasselbe tat der Rote. Er zog die Stirn in Falten. Er kam auf 100. Aber da war nichts zu machen, der Rote tat es ihm gleich, hielt den Entfernungsabstand.

„Na ja", dachte Friedrichsberg sich, „vielleicht bilde ich mir das auch nur ein, da sitzt eine Familie drin, die macht einen Ausflug, die sind abgelenkt und singen Wanderlieder, was weiß denn ich." Er drückte aufs Gas, war wieder bei seinen anfänglichen 135. Aber der Abstand zwischen ihm und dem Roten vergrößerte sich nicht. Er verkleinerte sich auch nicht, er blieb konstant. „Jetzt drücke ich auf die Tube", dachte er sich. Wenn die mich ernsthaft verfolgen sollten, dann müssen sie jetzt auch Gas geben, sonst haben sie mich verloren. Und wahrscheinlich werde ich sie im aufgewirbelten Sand der Fahrbahn zurücklassen. Und Tschüss! Wie im Western. Wenig später erreichte er die 160. Er schaute in den Rückspiegel. Aber auch die im roten Wagen schienen in den Geschwindigkeitsrausch gekommen zu sein, der Abstand blieb derselbe. Und ZACK! blitzte es am Fahrbahnrand auf, Friedrichsberg war geblitzt worden. 40 drüber, na, das kann heiter werden. Krieg ich Post von der Stadt Krefeld. Post von der Stadt… Als wäre man nicht auch so schon gestraft genug. „So eine Scheiße", fluchte er, „denen reiß ich ihren beschissenen Starenkasten aus der Verankerung". Aber Moment, dann wird der Rote, sollte er das Blitzen bei Friedrichsberg nicht bemerkt haben, ja auch geblitzt worden sein. Und schon haben wir Beweismaterial. Aber was hieß Beweismaterial? Nur weil zwei Idioten auf der Autobahn geblitzt werden, das ist noch lange kein Beweismaterial. Und wofür auch? Für die Dämlichkeit der Deutschen? Da brauchen wir keine Beweise mehr für. Aber er könnte vielleicht die Adresse, den Namen des Fahrers in Erfahrung bringen. Schließlich kannte er ja jetzt einen Beamten von der Mordkommission. Richtig, Mordkommission. Und nicht Straßenverkehrsamt oder sonst was. Der wird dir was husten. Nun, versuchen kann man's ja. Runterkommen, Einbildung. Obwohl…

Wer sollte mich verfolgen wollen? Und es letztendlich auch in die Tat umsetzen? Was bringt dem das? Will er wissen, was ich mache? Wo ich hinfahre? Zu wem ich fahre? Aber warum? Was will er mit dieser Information? Vielleicht reicht ihm auch meine Verwirrung, die Verwirrung, die sich bei mir schon eingestellt hat. Da verfolgt mich einer. Wie in einem schlechten Krimi. Solange wir jetzt nicht plötzlich Serpentinen zu fahren haben, der überholt mich, bleibt auf meiner Höhe, hält das Tempo und versucht, mich abzudrängen, ist noch alles im grünen Bereich. Friedrichsberg musste grinsen ob dieser Gedanken, sah sich bondmäßig am Aston Martin, links eine dicke Zigarre haltend, rechts den obligatorischen Martini, gerüttelt, nicht geschürt, lenken tat er mit den Knien; allein, ein ungutes Gefühl blieb.

Er war nun kurz vor Kaarst. Anhand der Postleitzahl hatte er gesehen, dass Elke Rondoff recht zentral wohnen musste. Also fuhr er Zentrum ab. An einer Ampel musste er stehen bleiben, sie zeigte rot. Gut, aus welchem anderen Grund bleibt man sonst an einer Ampel stehen? Müdigkeit vielleicht; aber nicht im Straßenverkehr. Hinter ihm hielt was blaues, dann was grünes, silber, schwarz… Rot sah er nicht. Also doch ein Hirngespinst. Gelb, grün, Friedrichsberg fuhr an. Jetzt musste er sich auf die Straßen und deren Namen konzentrieren. Die ungefähre Richtung, die er zu fahren hatte, war ihm bekannt, hundertprozentig sicher war er sich nicht. Ampel. Er bremste und kam zu stehen. Er schaute auf die Straßenschilder. Die Ampel sprang um, weiter geradeaus. Dann die nächste Ampel. Hatte er denn heute die rote Phase erwischt, oder wie? Ein Blick auf die Straßenschilder. Hier links, er musste hier abbiegen. Er schaute in den Außenspiegel, da war nichts, da kam auch nichts, er schaute in den Rückspiegel, er ordnete sich zum links Abbiegen ein und da sah er es wieder: das rote Auto. „Das feuerrote Spielmobil", schoss ihm durch den Kopf und er schalt sich ob dieses Gedankens. Ihm wurde etwas mulmig. Konzentrier dich: War das der Wagen oder war er es nicht? Rot ja, klar, aber war er es? Er war sich nicht sicher. An den letzten Ampeln stand er nicht. Falsch: er hatte nur nicht darauf geachtet. Aber an der ersten Ampel, an der ersten Ampel war ihm der Wagen nicht aufgefallen. Nein, da war er nicht gewesen. Er schaute konzentriert in den Rückspiegel. Ich erkenne aber auch keinen. Der Wagen stand nicht direkt hinter ihm, sondern hinter dem hinter ihm stehenden Wagen. Also als zweiter, sozusagen. Wer könnte das sein, verdammt noch mal? Ein Hupkonzert erklang. Friedrichsberg erschrak, schaute auf, die Ampel war grün, er bog ab. Der rote Wagen fuhr weiter geradeaus. Doch alles nur Einbildung, dachte er sich und ärgerte sich insgeheim über sich selbst. Wer sollte ihn verfolgen? Wer sollte was von ihm wollen? Vor allem was und von ihm?! Die zweite rechts, die nächste gleich wieder links, er war da. Verfolgungswahn. Lächerlich.

Er parkte seinen Wagen glücklicherweise direkt vor dem Haus. Es war eine kleine Straße, viele Häuser, dementsprechend einige

Wohnparteien, wenig Parkflächen. Er konnte sich glücklich schätzen. Möglichst kurze Wege mit dem größtmöglichen Ertrag; so liebte er es, so wollte er es haben. Er blieb noch einige Minuten sitzen, um zu sehen, ob der rote Wagen ihm bis hierhin gefolgt war. Unsinn, der war doch weiter geradeaus gefahren. Richtig, aber wer weiß, er hätte ja auch an der nächsten Möglichkeit wenden können, also Friedrichsberg gleich hinterher. Aber der Rote kam nicht. Er wartete zehn Minuten, dann wuchtete er seine massige Figur aus dem – seiner Ansicht nach – viel zu engen und niedrigen Wagen. Er schloss den Wagen ab, schaute nach links, nichts, rechts, nichts, und ging auf das Haus zu.

Elke Rondoff wohnte in einem adretten Mehrfamilienhaus. Neubau. Auf den ersten Blick schätzungsweise vier Parteien. Mit Balkonen. Er schaute auf das Klingelschild. *E. Rondoff* stand da in geschwungener Computerschrift. Er drückte. Einmal lang. Er hasste diese Leute, die zunächst minutenlang und dann immer wieder auf den Klingelknopf drückten. Ja, sind wir denn bei der Feuerwehr, oder was, dachte er sich dann immer. Ganz abartig fand er die, die einen abholen wollten, mit dem Auto vor dem Haus vorfuhren, sich aber das Aussteigen und Klingeln sparten, sondern ihr Handy zückten, und den Abzuholenden einfach anriefen. Du, ich steh jetzt vor der Tür. Gut, ich komm runter. Bloß keine Bewegung, bloß keine frische Luft. Wir sind jung und mobil.

Gegensprechanlage.

„Ja, bitte?“

Mist. Was sollte er jetzt sagen? Was sollte er bloß sagen? Leider hatte er sich keine Gedanken über den Gesprächseinstieg gemacht. Ihm war klar gewesen, über was er sprechen wollte, das lag ja auch auf der Hand. Aber der Gesprächseinstieg… Wie komme ich ins Haus? Wie kriege ich ein Gespräch zustande? Er wusste nichts, ihm fiel nichts ein. Wenn der Auftakt nicht gleich überzeugend war, konnte er sofort wieder einpacken und nach Hause fahren. Da hätte er den Weg umsonst gemacht. Schade. Und diese Informationsquelle wäre versiegt.

„Guten Tag, Frau Rondoff“, begann er. Für den Einstieg gar nicht so schlecht, wenigstens hatte er den Namen richtig hinbekommen. „Mein Name ist Friedrichsberg." Bis hierhin von mir aus. Und jetzt? „Ich komme..." Na, wird's?! „...im Auftrag von Werner Zimmermann." Glatt gelogen. Der konnte nichts mehr in Auftrag geben, der war tot. Ob er mit der Nummer durchkam, überlegte er. Aber da erklang schon der Türsummer und ihm ward aufgetan.

Ein kahler, unpersönlicher Flur, helle Platten, Geländer. Ein Flur, der den Deutschen in wenigen Augenblicken charakterisiert: Flurwoche, Ficus, getöpferte Klingelschilder. Tiere und Kinder unwillkommen. Kein Dreck und kein Laut, die Idylle könnte gestört werden. Er nahm die ersten Treppen zum Hochparterre in Angriff, Absatz, links, rechts Türen, zweite Treppe, Absatz, Grünpflanzen, dritte Treppe, Absatz. Hier wieder links und rechts Türen. Und in der Linken stand eine große blonde Frau um die Mitte vierzig, sehr attraktiv, die Arme vor der Brust verschränkt.

„Das ist ja toll, da freue ich mich aber", begrüßte sie ihn. Und dabei kannten sie sich gar nicht, obwohl Friedrichsberg durchaus Verständnis dafür hatte, dass man bei seinem Anblick rückhaltlos in Verzückung ausbrechen konnte. So wie sie aussah, freute sich Friedrichsberg zwar auch, allerdings befand er die Zeit, die sie sich kannten für zu kurz, dass er seiner Freude darüber schon Ausdruck verleihen mochte. Da lernt man sich erst mal kennen. Geht aus. Und wenn man nach geraumer Zeit sagt, dass man sich freue, wenn man den anderen sehe: bitte. Aber jetzt schon? „Und? Ist er zu feige?"

Friedrichsberg zog die Augenbrauen zusammen. Er verstand nicht so recht. Wer ist hier feige? Ich? Oder wer? Und warum? Er schaute hinter sich, aber er war alleine, keiner hinter ihm. Und was ist das überhaupt für eine Begrüßung? Er fragte nach, so, als hätte er sie nicht ganz verstanden. „Wie bitte?"

Die Blonde setzte nach: „Traut er sich noch nicht einmal, selber hier aufzukreuzen?"

Was sollte das? Hier musste eindeutig eine Verwechslung vorliegen. Anders konnte er sich das nicht erklären. Und außerdem, er rief sich das Bild von Elke Rondoff auf dem Foto vor seinem geistigen Auge auf, war das gar nicht diese Rondoff. Die Rondoff, die er kannte, das heißt, die er auf dem Foto gesehen hatte, hatte braune Haare. Hatte er doch die Falsche herausgesucht? Er schaute ihr genauer ins Gesicht. Eine gewisse Ähnlichkeit bestand ja. Die Züge, Mund, Nase… Aber das war sie nicht. Die hier war… Wie soll man das sagen, die war einfach irgendwie reifer. Älter. Lagen vielleicht doch viele Jahre zwischen den Fotos und der Jetztzeit? Nein, das konnte er sich nicht vorstellen. Das waren andere Menschen, zweifelsohne. Eben eine Verwechslung. „Moment bitte…“, begann er, wurde aber sofort wieder von der Blonden unterbrochen.

„Nein, kein Moment bitte. Jetzt rede ich. Ich konnte Ihren Freund noch nie leiden. Was für eine ekelhafte Type. Mit so was will ich eigentlich nichts zu tun haben. Aber da meine Schwester meinte, mit ihm etwas zu tun haben zu müssen, wurde ich zwangsläufig auch mit ihm konfrontiert. Aber mir war dieser Kerl eigentlich scheißegal. Vielmehr: Mir ist der Kerl scheißegal. Und dass Elke so auf ihn steht, verstehe ich nicht und habe ich nie verstehen können. Ich habe ihn nicht akzeptieren können. Und es auch nicht gewollt. Aber sie ist meine Schwester, ihr geht es gut mit ihm, da habe ich ihn respektiert. Solange ich nichts mit ihm zu tun haben muss… Ich will das Glück nicht zerstören. Sofern man das als Glück bezeichnen kann, wenn man mit so einem Arschloch zusammen ist. Aber dass er jetzt Sie schickt, das finde ich arm. Ein absolutes Armutszeugnis.“

Wie konnte diese Frau nur in dieser Schnelligkeit reden? Machte die das beruflich? Ein Maschinengewehr war ja nichts dagegen. Friedrichsberg kam gar nicht gegen sie an, er hatte schon versucht, per Armzeig, per Handbewegung, Kopfnicken, Mundöffnen ihrer Tirade Einhalt zu gebieten, aber da war nichts zu machen. Nach dem *Armutszeugnis* musste sie Luft holen; er nutzte seine Chance: „Aber…“

„Ein absolutes Armutszeugnis, das…“, da war nichts zu machen gewesen; Pech gehabt, keine Chance, „…das zu hundert Prozent, ach was, zu zweihundert Prozent, das beweist, das zementiert, was ich von ihm halte. Was ich seit Jahren schon von ihm halte: Nämlich absolut nichts. Gar nichts. Überhaupt nichts. Null! Zu feige hier herzukommen. Zu feige, sich uns zu stellen. Zu feige, das Gespräch mit Elke zu suchen." Da war Elke gefallen. Schon wieder. Hier war er richtig, stand nur vor der falschen Frau. Wie so oft in seinem Leben. Und der Typ, das Arschloch, um das es zu gehen schien, musste Werner Zimmermann sein. Aber was hatte er damit zu tun? Warum giftete sie ihn so an? Wahrscheinlich hielt sie ihn für einen Freund von Zimmermann, der jetzt hier in der Funktion eines Nachrichtenüberbringers war. Aber das war er ja nicht. Nachrichtenüberbringer schon, allerdings nicht für Zimmermann. Von Zimmermann. Also wussten die beiden noch nichts von seinem Tod. Allem Anschein nach. „Da wird sie sich aber freuen. Ist das denn eine Art? Macht man das jetzt so? Nach sechs Jahren? Ich glaube nicht." Musste sie denn immer lauter werden? War das nötig? Er stand da, vor ihr, im Hintergrund die Tür der Nachbarn, und er meinte gehört zu haben, wie sich jemand hinter der Tür aufstellte und durch den Spion die Szene mitverfolgte. Wahrscheinlich mit einer Tüte Kartoffelchips und einem Bier. Viel Vergnügen. Friedrichsberg wurde das hier jetzt langsam zu dumm. „Was für ein Feigling! Was für ein blöder Kerl. Aber das hätte ich mir auch denken können. Unglaublich. Das er noch nicht einmal anruft, das ist doch traurig."

Von hinten fragte eine Frauenstimme: „Wer ist es denn?"

Die Blonde drehte sich halb zurück und sang mehr in die Wohnung: „Niemand. Hat sich vertan. In der Adresse." Sie drehte sich wieder um und schaute Friedrichsberg an. Sie kam ihm sogar etwas näher, so, als wolle sie ihm etwas zuflüstern. Hätte er jetzt eine ruckartige Bewegung nach vorne gemacht, hätte er ihr in die Nase beißen können. Allein reine, klare Beherrschung hinderte ihn daran. Und in der Tat: sie flüsterte: „Wissen Sie was? Ich biete Ihnen jetzt an, einfach zu verschwinden. Hauen Sie einfach ab. Ich habe Sie nicht gesehen, Sie haben mich nicht gesehen. Und wenn Elke fragt, wer geklingelt hat, sage ich einfach, das war Reklame. Oder irgendwer hat sich vertan. So. Und Sie richten Ihrem Bastard von einem Freund aus, dass er sich ja nicht noch mal wagen soll, hier aufzutauchen oder nur anzurufen. Denn sonst reiße ich ihm eigenhändig den Kopf ab. Haben Sie mich verstanden?"

Friedrichsberg musste automatisch nicken, obwohl ihn all das nichts anging. „Ja, ich habe Sie verstanden. Ich denke aber, Sie mich nicht. Ich habe nichts mit Zimmermann zu tun."

Die Blonde schnellte zurück, riss die Augen auf und bellte: „Jetzt redet der sich hier auch noch raus. Verschwinden Sie! Aber endgültig!"

Sie knallte die Türe zu.

Jetzt stand er da. Und der Mensch hinter dem Spion, hinter der Tür in seinem Rücken auch noch. Mit Kartoffelchips und Bier. Sollte er da mal klingeln, fragen, ob er sich mal für einen Moment setzen dürfe und einen Schnaps bekommen könne? Die hatte ihn geschafft. Und das sollte schon was heißen. Nicht schlecht. Wahrlich.

Aber unterkriegen ließ Friedrichsberg sich nicht, er nicht. Er atmete noch einmal tief durch, fest entschlossen, da jetzt rein zu gehen und mit den Damen zu sprechen. Also klingelte er erneut. Er hatte schon vor seinem geistigen Auge eine mittelalterliche Kampfszene: Gut gegen Böse, oder geographisch: links gegen rechts. Zu Ross, zu Fuß, mit Lanzen, Schwertern, Pfeil und Bogen, Mann gegen Mann, ein Spektakel für den Gucklochgaffer. Er musste nicht bis drei zählen, da wurde die Tür schon aufgerissen. Oder eher Mann gegen Frau. Frau gegen Mann besser.

Die Blonde, lautstark: „Sie sollen sich verpissen, Mann!!"

Friedrichsberg reagierte sofort, stellte den Fuß gegen die offene Türe, nahm sie bei den Schultern, zog sie und sich gleich hintendran in die Diele und trat mit seinem Fuß die Türe mit einem Knall zu.

„Fassen Sie mich nicht an!" Sie brüllte wie am Spieß. Hysterisch zu nennen fast. „Und verlassen Sie augenblicklich die Wohnung."

„Nein! Moment jetzt mal. Lassen Sie mich doch mal reden."

Aus einem der hinteren Räume kam eine zweite Frau. Nicht weniger attraktiv als die Blonde, aber braunhaarig. Friedrichsberg erkannte sie sofort: Das war Elke Rondoff, hier war er definitiv richtig. „Was ist denn da los? Wer ist der Mann?" fragte Elke Rondoff.

„Das ist ein blöder Freund von deinem tollen Werner. Und jetzt lassen Sie mich los!"

„Nein, bin ich nicht." Friedrichsberg ließ von ihr ab.

„Wieso? Sie haben doch gesagt, Sie kämen im Auftrag von Werner Zimmermann."

„Richtig, das habe ich gesagt. Aber es ist falsch. Beziehungsweise nicht ganz richtig. In gewisser Weise komme ich in seinem Auftrag, weil er das, was ich Ihnen sagen will, nicht mehr selber sagen kann. Deswegen tu ich's. Und zwar ist Werner Zimmermann tot. So. Das wollte ich Ihnen sagen." Augenblicklich war es mucksmäuschenstill. Man hätte eine Stecknadel fallen hören können, wenn denn jemand eine fallen gelassen hätte, und wenn man diese Gefallene hätte hören wollen. Hatte aber keiner und wollte keiner.

Elke stand wie versteinert da. „Wie bitte?"

„Ja, Sie haben richtig gehört. Er ist tot. Es tut mir Leid."

Es entstand eine unangenehme Pause, die Friedrichsberg aber auch nicht unterbrechen wollte. Das war nicht seine Aufgabe. Sie standen in der Diele. Die Braune lehnte an der Wand, die Arme vor der Brust verschränkt, etwas in sich zusammengesunken, die Blonde starrte Friedrichsberg an.

„Und was machen Sie jetzt hier? Was ist... Was ist Ihre Aufgabe?" murmelte plötzlich die Braune in die Stille.

„Das ist eigentlich eine recht lange Geschichte und auch eigentlich höchst uninteressant, aber der langen Rede kurz-prägnanter Sinn ist: Zimmermann war ein Mitmusiker meines alten Freundes Willi Dahl. Und uns kamen die Todesumstände von Zimmermann recht mysteriös vor, dass wir uns dachten, uns mal umzuhören. Das ist es."

„Sie sind also so was wie ein Detektiv?" fragte die Blonde.

Friedrichsberg musste an Berger denken. Und an seine chaotische Behausung; ganz das Gegenteil zu dem, was er hier vorfand. Er lächelte. „Nun ja, ich weiß nicht, ob man da gleich Detektiv zu sagen soll. Oder kann. Hobbyermittler trifft's eher. Klingt auch etwas sympathischer, finden Sie nicht?"

Die Blonde bleib weiterhin etwas skeptisch: „Und Sie haben gar nichts mit Werner zu tun? Eigentlich?"

„Richtig. Und uneigentlich auch nicht. Ich bin ihm vielleicht ein- oder zweimal begegnet, mehr aber auch nicht. Und musiziert habe ich mit ihm auch nicht. Aber ich habe eben einen Freund: Dahl. Und der hatte mit ihm zusammen Musik gemacht. Und dem wollte ich helfen. Beziehungsweise dachten wir uns nachzuforschen, warum jemand nicht aus gesundheitlichen, sondern aus, sagen wir mal, mysteriösen Gründen ums Leben kommt."

„Aus mysteriösen Gründen? Was heißt das?"

„Er hat Selbstmord begangen. Und uns kam dieser Selbstmord rätselhaft vor. Wir konnten uns nicht erklären, warum er sich umgebracht hat."

Langsam ließ die Anspannung von der Blonden ab; sie schien zu verstehen. „Oh Gott, dann sind Sie ja… Dann haben Sie ja… Mein Gott, das ist mir aber peinlich jetzt. Herr im Himmel, und ich habe Sie so zur Sau gemacht."

„Das macht nichts, das kann jedem mal passieren", wiegelte Friedrichsberg ab. „Und ich bin ab und an Ferkel genug, dass mich ein Vergleich mit einer Sau oder die Machung zu einer solchen nicht weiter umwirft. Drum: nur zu!"

„Nein, nein, das macht schon was, das geht doch nicht. So kann man doch nicht mit Ihnen… Ich meine, Sie haben ja nichts mit ihm zu tun. Wie kann ich mich bei Ihnen nur entschuldigen?" Er dachte, sie könne ja bei den Nachbarn klingeln und ihnen sagen, dass es sich bei dem, was sie durch den Spion gesehen hatten, um ein Missverständnis gehandelt hat. Das wäre eine Möglichkeit. Er erwähnte diese Überlegung allerdings nicht. „Mensch, ist mir das jetzt unangenehm."

„Muss es überhaupt nicht." Er lächelte sie an.

Sie streckte ihm ihre Hand entgegen. „Ich heiße Katharina Rondoff."

Er erwiderte ihren Händedruck. „Alfons Friedrichsberg, sehr angenehm."

„Ich bin die Schwester von Elke. Die ältere, was man hoffentlich nicht sofort sehen kann."

„Kann man nicht, seien Sie unbesorgt."

„Kommen Sie doch rein, wir müssen ja nicht im Flur stehen bleiben." Sie trat auf ihre Schwester zu, nahm sie in den Arm, strich ihr über den Kopf und ging mit ihr ins Wohnzimmer. „Kommen Sie bitte mit."

Er setzte sich in einen gemütlichen Sessel, schlug die Beine übereinander und lehnte sich zurück. Auf der Couch nahm Elke Rondoff Platz, Katharina stand in der Tür. „Kann ich Ihnen etwas anbieten? Kaffee, Tee, ein Wasser...?"

„Einen Kaffee hätte ich gerne. Aber nur, wenn Sie nichts vorbereiten müssen."

„Ist alles schon fertig."

„Gut."

„Schwarz?"

„Nein. Mit Milch. Und Zucker. Viel Zucker."

Katharina ging rüber in die Küche, Friedrichsberg und Elke saßen im Wohnzimmer. Elke starrte vor sich hin auf den Tisch. Plötzlich sagte sie: „Aber... Also... Ich habe das jetzt nicht so ganz verstanden. Also akustisch schon, aber nicht vom... also vom Sinn her. Werner ist tot?" Sie schien es wirklich noch nicht begriffen zu haben.

„Ja."

„Und? Wie... wie ist das passiert?"

„Selbstmord", sagte Friedrichsberg zum zweiten Mal. „Er hat sich umgebracht."

Pause. Sie schien darüber nachzudenken. Sie schien abzuwägen, ob ihr Mann... Was heißt Mann: Ob ihr Geliebter zu so was fähig war. „Wie denn? Ich meine, wie hat er sich denn umgebracht?"

„Er hat sich erschossen."

„Hätte ich ihm gar nicht zugetraut." Katharina kam aus der Küche mit einem Tablett, darauf eine Kanne Kaffee, Milch, Zucker, Tassen, eine Schale mit Gebäck.

„Wieso nicht? Wieso hätten Sie ihm das nicht zugetraut?"

„Das feige Schwein... Erschossen? Nee, nie." Sie goss Friedrichsberg, sich und ihrer Schwester ein und stellte ihm die Milch und den Zucker hin. Vollmilch. Frisch. Sehr schön. „Aber ich hätte auch nicht geglaubt, dass er sich erhängt. Oder von einer Brücke stürzt oder Tabletten. Nichts von alldem. Erschossen..."

„Warum können Sie sich das nicht vorstellen?"

„Na, hören Sie mal: Ein Mann, der es nicht fertig bringt, Ordnung in sein Leben zu bringen, der vor jeder Konfrontation davon rennt, der sich nichts und niemandem stellt... Der bringt sich doch nicht selber um, der ist viel zu feige."

Friedrichsberg nickte. „Sie halten nicht allzu viel von Zimmermann." Er trank vom Kaffee. Drei Löffel Zucker. Größere Tasse als zu Hause.

„Halten? Ich? Von Werner? Das soll wohl ein Witz sein? Ich halte nichts von ihm. Absolut nichts. Werner ist ein mieses Schwein. Ist mit einer Frau verheiratet, hat einen sicheren Job und fängt was mit meiner Schwester an, schwängert sie und lebt mit ihr seit sechs Jahren in Bigamie zusammen. Hält man von so einem Menschen irgendwas? Soll ich ihn etwa dafür lobpreisen? Oder fürs Bundesverdienstkreuz vorschlagen? Ich denke, nein."

Friedrichsberg stockte, verschluckte sich, musste husten. „Wie bitte? Er hat mit Ihnen ein Kind? Und er lebt mit Ihnen seit sechs Jahren zusammen?"

„Lebte", korrigierte Katharina.

„Ja, ja, lebte", verbesserte sich Friedrichsberg, den Blick starr auf Elke Rondoff gerichtet.

„Ja, wir sind... wir waren ein Paar. Seit sechs Jahren. Also sechs Jahre lang."

„Das gibt's doch nicht." Friedrichsberg hatte mit vielem gerechnet. Aber noch längst nicht mit allem. Das sich Werner Zimmermann an eine Kollegin ranmacht, bitteschön, nicht sein Problem. Das kann mal passieren, das wird kein Einzelfall gewesen sein, dachte er sich noch, als er davon hörte. Wie viele Ehemänner machen nicht nach langjähriger Ehetätigkeit den ein oder anderen Versuch. Nur dass er schon seit sechs Jahren mit einer anderen Frau zusammenlebte und mit ihr sogar ein Kind hatte… Also das überstieg, ehrlich gesagt, die Erwartungen Friedrichsbergs. Das konnte er nicht nachvollziehen.

„Doch, das gibt's" bemerkte Katharina. „Sehen Sie ja jetzt hier. Bei meiner Schwester gibt es so was."

„Aber jetzt mal unter uns, vor Abhörungen jedweder Art sei die Stasi vor: Wie ist das denn dazu gekommen? Nichts gegen die Tatsache, dass alles ist, wie es ist und zum Schönmalen fehlt mir eh der Tuschekasten. Aber erklärt bekommen hätte ich die ganze Situation dann doch ganz gerne mit Verlaub."

Elke Rondoff, die sich bis jetzt ziemlich zurück gehalten hatte, richtete sich auf und schaute Friedrichsberg an. „Ich bin Lehrerin. Für Bio und Erdkunde. Hier in Kaarst. Ich bin fünfunddreißig. Mit 29 habe ich Werner kennen gelernt. Auf einem Seminarwochenende im Schwarzwald. Da ging es um Gewaltprävention an deutschen Schulen. Damals schon, das muss man sich mal vorstellen. Ich war also 29, bin da hin, mit zwei, drei Leuten aus dem Kollegium. Und grad mit denen, mit denen ich eigentlich nicht so viel anfangen konnte. Das ist ja manchmal so. Und dann sitzt man mit denen im Auto, fährt zusammen hin wegen Fahrkostenersparnis und so weiter und weiß: Mit denen verbringe ich jetzt mein Wochenende im Schwarzwald. Mir war das überhaupt nicht recht. Wie dem auch sei, an diesem Seminar nahm auch Werner teil. Und irgendwie kamen wir am ersten Abend in Kontakt, nahmen uns schon beim Kennenlerntreffen im Seminarraum wahr, dann saßen wir durch Zufall beim Essen zusammen, unterhielten uns sehr nett, gingen danach allesamt in die Bar, wir saßen selbst da immer noch zusammen in einer Ecke und quatschten dann fast die ganze Nacht durch. Und irgendwann mussten wir ins Bett. Und da stellte sich plötzlich die Frage: In deins oder in meins. Das war, ja, das war vor sechs Jahren."

„Ja, und dann?"

„Ich hatte damals keinen Partner, war Single, schon seit fast zwei Jahren, kam aus einer langjährigen Beziehung, nach der ich auch eigentlich von Männern nichts mehr wissen wollte. Fürs Erste jedenfalls nicht. Aber irgendwie… Bei Werner… Das war was anderes. Werner verstand mich. Und ich verstand ihn. Bei ihm war ich zu Hause, war so, wie ich sein wollte, ich musste mich nicht verstellen, ich war ganz ich. Ja, ganz ich. Erst sahen wir uns ein paar Mal im Monat, dann immer häufiger. Entweder trafen wir uns in irgendeiner Stadt, verbrachten Wochenenden miteinander, fuhren zusammen in Kurzurlaube, wir waren oft hier in meiner Wohnung. Und natürlich schliefen wir auch miteinander. Es war eine sehr schöne, gute Zeit für mich. Und für Werner auch. Und auf einmal war ich schwanger."

„Na ja, so schnell geht das ja auch wieder nicht. Obwohl...", unterbrach sie Friedrichsberg.

„Richtig, so schnell geht das nicht. Aber es geht manchmal schneller, als man denkt. Oder als es einem recht ist. Auf jeden Fall war ich schwanger."

„Haben Sie denn nicht verhütet? Verhütet ist ja schnell. Eigentlich. Ich meine, für den verheirateten Zimmermann bedeutete das doch ein großes Risiko. Er hat zwei Frauen und mit einer davon ein Kind. Und das ist gerade die, mit der er nicht verheiratet ist."

„Ich habe nicht verhütet. Ich wollte nicht verhüten. Wissen Sie, ich wollte immer schon ein Kind haben. Und die Frage nach Abtreibung stellte sich mir überhaupt nicht."

„Und Zimmermann?"

„Werner hat sich gefreut."

„Wie: er hat sich gefreut?"

„Werner hat sich auf das Kind gefreut."

„Ja, aber wie haben Sie sich das denn damals vorgestellt? Ich krieg jetzt einfach mal das Kind, und dann sehen wir weiter? Was war mit Ehe, Scheidung, Unterhalt, Finanzierung, das sind doch Fragen, die in solchen Momenten aufkommen? Oder irre ich mich da?"

„Bei Elke nicht. Bei jedem normal denkenden Menschen ja, nur bei Elke eben nicht." Katharina lachte kurz auf. Mochte das Lachen des Wahnsinns sein.

„Ich habe Werner geliebt, Werner hat mich verstanden und mich so genommen, wie ich bin. Und Werner hat mich geliebt.

Und wir hatten ein Kind zusammen."

„Ja, aber er war verheiratet!" brachte sich Katharina wieder ein.

„Er hat mir immer wieder gesagt, er wolle sich scheiden lassen."

„Sechs Jahre lang? Der muss aber einen langen Atem gehabt haben", musste Friedrichsberg feststellen.

„Nein. Anfangs. Und irgendwann hat sich die Frage nicht mehr gestellt. Da haben wir zusammengelebt. Ich musste ihn mir zwar mit einer anderen Frau teilen, aber ich konnte mit ihm zusammenleben."

„Hm... Und Sie waren zufrieden mit der Situation?"

Sie nickte. „Besser so als gar nicht. Lieber teile ich ihn mir, als das ich auf ihn verzichten muss."

„Sind Sie denn mal mit seiner Frau, also mit der Frau, mit der er verheiratet war, konfrontiert worden? Gab es ein Treffen? Zufällig oder vielleicht sogar beabsichtigt? Haben Sie sie mal sehen wollen oder hat sie Sie mal sehen wollen?"

Jetzt schüttelte sie den Kopf. „Nein, nein. Wir haben uns nicht gesehen. Und ich denke auch, dass sie nichts von mir wusste. Warum hätte Werner ihr von mir erzählen sollen? Das ging sie ja nichts an."

„Vielleicht. Aber Sie wussten ja auch von ihr."

„Ja, aber das ist ja auch was anderes."

„Und? Haben Sie sie mal auf einem Foto gesehen?"

„Nein. Das musste nicht sein. Das habe ich nicht gebraucht." Das Kopfschütteln war energischer geworden.

„Ich kann das alles nicht verstehen. Sie haben ihn sich über viele Jahre mit einer anderen Frau geteilt..."

„Ja und? Wenn man wirklich richtig liebt, ist einem das egal. Ich hatte ein Kind mit ihm, ich habe ihn geliebt. Wir haben uns blind verstanden. Diese Akzeptanz, dieses Vertrauen, dieses vollkommen in sich Aufgehen und mit sich Aufgehen habe ich vorher noch nie mit einem Mann erlebt und empfunden. Es war die schönste Zeit meines Lebens. Und auch wenn wir teilweise getrennt leben mussten, haben wir viel Zeit miteinander verbracht.

Er kam ein paar Mal die Woche für mehrere Stunden hier vorbei. Kümmerte sich um mich, um das Kind. Er hat phantastisch für uns gesorgt. All die Jahre. Auch wenn er nicht jeden Abend bei uns bleiben konnte. Wir haben unsere gemeinsame Zeit genossen. Was will ich mehr? Ich hatte mehr von ihm als seine Frau."

„Das kann ich mir auch vorstellen", zischelte Katharina.

„Eingedenk Ihrer Reaktionen vorhin zwischen Tür und Angel halten Sie von Zimmermann auch nicht grad die größten Stücke, oder irrt's mich hier?", wandte sich Friedrichsberg an eben jene.

„Wie soll ich's diplomatisch und feinfühlig formulieren? Ich fand ihn Scheiße."

„Und warum, wenn ich fragen darf?" Es war nun nicht so, dass Friedrichsberg es sich nicht hätte denken können. Zimmermann hatte über sechs Jahre ein Doppelleben mit Elke Rondoff geführt. Und es war fraglich, ob er ihr - und seiner Frau natürlich - , auch treu geblieben war. Wer weiß, was er da nach nebenbei so hatte laufen lassen. Und mit wem er eventuell vor Elke Rondoff zusammen war. Musste alles nicht sein. Konnte aber.

„Da fragen Sie noch? Da fragen Sie noch allen Ernstes, warum ich ihn Scheiße fand? Aber natürlich dürfen Sie. Ich fasse mich kurz: Er lernt meine Schwester kennen, vögelt ein bisschen mit ihr rum, gut, einverstanden. Dann trifft er sich weiter mit ihr, die Affäre nimmt ihren Lauf, dann schwängert er sie noch, kümmert sich zwar um das Kind, sorgt dafür, aber hält zwei Frauen am Start. Ja, wo leben wir denn?"

„Aber er hat mich nicht sitzen lassen", demonstrierte Elke.

„Stimmt. Sitzen lassen hat er dich nicht. Aber hat er sich für dich entschieden? Nein, hat er nicht. Mensch, der Mann hat ein Doppelleben geführt. Auf deine Kosten. Sechs Jahre lang. Du bist jetzt 35 und hast nichts. Doch, ein Kind. Aber keinen Mann und nichts. Deine besten Jahre sind vorbei. Wer will denn schon eine, die 35 ist und ein Kind hat? Vielleicht wirst du einen finden, aber das kommt dann einem Sechser im Lotto ziemlich nahe. Er hat dich ausgenutzt. Wie mies ist das denn?!"

„Aber du hast doch auch nichts."
„Das ist ja auch ganz was anderes."
„Das ist nichts anderes. Das ist dasselbe."
„Ach, hör doch auf." Katharina stand auf. „Mit dir kann man einfach nicht sachlich über die Situation reden."
Friedrichsberg nahm noch einen Schluck vom Kaffee, der inzwischen kalt war. Katharina schenkte nach. „Wissen Sie denn eventuell, ob er, mit Verlaub, neben Ihnen und seiner Frau noch andere Damenbekanntschaften hatte?"
„Nein, hatte er nicht."
„Unsinn", brach Katharina ein. „Woher willst du das denn wissen? Du kannst dir doch gar nicht sicher sein. Der ist doch allem hinterher gestiegen, das nicht bei drei auf den Bäumen saß und sich in Sicherheit gebracht hat."
„Ein Casanova also?" fragte Friedrichsberg.
„Ein Arschloch", gab Katharina zur Antwort.
„Die einen sagen so, die anderen sagen so, es scheint aber aufs Gleiche rauszulaufen." Er lächelte Katharina an. „Aber Beweise für eventuelle Dritt-, Viert- oder Fünftbeziehungen oder irgendwelche anderen Amourösitäten haben Sie nicht zufällig?"
„Nein, habe ich leider nicht. Aber das war doch bekannt. Fragen Sie doch mal an seiner Schule nach."
„Schon passiert, gnä' Frau."
„Und?" Friedrichsberg nickte.
„Sehen Sie! Oder bei anderen Schulen, wo Kolleginnen mit ihm auf Seminar waren. Auf so was hat Elke ihn ja auch kennen gelernt. Seminar oder irgendwelche Wochenendfahrten, Klassenreisen und was weiß ich nicht, heißt für viele doch nur: frei vögeln. Das ist doch entsetzlich." Angewidert verzog sie den Mund. „Hören Sie sich nur um. Da bin ich bestimmt nicht die Einzige, die absolut nichts von ihm hält."
Elke Rondoff schaute ihn an. „Haben Sie denn schon etwas herausgefunden?"
„Nun, nicht wirklich. Aber steter Tropfen nässt die Hose, oder wie geht dieses Sprichwort? Ich habe Sie ermitteln können. Und das war's auch schon. Aber das war schon aufregend genug."

„Was heißt das?“

„Die Umstände, die zu Ihrer Person und somit zu Ihrer Adresse führten, bescherten mir den ein oder anderen Adrenalinschub. Das Schöne daran ist: Man merkt schnell, dass man noch lebt. Auch wenn man oft das Gefühl nicht mehr hat und sich nur noch grob daran erinnern kann, wie Adrenalin überhaupt geschrieben wird. Aber selbst da muss man dreimal ansetzen.“

„Nein, ich meine, was heißt, dass Sie mich ermitteln konnten?“

„Das heißt, dass ich auf Ihre Spur gekommen bin.“

„Bin ich denn verdächtig?“

Friedrichsberg wiegte den Kopf hin und her. „Eifersucht. Eventuell. Heißt: Verhaften würde ich Sie nicht, im Auge behalten schon. Wäre ich die Polizei. Bin ich aber nicht. Dank sei dem Herrn!“

„Eifersucht?“ Elke schaute ihn aufgeschreckt an. „Ich? Warum denn?“

„Nun, nach dem, was ich von Ihrer Schwester gehört habe, hatten Sie alle guten Gründe.“

„Aber warum denn?“

„Weil Sie sich ihn teilen mussten. Mit seiner Frau. Und vielleicht mit anderen Frauen. Da liegt Eifersucht doch ganz klar auf der Hand. Mit Verlaub. Da ist fix die Pistole geladen, das Messer gewetzt, das Arsen unter den Hirsebrei gemischt.“

Elke Rondoff schwieg. Sie umklammerte mit beiden Händen ihre Kaffeetasse und schien zu versuchen, auf dem Boden irgendwelche kryptischen Geheimnisse zu enträtseln. Ihre Schwester nickte. „Ein Motiv hast du wirklich. Und es ist eines der besten. Aber, Herr Friedrichsberg, ich halte es für höchst unwahrscheinlich, dass meine Schwester Zimmermann umgebracht hat. Dazu ist sie nicht in der Lage. Da lege ich meine Hand für ins Feuer.“

Friedrichsberg schürzte die Lippen und rümpfte die Nase. „Riecht’s hier nicht schon leicht angesengt? Nein, ich glaube auch nicht, dass sie ihn umgebracht hat. Es ist sogar ausgeschlossen. Es war ja Selbstmord. Aber sie hätte ihn in den Selbstmord treiben können.“

„Warum denn das?“ Sie hatte ihren Blick vom Tassenboden abgewandt.

„Aus dem vorhin erwähnten Grund. Und Motiv: Eifersucht.“

„Und wie hätte ich ihn in den Selbstmord treiben sollen?“

„Erpressung. Oder Sie haben ihn unter Druck gesetzt. Lässt man die wilden Pferde der Phantasie auf den weiten Feldern der Abartigkeiten galoppieren, wirbelt der ein oder andere Einfallsstaub auf, den man ins weise Auge bekommt und der zum Tränen reizt: *Wenn du es deiner Frau nicht endlich sagst, dann… Wenn ich nicht mehr Aufmerksamkeit kriege, dann… Wenn du mich nicht binnen so und so heiraten solltest, dann… Wenn du dich nicht mehr um mein Kind kümmern solltest, dann… Solltest du andere Frauen neben mir haben, dann…* Und so weiter und so weiter. Die Liste ist noch nicht beendet und drum beliebig fortsetzbar.“

„Da hat er Recht.“ Katharina Rondoff stand auf, ging zu ihrer Schwester, setzte sich neben sie und legte ihr den Arm um die Schulter.

„Ich glaube auch nicht, dass Sie was damit zu tun haben. Jedenfalls kann ich es mir nicht vorstellen. Und ich möchte es auch gar nicht. Aber Sie hängen irgendwie mit drin. Und das höchst unschön, wenn ich mir die Bemerkung erlauben darf. An Ihnen kommt man beim besten Willen nicht vorbei, würde man, so wie ich oder besser so wie wir, die Sache Zimmermann beleuchten wollen. Aber für heute reicht es mir. Ich habe genug erfahren. Ich würde mich freuen, wenn Sie mich, sollte Ihnen noch was einfallen, anrufen würden.“ Er schrieb seine Telefonnummer auf eine Eintrittskarte vom Zoo, die er noch in seiner Manteltasche gefunden hatte. Er legte das Billett auf den Tisch neben seine Tasse. „Melden Sie sich. Bitte. Und vertrauen Sie mir. Ich möchte Ihnen helfen. Auch wenn ich nicht so aussehen sollte.“ Er grinste.

„Aber wenn Sie noch etwas ermitteln oder herausfinden sollten, rufen Sie mich bitte auch an“, bat Elke Rondoff, gab ihm die Hand und lächelte ihn an.

„Wird gemacht.“

„Sie haben ja meine Nummer. Nehme ich jedenfalls an.“

„Die habe ich."

Er stand auf und ging zur Türe, gefolgt von Katharina. Er öffnete die Türe, drehte sich noch mal um. „Wo ist eigentlich das Kind Ihrer Schwester gewesen?"

„Kindergeburtstag. Den ganzen Nachmittag. Haben wir Mädels mal wenigstens ein bisschen Ruhe."

„Junge oder Mädchen?"

„Junge. Er wird im November fünf."

Friedrichsberg nickte und zog den Mantel etwas zusammen. „Also dann…" „Eigentlich schade, dass er schon gehen musste", dachte er insgeheim bei sich.

„Können wir das von vorhin, also das vom Anfang, können wir das vielleicht irgendwie rückgängig machen?"

„Nun, ich glaube leider nicht. Die mentalen Leistungen meinerseits sind, auch wenn das vorangeschrittene Alter nicht darauf schließen lässt, noch als herausragend zu bezeichnen. Außerdem kenne ich mich zwar zeitreisetechnisch nicht so aus, aber ich denke, das wird nicht klappen. Auf jeden Fall könnte es unter Umständen recht kompliziert werden." Er lächelte. „Aber wir können versuchen, es vergessen zu machen."

Sie lächelte zurück. Ihre Augen leuchteten kurz auf. „Das können wir gerne. Und wie sollen wir das anstellen?"

„Ich würde vorschlagen, ich lade Sie mal zum Essen ein. Was halten Sie davon?"

„Gerne. Warum nicht? Und Sie denken, das könnte unseren Anfang vergessen machen?"

„Ehrlich gesagt: Ich hoffe nicht."

KAPITEL 25

Friedrichsberg saß im Auto und schaute die Straße entlang. Kaarst war eine Stadt wie so viele im Umkreis: zugebaut und überflüssig. Ein Blick auf die Uhr: Es war mittlerweile halb vier. Aus dem Handschuhfach kramte er sein Handy hervor. Beim Handy und einigen anderen Errungenschaften der Neuzeit war es wie mit Kaarst, siehe oben: überflüssig. Ein Anruf in Abwesenheit. Im Menü schaute er nach: es war Straeten gewesen. Vor einigen Monaten hatte Friedrichsberg seine Mobilbox abgemeldet. Er hielt nichts von solchen Spielereien. Zwar hatte er an und für sich nichts gegen Anrufbeantworter, zu Hause am Festnetzanschluss hatte er auch so eine automatische Sprachentgegennahme installiert, aber am Handy wollte er so was nicht. Mit dem Ding bin ich eh schon überall erreichbar, da soll man mir wenigstens in der Zeit, in der ich mal nicht erreichbar sein sollte, nicht auch noch auf irgendeine Box quatschen. Gehör ja nicht zum allzeit bereiten Personal. Er rief Straeten an.

Der meinte lediglich, dass er es begrüßen würde, wenn er, Friedrichsberg, mit zur Redaktion des *Genießers* käme, um dort die Befragungen mit durchzuführen. Nicht, dass er es sich nicht auch alleine zugetraut hätte, allein, mit ihm in Begleitung wäre ihm wohler. Friedrichsberg sagte nur, dass er versuche, in einer Dreiviertelstunde bei ihm zu sein.

Und er schaffte es auch in der angegebenen Zeit. Auf der Fahrt war er etwas abwesend, seine Gedanken kreisten um die Rondoff-Schwestern. Wäre er etwas aufmerksamer gewesen, wäre ihm aufgefallen, dass sich der rote Wagen von der Hinfahrt dieses Mal etwas mehr Mühe gab, unerkannt zu bleiben. Und diese Mühe sollte auch belohnt werden. Er fiel Friedrichsberg nicht auf. Auch als er das Haus der Rondoffs verließ, war ihm der Wagen nicht ins Auge gefallen. Der Wagen hatte aber auch günstig geparkt: in der Nebenstraße, vom Haus nicht einsehbar.

Aber er dachte über die Rondoff-Schwestern nach. Über das, was sie gesagt hatten, wie sie auf ihn gewirkt hatten, was bei ihm hängen geblieben war.

Da war zum einen Elke Rondoff: Was war diese Elke für eine Frau? War sie eine alleingelassene, einsame Frau, die dankbar war, jemanden kennen zu lernen, von dem sie annahm, von dem sie hoffte, dass er sie liebte, weil sie ihn liebte und ihm hörig war? Sie hatte ein Kind mit ihm, er kümmerte sich um sie, vielleicht sogar nicht schlecht, keine Ahnung, auf jeden Fall war sie mit ihrer Situation zufrieden. So.

Und dann war da Katharina Rondoff. Ganz das Gegenteil von ihrer Schwester. Nicht so zurückgezogen, zurückhaltend, still und leise. Nein, direkt, etwas lauter, schnell, hart. Und eine Spur attraktiver. Fand er zumindest. Im Radio spielten sie Schubert. Ein Singspiel. *Der häusliche Krieg*. „Passt irgendwie", dachte Friedrichsberg. Hilft Schubert nicht bei Kopfschmerzen? Eh wurscht, er hatte keine. Oder waren es Schlafstörungen gewesen? Nicht, dass er jetzt am Steuer wegpennen würde. Oder bei Depressionen? Übelkeit? Er bekam Appetit. Ist Schubert ein Appetitbeschleuniger? Na, dann doch wohl eher Rossini. Und Katharina hielt absolut nichts von Zimmermann. Vielleicht hasste sie ihn sogar wirklich. Er würde mit ihr essen gehen. Montag würde er sie anrufen. Das war ja auch schon in zwei Tagen. Dienstagabend? Er hatte Zeit; vielleicht klappte es ja. Und beide Damen hatten ein Motiv. Und gar kein schlechtes. Aber warte mal: Es geht hier nicht um Mord, Herr im Himmel. Er verlor diesen Aspekt nun schon wieder aus den Augen. Zimmermann hat sich selbst das Leben genommen. Ich sehe in den Frauen ein Motiv. Ein Motiv dafür, dass Zimmermann mit sich und seiner Situation einfach überfordert war. Da war er, da war seine Frau, seine Elke, Elkes Kind, Elkes Schwester, der Privatdetektiv, Silke Perkowski… Und vielleicht noch die ein oder andere Dame, der er nachgestellt hatte. Und auf einmal war alles zu viel. Und dann ist es zum Knall gekommen, bei ihm sind die Sicherungen durchgebrannt… Und da hat er Schluss gemacht. Ist einleuchtend.

Er trommelte den Rhythmus der Musik auf das Lenkrad. Das war's eigentlich. Er dachte an Straeten und den toten Feinschmecker. Stimmt, der war ja auch noch da. Auch ein Selbstmord. Müssen wir uns auch noch drum kümmern. Was heißt hier müssen? Müssen müssen wir nichts. Können können wir. Müssen können wir nicht. Gut, müssen können wir auch. Müssen sollen wir aber nicht. Können wir aber. Müssen.

Hören wir uns da jetzt noch mal was um und dann sehen wir weiter. Sonntags bringt sich Werner Zimmermann um und donnerstags gleich der nächste: Carl F. Burkunther. In einer Stadt. Beide kennt man, den einen etwas besser, den anderen nur vom

Sehen, aber beide leben und arbeiten in derselben Stadt, mit beiden ist man kurz vorher noch konfrontiert worden. Also kurz vor ihrem Tod. Erschossen. Aufgehängt. So der eine, so der andere. Na, was soll's. Der eine pustet sich das halbe Hirn weg, der andere quetscht sich die Luft aus dem Hals und somit das Leben aus dem Leib. Also: ab zu den Genießern.

Wenig später hielt er bei Straeten vor der Türe, der stieg ein und die beiden fuhren weiter zur Redaktion des *Genießers*.

Der *Genießer* war in einem großen gläsernen Bürogebäudekomplex am Rande der Innenstadt untergebracht. Eines der Gebäude, von denen man heute schon sagen kann, wann sie nur noch alt und hässlich und als Bausünde erscheinen: in spätestens zwei Wochen. Architektonisch so konzipiert, dass man hübsch von draußen rein sehen konnte: Der ohnehin schon gläserne Mensch als Anschauungsobjekt: Bitte nicht füttern!

Sie gingen durch eine große Drehtüre, links vom Eingang saß hinter einem Empfangstisch ein Uniformierter: der Pförtner.

„Hier ist zu", näselte er in verächtlichem Tonfall.

„Wer ist zu?" fragte Friedrichsberg. Seine Abneigung gegen Uniformierte war recht groß; er konnte sie einfach nicht ausstehen. Sein Leitspruch: Der Deutsche an und für sich kann ganz nett sein. Nur sobald er eine Uniform anhat, wird er ein Arschloch.

„Hier ist zu", wiederholte er sich.

„Hier ist nicht zu. Wäre hier zu, wären wir nicht drin. Da wir aber drin sind, kann nicht zu sein. Das klingt doch logisch, oder?"

„Heute ist Samstag."

„Korrekt. Und gestern war Freitag. Und morgen ist Sonntag, wenn nichts dazwischen kommt. Könnten Sie mir vielleicht noch die Uhrzeit verraten, dann wäre ich Ihnen sehr dankbar."

„Ich bitte Sie zu gehen. Sonst hole ich die Polizei."

„Wie soll die denn hier reinkommen? Wo hier doch zu ist?!"

Straeten mischte sich ein: „Wir haben einen Termin. Mit Leuten vom *Genießer*."

Der Pförtnerhund schaute grimmig auf die beiden. Er griff zum Telefon, wählte eine Nummer, wartete einen Augenblick.

Dann: „Ja, hier sind zwei Herren. Die behaupten, sie hätten einen Termin bei oder mit Ihnen. … Ja. Namen?“ Er stellte die Frage in den Raum.

„Adam, Eva, Abraham, Rachel, Rebecca… Nur um im biblischen Rahmen zu bleiben.“

„Friedrichsberg und Straeten“, wandte der letztgenannte schnell ein, bevor die Situation noch eskalieren konnte.

Der Pförtner gab die Namen durch, nickte, legte auf. „Oberste Etage.“ Er wies auf die Aufzüge.

„Die Firma dankt“, sagte Friedrichsberg, nickte in Richtung des Pförtners und ging auf die Aufzüge zu. Sie fuhren hoch. Oben erwartete sie eine Frau. Knappe, aber präzise Beschreibung: Dürr, durchdesigned, grad wie aus dem Katalog, Zigarette in der Hand.

„Guten Tag, mein Name ist Jurrangen. Jessika Jurrangen. Ich bin die stellvertretende Chefredakteurin.“ Sie reichte den beiden die Hand. „Kommen Sie doch bitte mit.“

Sie führte sie durch einen langen, breiten Flur bis an eine Türe vor Kopf, sie öffnete die Türe und sie betraten eine Art Konferenzraum. Die drei nahmen Platz.

„Womit kann ich Ihnen dienen?“ Die Durchdesignte schlug ihre Beine übereinander, fischte aus der Innentasche ihres Sakkos ein Zigarettenetui hervor, steckte sich eine in den Mund, zündete sie an und inhalierte tief. „Die hatte gerade doch noch eine im Mund gehabt“, dachte Friedrichsberg. Und jetzt schon wieder eine Neue? Keine schlechte Leistung. Sieht die Lunge wahrscheinlich so aus wie die Dame von außen: schwarz. Organ in Trauerflor.

„Zunächst möchte ich Ihnen einmal danken, dass Sie sich Zeit für uns genommen haben“, eröffnete Straeten das Feuer. Ob es nur kokeln oder hohe Flammen schlagen würde, wussten sie noch nicht. Den Feuerlöscher aber hielten sie im Anschlag und ließen kommen was da wollte.

„Gerne.“ Sie nickte freundlich, zog an der Zigarette. Die Freude war nicht gespielt, die war ehrlich. Friedrichsberg fragte sich, warum.

„Mein Anruf gestern und die Bitte um ein Treffen kam ja relativ spontan…"

„Aber Herr Straeten… Sie wissen doch, dass ich gerne für ein paar Fragen bereit stehe. Ich werde die Zeit mit Ihnen nicht vergessen."

Friedrichsberg musterte seinen Begleiter. Was war das denn? Hatte er was verpasst? Nachher im Auto klärte Straeten ihn auf: Sie hatte mal ein paar Monate ein Praktikum bei ihm gemacht, als er noch bei der Zeitung gearbeitet hatte. Daher kannten sie sich. Straeten wusste davon, dass sie jetzt beim *Genießer* arbeitete. Und diesen alten Kontakt nutzte er schamlos aus. „Carl war ein alter Freund von uns beiden. Wir hatten uns vor ein paar Jahren kennen gelernt, dann leider aus den Augen verloren und waren nun mehr als schockiert, als wir von diesem tragischen Ereignis hören mussten." Alles erstunken und erlogen.

„Was kann ich denn für Sie tun?" Man merkte, sie wollte zügig und gezielt zum Thema, zum Grund ihres Treffens kommen. Im Hintergrund tickte wahrscheinlich schon die Uhr, die Zeit lief ihr weg. Das sind diese Menschen, die einem immer den Eindruck vermitteln, sie müssten am frühen Abend einen dringenden Termin in New York wahrnehmen, die Maschine würde in fünf Minuten gehen.

Friedrichsberg setzte sich etwas auf. „Nun, wir haben aufgrund der alten Verbundenheit ein paar Fragen zum Selbstmord Ihres Chefs."

„Da kann ich Ihnen leider auch keine genaueren Auskünfte geben. Ich weiß nur, dass er sich erhängt hat. Genaueres weiß ich auch nicht, tut mir Leid." Ein Zug an der Zigarette.

„Aber Mord ist ausgeschlossen worden?"

Ja. Mord ist von Seiten der Polizei ausgeschlossen worden. Nichts weist darauf hin. Gar nichts." Durch die Nase stieß sie während der nächsten Worte den blauen Qualm wieder aus: „Man hat ja schon mal davon gelesen, dass sich ein Linkshänder angeblich mit rechts erschossen haben soll… Dann hat man daraus geschlossen, dass es Mord gewesen sein muss. Aber hier war es ja ein Selbstmord durch Erhängen. Und ich weiß nichts davon, dass er zunächst erwürgt und dann aufgehängt wurde." Sie lächelte die beiden an.

„Das hätte die Obduktion ja wahrscheinlich auch schon ergeben. Wenn es so gewesen wäre, oder?" Straeten schaute erst zu der Durchdesignten rüber, dann zu Friedrichsberg.

„Das denke ich auch. Er wurde ja immerhin schon am Donnerstag gefunden."

„Was war er denn für ein Chef, für ein Mensch?" wollte Friedrichsberg wissen.

„Was jetzt? Wollen Sie wissen, was er für ein Chef war oder was er für ein Mensch war?"

„Sowohl als auch."

„Ein Ekel. Ein Scheusal."

„Wie jetzt?"

„Als Chef ein Ekel, ein Scheusal als Mensch."

„Das nenne ich doch mal Eloquenz und Konsequenz. Eloquent dank Wortwahl, konsequent dank Handeln. Einmal Ekel, immer Ekel, oder was?"

„So ungefähr." Der letzte Zug, sie drückte in einem Aschenbecher die Zigarette aus und zündete sich gleich wieder eine an. Entweder stand die Dame unter Strom oder sie war sehr nervös oder sie hatte Zeitdruck. Oder sie rauchte immer so viel. Konnte natürlich auch sein.

„Bekommen wir das denn noch etwas genauer?"

„Wie genau hätten Sie es denn gerne?"

„Nun, schon sehr."

„Also gut. Wo soll ich anfangen?" Zug, Qualm aus der Nase. Der Drachen erklärte sich: „Fang ich mal beim Chef an: ekelhaft. Er war einfach ekelhaft. Gönnerhaft, von oben herab, absolut arrogant, alles immer besser wissend, nichts war ihm recht zu machen, er war der Herrscher über sein Imperium; vor ihm nichts, das hatte er sich alles aus dem Weg geräumt, hinter ihm auch nichts, neben ihm erst recht nichts. Er dachte immer erst an sich, dann wieder an sich, dann immer noch an sich, dann kam ganz lange Zeit nichts und dann wieder dreimal er, er, er. Und er. Die männlichen Mitarbeiter waren alles Flaschen, er demütigte sie, stellte sie bloß, unterdrückte sie wo er nur konnte. Fand er einen Grund, sie zusammenzufalten, sie anzuschreien und fertig zu machen: wunderbar. Fand er keinen Grund, umso besser. Denn dann suchte er sich einen. Und dann ging es erst richtig los, denn dann war er so richtig sauer und wütend. Am schlimmsten war es montags. Wer montags gegen 11 Uhr in sein Büro bestellt wurde, der wusste: Heute wird's laut. Und er einen Kopf kürzer gemacht. Nicht selten gingen Gegenstände bei diesen Terminen zu Bruch." Nach dieser langen Erklärung und etlichen Zügen und Rauchausstoßungen kam die nächste Zigarette dran. Friedrichsberg hatte nur sekundär Angst um seine Lungen und um seine gesundheitliche Situation. Primär ängstigte ihn, dass sie es wohl fertig bringen würde, innerhalb der nächsten zehn Minuten die Sichtweite im Raum unter zwei Meter zu bringen, was hieß: Sie würden die Türe nicht mehr finden und elendig in diesem Raum verrecken.

Er ließ sich aber seine Angst nicht anmerken, sondern nickte nur und sagte: „So verfuhr er also mit den Männern. Interessant. Und mit den Frauen?"

„Ganz einfach, Sie können es sich bestimmt schon denken. Oder vielleicht auch nicht. Eine neue Stelle sollte besetzt werden. Weiblich besetzt werden. Es wurden Damen zu Gesprächen eingeladen. Diese Gespräche führte er in der Regel alleine. Wir sahen nur immer, was kam und was ging. Nach den Gesprächen traf er eine kleine Vorauswahl, zwei oder drei junge Frauen, mit denen traf er sich dann in irgendwelchen sündhaft teuren und guten Restaurants, lud sie zwar ein, aß dort aber umsonst, und hinterher landeten sie in seinem Bett. Das machte er jedes Mal so, mit allen Frauen. Die, die ihn am besten von ihren Vorteilen überzeugen konnte, wurde eingestellt. Und dann hielt er sie sich als Geliebte. Für die nächsten Wochen, Monate. Jahre wurden es nie. Und wenn sie ihm nicht mehr passten oder sie langweilten ihn eventuell, wurden sie gefeuert und das Spiel ging von vorne los." Diesen Monolog schaffte sie zwar glimmstengellos, zündete sich allerdings jetzt sofort wieder eine an.

„Das ist ja ekelhaft." Straeten meinte nicht das Rauchen.

„Was habe ich Ihnen vorhin gesagt? Ein Ekel und ein Scheusal."

„Woher wissen Sie das denn?"

„Ist Ihre Frage ernst gemeint, Herr Straeten?"

„Äh, ja."

„Ich habe das alles selber durchleben müssen."

„Aber", Friedrichsberg hüstelte leicht, „wenn Sie mir die Frage gestatten: Warum sind Sie dann noch da? Haben Sie immer noch eine Affäre mit ihm gehabt?"

„Oh nein. Das war sieben Monate nach meiner Einstellung vorbei, Gott sei Dank."

„Und warum haben Sie sich hier gehalten?"

„Weil ich gut bin? Vielleicht ist das der Grund. Ich habe mich das auch schon oft gefragt, aber mich dann irgendwann nicht mehr mit der Frage abgemüht. Ich hatte meinen Job, jeden Monat mein festes Gehalt auf meinem Konto, eine schöne Wohnung, ein paar nette Kollegen, andere Frauen kamen und gingen. Ich war zufrieden. Das einzige was mich gestört hat, war seine blöde Visage, die ich jeden Tag ansehen musste. Und dass er sich die Lorbeeren einsackte, die wir uns eigentlich verdient hatten. Wir taten seine Arbeit, er heimste das Lob ein. Aber die Zeiten sind ja endgültig vorbei."

Straeten schaute sie mit seinem Hundeblick an. „Das klingt aber ordentlich verbittert."

„Verbittert? Nein, wirklich nicht. Nicht mehr. Befreit, endlich befreit. Er ist weg. Und wir können unseren Job machen. Und wir machen einen guten Job. Es ist Samstag, meine Herren, halb fünf. Und wir sitzen immer noch hier und arbeiten, damit nächsten Monat ein neues Heft erscheinen kann. Und morgen um diese Zeit sitze ich wieder hier. Da fragt mich keiner ob ich will oder kann. Ich bin da. Burkunther war selten da. Er war da, aber selten. Aber er war das Gesicht hinter dem Blatt. Er war der Held. Das ist jetzt vorbei."

„Und wie war er als Mensch?"

„Ich denke, die Frage habe ich gerade hinlänglich beantwortet. Er war so, wie er war. Beruflich wie privat. Er hat sich letztes Jahr von seiner Frau getrennt. Nach zwanzig Jahren Ehe."

„Ja, und warum? Hatte nicht seine Frau eher einen Grund ihn zu verlassen?"

„Nein, warum auch? Er brachte das Geld rein, sie badete in Luxus und Geld, hielt sich Liebhaber. Er wusste davon, wie sie von seinen Eskapaden wusste. Nur irgendwann war ihm das wohl zu blöde und er schmiss sie raus. Zahlte ihr noch etwas Geld und Schluss. So einfach ging das bei Carl F. Burkunther. Beruflich wie privat. Was nicht mehr passte, wurde entfernt."

„Wer war denn zuletzt mit ihm zusammen?"

Sie drückte ihre aktuelle Zigarette aus, Friedrichsberg hatte aufgehört, mitzuzählen, und nun schüttete sie sich ein Glas Wasser ein, wahrscheinlich um den Teer in den Lungen schön geschmeidig zu halten. „Das weiß ich nicht, tut mir Leid. Aber das ist auch müßig, herauszufinden. Das lohnt sich nicht. Vielleicht eine von uns, vielleicht auch nicht. Ich weiß es nicht. Eines kann ich mit absoluter Sicherheit sagen: Mit jeder von dieser Etage hatte er was. Vielleicht nicht mit den Putzfrauen. Aber das will ich noch nicht mal ausschließen. Er hat jede angegrapscht. Immer. Sexuelle Nötigung nennt man das. Aber die, die er eingestellt hat, wussten es ja. Was will man da machen?"

„Und wer sitzt jetzt hier auf dem Chefsessel?"

„Ich." Sie prostete den beiden über den Tisch zu und nahm einen großen Schluck.

„Ach."

„Ja. Nicht schlecht, oder? Ein gutes Motiv. Wenn es denn Mord gewesen wäre. War es aber nicht. Tut mir Leid, meine Herren."

„Das muss Ihnen nicht Leid tun. Uns freut das für Sie. Planen Sie Veränderungen? Möchten Sie einen Teamwechsel durchführen?"

„Ich denke nicht. Ich bin mit dem Team eigentlich ganz zufrieden. Es läuft alles hervorragend."

Friedrichsberg nahm die Hände kurz auf und ließ sie auf seine Oberschenkel fallen. „Gut, ich denke, das war's, Frau Jurrangen. Wir würden vielleicht noch gerne mit einem männlichen Mitarbeiter reden. Ist das eventuell möglich?"

„Ja", sie überlegte und schaute dabei an die Decke, so, als würden dort jetzt die Namen derer aufgelistet, die für ein Gespräch in Frage kämen. „Ja, mit Meier. Christian Meier. Augenblick bitte, ich hole ihn eben." Sie stand auf, zog ihr Kostüm glatt, lächelte die beiden an und ging Richtung Türe.

„Ach, und könnten Sie uns vielleicht in der Zwischenzeit die Adresse der Ex von Burkunther raussuchen, da würden wir nämlich auch noch gerne vorbeischauen." Friedrichsberg hatte sich auch erhoben und der Durchdesigneten zugewandt.

„Das kann ich gerne für Sie tun. Und jetzt schicke ich Ihnen eben Meier rein." Sie verließ den Raum.

Friedrichsberg, neben Straetens Stuhl stehend, beugte sich zu ihm runter und flüsterte ihm zu: „Pass mal auf, Straeten. Du fragst diesen Meier mal ein bisschen aus, auch wenn dir das, was er sagt, bekannt vorkommt, auch wenn diese Jurrangen das schon erzählt hat, egal, halte ihn hin, ich täusche gleich vor zur Toilette zu müssen und versuche, in das Büro von Burkunther zu kommen. Verstanden?"

Er nickte. „Verstanden."

„Gib mir zehn Minuten."

Erneutes Nicken.

Friedrichsberg setzte sich wieder auf seinen Platz, drehte Däumchen und die beiden warteten nun auf das Eintreffen von Meier. Sie mussten nicht lange warten. Friedrichsberg und Straeten erhoben sich, Meier kam auf sie zu, man schüttelte sich die Hand, allgemeines Hinsetzen.

„Was kann ich für Sie tun, meine Herren?" Junges Bürschchen, dachte Friedrichsberg, guter, trotzdem schlecht sitzender Anzug, grün hinter den Ohren, die Haare aber mit viel Gel in Form gebracht. Die Form war zwar nicht auf Anhieb zu erkennen, aber um irgendeine musste es sich ja handeln. In der Rechten hielt er einen Kugelschreiber, dessen Mienenheraufbeförderungsknopf er immer wieder hektisch zu drücken versuchte. Ansonsten die Ruhe selbst.

Friedrichsberg ergriff das Wort. „Nun, zunächst möchte ich Ihnen danken, dass Sie sich einen Moment für uns Zeit nehmen.

Ich denke, dass Frau Jurrangen Sie bereits im Groben von unserem Unternehmen informiert hat." Ein Nicken. „Schön. Wir haben ein paar Fragen Ihren Vorgesetzten betreffend und würden es sehr begrüßen, gäben Sie uns die ein oder andere Auskunft."

Meier wollte gerade den Mund zwecks Antwort öffnen, als Friedrichsberg die Hand leicht hob. „Äh… Es tut mir Leid, dass ich Sie gleich schon unterbrechen muss, aber ich würde Sie bitten, Ihre Antworten an meinen Begleiter Herrn Straeten zu richten, denn ich… Nun, ich…" Und etwas zu ihm nach vorne gebeugt: „Wo haben wir hier denn die Toiletten?"

Meier schaute ihn aus großen Augen an. „Äh… Auf den Gang, den Gang entlang, erste rechts, bis ans Ende, linke Türe."

„Vielen Dank. Dauert nicht lange." Ein Lächeln, er erhob sich und verließ den Raum. Blick auf die Uhr. Er hatte zehn Minuten. Wo war Burkunthers Zimmer? Das hätte er schon im Vorfeld abklären können, er schalt sich ob der schlechten Vorbereitung. Er stand auf dem Gang, schaute links hoch, rechts hoch. Er horchte. Gott sei Dank war es Samstag, das Büro absolut unterbesetzt, die, die da waren hatten in ihren Büros genug zu tun und liefen nicht gelangweilt auf dem Gang lang. Oder saßen in Ruhebereichen und rauchten. Oder in Raucherbereichen und ruhten. Oder standen in der Kaffeeküche. Zeit ist Geld, sagte sich Friedrichsberg. Das linke Gangstück war kurz, hier gehe ich zuerst lang. Links und rechts Türen, dankenswerterweise mit Namensschildern versehen. Er hastete den Flur entlang. Kra…, Wie…, Red., Merk…, er las die Namen nur an und sortierte die unpassenden schon gleich aus. Da, die letzte Tür auf dem Gang, rechts. Er schaute auf das Schild, die Türe sprang auf, ein Mann schaute ihn an.

„Kann ich Ihnen irgendwie helfen?"

„Ja, ich… Ähem, ich suche die Toiletten."

Der Mann runzelte die Stirn. „Gang lang, rechts, links." Die Türe fiel wieder zu. Was war das denn jetzt? Nicht aufhalten lassen, er ging den Gang zurück, vorbei an der Türe, aus der er gerade gekommen war, erneutes Namenabgleichen der Türschilder, er bog aber nicht rechts ab, sondern ging den Gang weiter geradeaus. Mensch, die mussten hier aber Kilometergeld kriegen. Kaffeeküche, Beratungszimmer, Ruheraum, mag es wohl noch kommen, das Zimmer, oder soll ich lieber umdrehen und in dem anderen Flur nachsehen, Burkunther. Da war sein Zimmer, sein Büro, das letzte auf dem Gang, linke Seite. Leise klopfte er an. So, dass der, der eventuell hätte drin sein können, es hören mochte, aber auch so, dass die, die nicht drin waren, es eben nicht mitbekommen konnten.

Kein „Herein!“, kein „Ja, bitte!“, kein „Moment noch!“. Friedrichsberg drückte die Klinke runter. Hoffentlich ist nicht abgeschlossen, schoss es ihm durch den Kopf. Dann kann ich wirklich zur Toilette gehen. Und mir Zeit lassen. Es war nicht abgeschlossen. Ein Glück. Er trat ein. Ein großes Büro, hübsch in grau, schwarz, weiß und Glas gehalten, was für Gefühlsneutrale. Aber aufgeräumt. Er dachte an die Wohnung des Privatdetektivs. Na, muss ich hier nicht allzu lange suchen. Beziehungsweise wird mir hier die Suche leichter gemacht.

Nichts lag auf dem großen Konferenztisch, hier hatte dieser Burkunther ganze Aufräumarbeit geleistet. Ein ordentlicher Mensch. Oder aber er hatte ein gutes Putzteam. Rüber zum Schreibtisch. Auch hier alles ordentlich. Posteingang, Ausgang, Notizen, die letzte Ausgabe vom *Genießer*… Friedrichsberg setzte sich hinter den Schreibtisch, zog nacheinander die drei Schubladen auf: Stifte, Briefumschläge, Papierbögen, Büroklammern, ein Klammeraffe, anscheinend private Korrespondenz, ein Notizbuch. Er nahm die Briefe heraus und das Notizbuch. Er blätterte die Briefe durch, Blick auf die Uhr. Sechs Minuten. Verdammt, musste die Zeit denn immer so schnell verstreichen?! Alle Briefe in Damenhandschrift, nichts Geschäftliches. Liebesbriefe. Teilweise auch enttäuscht, weil er sie verlassen hat. Haben sie ihn auch mal verlassen? Blättern. Scheint nicht so. Und anhand der Briefe waren es… Moment… Drei… Drei? Ja, drei Damen. Die Namen sagten ihm nichts. Das Notizbuch. Er schlug es auf. Der Tag seines Selbstmordes: leer. Abends? Nichts. Am Donnerstag auch nichts. Die Tage vorher? Richtig, Montag im

Lamm, Dienstag im... Er konnte die Schrift so schlecht lesen, aber das musste *Schiffklause* heißen. *Schiffsklause*. Das kann ich mir merken. Mal anrufen. Das war Dienstag. Aber ansonsten waren die Tage leer. Keine weiterführenden Nachrichten. Er legte alles zurück an seinen Platz, stand auf und riss dabei versehentlich den Stapel vom Posteingang hinunter. Mit einem dumpfen Aufprall ging alles zu Boden. Friedrichsberg erschrak und blieb kurz wie versteinert stehen. Hoffentlich hat das keiner gehört, hoffentlich hat das keiner gehört! Er rührte sich nicht und atmete ganz leise aus und ein. Einundzwanzig, zweiundzwanzig, dreiundzwanzig, da kam niemand. Es schien nicht gehört worden zu sein. Schwein gehabt.

Friedrichsberg drehte sich um, blickte auf den Aktenschrank und ließ seinen Blick noch mal drüber schweifen. Auf den Rücken der Ordner standen Monate und Jahreszahlen. Ausgaben des *Genießers*, ordentlich abgeheftet. Hier finde ich auch nichts. Erneuter Blick auf die Uhr, er war schon seit neun Minuten unterwegs. Ein letzter Blick auf den Schrank: alles einheitlich, ordentlich, korrekt. Was war das? Er trat auf die Akten zu. Zwischen den Jahren 03 und 04 war ein Ordner ohne Seitenbeschriftung. Er zog ihn raus und klappte den Deckel auf. Inhalt: eine Flasche Birnenbrand. Na, da hatte er sich aber mehr versprochen. Zwischen den Jahren 04/05 befand sich auch ein Leerordner. Der Inhalt hier: eine Flasche Whiskey. Na, denn Prost! So einen Bürotag würde er, Friedrichsberg, auch ertragen. Er stellte die Ordner zurück. Unternehmung: Fehlanzeige. Sollte er den Whiskey mitnehmen?

Er verließ das Büro, indem er leise die Klinke runterdrückte, ganz vorsichtig zwischen dem Spalt zwischen Türe und Rahmen hervorlugte und das Gebiet sondierte, sich dann, als er sah, dass nichts und niemand auf dem Flur war, aus dem Büro pellte und ebenso leise die Türe wieder schloss.

Er wetzte über den Flur zurück zur Tür, aus der er vorhin gekommen war, klopfte sachte an und trat ein. Dort saßen Straeten und Meier, beide in ein Gespräch über Tiefkühlkost vertieft.

„Ihr seid schon fertig?"

Straeten stand auf, nickte, wies auf Meier. „Herr Meier konnte uns, also mir noch einige interessante Informationen zukommen lassen über seinen ehemaligen Chef."

„So? Konnte er das?"

„Herr Straeten und ich haben ein wenig die letzten Monate Revue passieren lassen. Und da gab es wohl noch das ein oder andere interessante Thema..."

„... von dem mich Straeten gleich im Auto informieren wird. Herr Meier", Friedrichsberg reichte ihm die Hand. „Wir danken Ihnen für Ihre Hilfsbereitschaft und Ihr Entgegenkommen. Schönes Wochenende und auf bald." Die beiden verabschiedeten sich, verließen den Raum, Friedrichsberg rief ihm noch ein „Und schöne Grüße an Frau Jurrangen!" zu und sie sahen zu, dass sie den Bürokomplex verlassen konnten, nicht ohne der eben Erwähnten kurz noch mal in die zigarettenqualmumnebelten Arme zu laufen, was sie auch gleich nutzte, um ihnen die Adresse von Burkunthers Witwe zu geben. Hatte das ganze Laufen noch was für sich gehabt.

Im Auto fragte Straeten: „Was hattest du es denn plötzlich so eilig?"

„Gar nicht eilig. Aber ich hab da drin alles gesehen. Und das war nichts. Absolut ergebnislos. Mehr gab's nicht, mehr war da nicht. Was sollen wir unseren Aufenthalt dort gekünstelt in die Länge ziehen? Was hast du denn herausgefunden?"

„Nichts."

„Wie: nichts? Ich denke, es gab interessante Dinge aus den letzten Monaten?"

„Unsinn. Meier hat mir im Prinzip genau das erzählt, was uns auch schon diese Jessika Jurrangen erzählt hat. Nur eben aus männlicher Sicht."

„Der hat sich auch an Männer rangemacht?"

„Nein, nein. Aber von wegen Mobbing und schlechter Vorgesetzter und so weiter und so weiter."

Friedrichsberg feixte und schürzte die Lippen.

„Und was hast du herausgefunden?"

„Ja, eben nichts. Das hätten wir uns auch sparen können. Ich fand ein aufgeräumtes Büro vor, aber nirgendwo irgendwelche Hinweise."

„Auf was wärst du denn gerne hingewiesen worden?"

Friedrichsberg zuckte mit den Achseln. „Ich weiß es nicht, ich weiß es wirklich nicht. Muss mir das alles erst noch mal anständig durch den Kopf gehen lassen." Er startete den Wagen. Es war Samstagnachmittag, fast schon früher Abend, er hatte keine Lust mehr, für dieses Wochenende sich mit der Angelegenheit rum zu schlagen. „Ich würde vorschlagen, wir machen für heute Schluss. Mir reicht's."

„Aber was willst du denn in der Angelegenheit noch unternehmen?"

„Ich weiß es nicht. Muss mal überlegen."

Sie fuhren eine Weile stillschweigend nebeneinander her.

„Hm..." Friedrichsberg setzte eine feiste Grimasse auf. „Und mit diesem Meier hast du dich über Tiefkühlkost unterhalten?"

„Ja, richtig."

„Na, und dabei hat er sich doch erhängt. Und nicht zum Schlafen in die Tiefkühltruhe gelegt."

Beide lachten.

KAPITEL 26

Einige Stunden später stand er, der er nichts mit dem Vorangegangenen zu tun hatte oder besser: nur indirekt, wieder einmal in seiner Werkstatt und machte sich daran, die restlichen Päckchen zu bestücken.

Er hatte jedes Einzelne schon ordnungsgemäß beschriftet, also nicht selber handschriftlich, sondern wieder per Computerausdruck und Klebestoff, noch kurz überlegt, ob er den Zusatz *„Achtung: zerbrechlich!"* hätte draufschreiben sollen, und frankiert, bis auf eins, das wollte er in der Nacht von Samstag auf Sonntag höchstpersönlich zustellen. Das mochte unvorsichtig sein, riskant, aber er ging davon aus, nachts um drei auf niemanden zu treffen. Beziehungsweise auf niemanden, dem es hätte seltsam vorkommen können, dass er mitten in der Nacht unterwegs war.

Zwar befand sich die Adresse nicht in einer stark frequentierten Gegend, aber es herrschte dort auch nicht die altbekannte Totenstille. Es läuft ja immer mal mitten in der Nacht irgendwo irgendeiner über die Straße; das weckt in keinster Weise das öffentliche Gemüt. Also: Ein Risiko wäre da, aber nicht von solcher Größe, dass es das Unternehmen wirklich hätte gefährden können. Und er musste es diese Nacht machen, damit der andere am nächsten Morgen damit konfrontiert wäre.

Und so ein Päckchen war ja schnell in den Briefkasten geworfen. Ein anderes kam noch in den Postkasten, das würde dann montags ankommen. Aber er wollte, dass dieser Mensch jeden Tag ein Päckchen bekam. Er musste jeden Tag ein Paket bekommen, sonst würde sein Plan nicht aufgehen. Drei Tage lang. Jeden Tag. Und dann... Er atmete tief ein.

Was machten wohl die anderen? Draußen, in den Wohnungen? Da sitzen die Familien zusammen, Väter trinken Bier, Mütter Wein, Kinder Saft, man naschte und schaute die große Samstagabendunterhaltungssendung im Fernsehen. Andere würden einfach irgendwo sitzen und in einem Buch lesen, andere würden essen gehen, er stand hier und hackte Finger von Händen. Also, er hatte Finger von Händen gehackt. Und die lagen nun vor ihm. Das war schon eine seltsame Situation. Befremdlich gar.

Damit er in dieser abendlichen Stille mit den Händen und seiner etwas kuriosen Bastelarbeit, so nannte er seine Unternehmungen, um ihnen die Härte etwas zu nehmen, nicht allein war, hatte er das Radio angestellt. *„Don't go breaking my heart"* schrien sie im Radio. Er musste vor sich hinlächeln.

Er nahm die Finger aus der Truhe und sortierte sie so, wie er sie verschicken wollte. Der Daumen war ja schon weg. Neun Finger hatte er noch.

So: Zf, l; Mf, l
Mo: Rf, l; kF, l; D, r
Di: Zf, r; Mf, r; Rf, r

So sah seine Aufteilung aus. Er hatte sich die Notizen mit Bleistift auf ein kleines DIN A 5 Blatt kariert notiert. Jeden Tag ein Finger mehr, so war es vorgesehen. Eine Reihenfolge, ein genau zu bestimmender Rhythmus, etwas Verlässliches. Am gestrigen Freitag war der erste Finger raus gegangen, am heutigen Samstag musste er ihn vor sich auf dem Tisch liegen gehabt haben. Und so wie er ihn kannte, wie er die Gesamtsituation im Auge hatte, wird ihn der Erhalt dieses Fingers vielleicht zunächst verwundert, eventuell ob der Härte des Präsentes etwas angeekelt, dann allerdings mit dem heiß lodernden Feuer des wahnsinnigen Sammlers entfacht haben. Und ein wahnsinniger Sammler war er ja, durchaus. Was der nicht alles gesammelt hatte. Damals schon. Er war erstaunt gewesen, dass sich daran nichts geändert hatte. Und heute? Er konnte es nicht alles beim Namen nennen, wollte er auch gar nicht, hatte aber schon davon gehört. Nicht allzu viel zwar, aber so doch genug, um sich ein recht klares Bild machen zu können. Und diese Sammelleidenschaft, dieser Sammeltick würde ihm zum Verhängnis werden, das wusste er, denn dafür würde er schon sorgen.

Jeden Tag würde er ein Päckchen bekommen. Erst der Daumen, dann Zeige- und Mittelfinger. Anfangs hätte er es vielleicht noch für einen üblen Scherz halten können, aber nach den anderen beiden Fingern würde er wissen, dass es sich doch um ein System handeln musste.

Bestand denn die Möglichkeit, dass er unter Umständen die Polizei verständigen könnte? Er musste nachdenken. Natürlich, auszuschließen war es nicht. Aber würde er das tun? Er schüttelte den Kopf, nein, daran glaubte er nicht.

Schon drei Finger. Und das am heiligen Sonntag. Für so einen Erzprotestanten... Da würde er schon begeistert sein, das würde ihm die Sammlerseele aufblühen lassen. Kommt aus der Kirche, sieht vielleicht, dass was im Briefkasten ist, öffnet ihn, nimmt das Päckchen heraus und erkennt wahrscheinlich schon an der aufgeklebten Adresse, wenn er denn darauf achten würde, dass es sich nur um eine neue Fingersendung handeln konnte. Und dann würde er nach oben stürmen und sich damit beschäftigen. Der Sonntag ist gerettet!

Was seine Frau wohl dazu sagte? Die würde gar nichts davon mitbekommen, da war er sich sicher. Absolut sicher. So was machte er mit sich aus. Er und seine Sammelgeilheit und sonst nichts. Und Fingerpräsente durfte man ja auch nicht an die große Glocke hängen, das behielt man für sich.

Am Montag bekäme er dann das dritte Päckchen. Inhalt: Ringfinger, kleiner Finger, Daumen rechts. Begeisterung pur. Schon sechs Finger. In nur drei Tagen; eine Sensation.

Und? Auf was würde er dann warten? Auf was müsste er zwangsläufig warten? Was musste kommen? Dienstags vier Finger. Ändere nie ein gutes System. Wenn es einmal läuft, dann läuft es. Und er würde die vier Finger auch brauchen. Dienstag mussten vier Finger in der Post sein. Zwingend. Zwangsläufig. Nichts anderes als vier Finger. Was anderes konnte, durfte nicht in der Post sein. Auch nicht Mittwoch oder Donnerstag. 1. Tag: eins, 2. Tag: zwei, 3. Tag: drei, 4. Tag: vier, ganz klare Sache. Logisch. Auf der Hand liegend. Eindeutig. Aber dieser Annahme würde er einen Strich durch die Rechnung machen. Montag würde er noch ein Päckchen fertig machen. Dienstag würde er also auch ein Päckchen zugestellt bekommen. Am vierten Tag. Das letzte Paket, soweit würde er dem System folgen, ihm nachgeben. Aber es würde hinter den Erwartungen zurück bleiben. Es würde nämlich nicht die erwarteten vier Finger zum Inhalt haben, mit denen eigentlich fest zu rechnen war, sondern nur drei. Nur drei!! Der kleine Finger der rechten Hand wird nicht geliefert, der bleibt hier. Oder er kommt weg, wird vernichtet. Auf jeden Fall, hundertprozentig: Der kleine Finger der rechten Hand wird nicht ausgeliefert, nicht verschickt. Nicht am Dienstag. Und nicht am Mittwoch. Auch nicht am Donnerstag. Gar nicht, nie. Den rechten kleinen Finger würde er nie bekommen.

Letztendlich würde er alle Finger in Händen halten. Schönes Bild. Alle Finger. Alle fremden Finger in fremden Händen. Bis auf den kleinen der rechten Hand.

Und diese Tatsache, so hofft er, würde ihn in den Tod treiben.

KAPITEL 27

Jedem spuckte der Wind seine feuchte Kälte ins Gesicht. Er schlug den Kragen hoch, als er aus der Kirche trat. Der Gottesdienst war schön kurz gewesen. Fünfundfünfzig Minuten. Da ist auch alles gesagt. In der Kirche war es auch irgendwie kalt gewesen. Es hatte gezogen. Warum musste es in Kirchen eigentlich immer ziehen?

„Schönen Sonntag noch, Herr Carstensen."

Er grüßte in die Richtung des Rufers. Er genoss seinen Status, mochte es, wenn die anderen ihn kannten, erkannten und ihn grüßten. Er brauchte es nicht notgedrungen, aber freute sich umso mehr, wenn dem so war. Man kennt ihn, man grüßt ihn. Es war mittlerweile halb zwölf, Punkt zwölf gab es Mittag, er musste sich sputen, um pünktlich zu Hause zu sein. Auf Pünktlichkeit legte er absoluten Wert. Veraltet kam es seiner Frau manchmal vor. Ihm nicht. Seinen Freunden auch, ihm aber nicht. Wie oft kamen die zu spät zu irgendwelchen Verabredungen? Auch wenn man sich bei ihm zu Hause traf. Wenn er aber 18 Uhr sagte, meinte er auch 18 Uhr, Und nicht 18:05 Uhr. Wenn er 18:05 Uhr gemeint hätte, hätte er auch 18:05 Uhr gesagt. Von dieser abscheulichen Angewohnheit der vornehmen Viertelstunde mal ganz abgesehen. Was war das denn für eine Abartigkeit? Da wurde unhöfliches Zuspäterscheinen mit dem Kommentar „War doch c.t., oder?" bedient und damit gerechtfertigt, dass man eventuell mal ein Semester Pädagogik studiert und dann abgebrochen hat wegen Schwangerschaft oder so. War er ungerecht? Mag sein, ihm war's aber egal. Er fand Zuspätkommen ungehörig und ließ es auch seine Mitmenschen wissen. Knappe zehn Minuten brauchte er für den Weg, Umziehen, Bad, summa summarum eine gute Viertelstunde, fünfzehn Minuten Zeitpuffer. Das war in Ordnung.

Er zog seinen Hut etwas tiefer in die Stirn, um sich am Kopf noch besser gegen die Kälte des Windes zu schützen. Klingt wie ein südafrikanischer Liebesroman: „Die Kälte des Windes". An was er wieder dachte, heute Morgen. Lernt zu verzichten, daran hatte der Pfarrer in seiner Predigt erinnert. Der Verzicht. Man muss im Leben auf so vieles verzichten. Der größte Verzicht im Leben ist letztendlich das Leben selbst. Am Schluss wird's dir genommen. Und das weißt du von Anfang an. Und mit anderem wird man im Überfluss konfrontiert, hätte aber gut drauf verzichten können. Und auf das, was da grade auf ihn zukam hätte er auch gut verzichten können: Rechtsanwalt Büser.

„Guten Tag, Herr Kollege."

Kollege war gut; Kollege war aber nicht korrekt. Juristerei hin, Juristerei her. Er war Richter. Und daran konnte dieser Winkeladvokat nichts ändern. Fast jeden Sonntag versuchte dieser Büser ihn nach dem Kirchgang abzufangen. Jeden Sonntag. Ich müsste ihn mal fragen, wie viel er für das *s* bezahlt hat. Vielleicht hieß er ja mal Büßer. Das würde seine Sonntagspflicht erklären. Einmal wollte er ihn sogar überreden, mit ihm in die Eckkneipe zu gehen zwecks Frühschoppen. Um 11:30 Uhr Alkohol. So weit war es mit ihm noch nicht gekommen. Hatte der Mann denn kein gemütliches Zuhause?

„Guten Tag, Rechtsanwalt Büser." Er hatte auf das Rechtsanwalt in der Anrede bestehen wollen. Sollte er doch gleich wissen, dass da ein Unterschied war. Richter, Rechtsanwalt. Und was für ein Unterschied. Und was wollte Büser von ihm? Wieder irgendeinen Tipp, einen Hinweis, sich einfach nur ins Gedächtnis bringen, dass man ihn, wenn denn wieder eine Stelle an irgendeinem wichtigen Posten und so weiter? Er wusste es nicht.

„Und? Ich habe gelesen, dass morgen ein wichtiger Prozess ansteht?" Büser hatte so was Lauerndes in den Augen. Als warte er nur darauf, dass er was Falsches sagte. Aber was sollte er sagen? Was erwartete er?

„Ja. Da haben Sie richtig gelesen."

„Sind Sie denn gut vorbereitet?"

„Sind wir hier denn in der Grundschule?" hätte er am liebsten geantwortet, brachte aber nur ein kurzes „Ja, bin ich." hervor. Was will der Mann von mir?

„Der wird ja in den Medien recht groß ausgeschlachtet. Tut was für die PR, oder?"

„PR?“ Er verstand nicht.

„Werbung ist doch alles, Herr Richter. Kann doch nur von Vorteil sein für Sie.“ Jetzt wusste er, worauf er hinauswollte. Öffentlichkeit, Popularität. Klar, schön und gut, wenn man sie hat. Hat man sie nicht: egal. Er hatte ein wenig Popularität. Wenigstens hier, in seiner Stadt. Und die reichte ihm. Der Fall morgen war wirklich recht spektakulär. Ein Mann, der seine Tochter und seine Enkeltochter erschossen und danach versucht hatte, sich selbst mit Medikamenten ins Jenseits zu befördern. Das hatte leider nicht geklappt und nun saß er auf der Anklagebank. Sah schlecht für ihn aus. Er hatte seine Tochter und sein Enkelkind missbraucht. Jahrelang. Und nun wollten sie reden. Das konnten sie jetzt zwar nicht mehr, dafür stand er wegen Mordes vor Gericht. Das wurde von der breiten Öffentlichkeit stark aufgenommen, aber Werbung für sich selbst war ihm egal. Hier ging es ihm nur um das Recht.

„Ist mir nicht so wichtig.“

Rechtsanwalt Büser streckt ihm die Hand entgegen. „Ich wünsche Ihnen alles Gute für morgen.“ Warum muss der nur so grinsen? Als würde er etwas im Schilde führen. Und ganz abartig ist ja seine Frau. Warum können Frauen von studierten Menschen, die einen mehr oder weniger wichtigen Posten hatten und sich für unwiderstehlich und unübertrefflich hielten, nie den Mund aufkriegen. Die standen immer nur dabei, daneben, dahinter oder davor… Nein, davor standen diese Frauen nie. Immer nur in zweiter Reihe. Da standen sie aber, sagten nie etwas, sondern lächelten nur stillvergnügt vor sich hin. So, als wüssten sie alles, als wären sie über alles informiert, breiteten aber stillschweigend das Lächeln des Allwissenden über allem aus. Ein Trauerspiel mit gemeißelten Fratzen.

„Da bin ich aber beruhigt“, gab Carstensen zur Antwort, lüpfte den Hut und ging weiter.

Er schaute auf die Uhr. Er müsste es schaffen, noch war er gut in der Zeit. Es war 11:45 Uhr. Den Rest des Weges lief er alleine, ohne zwischendurch grüßende Menschen, Kirchgänger, die meinten, ihm noch ein Gespräch aufdrücken zu müssen.

Er genoss die Stille. Nachher würde er wieder mit seiner Frau reden, diskutieren, debattieren, je nachdem was gerade anstand. Das war auch nicht schlecht, das hatte auch seine Zeit, jetzt aber war Ruhe und das war gut so. Seine Frau hatte mit der Kirche nichts am Hut. Noch nie gehabt. Er ging jeden Sonntag alleine, seine Frau bereitete in der Zeit meistens das Essen vor. Danach Kaffee und Zeitungslektüre, Sonntagsspaziergang, fertig. Er genoss die Sonntage sehr, denn sie waren immer von äußerster Ruhe und Harmonie geprägt. Und immer gleich im Ablauf, darauf legte er auch größten Wert. Sonntags erwarteten sie auch nie Besuch, dagegen hatte er sich verwahrt. Samstags eventuell, sonntags nie.

Er bog in seine Straße ein. Noch hundert Meter, dann stand er vor der Haustüre. Er schloss auf.

Jetzt mag man sich fragen, warum er ausgerechnet heute, am Sonntag, wie zufällig auf den Briefkasten schaute. Denn dazu musste er erstmal die Türe hinter sich ins Schloss fallen lassen. Er ließ sie aber fallen und schaute in seinen Briefkasten. Und in der Tat: Da war was drin. Als er es sah, fragte er sich, warum er überhaupt nachgesehen hatte. Er hatte aber nun mal, und es war was drin. Die Post liefert sonntags doch keine Päckchen aus. Er fischte den Briefkastenschlüssel hervor und öffnete die kleine Luke. Es ging ihm siedendheiß durch: ein neues Päckchen. Dieselbe Schriftart bei dem Adressenaufkleber. Das Päckchen war nicht abgestempelt worden. Das hatte der Absender vermutlich selber vorbei gebracht, durch den Postschlitz in der Haustüre geschoben und irgendein Nachbar hatte es ihm dann in den Briefkasten gesteckt. Schweiß sammelte sich auf seiner Stirne, die Hände wurden ihm feucht. Ein neuer Finger, der zweite. Er tastete das Päckchen ab. Das war nicht ein Finger, das waren aller Wahrscheinlichkeit nach zwei Finger. Er hat mir zwei Finger geschickt, zwei neue Finger!

Er stieg die Treppe in Zweierschritten rauf, war, oben angekommen, ziemlich außer Puste, grüßte kurz in Richtung Küche, wo er seine Frau arbeiten hörte, hing seinen Mantel an den Stock, ging in sein Zimmer, ließ das Päckchen in der untersten Schublade seines Schreibtisches verschwinden, zog sich um, ging ins Bad und dann Richtung Mittagsessen. Es war drei Minuten vor zwölf. Pünktlichkeit ist eine Zier. Und nach dem Kaffee würde er sich in sein Zimmer setzen und das Päckchen... Nein, erst Kaffee, dann Sonntagsrunde und dann Päckchen, das System musste beibehalten werden. Ob er solange aushalten konnte? Er würde sehen. Er würde müssen. Aber soviel Zeit musste sein.

Zwei neue Finger... Die würde er dann, genau so, wie er es bei dem Daumen gemacht hatte, in Einmachgläser legen und konservieren. Und alphabetisch zuordnen. Dass er was von ihnen hatte. Für die Zukunft, die dem ehemaligen Träger der Finger leider verwehrt geblieben war.

KAPITEL 28

Friedrichsberg hatte hervorragend geschlafen. Er hatte deshalb so hervorragend geschlafen, weil er sich am Abend zuvor ein leckeres Abendbrot bereitet (Wurstbrötchen, Gürkchen und zwei Flaschen Bier), eine schöne Schallplatte aufgelegt (er war einer der Letzten, die noch einen Schallplattenspieler besaßen; aber der Klang, den diese Geräte hervorzubringen imstande waren, war einfach unübertroffen; seiner Meinung nach; im Übrigen: Musik: Mahler, Gustav) und endlich Hannibal zu Ende gebracht hatte. Mit alldem war er gegen 23 Uhr fertig gewesen, hatte dann das Buch beiseite gelegt und ein weiteres Mal über den Fall nachgedacht, der, dem war er sich immer sicherer geworden, gar kein Fall war. Oder ist. Oder sein sollte. Oder so.

Und all das, die Fertigstellung des Buches, das leckere Abendbrot und die Fastsicherheit des Nichtfallseins, hatte ihn recht zufrieden gestimmt, ihn gegen Mitternacht in einen ruhigen und erholsamen Schlaf sinken lassen und so war er munter am nächsten Morgen durch der Kirchenglocken Schlag aufgeweckt worden. Wie schön das sein kann, sonntags morgens durch Kirchturmglocken geweckt zu werden.

Er war aufgestanden, hatte gefrühstückt und darüber nachgedacht, was heute noch alles anstand: nichts. Gar nichts, außer einem Konzert am Abend. Was heißt Konzert: Oper! Er wollte, nach langer Zeit mal wieder, in die Oper gehen und hatte sich für Jacques Offenbach entschieden. *Hoffmanns Erzählungen*. Bis dahin würde er den Tag mit einem Spaziergang und größtmöglicher Ruhe verbringen.

Nachdem er im Bad war, ging er zu seinem ausladenden Buchregal im Wohnzimmer und schaute die Rücken entlang, um sich eine neue Lektüre auszusuchen. Sein Blick stoppte bei einem großen Kochbuch. Wie hatte das sich denn hierhin verlaufen können, das gehörte doch in die Küche? Er zog es heraus und trug es dorthin, wohin es gehörte: in ein Regal über dem Kühlschrank in der Küche.

Er musste an Burkunther denken und seinen Selbstmord. Der zweite in einer Woche. Zufall? Seltsame Vögel waren sie alle beide, Motive gab es auf mehreren Seiten genug, aber es waren beides Selbstmorde gewesen.

Friedrichsberg ging zurück ins Wohnzimmer, suchte im Bücherregal nach geeigneter Lektüre. Er musste an seine geschiedene Frau denken. Also nicht an seine geschiedene Frau, er war ja nie verheiratet gewesen, nein, er dachte an die Frau, von der sich Burkunther nach 20 Jahren getrennt hatte. Wie alt mochte Burkunther gewesen sein? Mitte vierzig? Und dann zwanzig Jahre Ehe. Nun, der frühe Vogel fängt den Wurm, oder wie ging das Sprichwort noch mal? Aber mit Mitte zwanzig Hochzeit ist schon recht früh. Er spitzte die Lippen, drehte sich um und ging zu dem Telefontischchen in der Ecke neben seinem Ohrensessel. Er nahm sich das Telefonbuch zur Brust, schlug nach unter B, dann weiter Burkunther, Burkunther, Burkunther… Da, drei Einträge. Ein Carl F., ein Benedict und ein oder eine F. Friedrichsberg nahm den Hörer ab und wählte die Nummer von F. Ein Freizeichen. Es dauerte, bis jemand abnahm. In der Zeit hatte er daran gedacht, dass heute Sonntag war. Auch unverschämt, jemanden am Sonntagmittag zu stören, aber jetzt war es eh zu spät, da musste er nun durch. Der/die Gesprächspartner/in erst recht.

Es wurde abgehoben: „Ja?“

Wie er die Leute hasste, die sich am Telefon immer nur mit

„Ja" melden konnten. Was war das denn? „Ja?" „Ja" war alles und nichts. „Ja" konnte auch jeder sein. Er beruhigte sich, denn schließlich wollte er was vom „Ja" und nicht umgekehrt.

„Guten Tag", begann er, „Friedrichsberg hier, entschuldigen Sie bitte die sonntägliche Störung."

Pause. Sie ließ sich anscheinend Zeit. Entweder hatte sie die auch oder sie wollte ihn zappeln lassen oder sie stand zwecks Beruhigung der Nerven nach dem Selbstmord ihres Mannes unter medikamentöser Behandlung oder sie wollte ihrem besser gestellten, vornehmen Status Ausdruck verleihen. „Worum geht es denn?"

„Es geht um Ihren Mann."

„Ich habe keinen Mann. Ich habe einen Ex-Mann." Also die medikamentöse Behandlung zwecks Beruhigung der Nerven nach dem Selbstmord des ach so geliebten Ex-Mannes konnte man an dieser Stelle wohl getrost ausklammern.

„Ja, also es geht um Ihren Ex-Mann."

„Der ist tot."

„Das weiß ich, und das tut mir auch sehr Leid für Sie."

„Das muss Ihnen meinetwegen nicht Leid tun. Warum auch? Wir waren geschieden. Wir waren im Prinzip schon wenige Jahre nach unserer Heirat geschieden. Wenn auch nicht auf dem Papier, so doch im Herzen." Huch, Rosamunde Pilcher kam doch erst am Abend.

Friedrichsberg räusperte sich: „Ich habe eine Bitte: Ich untersuche den Tod von einem Freund, der sich am vergangenen Sonntag das Leben genommen hat. Genauso wie Ihr Mann..."

„Ex-Mann."

„Richtig, pardon. Also genauso wie Ihr Ex-Mann am Donnerstag. Und in dem Zusammenhang würde ich Ihnen gerne ein paar Fragen stellen. Darf ich am Nachmittag vielleicht mal kurz vorbeikommen, natürlich nur, wenn es Ihnen nicht allzu viele Umstände bereiten würde? Es dauert maximal eine halbe Stunde, dann wäre ich wieder weg."

Pause. Mein Gott, ließ die sich Zeit. Das war schon nicht mehr gespielte Vornehm-, das war Unverschämtheit. „Von mir aus, kommen Sie vorbei." Oh weih, Majestät bittet zur Audienz; na, das kann ja heiter werden. Sie legte kommentarlos auf, Friedrichsberg schaute noch mal kurz in den Hörer, so, als erwarte er, dass da noch was nachkomme, vielleicht seine Gesprächspartnerin aus der Muschel winken würde, legte dann aber auch auf.

Er schrieb sich die Adresse der Dame raus und ging in die Küche, das Mittagessen vorbereiten, es ging auf die zwölf zu. Es sollte Entenbrust und Kartoffelrösti geben, als Beilage zwei mit Preiselbeeren gefüllte Birnen. Um eins konnte gegessen werden, danach legte er sich zum Verdauungsschläfchen ein Stündchen hin.

Um halb drei wachte er auf, zog sich an und machte sich zu Fuß auf den Weg. So weit weg lebte Frau Burkunther nicht, dass er dafür den Wagen benutzen musste. Heute war Sonntag, da blieb der Wagen mal stehen. Auf dem Weg fiel ihm ein, dass Jessika Jurrangen ihm die Adresse der Burkunther-Ex-Witwe, wenn man so sagen wollte, aufgeschrieben hatte. Und was hatte er? Selber nachgeschlagen. Doppelte Arbeit. Aber selbst sollte er sein, der Mann.

Die Abfindung, die die Dame durch die Scheidung von ihrem Mann bekommen hatte, schien nicht schlecht ausgefallen zu sein, da sie sich damit ein kleines Häuschen am Waldrand leisten konnte. Drumherum Garten und eine Sprechanlage schon am Gartentürchen. Nobel geht die Welt zugrunde. Und hier offenbar durch die Sprechanlage. Er klingelte.

„Ja?" Wie am Telefon.

„Friedrichsberg hier. Wir hatten telefoniert." Der Summer ertönte, das Türchen schwang auf. Auf einem kiesbestreuten Weg näherte er sich der Haustüre. Diese wurde auch geöffnet und die Burkunther-Ex erschien. Das große F. wahrscheinlich Franziska oder Friederike oder Fanny oder Felicitas, keine Ahnung. Er streckte ihr die Hand entgegen, sie rührte sich nicht. „Das habe ich auch verstanden", dachte er sich.

„Mein Name ist Friedrichsberg, ich habe keine ansteckenden Krankheiten, jedenfalls noch nicht, danke, dass Sie sich Zeit genommen haben."

Sie wies ihm den Weg ins Haus. „Kommen Sie rein, nehmen Sie im Livingroom Platz, meine Zeit ist begrenzt.“ Aha, damens hat Livingroom, das ist ja adrett. Hier wird nicht mehr in Zimmern gewohnt, hier wird in Roomen gelived. Und nicht sie hat keine Zeit, sondern die Zeit, die sie hat, ist begrenzt. Wenn’s nach ihr ginge, gerne, auch bis morgen Abend, aber ihre Zeit, die lässt nicht alles mit sich machen, da ist sie recht wählerisch, kann auch schon mal rumzicken, und sie ist ja nun mal leider so begrenzt, schade, schade. Wenn du es kurz und knapp haben willst, kannst du es gerne kurz und knapp haben.

Sie nahmen Platz. Der Room war holzvertäfelt, dicke Ölgemälde hingen an allen vier Wänden, ein dicker Perser war ausladend über das Parkett gelegt worden, ein massiver Holztisch stand in der Mitte des Raumes, drum herum vier Sofas, vielmehr Sitzgelegenheiten, wie die Dame des Hauses es wohl auszudrücken verstehen würde, denn hier sollte nicht auf oder in Sofas gelümmelt werden, sondern Sitze boten lediglich Gelegenheit, auf ihnen Platz zu nehmen. Alles in allem ein sehr dunkler, schwerer, altmodischer Raum, Verzeihung: Room. Für eine Frau Mitte vierzig äußerst ungewöhnlich. Hatte sie sich von dem jahrelang angewöhnten Chic ihres Mannes was abgekupfert und mitgenommen.

Und nun hieß es: keine Zeit verlieren. Er würde sich an den Gemeinplätzen nicht orientieren, nicht aufhalten, sondern gleich mit der Tür ins Haus fallen. Was angeboten bekam er ja eh nicht. Er hatte auch nichts erwartet. In manchen Haushalten erwartet man besser nichts; kann man auch nicht enttäuscht werden.

„Ihr Mann hatte die ein oder andere Geliebte im Laufe der Jahre. War das der Grund Ihrer Scheidung?“ begann Friedrichsberg das Verbalgefecht.

„Wissen Sie...“ Wenn die Leute ihm schon so neunmalklug kamen mit Satzanfängen wie: „Wissen Sie...“ oder „Verstehen Sie mich nicht falsch...“, dann hatte er schon genug. „Wissen Sie, Gründe gibt es ja wie Sand am Meer. Ob diese Tatsache allerdings ausschlaggebend gewesen sein mochte, wage ich zu bezweifeln.“

Wie die da schon saß, so überheblich, so über allem schwebend. „Was war denn Ihrer Meinung nach ausschlaggebend?“

„Die Zeit.“

Was ist das denn wieder für eine Antwort? Die hätte sie sich auch sparen können. Da kann ich mich ja gleich mit dem Ölschinken an der Wand unterhalten, der Informationsgehalt wird der gleiche sein. Aber was soll’s? Zieh ich’s eben durch. „Was kann die denn dafür? Ich denke, die ist nur knapp bemessen.“

„Irgendwann merkt man, dass man doch nicht so gut zusammenpasst, wie man ursprünglich vielleicht mal angenommen hatte.“

„Soso, das fiel Ihnen aber recht bald auf, wie Sie mir ja am Telefon mitgeteilt haben. Und zwar wenige Jahre nach Ihrer Hochzeit.“

„Das kann ich an Jahren nicht mehr festmachen. Das ist auch nicht mein Recht. Ich weiß nur, dass sich die letzten Jahre nicht mehr so erfreulich gestalteten und wir daraus unsere Konsequenz gezogen haben.“

„Und das war dann die Scheidung, richtig?“

„Ganz genau.“

„Was waren denn jetzt die Gründe?“

„Das mag zum einen das Fremdgehen meines Mannes gewesen sein. Aber das tat er schon seit vielen Jahren, ich hatte mich dran gewöhnt. Vor allen Dingen hatte ich mein Resultat daraus gezogen und mir auch einen Liebhaber angeschafft.“

Man schafft sich also einen Liebhaber an. Wie man sich eben auch einen Schnellkochtopf anschafft. Oder ein neues Fahrrad. „Sie hatten auch einen Geliebten?“

„Richtig. Seit fünf Jahren. Ich hielt mir seit fünf Jahren zwei Männer: meinen eigenen und meinen Geliebten. Warum sollte ich auch etwas an dieser Situation ändern? Ich war äußerst zufrieden. Mein Mann hielt mich aus, finanziell gesehen, und mein Freund… Nun, der sorgte für alles andere.“

Ich will’s gar nicht genauer wissen, gnä’ Frau. Würde aber sagen, dass ihr Geliebter sie auch ausgehalten hat. „Und das ging gut?“

„Eben nicht. Als mein Mann uns auf die Schliche kam, war es aus. Nicht nur mit meinem Geliebten, sondern auch mit unserer Ehe."

„Er wollte sich scheiden lassen."

„Richtig."

„Nachdem Sie aufgeflogen waren. Jahrelang hat er eine Geliebte nach der anderen, aber als er Sie erwischte, war es für ihn aus?"

„Richtig."

„Nett", gab jetzt auch Friedrichsberg einsilbig zurück. „Wie sind Sie denn damit umgegangen, dass er sich Geliebte hielt?"

„Gar nicht, das habe ich Ihnen ja schon gesagt gerade."

Da hatte er mal nicht aufgepasst; Punkt für gnä' Frau. „Wie war er sonst zu Ihnen?"

„Anfänglich, also die ersten Jahre, wo man noch füreinander brennt, war er wunderbar. Aber als dann, im Laufe der Jahre das Feuer der Liebe erlosch, zog er sich immer mehr zurück, wurde introvertierter, ruhiger, verschlossener. Er lebte in den letzten Jahren in seiner eigenen kleinen Welt, die bestimmt war von gutem Essen, viel Geld und jungen Weibern. Ich denke nicht, dass er anders war zu mir als zu all den anderen Menschen, die er kannte: Solange er sie wie auch immer melken und gebrauchen konnte, waren sie gut genug, danach ließ er sie nur noch fallen wie eine heiße Kartoffel."

„Hm…" Er musste an die Kartoffelrösti vom Mittagessen denken. „War Ihr Mann korrupt?"

„Was für eine Frage! Schauen Sie sich doch um. Glauben Sie, dass erwirtschaftet man mit der eigenen Hände Arbeit? Das kriegt man in seinen fetten Arsch geschoben…", hui, da ging es aber gerade mit Damens ein wenig durch, „…damit man hier gut schreibt und da gut redet, damit man gute Miene zu bösem Spiel macht. Mehr ist das nicht."

„Aber Sie scheinen davon auch nicht schlecht zu leben."

„Das habe ich nie behauptet."

„Richtig, gnä' Frau, das haben Sie nicht."

„Also eines möchte ich Ihnen zum Abschluss mit auf den Weg geben: Wenn mein Ex-Mann umgebracht worden wäre, hätte ich Ihnen drei DIN A 4-Zettel eng beschrieben mit Feinden meines Mannes und somit möglichen Tätern geben können. Aber so? Es war Selbstmord. Was interessieren Sie die Umstände?"

Sie stand auf, er tat es ihr gleich. Für sie schien das Gespräch an dieser Stelle beendet zu sein. Sie ging Richtung Türe.

„Ach, sind Sie eventuell im Besitz privater Korrespondenz Ihres Mannes? Ihres Ex-Mannes?"

„Ich hatte Gott sei Dank nichts mehr mit ihm zu tun. Und mit seiner privaten Korrespondenz ebenso wenig. Und ich wüsste auch nicht, was Sie das angeht."

„Wieder mal: Nichts. Eigentlich nichts. Und bei ihm zu Hause? Könnte da was sein?"

Sie schüttelte den Kopf. „Schriftverkehr wurde immer an seine Büroadresse geleitet, da wollte er daheim nichts mit zu tun haben. Und ich glaube nicht, dass sich daran was geändert haben könnte."

Friedrichsberg nickte, bedankte sich und verließ das Haus. Hinter ihm schlug die Türe ins Schloss. Gott sei Dank, die Klappe war zu. Diese Höhle des Löwen würde er so schnell nicht mehr betreten wollen. Falsch: Die würde er nie wieder betreten.

Er sah zu, dass er nach Hause kam. Es war mittlerweile 16 Uhr, er hatte Kaffeedurst und wollte sich noch mal vor dem Opernbesuch ein wenig hinlegen. Zu Hause angekommen setzte er Kaffee auf, als ihm einfiel, dass er noch in der *Schiffsklause* anrufen wollte. Zum zweiten Mal an diesem Tag blätterte er im Telefonbuch, wollte er doch mal nachgefragt haben, ob Burkunther bei ihnen am Dienstag gegessen hatte und ob ihnen eventuell irgendetwas aufgefallen sei. Oder ob er vielleicht gar nicht allein erschienen, sondern in Begleitung gekommen war.

„*Schiffsklause*, guten Tag?"

„Guten Tag, Friedrichsberg mein Name. Ich habe mal eine Frage: War Carl Burkunther bei Ihnen essen am Dienstag der letzten Woche?"

„Das kann ich Ihnen nicht sagen."

Was war das denn für einer? „Können Sie nicht oder dürfen Sie nicht?"

„Ich kann nicht. Und ich darf auch nicht über unsere Gäste sprechen."

„Also, war er da?"

Pause am anderen Ende der Leitung.

„Sie müssen verstehen, dass ich nicht mit Ihnen darüber reden darf."

„Er war da. Wer nichts sagt, sagt auch genug. War er in Begleitung?"

„Das kann ich Ihnen doch nicht sagen, mein Herr."

„Weiblich oder männlich?"

Nochmals Pause, er schien zu überlegen oder irgendetwas abzuwägen. „Weder noch."

„Vielen Dank. Ist Ihnen sonst was aufgefallen? Irgendwas an seinem Verhalten, war er ungemütlich, nervös, ungeduldig?"

„Er war die Ruhe selbst. Kurz angebunden, nicht freundlich, aber verbindlich."

„Hat er sie getestet?"

„Er hat mich nicht getestet."

„Nicht Sie, aber Ihr Restaurant."

„Ja, ich glaube, er hat getestet."

„Und? War er zufrieden?"

„Ich habe keine Ahnung."

„Na, dann wünsche ich Ihnen noch viel Glück."

„Beehren Sie uns mal mit Ihrem Besuch."

„Wird gemacht."

Friedrichsberg legte auf. So was Unergiebiges. Für heute reichte es ihm. Es reichte ihm aber nicht nur für heute, es reichte ihm schlechthin. Was mühten sie sich seit fast einer Woche in dieser Angelegenheit eigentlich ab? Er ging im Kopf die letzten Tatsachen und Begebenheiten durch. Seine Gespräche mit Elke und Katharina Rondoff, Witwe Zimmermann und Witwe Burkunther, Jessika Jurrangen und Christian Meier vom *Genießer*, Silke Perkowski, Hauptkommissar Heidenreich und seine Konfrontation mit der Wohnung von Rolf Berger. Und diese Schülerbubidealformation. Und der rote Wagen, der ihn gestern verfolgt hatte; von dem er glaubte, dass er gestern von ihm verfolgt worden war. Würden wir den Polizeibeamten mal außen vor lassen, hatte jeder der Genannten ein Motiv. Aber weder Werner Zimmermann noch Carl Burkunther waren umgebracht worden. Beide Male Selbstmord. Und ein Motiv schienen die beiden auch dafür zu haben.

Er wischte alle Gedanken, die sich um diese Angelegenheit drehten, beiseite, ging in die Küche, schüttete sich einen Kaffee ein und legte sich auf die Couch. Ruhe. Noch fast drei Stunden bis zu Herrn Offenbach. Die wollte er sich gönnen und mit Müßiggang füllen.

So legte er sich also hin und las in einem Gedicht- und Bildband, den er mal von irgendwem zu irgendeinem Geburtstag geschenkt bekommen hatte. Diese blöden, einfallslosen Geschenke. Da bringt man doch gleich besser gar nichts mit. Ist zwar auch nicht das Gelbe vom Ei, aber wenigstens nicht unverschämt und kein Gedichtbildband.

Um 18 Uhr stand er auf, machte sich frisch, zog sich konzertkompatibel um und ging los. Den Weg zum Stadttheater wollte er zu Fuß zurücklegen, den eigenen Wagen stehen lassen, ein bisschen an die frische Luft kommen. Er schaute auf die Uhr, es war kurz nach sieben, um halb acht sollte es losgehen, eine Viertelstunde brauchte er für den Weg. Er stellte den Kragen seines Mantels hoch, es war heute Abend erstaunlich kalt. Der Wind war hart, und der blies ihm brutal um die Nase. Und stark war er, Friedrichsberg kam sich vor wie an der See. Mit dem feinen Unterschied, dass die Luft an der See gesünder war als hier.

Auf den Straßen war es erstaunlich ruhig, ein typischer Sonntag eben. Hier ging nichts raus, was nicht unbedingt raus musste. Montag begann die neue Woche, da verließ man früh genug das Haus. Er schaute sich um. Obwohl er mehr oder weniger alleine war (sicher, der ein oder andere, der seinen Zug im Hauptbahnhof kriegen musste, oder der, der nach langer Fahrt nach Hause kam, Koffer hinter sich herziehend, aber sonst High Noon auf den Straßen der Stadt) kam es ihm so vor, als ob ihn jemand verfolge. Wie gestern die Sache mit dem roten Wagen. Der rote Wagen; er blieb stehen, drehte sich nach hinten um und da sah er ihn. Ungefähr fünfhundert Meter hinter ihm, am Straßenrand mit Warnblinkanlage stehend. Friedrichsberg drehte sich wieder um und ging weiter, erhöhte das Tempo. Was soll ich tun? Wer ist das? Wer sind die? Soll ich hin, sie ansprechen? Kriege ich dann eins drauf, sind die auf Konfrontation aus? Was wollen die? Er ging weiter. Er hörte einen Motor leicht aufheulen, so als ob der rote Wagen wieder gestartet wäre. Und in der Tat, er holte auf, der Wagen kam immer näher, Friedrichsberg erhöhte weiter das Schritttempo, aber er konnte selbstverständlich dem Wagen nicht entkommen. Hatte er das überhaupt gewollt? Was wollte Friedrichsberg? Er wusste es selber nicht. Wie auch, wenn er noch nicht einmal wusste, was der Wagen von ihm wollte. Vielmehr der oder die Insassen. Er erreichte eine Kreuzung. Seine und die Ampel des Wagens zeigten rot. Friedrichsberg trat von einem Bein auf das andere. Was mach ich jetzt, was mach ich jetzt? Ich gehe jetzt da hin, öffne eine Türe und frage, was die von mir wollen. Oder soll ich lieber nicht?

Friedrichsberg drehte sich um, ging mit fünf Schritten zu dem Wagen rüber, griff sich die Beifahrertüre und riss sie auf. Er beugte sich runter und schmiss ein: „Womit kann ich denn dienen?“ ins Wageninnere. Dann erst hatte er durch eigenes Vorbeugen die Wagenhöhe erreicht und konnte die Insassen begutachten. Den am Steuer kannte er nicht, die restlichen waren ihm schon zweimal begegnet. Und zwar an der Schule. Einmal im Aufenthaltsraum, das zweite Mal auf dem Schulhof.

„Spinnst du?“ schlug es ihm entgegen.

Friedrichsberg ließ sich seine aufkommende Nervosität nicht anmerken. „Ich möchte die Herren nur ungern bei ihren Wochenendaktivitäten stören, würde aber höflicherweise und in gemäßigtem Tonfall vorschlagen, diese ohne mich zu unternehmen. Und falls Sie mich zu verfolgen beabsichtigen, würde ich liebend gerne davon abraten.“

„Pass bloß auf dich auf“, raunte ihm einer zu, die Beifahrertüre wurde zugezogen und der Wagen brauste unter Motorengeheul davon.

Friedrichsberg richtete sich auf und merkte erst jetzt, dass er schweißgebadet war, sein Puls ratterte im Stakkato. Er lehnte sich an die Ampel und wartete die nächste Grünphase ab. Die Ampel schlug um, er ging los, bei weitaus langsamerem Schritt. Das war die Schülergang. Das heißt vier von denen. Und einer am Lenkrad, den er nicht kannte. Schätzungsweise Ende zwanzig, Anfang dreißig. Vielleicht der Chef der Bande? Er wusste es nicht. Es war ihm auch egal. Er wusste letztendlich, dass das hier kein Sonntagstänzchen war, dass die ihm, wenn auch nicht gefährlich, so doch unangenehm werden könnten. Und in Ansätzen schon waren, denn so was wie Drohung und Konfrontation und Bangemacherei brauchte er in seinem Alter überhaupt nicht mehr. Aber die Frage war doch: Was wollten die von ihm? Und was wollten die mit ihrer Verfolgung bezwecken?

Den letzten Rest des Weges grübelte er nach. Über die Gang und seine Person und die Situation. Gegen 19:20 Uhr war er im Theater, um kurz vor halb acht saß er auf seinem ihm zugewiesenen Platz. Um 19:28 Uhr musste er die Ouvertüre zu *Carmen* hören. Aber nicht, dass er sich im Tag oder der Veranstaltung vertan hätte, nein, jemand hatte sein Handy mitgenommen und vergessen auszustellen. Aber besser jetzt als während der Aufführung. Wenn schon Klassik, dann nicht vom Handy aus.

Der Rest der Aufführung verlief reibungslos, man kann sich aber gewiss denken, dass Friedrichsberg nur recht bedingt bei der Sache war. Er musste immer wieder an den roten Wagen und die Gang denken und malte sich in den wildesten Farben aus, was mit ihm, mit denen und vor allen Dingen in der direkten Konfrontation passieren könnte. Richtig genießen konnte er die Vorstellung nicht. Gegen 22:45 Uhr war die Vorstellung zu Ende, sieben Vorhänge, ein Großteil der Leute waren allerdings schon beim Verklingen des letzten Tons von ihren Plätzen aufgesprungen und nach draußen geeilt, um sich ihre Mäntel zu holen. Bei den meisten schien das Heim um 23 Uhr zu schließen. Oder die hatten schon so viel in ihrem Leben verpasst, nicht auch noch die zeitige Mantelvergabe. Oder sie wollten zum Sterben zu Hause sein; oder sie wollten die Gelegenheit an der Garderobe nutzen und aus dem reichen Mantelangebot einen schöneren als den eigenen herausfischen, Friedrichsberg wusste es nicht, er wusste nur eins: Es kotzte ihn jedes Mal an, diese Unhöflichkeit und Ungezogenheit. Kultur findet nicht nur auf der Bühne statt. Die fängt bei der Kleiderwahl an und hört an der Garderobe noch lange nicht auf.

Irgendwann war er aufgestanden und hatte seinen Mantel geholt. Er war dann aber nicht wie die anderen lemminggleich Richtung Ausgang gestürzt, sondern war noch mal ins Theaterfoyer gegangen, hatte sich an die große Fensterfront gestellt und den Eingangsbereich hoch und runter geschaut auf der Suche nach dem roten Wagen. Er konnte sich sein ungutes Gefühl nicht genauer erklären, aber er rechnete fest damit, dass sie ihm auflauern würden. Auf den ersten Blick sah er sie nicht. Aber dann fielen sie ihm auf: Der rote Wagen stand auf dem Parkplatz vom ehemaligen Stadthaus, fast gut verdeckt durch einen schwarzen Rangerover. Aber er hatte ihn doch noch gesehen. Das Herz schlug ihm im Hals, er musste nachdenken.

„Würden Sie bitte gehen, wir schließen gleich“, kam es von einem Mann in Uniform. Typisch, dachte Friedrichsberg. Krämerseele.

Er nickte nur. Was mache ich bloß? Langsam bewegte er sich Richtung Ausgang. Gehe ich hinten raus? Durch den Notausgang? Das ist doch auch peinlich. Wenn schon, dann vorne raus? Aber was ist, wenn sie mich dort abschnappen? Geht ja gar nicht, es verlassen gerade so viele Leute das Theater, da falle ich doch gar nicht auf. Da können die mich auch gar nicht rausholen, aus der Menschenmenge. Und die sitzen ja auch im Auto, die sehen mich gar nicht. Aber was ist, wenn einer von denen sich unter die Menschenmenge mischt? Wenn er mich verfolgt und per Handy seinen Kumpels sagt, wo ich langgehe, die setzen sich in Bewegung und wenn sich die Menge verteilt hat und ich wieder alleine laufe, schnappen die mich ab und dann gute Nacht, Marie.

Aber was weiter? Entführung? Unwahrscheinlich. Was wollen die auch mit mir als Entführungsopfer? Geld fordern? Von wem?! Unsinn! Oder vielleicht wollen sie mich in eine dunkle Ecke ziehen und verprügeln. Zugegeben, das ist gut möglich.

Vielleicht, so unangenehm es auch sein mag, auch wahrscheinlich. Oder sie wollen mich durch ihre motorisierte Präsenz nur einschüchtern, so nach dem Motto: Halte dich bloß zurück, wir wissen, wo du bist! Möglich. Aber für Friedrichsberg noch lange kein Grund, sich auch einschüchtern zu lassen.

Augenblick! Ihm kam ein Gedanke; er fischte sein Handy aus der Manteltasche und wählte die Nummer von Marc. Nicht, dass er das Ding schon aus hat. Komm, geh dran, Junge, ich brauche dich. Der Ruf ging raus, es war nicht besetzt. Na, Gott sei Dank. Freizeichen. Mach schon, Mensch, die Zeit drängt, ich muss hier bald raus... Hoffentlich schläft der nicht. Oder macht noch was anderes. Na, wird's bald... Nicht, dass gleich doch noch die Mailbox anspringt. Es klickte und jemand meldete sich: „Ja?" Verschlafen klang er nicht, wenn auch ein bisschen verdutzt ob der Uhrzeit des Anrufs.

„Friedrichberg hier, hör mal, ich brauche jetzt sofort deine Hilfe."

„Wie? Jetzt? Haben Sie mal auf die Uhr gesehen? Ich bin zu Hause und bewege meinen Arsch keinen Meter mehr vor die Türe, ist das klar?"

Der war ja in guter Stimmung, tolle Voraussetzung. „Pass mal auf, Marc mit c, das hier ist sehr wichtig."

„Wo soll ich denn jetzt schon wieder einbrechen?"

„Nichts einbrechen. Es geht um... Na ja, um Leben und Tod. Mehr oder weniger. Mir lauert hier so eine kuriose Männerformation auf, die nebenbei noch mit Drogen dealt. Und denen habe ich auf den Schlips getreten. Jetzt befürchte ich, die wollen mir irgendwo drauf treten. Oder mir einen Denkzettel verpassen oder was auch immer. Jedenfalls wird es eng. Ich kann mir gut vorstellen, dass es nachher zum Knall kommen wird, und da brauche ich deine Hilfe."

„Und wie stellen Sie sich das vor?"

„Ich bin denen nicht gewachsen und du kennst dich doch in Kampfsportarten aus. Komm her und hilf mir."

„Wo sind Sie denn?"

Friedrichsberg sagte ihm, dass er sich im Stadttheater aufhielt, versuchen wollte, dort noch mindestens zehn Minuten zu bleiben, um Zeit zu gewinnen, dass Marc es auch rechtzeitig schaffen könnte und nannte ihm dann den Weg, den er eigentlich nach Hause gehen wollte. Diesen Plan durchkreuzte Marc allerdings, vielmehr er änderte ihn, nannte ihm einen anderen Weg, der ihn auch an einer ruhig gelegenen Tankstelle vorbeiführen musste.

„Ja, aber da schnappen die mich doch erst recht."

„Das stimmt. Aber wir schnappen zurück."

„In Ordnung, wenn du meinst."

So verblieben sie. Ganz wohl war es Friedrichsberg nicht und sicher fühlte er sich ebenso wenig. Aber er vertraute Marc und wenn etwas passieren musste, dann jetzt und wenn etwas passierte, so wäre er nun vorbereitet.

Er ging Richtung Ausgang. Hier befand sich noch ein Tresen, an dem sowohl vor der Vorstellung, als auch in der Pause und danach Getränke und Snacks gereicht wurden. Eine Dame dahinter räumte schon die Gläser zusammen.

„Gnä' Frau, ich weiß, es ist schon spät, aber es würde Ihnen doch mit Sicherheit nichts ausmachen, einem älteren Herren noch…" Er überlegte, was er trinken solle. Ihm war eigentlich nach etwas Hochprozentigem zwecks Nervenberuhigung. Aber einerseits wollte er nicht alkoholisiert in eine mögliche handgreifliche Auseinandersetzung stolpern, andererseits der Dame hinterm Tresen nicht das Gefühl geben, einem Alkoholiker, der er nicht war, noch ein weiteres suchtstillendes Mittel über den Tresen zu reichen. Was sollte er bestellen? „… eine Cola zu kredenzen." Das Wort kredenzen im Zusammenhang mit Cola. Lachhaft. „Ich habe einen unglaublichen Durst und ein Glas ist nicht vonnöten." Durst hatte er zwar keinen, aber er musste Zeit schinden, er musste so lange wie möglich im Haus warten. Er griff sein Portemonnaie, holte einen zehn Euro Schein hervor und legte ihn auf den Tresen. „Stimmt so", sagte er abschließend und lächelte sie gewinnbringend an.

„Das ist aber das letzte, was ich Ihnen rausgeben kann."

„Ist recht. Dann hätte ich aber bitte gerne noch so ein trübfarbenes Gesöff", sagte er. „Ja, ja, du bist die Chefin, du hast die

Fäden in der Hand", dachte er sich. Fünf Minuten hatte er dadurch gewonnen. Mindestens sechs würde er brauchen, um ganz genüsslich die beiden kleinen Fläschchen zu leeren. Und dafür zehn Euro, eine Lachnummer. Aber es ging hier um seine Gesundheit. Und die sollte ihm ja wohl mal zehn Euro und die ein oder andere Lachnummer wert sein.

Die Dame hatte jetzt alles zusammengepackt, er hatte die Flasche geleert und schaute auf die Uhr. Es waren seit seinem Anruf genau zwölf Minuten vergangen. Friedrichsberg nickte in Richtung Thekendame, knöpfte seinen Mantel zu, und schritt in die abendliche Kälte. Wie schön wäre es, sich jetzt noch irgendwo draußen hinzusetzen und etwas zu trinken. An was musste er denn da grad denken? War er von Sinnen? Die Möglichkeit, gleich den Arsch voll zu kriegen, war relativ hoch und er dachte hier daran, irgendwo noch was Sommerliches zu trinken. Jetzt bricht aber langsam der Wahnsinn durch. Er holte noch einmal tief Luft und ging los. Er war vorbereitet und hoffte auf Marcs Unterstützung.

Unauffällig suchte er die Gegend nach der Gang ab, dem Auto und natürlich hoffnungsvoll nach Marc. Aber nichts und niemand waren zu sehen. Nicht das die Aktion völlig umsonst war. Dann würde er dastehen als alter, seniler Penner. Er ging nicht den von ihm beabsichtigten Weg, sondern den mit Marc besprochenen, dazu bog er links am Theater ab und ging auf dem rückwärtigen Weg Richtung daheim.

Er hatte Pech, selbstverständlich waren jetzt alle Zuschauer weg, das gesamte Publikum hatte sich in alle Himmelsrichtungen verteilt, war nach Hause gegangen, auf einen Absacker in eine Kneipe, dergleichen. Kurzum: Die Straßen waren ähnlich leergefegt wie vorhin, als er zum Theater gegangen war. Er fand den Weg riskant, vor allen Dingen die Strecke kurz vor und hinter der Autobahnauffahrt, denn hier war nie was los, auch nicht auf dem großen Parkplatz neben der Tankstelle. Die hatte jetzt geschlossen, da war keine Menschenseele, hier konnten sie am besten zuschlagen. Wenn sie es denn taten. Er ging langsam und hatte nicht das Gefühl verfolgt zu werden. Da war weder ein rotes Auto noch ein Gangbubi noch irgendwo Marc auszumachen. Egal, da musste er jetzt durch, koste es, was es wolle. Aber er dachte schon, Marc das Gefühl gegeben zu haben, dass hier etwas Wichtiges, etwas Bedrohliches vonstatten ging.

Da, ein Passant. Eiligen Schrittes auf der anderen Straßenseite. Nicht von Belang. Jetzt kam die Auffahrt zur Stadtautobahn. Immer noch keiner hinter ihm, so kam es ihm jedenfalls vor. Er ging unter der Unterführung her, hörte die über die Schwellen der Bahn holpernden Reifen in regelmäßigen Abständen, sah die blauen Lichter der Tankstelle, das schwarze Nichts von einem Parkplatz und einer Baustelle direkt daneben und hörte just in diesem Moment Schritte, die von hinten immer lauter werdend eilig auf ihn zukamen. Er hörte es, drehte sich um und schon traf ihn im selben Moment ein Schlag mitten ins Gesicht. Das kam so unvorbereitet, dass er nur, in einer Mischung aus naturgegebener Wucht und Reflex und dem physikalischen Gesetz der Schwerkraft folgend, taumelnd, mit den Händen als Orientierungshilfe und Aufprallschutz immer wieder rudernd, zu Boden gehen konnte. Und hier fand er sich dann plötzlich wieder, auf seinem Hintern sitzend, die Hände hinter sich auf dem Boden, sich selber abstützend, wie ein kleines Kind. Er dachte nicht mehr an das Auto, an Marc, an den Fall, an seine beiden kriminalistischen Mitstreiter, auch nicht zog sein bisheriges Leben einem Film ähnlich an ihm vorbei, höchstwahrscheinlich immer wieder mit Werbeunterbrechungen versehen, nein, all das nicht, er dachte nur immer wieder „Scheiße, Scheiße, Scheiße!“ und suchte krampfhaft nach Lösungs- oder/ und Fluchtmöglichkeiten.

Er schaute sich suchend um. Hier war nichts und niemand, von vorne kam nur der Angreifer auf ihn zu, ein in rot und schwarz gekleideter, vermummter Mensch. Nicht allzu groß, nicht allzu klein, nicht dick, nicht dünn. Er dachte an die Krimis im Fernsehen, wo sie dann immer irgendwelche Phantombilder zu erstellen hatten. Oft genug sagten die dem Kommissar: „Das war ein Mann. Wahrscheinlich. Normale Größe. Schlank, nein, dicklich. Also schmächtig. Und untersetzt. Dunkle Haare, nein, blonde, aber eine schwarze Mütze. Vielleicht war es ja auch eine Frau.

Oder aber eben ein Mann." Ja, danke für das Geräusch. Das hätten die sich auch sparen können. Und das konnte sich Friedrichsberg auch sparen, er könnte lediglich sagen, dass es sich bei seinem Angreifer um ein Phantom gehandelt hat. Mehr nicht. Ein Phantom in schwarz und rot, das jetzt Schritt für Schritt immer näher und näher kam und irgendetwas Unverständliches in den Pullover nuschelte, den er sich über den Mund gezogen hatte.

Kann ich nicht einfach aufstehen und mich mit ihm raufen? Raufen, wie das schon klang. Hier wird nicht mehr gerauft, hier wird gekämpft. Und es sieht allem Anschein nach nicht danach aus, als würde sich sein Gegenüber mit einem Unentschieden zufrieden geben. Hier und jetzt sollte es nur einen Sieger geben. Und das war gewiss nicht er, Friedrichsberg.

Steh doch auf und stürz dich auf ihn, hat ja schon einmal geklappt. Aber wer weiß, er war bestimmt nicht alleine, dann würden die anderen kommen und dann sähe er alt aus. Er hatte schlechte Karten, verdammt schlechte Karten. So ehrlich konnte und musste er sich selbst gegenüber sein. Aber ganz kampflos aufgeben? Doch wohl eher nicht. Wenn schon Tod, dann Heldentod. Übertrieb er da nicht ein bisschen? Wollen die mich hier etwa ernsthaft umbringen? Was haben die denn davon? Nur, weil ich sie beim Dealen erwischt habe? Und es war ja noch nicht einmal dealen gewesen. Es war das Verschwindenlassen eines Tütchens; eines gewaltigen Tütchens. Deswegen bringen die mich doch bestimmt nicht um, deswegen killt man keinen. Zusammenschlagen schon, aber töten? An was denke ich hier eigentlich alles gerade? Der gewinnt an Zeit, mir läuft meine davon und ich denke nur blödes, wirres Zeug zusammen.

In der Zwischenzeit war Friedrichsberg auf seinem Hintern den Parkplatz fast bis ans Ende gerutscht, das Phantom wollte ihn anscheinend in die Ecke drängen, aus der er sich dann erst recht nicht mehr befreien konnte. Und das war ihm auch gelungen, den Respekt musste man ihm zollen, denn Friedrichsberg fühlte im Rücken schon die Bahndammböschung. Was mach ich jetzt, Scheiße noch mal?! Er spürte schon förmlich die Wand in seinem Rücken, obwohl er die noch lange nicht erreicht hatte.

War der Typ hier denn alleine? Und wenn ja, wer war er? Und wenn er zu der Gang gehören sollte, warum schlug er nicht weiter zu? Und wo waren die anderen? Und was kann ich da gerade mit meiner rechten Hand ertasten? Irgendetwas hatte Friedrichsberg nun mit den Fingern ertastet und in die Hand bekommen. Es war länglich, eckig, rostig und bestimmt ziemlich schmutzig. Es fühlte sich an... Ja, es musste eine Art Eisenstange sein. Geschätzte Länge circa einen knappen Meter.

Er hörte auf nach hinten zu rutschen, das Phantom vor ihm hielt auch inne, schien ob des abrupten Stillstandes etwas verwirrt und trat mit einem Fuß auf den auf dem Boden sitzenden Friedrichsberg zu und beugte sich leicht zu ihm hinunter. Was hatte der Typ da vor ihm vor? Friedrichsberg packte die Eisenstange fest in der rechten Hand, hob sie an, und zog sie mit einem ungeheuer schnellen Schwinger dem Phantom in einer Diagonalen einmal quer durchs Gesicht. Das schrie kurz auf, fasste sich mit beiden Händen reflexartig an den Kopf und taumelte nach hinten und schlug der Länge nach auf. Friedrichsberg stand wenige Sekunden später auf den Beinen, lief zu dem Phantom hinüber, das wollte sich gerade wieder kniend vom Boden erheben und so holte Friedrichsberg mannhaft aus und traf es mit der Eisenstange mitten auf dem Rücken, sodass es unter einem dumpfen Stöhnen in sich zusammenbrach und regungslos auf dem Boden liegen blieb.

Friedrichsberg trat ein paar Schritte beiseite, um abzuwarten, was passierte. Es tat sich nichts, der Mann am Boden rührte sich nicht, man konnte kein Geräusch hören, nichts. Was kam in solchen Fällen im Film immer vor? Man ging hin und fühlte den Puls, oder nicht? Würde er sich dadurch in Gefahr begeben? Vielleicht tat der Typ am Boden nur so malad, in Wirklichkeit wartete er nur darauf, dass Friedrichsberg näher kam, damit er ihn wieder angreifen konnte. Aber wenn der hier wirklich was Ernsthaftes hatte, musste ihm doch geholfen werden. Zum ersten Mal hatte Friedrichsberg jemandem etwas angetan, ihn verprügelt. Notwehr, würde es wahrscheinlich heißen. Im Nachhinein. Notwehr. Er hatte um sein Leben gekämpft, so kam es ihm jedenfalls vor. Und wenn vielleicht nicht um sein Leben, so doch zumindest um seine Gesundheit. Und die war ihm genauso viel wert.

Er wollte sich gerade runterbeugen, als mit quietschenden Reifen der rote Wagen auf den Parkplatz geschossen kam und kurz vor Friedrichsberg und dem Typen am Boden zu Stehen kam. Die Türen schwangen auf und vier weitere Vermummte stiegen aus. Diesmal aber leicht bewaffnet mit Baseballschlägern und Messern.

„Gute Nacht, Freunde, es wird Zeit für mich zu gehen…" Diese Melodie ging ihm jetzt durch den Kopf. Wer hatte das noch mal gleich gesungen? Moment, woran denkst du jetzt, du krankes Hirn, es geht um Gesundheit und Leben. Ehre mal außen vor.

Die vier kamen auf ihn zu, fuchtelten mit den Messern vor seiner Nase herum und schwangen die Baseballschläger. Sagen taten sie kein Wort, aber auch so, ohne Drohungen oder Warnungen, war die Situation brenzlig genug, die Gefahr lag förmlich in der Luft. Friedrichsberg schlotterten die Knie, als würde jemand pausenlos mit seinen beiden Händen dran rütteln, sein Herz schlug ihm im Hals. Und er spürte die Stille der Situation. Wie leise es jetzt hier war; er hörte keine Autos, keinen Lärm, die Autobahn nicht, nichts. Er sah nur die vier Angreifer, die sich im Halbkreis um ihn aufgestellt hatten, die immer näher kamen und versuchten, den Kreis um ihn herum zu schließen, und er meinte schon jetzt die kommenden Schmerzen spüren zu können.

Wo ist eigentlich mein Helfer in der Not? Wo, verdammt noch mal, ist Marc?! In diesem Moment kam der ganz Linke auf Friedrichsberg zu, holte mit seinem Baseballschläger aus, aber Friedrichsberg konnte den leichten Angriff mit einer Bewegung der Eisenstange in des Angreifers Richtung abwehren. Nur leider hatte er sich in den paar Sekunden zu sehr auf die linke Seite konzentriert, denn in dem Moment kam der ganz Rechte ein paar Schritte näher, holte mit seinem Messer aus und setzte sprungtechnisch an, so, als wollte er Friedrichsberg eben anspringen. Er öffnete den Mund, intonierte einen Angriffsschrei und ging genau in diesem Moment wie ein eingefallenes Soufflé zu Boden.

Friedrichsberg wie auch die anderen drei schauten überrascht in die Richtung und alle vier sahen auf Marc, der, ebenfalls mit einem Baselballschläger ausgestattet, dem rechten Angreifer kurzerhand eins über den Schädel gezogen und ihn somit zu Boden gebracht hatte. Diese Schrecksekunde nutzte jetzt wieder Friedrichsberg und schlug dem ganz linken von hinten in die Kniekehlen, dass der elegant auf den Boden sinken konnte. Ein weiterer Hieb von hinten ins Kreuz, der schrie lautlos auf, sein Gesicht verzerrte sich vor Schmerz, er brach zusammen, Schach matt. Und jetzt stand es, ganz gerecht, zwei gegen zwei. Marc schmiss seine Keule weg, was Friedrichsberg für etwas riskant hielt, meinte er doch, Kampfwaffen nicht einfach so davon werfen zu müssen wie die altbekannte Flinte ins Korn. Denn aufgeben würden sie noch lange nicht. Die beiden Angreifer sahen in Marc wohl die größere Gefahr, denn sie sahen zunächst einmal von Friedrichsberg ab, und kümmerten sich um Marc. Der war wohl in eine geübte Kampfposition gegangen, hatte sich geduckt und federte im Knie. Rückenentlastend, hätte Friedrichsbergs Arzt Dr. Steubermann wahrscheinlich gesagt. Die linke ausgestreckte Hand zur Abwehr nach vorne, die rechte immer in Angriffsbereitschaft, leicht tänzelnd mit den Beinen.

Die Angreifer hatten sich wortlos darüber verständigt, dass erst das Messer angreifen sollte. Es kam zwei Schritte auf Marc zu, fuchtelte immer über Kreuz mit dem Messer vor ihm herum. Marc tänzelte jetzt etwas mehr, lenkte es mit den Oberkörperbewegungen ab und trat ihm dann mit der vollen Wucht seines rechten Beins in den Bauch, dass dem Messer nichts anderes übrig blieb, als katapultartig nach hinten zu schießen, was es dann auch tat. Und hier konnte sich Friedrichsberg drum kümmern. Knapp vor ihm schlug der Mann mit dem Messer auf, Friedrichsberg trat ihm die Waffe aus der Hand, positionierte sich auf Körpermittehöhe und gab mit der Eisenstange den ein oder anderen ordentlichen Hieb in die Magengegend.

Marc überlegte sich, mit welchen Faustschlägen er den letzten Baseballschläger elegant außer Gefecht setzen konnte, als plötzlich ein Streifenwagen mit Blaulicht auf den Parkplatz gefahren kam und die Szene mit hellem Scheinwerferlicht illuminierte. Sofort hielt alles inne, zwei Polizisten mit gezogenen Waffen stiegen flott aus, hielten sich im Schutze ihrer Türen auf und richteten die Pistolen in die Kampfszenenrichtung. „Keine Bewegung, Polizei!! Alles bleibt stehen! Waffen weg!!"

Friedrichsberg verstand gar nichts mehr. Wo soll das alles noch hinführen? Verhaftung, Abtransport, Untersuchungshaft, Einzelzelle, Gerichtsverfahren? Und das alles am späten Sonntagabend? Jetzt mal bitte alles etwas langsamer. Und es war ja auch nicht so, als wäre Friedrichsberg nicht froh gewesen, dass er die Polizei sehen durfte. Manchmal soll man sich ja auch über solche Erscheinungen freuen können. Ist selten genug. Streich ich mir im Kalender an.

Aber merkwürdig kam ihm das schon alles vor, der letzte noch stehende Baseballschläger kannte diese Situation wohl schon und den anderen schien es eh egal zu sein. Nur Marc schien damit gerechnet zu haben, denn er entspannte sofort und nickte in ihre Richtung. „Gut, dass Sie endlich da sind", rief er zu ihnen herüber, „ich hatte Sie angerufen."

Der Baseballschläger entledigte sich seiner einzigen sichtbaren Waffe und warf sie so ungeschickt von sich, dass er einen am Boden liegenden Kollegen traf, der daraufhin noch einmal kurz aufheulte.

„Kommen Sie mal hier rüber zum Wagen, aber langsam." Der ehemalige Baseballschläger tat, wie ihm geheißen. Gesicht zum Wagen, Hände aufs Dach, Beine auseinander, er wurde von einem Polizisten auf Waffen untersucht, bekam dann ein schmuckes Paar Handschellen und wurde in den Streifenwagen gesetzt. Der andere Polizist hatte sich einen der am Boden Liegenden gegriffen und verfuhr auf ähnliche Weise mit ihm, wie es sein Vorgänger mit dem anderen getan hatte. Und so räumten sie peu à peu den Parkplatz auf.

Friedrichsberg ging auf Marc zu. Ihm zitterten jetzt die Beine noch mehr als gerade, das Herz schlug wie ein durchgedrehter

Duracellhase, ihm war ein wenig übel. Er hätte nicht wenig Lust gehabt, hinter das nächste Auto zu kotzen, allein, die Contenance hinderte ihn.

„Wie hast du das denn gemacht?“

„Was?“ wollte Marc wissen.

„Das mit dem mobilen Einsatzkommando hier?“

„Nun, als Sie mich angerufen haben, habe ich mir gedacht, wer weiß, was da kommt, rufe ich vorsichtshalber mal die Polizei an. Schlägerei mit Waffen auf dem Parkplatz hier. Mehr habe ich nicht gesagt.“ Marc grinste ihn breit an.

„Und wenn ich mich geirrt hätte? Wenn die mich doch nicht angegriffen hätten? Alles bloße Übertreibung?“

„Dann hätten wir die Bullen auf ein Bierchen in die Kneipe da drüben eingeladen.“ Er schlug Friedrichsberg freundschaftlich auf die Schulter. „Jetzt denken Sie mal nicht weiter drüber nach, sondern freuen Sie sich, dass alles so gut gelaufen ist. Für Sie und auch für mich. Für uns eben.“

Friedrichsberg nickte und drückte Marc die Hand. „Die Firma dankt.“

„Kein Problem. Macht 200 €.“

Friedrichsberg schaute Marc aus großen Augen an. Kess fand er diesen Kommentar, er fixierte sein Gegenüber aber weiter, und als er merken musste, dass das durchaus ernst gemeint war, zückte er sein Portemonnaie und zahlte.

Die beiden Polizisten hatten die Gang mittlerweile im Streifenwagen untergebracht, als sie auf die beiden zukamen und wissen wollten, was eigentlich los gewesen war. Friedrichsberg erzählte knapp, was für die Beamten von Interesse hätte sein können. Also nur über die Schulkonfrontation und die gestrige Verfolgung.

„Warum waren Sie denn an dieser Schule?“ wollte der eine wissen.

Friedrichsberg musste kurz nachdenken und gab dann zur Antwort: „Ich wollte meine Enkelin abholen.“

„Und Sie denken, dass die fünf hier mit Drogen handeln?“

„Ja. Ich kann es nicht beschwören, aber ich bin mir fast sicher.

Auf jeden Fall habe ich bei unserer ersten Konfrontation ein weißes Tütchen oder vielmehr Päckchen gesehen. Was kann das schon sein? Ich denke nicht, dass die Jungs hier Mehl meistbietend an den Mann zu bringen versuchen.“

Der Polizist nickte. „Ist das der Wagen von denen?“ Er zeigte mit dem Finger auf das rote Auto. Friedrichsberg nickte. Die beiden Beamten gingen auf das Auto zu, Friedrichsberg und Marc folgten ihnen, die beiden Polizisten setzten sich hinein und unterzogen das Auto einer genaueren Prüfung, allerdings konnten sie im vorderen Bereich nichts finden. Weder unter den Sitzen noch im Handschuhfach noch im Aschenbecher. Sie stiegen hinten ein, tasteten alles ab und fanden in einer Sitzritze ein Beutelchen, das einer von ihnen rausfischte. Es war ein rechteckiges Beutelchen, Inhalt: weißes Pulver. Einer der Polizisten zückte ein kleines Taschenmesser, schlitzte das Beutelchen leicht auf, benetzte seinen Mittelfinger, tauchte kurz in das Pulver und steckte den weißbenetzten Finger dann in seinen Mund. Er nickte.

„Nicht schlecht“, sagte er, stieg mit seinem Kollegen aus, ging zum Streifenwagen, ließ sich den Schlüssel zu dem Wagen geben, schloss ab und murmelte nur: „Darum kümmern wir uns später.“ Er ging rüber zu Friedrichsberg und Marc, schüttelte den beiden die Hände. „Vielen Dank, ich glaube, damit ist uns ein stattlicher Fisch ins Netz gegangen. Und wenn wir die Personalien der Herren aufgenommen haben, wird sich bestimmt in ihren Wohnungen auch noch was finden. Da bin ich mir sicher. Und ich bin mir auch ziemlich sicher, dass wir die so schnell nicht mehr wieder sehen werden. Strafmündig scheinen die alle zu sein.“

Er notierte sich noch die Personalien, stieg in den Streifenwagen und fuhr vom Platz.

Die Alleingelassenen schauten sich an. „So was habe ich noch nie erlebt. Ich hab schon viel erlebt, aber so was… Nee. Diese Bubis haben wohl nur Scheiße im Kopf. Und morgens, mittags, abends auf dem Teller.“

Mittlerweile merkte Friedrichsberg, dass er gar nicht mehr zitterte und dass sich auch sein Herzschlag wieder normalisiert hatte. Er atmete tief ein und schaute in Marcs breit grinsendes Gesicht. „Hör mal, du erwähntest doch die Kneipe gegenüber, oder?"

Marc nickte. „Ja, das tat ich. Warum?"

„Ich habe Hunger. Und einen Mordsbrand. Wie wär's, ich lade dich ein?"

„Na, wenn Sie mich einladen wollen, sage ich nicht nein."

„Also dann, Schlacht gewonnen, die Krieger ziehen sich zurück. Lass uns anstoßen mit Bier und Schnaps. Und bei der ein oder anderen Frikadelle, dem ein oder anderen Solei, da sage ich nicht nein. Das haben wir uns verdient. Und im Übrigen: Wir waren per du."

Sie nickten sich zu und enterten die Kneipe.

KAPITEL 29

Geschlafen hatte er die Nacht nicht gut. Oder besser anders: Zu behaupten, er hätte in der Nacht einen einigermaßen erholsamen Schlaf gehabt, wäre ein Hohn gewesen. Er war nach der Talkrunde im Ersten ins Bett gegangen, so, wie er es jeden Sonntag tat. Seine Frau war um diese Zeit meistens schon eingeschlafen, da sie die Politiksendungen im Fernsehen zwar interessierten, aber gerade diese hier sie so entsetzlich nervte, dass sie sich immer schon gleich nach dem Krimi verabschiedete. Da hatte sie noch eine gute Stunde Zeit zu lesen, bevor er auch ins Bett kam.

Und wie immer, so lag er auch diesen Sonntag Punkt 23:15 Uhr im Bett. Er hatte den Fernseher ausgeschaltet, war ins Bad gegangen und hatte dann noch kurz in sein Arbeitszimmer geschaut und seine neuen Sammlungsstücke bewundert. Mein Gott, wie war das wunderbar. Diese Mischung aus Ekel und Faszination, aber allein das Wissen, dass das hier einmalig war und nur er allein das in seinem Besitz hatte… Das allein ließ sein Herz höher schlagen. Gewiss, Obduktionssäle, Präparationssäle und dergleichen waren mit Sicherheit im Besitz solcher Exponate, aber das hier war einmalig, es waren seine Finger, sie gehörten ihm, und keinem anderen. Sie hatten mal jemand anderem gehört, gewiss. Nun waren es seine.

Und er würde sie keinem anderen zeigen. Allein diese Tatsache ließ ihn in etwas trübere Grundstimmung verfallen, hätte er doch gerne mit diesen Stücken angegeben. Aber wo sie manchmal schon kein Verständnis zeigten für Schmetterlinge, Käfer, Bierdeckel und Zigarettenkippen, so würden sie das hier erst recht nicht nachvollziehen können, sondern sich nur angeekelt abwenden und ihn verurteilen. Zu Recht? Er zuckte mit den Schultern. Er wusste es nicht. Und es war ihm auch egal. Solange er sich daran berauschen konnte, war es in Ordnung.

Er lag im Bett, hatte noch gelesen, seine Augen waren ihm schwer geworden, aber er konnte nicht einschlafen, es war wie verhext. Er starrte an die Decke, der Mond schien von draußen gegen die Wand und hüllte alles in ein fahles Krankenhauslicht. Sollte er Schäfchen zählen? Kindisch, so kam es ihm vor, aber er begann damit. Er konnte sich nicht konzentrieren, wanderte mit seinen Gedanken immer woanders hin, schweifte ab, dachte an seine Fingersammlung. Drei Finger hatte er schon zugeschickt bekommen, sieben musste er noch bekommen. Und wenn er richtig vermutete, wäre Dienstag die Sammlung komplett. Richtig: Samstag einen, Sonntag zwei, Montag drei, Dienstag vier. Und dann wären sie komplett. Mein Gott, der Dienstag, er wartete mit absoluter Angespanntheit auf den Dienstag. Wenn denn morgen endlich die neue Lieferung käme. Drei Finger. Natürlich hatte er jeden Finger einzeln eingelegt in dem Einmachglas. Schön jeden Finger für sich. Zehn Gläser, zehn Finger. Es fuhr ihm vor Erregung heiß durch den Körper, und er merkte, wie er, ob seiner Anspannung, immer unruhiger und nervöser wurde. Diese Nacht war nicht an Schlaf zu denken. Er schaute auf die Uhr, es war kurz nach zwölf.

Er stand auf, ging in die Küche und machte sich eine heiße Milch mit Honig. Er war müde. Das heißt, sein Körper, seine Augen waren müde, fühlten sich müde an, aber sein Geist, sein Innerstes wurde von Minute zu Minute immer unruhiger. Heiße Milch mit Honig hilft, beruhigt, macht müde. Wirst schon sehen. Er erhitzte die Milch in der Mikrowelle und rührte dann den Honig hinein. Er ging rüber ins Wohnzimmer, trat an das große Fenster und schaute hinaus. Hätte ihm in diesem Moment jemand gesagt, dass er sich am Dienstagmorgen hier raus werfen würde, hätte er ihn für verrückt erklärt, konnte er ja nicht ahnen, wie viel Wahrheit da dran war.

Der Mond schien hell und unerbittlich. Vielleicht liegt's ja auch am Vollmond, dass ich so schlecht schlafen kann. Das ich gar nicht schlafen kann. Keine Menschenseele war auf der Straße. Hin und wieder fuhr ein Auto vorbei, deutlich schneller als die im Stadtverkehr vorgeschriebenen 50 Stundenkilometer. Er schüttelte den Kopf. Wie schnell konnte da was passieren. Er musste an den Prozess morgen denken. Es würde der letzte Prozesstag sein. War er vorbereitet genug? Ernickte, wie um sich selber zu zeigen, dass er mit sich zufrieden sein konnte.

Am frühen Nachmittag waren sie vom Spaziergang nach Hause zurückgekehrt, seine Frau hatte sich vor den Fernseher gesetzt, er war in sein Arbeitszimmer gegangen, hatte sich mit dem morgigen Fall auseinandergesetzt. Natürlich nicht ohne noch einen Blick auf seine Fingersammlung zu werfen. Er war vorbereitet. Prozessbeginn war um 10 Uhr, er würde wie immer um 5:30 Uhr aufstehen, wäre im 6:30 in seinem Büro und hätte noch genug Zeit, alles ein letztes Mal durchzugehen. Er schaute auf die Uhr. Es war mittlerweile 1 Uhr. Wenn er denn am nächsten Morgen überhaupt aufwachen würde. Das würde ja voraussetzen, dass er auch irgendwann einschliefe. Und so wie es gerade aussah, hatte er schlechte Karten.

Würde er wohl am nächsten Tag wieder ein Päckchen im Briefkasten haben? Er hoffte es, er hoffte es inständig. Es war eine Schande, dass er so lange bevor der Postbote kam schon aus dem Haus war. Wann kam die Post? Die Post kam bei ihnen gegen 8 Uhr. Heute würde er das Päckchen erst nach einem langen arbeitsreichen Tag in Empfang nehmen können. Aber am Dienstag nicht. Dienstag musste er erst gegen 9 Uhr aus dem Haus. Er brauchte erst gegen 9 Uhr aus dem Haus. Und das würde er auch machen. Das war ihm die Post wert, die Zusendung der letzten vier Finger. Er dachte nach und ging im Kopf seinen morgigen Zeitplan durch. Gegen 17 Uhr erst würde er nach Hause kommen können. Frühestens. Eigentlich hätte er gegen halb sechs noch einen Termin gehabt, den würde er aber auf den nächsten Tag verschieben, er konnte die Entgegennahme des Päckchens kaum erwarten. Und der Dienstag... Der Dienstag erst... Montag drei Finger, Dienstag die letzten vier. Mein Gott, was für ein Ereignis. Dann wäre seine Fingersammlung komplett.

Aber sie würde nicht komplett werden, das war der feine Unterschied zu seinen Überlegungen, die er gerade in diesem Moment anstellte. Am Montag würde er um 17:10 Uhr nach Hause kommen, die Post hatte seine Frau schon mit rauf genommen, ihre Post war geöffnet, seine lag verschlossen daneben auf der Anrichte im Flur. Als er rein kam, sah er das Päckchen, er nahm es vom Stapel, ging in sein Arbeitszimmer, schloss hinter sich die Türe und tastete es ab. Es war dicker, es war mehr drin als an den Tagen zuvor, es musste mehr drin sein. Er öffnete es und in der Tat: drei Finger. Drei Finger lagen fein säuberlich abgetrennt in dem Päckchen. Und in den nächsten anderthalb Stunden verfuhr er mit ihnen so, wie schon mit den anderen drei Fingern zuvor. Das Gefühl, die Spannung, die er beim ersten Blick auf das Päckchen hatte, die Begeisterung, die er empfand, als er die drei Finger vor sich sah, war unbeschreiblich. Er konnte sich darüber nicht mitteilen. Mit wem hätte er auch darüber reden können, für verrückt hätten sie ihn gehalten.

Er dachte an den Dienstag. Er musste zwangsläufig an den Dienstag denken. In freudiger Erwartung; mit grenzenloser Begeisterung. Wer nur schickte ihm das eigentlich zu? Wer machte solche Päckchen fertig? Wer wusste, dass man ihm so etwas zuschicken konnte, dass er Freude bei so etwas empfand? Es war ihm egal, solange er nur am Dienstag vier Finger zugestellt bekommen würde. Aber leider bekam er Dienstag keine vier Finger zugestellt, was er zum jetzigen Zeitpunkt allerdings noch nicht ahnen konnte. Wahrlich, er bekam Dienstag wieder ein Päckchen. Und in diesem Päckchen sollten auch wieder Finger sein.

Aber keine vier, sondern nur drei. Der letzte Finger fehlte, der kleine Finger der rechten Hand.

Er war am Dienstagmorgen, kurz nachdem die Post geklingelt hatte, runter an den Briefkasten geeilt, dann in Zweierschritten wieder zurück in den fünften Stock, in sein Arbeitszimmer gestürmt, hatte das Päckchen geöffnet und reingeschaut. Und es waren nur drei Finger. Drei Finger! Er traute seinen Augen nicht, schaute noch mal in das Päckchen, drei Finger, er schüttete den Inhalt des Päckchens vor sich auf den Tisch: drei Finger! Er riss das Päckchen auseinander; es waren und blieben: drei Finger!

Wo war der letzte? Ihm fehlte der letzte Finger! Der kleine Finger! Der musste doch auch da sein, das konnte doch nicht möglich sein, den konnte man doch nicht einfach so vergessen. Ein Finger, der linke Finger, der letzte Finger!! Ohne ihn, ohne ihn wäre die Sammlung nicht komplett, ohne ihn wäre... Ja, ohne ihn könnte er die Sammlung vergessen. Der letzte kleine Finger! Er riss die Türe seines Arbeitszimmers auf, verließ es stampfend und schritt durch die Wohnung. Dankenswerterweise war seine Frau nicht da, die es beim Anblick ihres Mannes wahrscheinlich mit der Angst zu tun bekommen hätte. Er hatte einen hochroten Kopf bekommen, seine Augen hatten sich geweitet, vergrößert, es schien, als wollten sie ihm aus dem Kopf treten und vor ihm auf den Boden fallen, er schnaubte tief und intensiv Luft ein und aus, wurde dabei immer kurzatmiger, schritt dabei immer schneller und stärker, trat immer fester auf und raufte sich die Haare. Hätte man ihn zum ersten Mal so gesehen, hätte man glatt angenommen, dass es sich hierbei nicht um einen Richter, sondern schlicht um einen Wahnsinnigen handeln würde. Das Herz... Erhöhter Schlag, es trommelte in seinen Ohren und pumpte in rauschender Geschwindigkeit Blut durch die Bahnen.

Immer kurzatmiger, schneller, ein sich immer mehr rot färbender Kopf, hastiger, atemloser, forscher, hektischer, er lief zurück, er rannte fast in sein Arbeitszimmer, schaute schnell auf seinen Schreibtisch, sah das aufgerissene Päckchen, sah den Inhalt, sah nur die drei Finger, schaute noch mal in das Päckchen, unter den Tisch, nein, es waren nur drei Finger, der letzte, der alles komplett machende Finger sollte ihm vorenthalten bleiben, das durfte nicht wahr sein, ein Finger, sollte es an einem Finger liegen, dass alles umsonst war, die ganze Arbeit, seine Fingersammlung mir nichts, dir nichts zunichte gemacht, nur weil ein Finger nicht mitgeliefert worden war? Ein Finger!! Das war Absicht, das musste Absicht sein, die wollen mich fertig machen, die machen sich über mich lustig, wollen mich zum Narren halten, der dämliche Sammler, ein Racheakt, eine Rächung, die wollen mich in den Wahnsinn treiben, fertig machen, ruinieren, aber das schaffen sie nicht, mit mir nicht, nicht mit mir, in den Wahnsinn treiben, dass ich nicht lache, wo kommen wir denn da hin, nicht mit mir, ich bin doch nicht wahnsinnig, ich nicht, ohne mich, soweit kriegt ihr mich nicht, das lasse ich nicht mit mir machen, wahnsinnig werde ich nicht; er nahm die Finger vom Tisch, lachte hysterisch auf, legte sie bei dem Buchstaben F im Regal hin, legte sie einfach irgendwo dazu, nicht sortiert; wahnsinnig bin ich nicht, nein, bin ich nicht, nicht wahnsinnig, alles, aber wahnsinnig nicht, nicht wahnsinnig; Wahnsinnige kannte er, die waren anders, er war nicht so, nein, wahnsinnig war er nicht, nein, wahnsinnig nicht, rannte aus seinem Arbeitszimmer wieder raus, in eiligen Schritten durch die Diele, ins Wohnzimmer, auf das große Fenster zu und stürzte sich mit vollem Körpereinsatz durch das Glas und schlug fünf Stockwerke tiefer klatschend auf den Asphalt.

KAPITEL 30

Er nahm erneut haargenau Maß. Diesmal musste es sitzen, einmal hatte er schon geworfen und es war nichts geworden. Da half auch keine Schönrederei. Maß nehmen! Konzentrieren. Und das fiel ihm heute besonders schwer… Pi mal Daumen… Das müsste hinhauen. Aber selbst das *müsste* war ihm jetzt in dieser Situation zu ungenau. Es muss! Er federte leicht in den Knien, beugte sich ein wenig nach vorne. Halt! Nicht so viel! Der Kopf! Au wei, der Kopf! Mein Gott, der Kopf!! Als hätten siebenhundertachtzig Zwerge nicht Besseres zu tun, als ihm im Schädel zu hocken und mit siebenhundertachtzig Pressluftbohrern seine Schädeldecke von innen zu bearbeiten. Und zu dieser schweißtreibenden Arbeit spielte noch eine neunzigköpfige Bigband deutsche Schlager der 20er Jahre und ein abgehalfteter Sänger sang lautstark grölend dazu. Der Kopf…!! Meine Herren, war ihm schlecht. Dabei hatte er gar nicht so viel getrunken. Nicht so viel getrunken, wie es die Situation eigentlich verlangt hätte. Und danach zu urteilen hätte er das Doppelte trinken müssen und sollen. Es waren nur acht Biere gewesen. Und erst nach dem vierten kam bei jedem noch ein Schnaps dazu. Gut, abgeschlossen hatte er das Gelage mit anderthalb Flaschen Bordeaux. Und das hätte er wahrscheinlich besser sein lassen sollen. Der Kopf… Obwohl es immer heißt: *Wein auf Bier, das rat ich dir.* Hatte er sich dran gehalten. Hatte es was gebracht? Mitnichten.

Nach einigen Stunden tiefen Schlafes war er mit trockenem Mund erwacht. Musste er geschnarcht haben… Gut, dass er niemanden neben sich liegen gehabt hatte. Und schön, dass sich seine Nachbarn nicht beschwert hatten, angeklingelt oder per Besenstiel von unten gegen die Decke geschlagen hatten. In voller Montur war er ins Bett gefallen. Musste er ins Bett gefallen sein, da er es noch war. Angezogen. Und vermutlich ungewaschen, da eben noch angezogen. Er war aufgestanden, hatte seine Klamotten mit Schwung in die Wäsche befördert, war ins Bad gewankt, hatte sich ausgiebig geduscht, danach in seinen flauschigen Bademantel gehüllt, war in die Küche gegangen, hatte Kaffee aufgesetzt, ein Glas genommen, Leitungswasser hineinlaufen lassen, zwei Aspirin reingeworfen, den fertigen Kaffee mit genügend Milch und Zucker angereichert, erst eine Tasse Milchkaffee, dann das Aspirin und danach noch einen Milchkaffee getrunken. Jetzt fühlte er sich wieder halbwegs im Bereich der Lebenden. Wenn auch lebend lädiert.

Gleich würde er Boule spielen mit seinen Freunden. Die frische Luft würde ihm gut tun, hatte er gedacht. Sie tat ihm auch nicht schlecht, gewiss nicht. Aber jedwede körperliche Anstrengung quittierte sein Schädel mit ordentlichem Rabatz. Und das musste nicht sein. Wie war er eigentlich gestern Nacht nach Hause gekommen? Und vor allen Dingen wann? Das letzte Mal hatte er auf dem Klo auf die Uhr geschaut. Das war so gegen 1 Uhr. Danach war er nicht mehr gegangen, danach musste er nicht mehr, danach hatte er nicht mehr auf die Uhr gesehen. Also war er dementsprechend nach eins nach Hause gekommen. So. Er war um halb neun aufgewacht, hatte um eins das letzte Mal auf seine Uhr gesehen und seinem Schädel nach zu urteilen muss er demgemäß gegen 3 Uhr zu Hause gewesen sein. Schätzungsweise. Ungefähr. Rein auf gefühlter Basis. Nachprüfen konnte er das nicht mehr. Gut, er könnte den Wirt fragen. Wollte er aber nicht. Oder Marc. Das wäre eine Möglichkeit. War der überhaupt die ganze Zeit dabei gewesen? Doch, war er. Sie beide hatten sich ordentlich die Kante gegeben.

Später sollte Friedrichsberg in seiner Manteltasche eine Taxiquittung von der Nacht finden. Wusste er also, wie er nach Hause gekommen war. Besäufnis, Besoffenenfahrt hübsch von der Steuer absetzbar. So gehörte es sich.

Und jede Bewegung tat ihm weh. Ein bisschen am Körper, in jedem Knochen, ein bisschen viel im Kopf.

Dieser Schädel…

Er bückte sich, in seinem Kopf kreiste es nur noch, er kippte leicht nach links, gab die Kugel aus der Hand, warf sie grob in die Richtung der am Boden liegenden Holzkugel, verlor das Gleichgewicht und schlug zeitgleich mit seiner Silbernen auf dem Boden auf. Und beide hatten sie die kleine Hölzerne nicht getroffen.

„Was ist los mit dir, Friedrichsberg?“ Straeten beugte sich besorgt zu seinem Freund hinunter, steckte ihm die Hand entgegen und half ihm auf die Beine.

Friedrichsberg rappelte sich auf, stand wieder gerade und schlug sich den Dreck von den Sachen. Er schüttelte den Kopf. „Fettsack brutal vom Boden gefegt. Beim Freizeitsport. Ein Trauerspiel. Glaubende Leute dieser Welt, strömt in die Basiliken am Wegesrand und entflammt Kerzen zu meinem Gedenken. Lahme bringt zum Gehen! Fettsäcke zum Stehen! Ein Ungläubiger dankt." Er schaute an sich runter. Oder an sich längs. „Das bringt heute nichts. Absolut nichts."

„Als hätte es bei dir jemals was gebracht", mischte sich Dahl ein und lachte ihn an. Oder aus. Ansichtssache.

„Was ist denn heute los mit dir?"

Friedrichsberg zuckte mit den Achseln. „Gestern Abend haben ein paar Bubis versucht, mich aufzumischen."

„Wie bitte?!" kam es unisono aus beiden Mündern.

„Aber sie haben das nicht geschafft. Haben kläglich versagt. Na ja, so kläglich nun auch wieder nicht. Aber auf jeden Fall war das gestern Abend eine brenzlige Situation."

„Erzähl!" Straeten hatte alle Kugeln eingesammelt und schaute ihn aus großen Augen an. „Das kann doch nicht dein Ernst sein."

„Und ob", sagte Friedrichsberg. „Und ob."

„Ja, und warum? Ich meine, warum wollten die dich aufmischen? Und womit?"

„Mit Wattebäuschen und Straußenfedern. Herrjeh, mit was mischt man wohl auf, zählt man sich zu den Aufmischern? Mit Pauken und Trompeten. Heißt in diesem speziellen Fall: Mit Messern. Und mit Baseballschägern."

„Und wo?"

„Auf dem Parkplatz neben der Tankstelle. Auf dem Rückweg vom Theater, wenn man hintenrum geht."

„Und wann?"

„Gestern Abend. Habe ich ja gerade gesagt."

Straeten und Dahl starrten ihn an und nickten ihm zu. „Von wem denn?" fand Straeten seine Sprache wieder.

„Das waren die Schüler von diesem Gymnasium, die wir an dem einen Morgen da in diesem Aufenthaltsraum aufgeschreckt haben."

Waren die also doch gefährlicher gewesen, als sie gedacht hatten.

„Aber du… Ich meine, man sieht dir ja nichts an, also… Ich meine, wie hast du dich denn wehren können, also zur Wehr setzen können?" Dahl verstand nicht. Wieso sollte Friedrichsberg verprügelt werden? Drohte das ihm etwa auch?

Friedrichsberg beschwichtigte die beiden. „Das hängt alles irgendwie mit diesem Fall zusammen."

„Mit dem Selbstmord von Werner?"

„Ja, mit dem Selbstmord von Werner. Mit unserem Fall eben. Mit dem Fall, dem sich nach dem Selbstmord Zimmermanns auch noch ein Mord und ein weiterer Selbstmord angeschlossen hat. Und die versuchte Prügelei gestern Abend. Und bei aller Liebe: letztendlich ein Fall, der eigentlich gar keiner ist."

Die beiden schauten ihn an. Er schaute auf die Uhr. Es war mittlerweile 11:44 Uhr.

„Wisst ihr was? Meiner Meinung nach sollten wir das hier an dieser Stelle abbrechen. Wir gehen jetzt ins *Lamm*, essen lecker Mittag, trinken was, reden über die ganze Affäre und schließen den Fall ab, wenn ihr mich fragt."

„Ja, aber ist es denn soweit? Können wir den Fall abschließen?" fragte Dahl.

„Von mir aus gerne. Das alles hat uns doch nur irgendwie Unannehmlichkeiten eingebracht. Und rausgefunden haben wir eh nichts." Straeten verstaute die Kugeln in einer Tasche.

„Nun", hob Friedrichsberg die Stimme und beschwichtigend die Hand. „Rausgefunden haben wir eine Menge. Aber alles Tatsachen, die darauf hindeuten, dass es sich bei beiden Todesarten um Selbstmorde handelte. Und Motive gab es auch genug. Aber lasst uns den Fall bitte bei einem leckeren Mittagessen abschließen. Und zwar da, wo alles begann. Back to the roots, wie der Franzmann gerne zwischen Baguette und Jeanette lallt: Zurück zu Ruth."

Die anderen beiden nickten, sie packten ihre Sachen zusammen und verließen ihren Bouleplatz. Es war noch ein wenig kälter als am Vortag, was die drei aber nicht abgehalten hatte, sich wie immer an gewohntem Ort zu treffen. Jetzt liefen sie rüber zum *Lamm*, der Wind blies ihnen kalt um die Nase und sie redeten die ganze Zeit kein Wort miteinander. Einmal versuchte Dahl kurz auf die Konfrontation am späten Sonntagabend einzugehen, was Friedrichsberg nur mit einem burschikosen „Später" abtat.

Sie betraten die Restauration und wieder einmal wurde Friedrichsberg von der Bilderwand angezogen. Er blieb kurz stehen, wandte sich an seine beiden Begleiter und sagte: „Also so was müsste man haben. Neid kommt da auf. Neid, weil man selber über all die Jahre, Jahrzehnte seine Fotos nicht gesammelt hat. Schade."

Er ließ seinen Blick über die Bilderwand streifen und blieb dieses Mal in der linken unteren Ecke hängen, wo Fotografien von Freunden und Bekannten hingen, was an der Vertrautheit zu erkennen war, die unter den Abgebildeten offensichtlich bestand. Und erstaunlicherweise kamen Friedrichsberg die ein oder anderen Abgebildeten nicht unbekannt vor, obwohl die Bilder ja keine Prominenten zeigten. Aber vielleicht doch den einen oder anderen Freund von Bartolt, der jetzt im Stadtdienst, in der Politik, in der Kultur tätig war. In der zweiten Reihe eventuell und darum nicht sofort assoziierbar mit irgendeinem bekannten Namen. Es waren ja auch größtenteils alte Bilder, Jugendfotos, auf denen Friedrichsberg selbst Mühe hatte, Bartolt zu erkennen.

„Schön, schön", murmelte er. Georg Bartolt kam auf sie zu. „Wenn Sie da sind, weiß ich, die Woche ist rum." Er lächelte freundlich und breitete die Arme aus.

„Wir waren zwischenzeitlich aber schon mal da", korrigierte Dahl.

Bartolt nickte. „Das ist korrekt. Und dadurch haben Sie mich auch kurz erschreckt. Da kam mir die Woche nämlich viel kürzer vor als sonst. War ja auch erst Freitag. Ihr Stammplatz?"

„Unser Stammplatz", nickte Straeten.

Friedrichsberg kam nach. „Mahlzeit, Herr Bartolt. Ich habe Sie auf einigen Bildern erst auf den zweiten Blick erkannt."

„Na, da kann man ja nur von Glück reden, dass ich mich verändert habe, oder?"

„Das kann man nie so genau sagen." Beide lachten. Friedrichsberg und die anderen beiden legten die Mäntel ab und nahmen Platz. „Und? Was steht heute auf der Tageskarte?"

Bartolt stand neben ihnen, wippte auf den Zehen auf und ab, verschränkte die Hände auf dem Bauch und spitzte genüsslich die Lippen. „Also, ich würde vorschlagen eine klare Gemüsebrühe vorneweg, dann hätte ich einen Tafelspitz mit Meerrettichsoße, Königinkartoffeln, Erbsen und Möhren und eine *Creme Caramel* als Nachtisch. Einverstanden, meine Herren?"

Die drei schauten sich begeistert mit offenen Mündern an. „Das nehmen wir."

„Ich würde Ihnen dazu gerne einen Weißen servieren. Geheimtipp. Wollen Sie sich überraschen lassen?"

„Gerne. Von Ihnen lassen wir uns am liebsten überraschen."

„Schaffen wir das denn alles? Ich meine zeitlich? Ich habe ja noch meine Schüler." Dahl rutschte sichtlich nervös auf dem Stuhl hin und her und schaute auf seine Uhr.

„Das schaffen wir spielend. Wir schaffen das schließlich jede Woche", bemerkte Bartolt und ging Richtung Küche. Er nickte der jungen Frau hinter dem Tresen zu, die sogleich drei Gläser Wein einschenkte.

„Wein... Also das passt mir eigentlich gar nicht. Ich muss ja noch arbeiten." Dahl sah gequält aus der Wäsche.

„Jetzt stell dich mal nicht so an. Schließlich bist du Musiker. Und welcher Musiker spielt schon nüchtern?" blaffte Friedrichsberg.

„Aber die Fahne..."

„Häng sie auf Halbmast."

Friedrichsberg war noch etwas beeindruckt vom gestrigen Abend und sie alle wussten, dass jetzt und nun der Fall, der hier vor einer Woche seinen Anfang genommen hatte, zu einem Ende kommen würde.

Von der jungen Frau wurde der Wein serviert. Sie hielten ihre Gläser hoch, begutachteten die Färbung des Weines im Licht, das durch die Fenster schien, ließen ihn etwas im Glase kreisen und prosteten sich zu. „Auf einen Fall, meine Freunde, der keiner war, uns aber Nerven und Energie gekostet hat", sagte Friedrichsberg.

„Der uns aber auch eine interessante, abwechslungsreiche und kurzweilige Woche beschert hat", fügte Straeten an.

„Macht nicht so lange, ich muss noch in die Schule", sagte

Dahl. Die anderen beiden verdrehten die Augen. Man trank und stellte geräuscharm die Gläser wieder ab.

„Also, was war da los gestern Abend?“ wollte Straeten das Gespräch, den Abschluss des Falles, eröffnen.

Friedrichsberg schüttelte den Kopf. „Eins nach dem anderen, mein Freund. Diese Konfrontation fand, wie du richtig erwähntest, gestern statt. Und nicht heute. Und sie stand nicht am Anfang unserer Nachforschungen. Lass uns der Reihe nach vorgehen, alles peu à peu abarbeiten und dann sehen wir schon, was vor uns liegt, was wir herausgefunden haben und was als letztendliches Ergebnis feststeht.“ Friedrichsberg sah sich ein bisschen in der Rolle des so genannten *Moderators*, da er über all das, was sie herausgefunden hatten, Bescheid wusste und die mehr oder weniger losen Fäden in der Hand hielt. Er räusperte sich. „Lasst es uns so kurz fassen wie möglich, damit wir diese unangenehme Geschichte für uns so schnell es eben geht aus der Welt geschafft haben. Fangen wir mit dem Ist-Stand an: Wir haben mit dem Selbstmord eines guten Freundes angefangen, stehen jetzt da mit summa summarum drei Leichen, also zwei Selbstmorden und einem richtigen Mord; wir dachten, es hinge irgendwie alles zusammen, aber da haben wir uns wohl getäuscht, so ehrlich muss man sein.“ Er nippte am Wein.

„Aber seltsam war das alles schon, oder?“ fragte Dahl dazwischen.

„Seltsam? Was heißt seltsam? Beziehungsweise: Was ist nicht alles seltsam auf dieser schönen Welt? Natürlich war das alles seltsam. So seltsam, wie Selbstmorde für drei Außenstehende eben sein können. Aber es waren eben Selbstmorde. Beide Male. Bei den Ermittlungen haben wir zwar rausstellen können, dass beide ein gutes Motiv hatten für diese Selbsttötung, anderen aber auch über die Jahre eine faire und gute Chance gegeben hatten, sie aus dem Wege räumen zu wollen. Letztendlich haben sie aber selbst Hand an sich gelegt, da kommen die Tatsachen und auch wir nicht drum herum. So sieht es aus. Aber wir tanzen schon wieder aus der Reihe. Lasst mich jetzt bitte mal erzählen, sonst verliere ich den Faden und komme ins Trudeln.“

Georg Bartolt trat an ihren Tisch. „Alles in Ordnung bei Ihnen, meine Herren?"

„Selbstverständlich", ergriff Straeten das Wort. „Wie lief das Wochenendgeschäft?"

„Zufriedenstellend", Bartolt nickte genüsslich, „äußerst zufriedenstellend. Der Samstagabend und der Sonntagmittag waren beide rappelvoll. Ein gutes Geschäft, ich kann und darf mich nicht beschweren."

„Und wenn die Woche gleich mit einem Tafelspitz beginnt, kann ja eigentlich auch nichts mehr schief gehen, oder?"

„Richtig, eigentlich nicht. Ich war am Samstag einkaufen, sah diesen Prachtbraten da liegen und dachte mir: Du wärst ein Trottel, wenn du den nicht kaufen, einlegen und deinen Stammgästen zubereiten würdest." Die Türe schwang auf und ein Pärchen trat ein. „Sehen Sie, auch die Bewerbung dieses Mahls auf der Tafel draußen vor dem Restaurant treibt Blüten. Schönen guten Tag, nehmen Sie doch bitte Platz." Er ging auf die Neuankömmlinge zu, half ihnen aus den Jacken und wies ihnen einen Platz zu.

Es kehrte kurz Ruhe ein am Tisch. Dahl schaute gebannt auf die beiden Neuen, Straeten klopfte mit seiner Linken einen Rhythmus auf den Tisch. „Also, Friedrichsberg, der Fall. Und schön der Reihe nach, wir unterbrechen auch nicht."

Friedrichsberg nahm einen großen Schluck Wein, wie um sich die Kehle zu ölen, seine Stimme in Schwung zu bringen, atmete geräuschvoll ein und begann: „Letzten Montag erzählst du, Dahl, uns, dass sich dein Mitmusiker Werner Zimmermann in seiner Badewanne erschossen hat. Das ist dir Spanisch vorgekommen, weil du Werner nur als sympathischen, angenehmen Zeitgenossen in Erinnerung hattest, mit dem man gut auskommen konnte und der sich nicht so einfach (oder kompliziert) umbringt. Und wir drei hier dachten uns, dass es doch nur recht und billig sei, wenn wir als so genanntes kriminalistisches Dreigestirn der Sache mal auf den Zahn fühlen würden. Auch gut. Und das haben wir den Rest der Woche auch getan und haben eigentlich erstmal nur das herausgefunden, was wir schon wussten: Zimmermann ist nett, tut keiner Fliege was zuleide und ist Lehrer. Aber jetzt kommt es: Nur leichtes Stochern im Schulmüll hat an den Tag gelegt, dass Zimmermann wohl doch nicht der Gentleman ist, als den ihn alle gesehen hatten, sondern ein Mensch, der es sich zur Aufgabe gemacht hat, den Frauen hinterher zu steigen. Das ist nicht fein, davon schien seine Frau nichts geahnt, letztendlich nichts gewusst zu haben. Das erzählte uns die junge Lehrerin Silke Perkowski, der Zimmermann eindeutige Avancen gemacht zu haben schien. Diese Frau Perkowski berichtete uns von einem Privatdetektiv mit Namen Rolf Berger, der sie angesprochen hatte und um ein Gespräch bat, das sie allerdings von sich wies, also auf das sie nicht eingehen mochte. Jetzt hatten wir drei Hinweise: Einmal Frauen, auf der anderen Seite Rolf Berger, Privatdetektiv und dann auch noch die Tatsache, dass da ein paar Schüler sein sollten, mit denen Zimmermann angeblich in Drogengeschäfte verwickelt gewesen sein soll. Mit Hilfe eines deiner Schüler, mein lieber Dahl, diesem außerordentlichen Marc mit c, bin ich in die Wohnung von diesem Berger… Na, sagen wir mal… Also ich habe mir Zutritt verschafft, nachdem ich wiederholt keine Rückantwort auf meine Telefonate bekommen hatte und er auch sonst nicht erreichbar war. Ich bin also in diese entsetzlich chaotische Wohnung und was habe ich herausgefunden? Dass dieser Berger zig Leute beobachtet und bespitzelt hat, chronisch pleite war und mit absoluter Sicherheit den ein oder anderen mit eindeutig zweideutigen Fotos und Beweisen erpresst hatte. Aber das interessierte mich nicht weiter. Mich interessierten ein Notizbuch und die Fotos, die Zimmermann mit einer, wie sich herausstellte, gewissen Elke Rondoff zeigte. Was ich nicht wusste, war, dass Rolf Berger in der Zwischenzeit getötet worden war. Auf ziemlich abscheuliche Art und Weise: mit einer Axt. Mich rief da ein Hauptkommissar Heidenreich an und bat am Freitag um ein Gespräch. Der kam auf mich, weil ich diesem Berger auf den Anrufbeantworter gequatscht hatte. Wie dem auch sei; Berger war jetzt auch tot. Nun hatten wir schon die zweite Leiche, die uns aber nicht zu interessieren brauchte. Uns ging es ja um den Selbstmord von Zimmermann. Und wer diesen schmierigen Privatdetektiv umgebracht hat, das ist nun wirklich zu müßig nachzuvollziehen. Da gibt es beim besten Willen zu viele Motive, zu viele Verdächtige. Da soll sich mal die Polizei drum kümmern. Und es geht uns ja auch nichts an. Das war Freitag. Und Freitag bekamen wir dann auch noch zu hören, dass sich Carl F. Burkunther erhängt hat. Und zwar…"

In diesem Moment wurde die Türe zur Küche aufgeschlagen und Bartolt kam heraus mit drei Tellern Suppe in den Händen. „Meine Herren, der erste Gang: die Suppe." Er stellte ab.

„Vielen Dank. Das sieht aber sehr appetitlich aus." Straeten rieb sich die Hände.

„Nun, es ist eine Suppe. Gut schmecken tut sie und appetitanregend ist sie erst recht. Wohl bekomm's."

Bartolt drehte sich schon um und wollte in Richtung Küche gehen, als Friedrichsberg noch mal hören ließ: „Ich hätte gerne noch einen Wein, bitte. Und ihr?" Kopfschütteln. „Es bleibt also bei einem Wein." Er lächelte etwas gequält, wie um Entschuldigung bittend.

Der Duft der Suppe stieg ihnen in die Nase.

„Ich habe aber auch einen Hunger, Leute." Dahl beugte sich über seinen Teller.

„Guten Appetit dann", sagte Friedrichsberg, nahm seinen Löffel, füllte ihn und führte ihn zum Mund. Heiß lief es ihm hinunter, er setzte sich aufrecht hin, um den körperinternen Flüssigkeitsabsturz zu beschleunigen. „Das tut gut." Er sah sich um und bemerkte zu seiner Verblüffung, dass das Restaurant bis auf wenige Plätze gut gefüllt war, was er im Eifer des Erzählgefechts nicht mitbekommen hatte. „Und da beschwert er sich über seinen angeblich schlecht gehenden Montag. Da muss ich aber lachen." Tat es aber nicht.

Die junge Frau kam mit einem neuen Glas Wein, Friedrichsberg leerte sein altes.

„So. Und wie weiter?" fragte Straeten. „Spann uns doch nicht so auf die Folter, wir wollen deinen Schlussfolgerungen lauschen."

Friedrichsberg führte inzwischen den vierten Löffel zum Mund und nickte. „Eins nach dem anderen. Gebt mir noch fünf Löffel, dann bin ich fertig und kann fortfahren."

Allerdings erst sechseinhalb Löffel später tupfte er sich mit der Serviette den Mund ab, faltete sie wieder zusammen, legte sie ordentlich neben den Teller und fuhr fort. „Also ich war vor der Suppe bei Burkunther stehen geblieben, wenn ich mich recht erinnere. Freitag kam also die Nachricht, dass Burkunther auch tot sei. Auch Selbstmord. Der zweite innerhalb weniger Tage, ein Mann, mit dem wir montags im selben Restaurant gesessen hatten, den wir nicht wirklich kannten und der auch nichts mit Zimmermann zu tun hat. Aber seltsam kam mir das doch vor. Da beschäftigt man sich mit einem Selbstmord, schon kommt der nächste mit dazu und im selben Augenblick auch noch ein handfester Mord. Kann geplant sein, kann Zufall sein, stimmt aber in einer kleinen Stadt wie dieser merkwürdig. Aber erstmal weiter im Text: Ich bin dann am Samstag zu Elke Rondoff gefahren, bin da auch auf ihre attraktive Schwester getroffen. Zimmermann hatte nicht nur mit ihr geflirtet, eine Affäre, nein, er führte seit sechs Jahren ein Doppelleben, hatte ein Kind mit ihr und lebte halb mit ihr zusammen. Die andere Hälfte gehörte eben seiner Frau. Und wer weiß, was da sonst noch so für Affären und Seitensprünge dabei waren. Nach genauerer Überprüfung hat sich herausgestellt, dass seine Frau, also die wirkliche Frau, also Witwe Zimmermann, doch etwas davon wusste. Nichts von seinem Doppelleben, aber so doch von seinen Seitensprüngen, hatte sie doch diesen Berger auf ihren Mann angesetzt. Der hatte ihr aber gesagt, dass da nichts sei, und dafür im Gegenzug - mit den zusammen gesammelten Fakten und Unterlagen - ihren Mann erpresst. Er hatte sich sein Schweigen was kosten lassen. Und das kostete ihn wahrscheinlich das Leben."

„Hat's gemundet?" wollte die junge Frau wissen. Man bejahte, lehnte sich zurück und ließ sie abräumen.

„Berger war also tot. Aber Zimmermann kann ihn nicht umgebracht haben, der war schon vorher tot. Wer hat jetzt Berger umgebracht? Wie gesagt: Viel zu viele Motive, Möglichkeiten, Verdächtige. Das auseinander zu klamüsern wäre eine reine Sisyphusarbeit. Berger ist tot und dabei sollten wir es belassen. Ein reiner Zufall, dass es ihn in der Zeit erwischt hat, in der wir uns mit Zimmermanns Selbstmord auseinander gesetzt und beschäftigt haben, wenn ihr mich fragt. Um die Zimmermann-Angelegenheit zu einem Ende zu bringen: Auf dem Weg zu diesen Rondoff-Schwestern passierte mir allerdings Folgendes: Ich wurde verfolgt. Diese Verfolgung nahm ihr Ende am gestrigen Sonntagabend. Ich hatte eine Karte fürs Stadttheater. Offenbach. Und da verfolgte mich wieder dieser rote Wagen vom Samstag. An einer Ampel stellte ich die Besatzung, ich riss die Türe auf und was musste ich feststellen? Es waren die Bubis vom Gymnasium. Es war die Schülergang, mit der wir in der Penne schon konfrontiert worden waren. Die lauerten mir auch nach der Vorstellung noch auf. Mir war das nicht geheuer, ich rief nach der Vorstellung Marc an, bat ihn um Hilfe. Und was soll ich sagen: Auf dem Nachhauseweg wurde ich mit der Gang so richtig konfrontiert, auf der rein physischen Ebene, die wollten mich fertig machen. Gott sei Dank kam genau in dem Moment, als es brenzlig wurde Marc um die Ecke und half mir. Der beherrscht irgendwelche sagenumwobenen Kampfkünste. Und zu meiner Überraschung kam dann auch noch die Polizei. Und die nahm die ganze Bagage fest und fand im Wagen auf dem Rücksitz irgendwelche Drogen, ich kenn mich da ja nicht so aus. Mir reichen als Droge schon mein Pils und eine Zigarre. Happy End, das in der nächsten Kneipe seinen harmonischen Schlussakkord fand. Vom Orchesterkater heute Morgen soll an dieser Stelle nicht die Rede sein.

Letztendlich waren im Leben Werner Zimmermanns also etliche Motive zu finden: Doppelleben, Affären, Liebeleien, vielleicht auch Jobprobleme in der Schule, ich habe keine Ahnung, so weit wollte ich jetzt die Nachforschungen auch nicht treiben, und irgendwas, was auch immer, schien er mit dieser Jugendgang zu tun gehabt zu haben. Das meinte jedenfalls Pferdeschwanz Perkowski. Ich rufe vielleicht noch mal diesen Heidenreich an, der kann mir eventuell genauere Auskünfte erteilen, was die Ermittlungen in der Drogengeschichte betrifft.

Was ich abschließend zur Angelegenheit Zimmermann sagen möchte, ist Folgendes: Es gab genug Motiv für andere Leute, ihn aus dem Leben zu katapultieren. Aber auch er selber hatte es dadurch nicht einfach und einige gute Gründe, aus dem Leben zu treten. Ich meine natürlich nur, wenn man es kann, wenn man so verzweifelt ist, wenn es einem so dreckig geht, so viel über einem einstürzt, dass man nur die Möglichkeit sieht, seinem Leben ein Ende zu bereiten. Tragisch aber wahr. Und so kurz wie knapp können wir es auch bei Burkunther belassen, bei dem wir auch nicht in dieser Intensität nachgeforscht haben, ging er uns im Endeffekt ja auch eigentlich gar nichts an. Burkunther war geschieden, hatte seine Frau verlassen, weil die sich einen Liebhaber gehalten hatte. Was ihn, also Burkunther, wahrscheinlich am meisten an dieser Tatsache gestört hatte, war wohl, dass sie es mit seinem Geld tat. Also die Haltung eines anderen Mannes. Und das hat ihn gestört und dazu veranlasst, sich scheiden zu lassen. Ich will gar nicht wissen, wie viele Geliebte er in der Zeit seiner Ehe hatte. Und erst recht nicht, wie viele danach. Jede Frau, die als Mitarbeiterin in seine Zeitung wollte, musste mit ihm schlafen. Gefiel sie ihm nicht mehr, wurde sie fallengelassen. Ob diese Frauen jetzt Jessika Jurrangen hießen oder heißen oder nicht, spielt keine Rolle. Es geht hier ums Prinzip. Und das saß. Mobbing war also an der Tagesordnung. Und auch da wird ein Christian Meier kein Einzelfall gewesen sein. So traurig das auch sein mag. Sowohl bei den weiblichen wie auch bei den männlichen Mitarbeitern. Ihm passte nichts, ihm gefiel nichts, er war sowieso der Beste von allen und unübertroffen."

Er nahm einen großen Schluck Wein. „Das heißt: Im beruflichen Umfeld genügend Motive für einen Mord. Gar nicht wissen will ich außerdem, was sich alles auf dem kulinarischen Restaurantsektor tat. Was man tun musste, um von ihm gegessen zu werden, sozusagen. Um in seinem Heft zu stehen, in seinem *Genießer* Erwähnung zu finden. Gar nicht auszudenken, was passieren musste, um eine hervorragende Beschreibung zu bekommen, was ein volles Haus auf Jahre garantiert hätte. Da macht man sich auch schnell den ein oder anderen Feind. Über den einen schreibt er gut, aber nur, weil er von ihm dafür was bekommen hat, lebenslanges Essrecht, monatliche Apanage, was weiß ich. Hier floss vermutlich viel Geld für wenig Text. Aber für aussagekräftigen Text. Für absolut gewinnbringenden Text."

Friedrichsberg lehnte sich zurück, streckte seinen Bauch nach vorne und verschränkte die Arme hinter dem Kopf, wie um seinen letzten Worten noch mehr Ausdruck zu verleihen, mehr Nachdruck und die Position dessen herauszustellen, der sich sagt: Ich habe gleich alles gesagt, alles getan, nach mir die Sintflut. So ähnlich jedenfalls.

„Abschließend: Ein toter Privatdetektiv, Rolf Berger, der ermordet worden ist. Keine Ahnung von wem, aber Mord war es. Einwandfrei. Und es interessiert uns auch nicht, das heißt: es hat uns nicht zu interessieren, weil es uns nichts angeht, weil wir uns nicht mit diesem uns fremden Privatdetektiv beschäftigen müssen. Unerheblich. Kann sich die Polizei drum kümmern. Und Zimmermann und Burkunther haben sich selbst getötet. Da besteht auch kein Zweifel. Motive für eventuelle Morde gab es genug, gute Gründe für einen Selbstmord allerdings auch. Für mich ist die Sache somit abgeschlossen und erledigt. In meinen Augen sollten wir die Kiste schließen unter dem Motto: Klappe zu, Affe tot. Die Toten soll man schließlich ruhen lassen. In Frieden. Ob sie es verdient haben, steht auf einem anderen Blatt. Wir, Mohre die wir sind, haben unsere Schuldigkeit getan, wir können gehen. Und zwar einen trinken. Prost." Er hob sein Glas uns goss sich den letzten winzigen Rest in seine Kehle. „Noch Fragen?"

„Wann kommt denn der Hauptgang, ich habe doch noch Unterricht?" Dahl nestelte nervös an seiner Krawatte.

„Mensch, du hast vielleicht Sorgen." Straeten schüttelte den Kopf. „Ob ich Fragen habe? Ich weiß nicht. Ich bin im Prinzip genau so schlau wie vorher. Wissen tu ich nichts. Also nicht wirklich was. Zimmermann hat sich umgebracht, ein bisschen haben wir was rausgefunden, aber Ergebnisse haben wir nicht. Oder sehe ich das falsch?"

„Ich weiß nicht." Friedrichsberg schürzte die Lippen. „Ich weiß nicht, wie du das siehst. An seinem Tod ändern können wir eh nichts. Und wenn wir weiter ermitteln würden, käme vielleicht noch die ein oder andere Liebesgeschichte dazu, das ein oder andere gebrochene Damenherz, was weiß denn ich. Oder vielleicht, dass er doch eine Krankheit hatte, von der wir alle nichts wussten, eine Tatsache, die er für sich behielt, von der nur sein Arzt was weiß. Und da stoßen wir auf die Schweigepflicht und kommen auch nicht weiter. Und in die Arztpraxis würde ich nur höchst ungern einbrechen, was nachvollziehbar scheint."

„Du meinst also, dass es, egal wie lange wir noch rumstochern, egal, was wir noch herausfinden würden, beim Selbstmord bleibt. Und dran ändern können wir nichts."

„Exakt so ist es. Aber, und das ist für mich persönlich ein sehr wichtiger Aspekt: Wir sehen den Menschen Zimmermann in klarem Licht. Nochmals aber, korrekt, ändern können wir nichts. Und dasselbe Spiel haben wir bei Burkunther. Wir können wahrscheinlich noch Wochen, Monate damit verbringen, irgendwas ans Tageslicht zu befördern. Was uns wahrscheinlich auch gelänge. Aber der Sinn der Unternehmung wäre äußerst fraglich."

Da musste Straeten ihm Recht geben.

„Im Prinzip haben wir ja auch erreicht, was wir erreichen wollten: Licht in den für uns nicht nachvollziehbaren Selbstmord zu bringen. Und mit dem, was wir in der letzten Woche unternommen haben, ist es für uns nachvollziehbar genug geworden."

Friedrichsberg hob die Hände und ließ sie bestätigend und die gerade getätigte Aussage unterstreichend auf die Tischplatte fallen.

In dem Moment schwang die Tür zur Küche wieder auf und Bartolt kam heraus. „Der Tafelspitz, meine Herren."

„Ui, das sieht aus", schwärmte Dahl.

„Guten Appetit", wünschte der Küchenchef und zu Dahl: „Und passen Sie gut auf Ihre Krawatte auf." Sie mussten lachen. Außer Dahl.

„Das ist ein Geschenk meiner Frau", empörte er sich.

„Da hatte die aber einen verdammt schlechten Tag, als sie die ausgesucht hat", kommentierte Friedrichsberg. In den nächsten zwanzig Minuten aßen die drei mehr oder weniger schweigend, allein ein paar positive Bemerkungen zum Essen wurden ausgetauscht.

Dann putzte man sich die Mundwinkel ab, orderte eine neue Runde und erhob die Gläser.

„Auf einen Fall, der keiner war“, sagte Straeten.

„Auf eure Mithilfe, dass wir etwas Klarheit in diese Angelegenheit gebracht haben“, sagte Dahl.

„Auf das kriminalistische Dreigestirn, das vor einer Woche hier seinen Anfang fand und jetzt und hier sein Ende finden wird.“ Sie tranken.

„Eigentlich irgendwie schade; hatte gerade so viel Spaß gemacht.“ Straeten schien einen missmutigen Ausdruck um den Mund zu tragen.

„Spaß ist anders. Spaß ist auf jeden Fall nicht, sonntags abends um sein Leben fürchten zu müssen.“

„Ja, aber so schlimm war es doch wohl nicht gewesen, oder?“

Friedrichsberg kniff die Augen zusammen. „So schlimm und besorgniserregend war es in der Tat nicht. Aber der Arsch ging mir schon gehörig auf Grundeis, das kann ich euch sagen.“

Die junge Frau kam an ihren Tisch und räumte die Teller ab. „Hat es Ihnen geschmeckt?“

„Und wie. Lob an die Küche. Wie immer.“ Friedrichsberg setzte sein schönstes Lächeln auf und schickte es zu ihr nach oben. „Ach, da fällt mir ein: Könnte der Chef vielleicht für ein bis zwei Minütchen rauskommen und sich zu uns setzen?“ Sie sah ihn etwas gequält an, was ob der Fülle des Restaurants auch durchaus nachzuvollziehen war. „Ich habe nur eine klitzekleine Frage. Mehr nicht.“

„Ich sehe mal, was sich machen lässt.“ Sie ging ab und durch die Schwingtüre in die Küche.

„Was willst du denn von Bartolt?“ wollte Straeten wissen.

„Jetzt halte ihn doch nicht unnötig auf, der hat doch schon genug zu tun. Das wird doch alles viel zu eng. Und ich hab gleich diese blöde Geige wieder. Das wird mir alles viel zu eng.“

„Jetzt beruhige dich mal, Dahl. Und selbst wenn es zu eng wird, steh einfach auf. Deinen Nachtisch kriege ich auch schon alleine gegessen.“ Friedrichsberg grinste breit. „Ich will einfach nur noch abschließend wissen, warum Burkunther letzte Woche hier essen war. Interessiert mich. Und fragen kostet nichts." Das leuchtete ein.

Wenige Minuten später kam Bartolt mit den Desserttellern aus der Küche, stellte sie vor den dreien an den Tisch. „Und? Ich habe gehört, ich kann noch etwas für Sie tun?" Er beugte sich ein wenig zu ihnen hinunter, um nicht so hervorzustechen.

„In der Tat, das können Sie", begann Friedrichsberg mit gesenkter Stimme. Es musste ja nicht jeder hier im Raum mitbekommen, was sie zu bereden hatten. Gerade wenn mehr oder weniger wichtige Leute irgendwo auftauchen, bekommen die im Umkreis sitzenden riesige Ohren. Abhörtechnik bei der Stasi damals nichts dagegen. Die saugen alles auf, aber auch jede noch so unwichtige Kleinigkeit. „Also, es geht noch mal um diesen Burkunther. Was wollte der eigentlich letzte Woche bei Ihnen?"

Bartolt zog ein wenig die Augenbrauen zusammen. „Aber haben wir da nicht schon letztens drüber gesprochen? Der hat hier gegessen. Das haben Sie aber doch gesehen."

„Richtig, richtig. Aber tat der das nur so, war der angemeldet oder wie war das?"

„Der kam unangemeldet. Wollte mich überraschen, sagte er. Und dann saß er da. Hatte ich gar nicht mit gerechnet, mit einem so hohen Besuch. Jeder Gast ist uns König genug, aber dieser Burkunther hat natürlich in der Szene einen Ruf, den man nicht unterschätzen sollte und darf."

„Hat es ihm denn geschmeckt? Wollte er über Sie schreiben?"

Bartolt lächelte. „Was für eine Frage, Herr Friedrichsberg. Natürlich hat es ihm geschmeckt. Es hat ihm sogar ausgezeichnet gut geschmeckt. Er ist am Schluss noch einmal auf mich zugekommen und hat mir sein Lob ausgesprochen. Und nicht nur das: Er wollte auch in der nächsten Ausgabe seines *Genießers* eine wahre Lobeshymne auf mein *Lamm* anstimmen. Was mich natürlich besonders stolz macht. Irgendwie sagte er noch, er müsse sich beeilen mit dem Artikel, denn Mitte der Woche sei schon Konferenz, Drucklegung oder wie das da bei denen heißt. Dienstag war noch ein Fotograf hier, der schoss ein paar Bilder. Ja und jetzt die Tage müsste es eigentlich erscheinen."

Friedrichsberg nickte anerkennend. „Das würde für Sie den großen Durchbruch bedeuten, oder?"

„Ja, das würde es. Es wäre zumindest ein gehöriger Sprung nach vorne, ein großer Schritt nach oben auf der Erfolgsleiter."

„Ja, ja, das denke ich mir. Mensch, da freue ich mich aber für Sie. Ich wünsche Ihnen weiterhin alles Gute."

„Da schließen wir uns an", sagte Straeten und zeigte auf sich und Dahl.

„Vielen Dank. Aber halten Sie mir auch bitte in Zukunft die Treue."

„Das werden wir gerne tun."

„Eine Sache ist da noch", grübelte Friedrichsberg rum. Man sah ihm an, dass ihm die Formulierung der Frage ein paar Schwierigkeiten bereitete. „Verstehen Sie mich bitte nicht falsch, aber eine Frage habe ich da doch noch. Mit Verlaub, aber hat Burkunther für diesen Artikel, für diese Lobeshymne, wie Sie sagten, irgendetwas verlangt? Ich meine, die Frage ist ein wenig indiskret, aber das würde mich doch brennend interessieren?"

Bartolt musste kurz auflachen, sodass sich der ein oder andere Gast automatisch zu ihm umdrehte. „Verlangt? Der Burkunther? Nein, wirklich nicht. Beim besten Willen, aber verlangt hat er nichts. Sie meinen so nach dem Motto: Du zahlst mir Summe x und dafür schreibe ich was Gutes? Nein, aber da muss ich Sie enttäuschen. Unter uns: Ich hätte ihm auch nichts gezahlt. Es kann einem zwar nichts Besseres passieren, als in seinem Magazin Erwähnung zu finden, aber das ist es mir nicht wert, dafür erpresst zu werden. Oder viel Geld freiwillig zu zahlen." Er schüttelte vehement den Kopf.

„Danke, Herr Bartolt, für Ihre offene und ehrliche Antwort. Sie haben mir sehr geholfen. Und nochmals: Nichts für ungut."

„Kein Problem. Aber jetzt muss ich mal wieder zurück in die Küche." Er nickte den dreien leicht zu, drehte sich um und verschwand durch die Schwingtüre.

„Der Nachtisch ist eine Wucht." Dahl hatte schon begonnen.

„Ja, ja, du und deine Zeitsorgen. Friss mal schön. Und denk immer an die Zeit, die rennt dir nämlich sonst davon."

Dahl zog die Nase kraus. Aus reinem Trotz und Mangel an Worten.

„Also seht ihr, die von uns angenommene Masche, das vermutete Verfahren, die Erpressung von Köchen, nur damit er gut über sie schreibt, war vollkommen aus der Luft gegriffen. Und traf hier nicht zu."

„Das stimmt. Aber vielleicht in zehn oder zwanzig anderen Fällen", gab Straeten zu überlegen.

„Das kann natürlich durchaus sein." Sie löffelten wortlos ihr Dessert. Dann spülten sie mit etwas Wein nach und alle drei lehnten sich genüsslich und gesättigt auf ihren Stühlen zurück.

„Ich muss jetzt gleich gehen." Dahl zeigte auf seine Uhr.

„Wir kommen mit."

„In meinen Musikunterricht?!" Er schaute Straeten aus weit aufgerissenen Augen entgeistert an.

„Selbstverständlich nicht in deinen Unterricht. Was sollen wir auch da? Nein, wir kommen mit raus. Was sollen wir hier sitzen bleiben?"

Straeten nickte zur der jungen Frau hinter dem Tresen und formte mit den Lippen die Worte „Die Rechnung, bitte.". Die Frau kam, man teilte sich die Rechnung auf, zahlte, zog die Mäntel an und ging Richtung Ausgang. Georg Bartolt kam noch einmal aus seiner Küche und rief ihnen ein „Bis nächste Woche!" nach. Noch einmal blieb Friedrichsberg vor der Bilderwand stehen und schaute sich die linke untere Ecke an. Die kamen ihm bekannt vor. Seltsam. Ach, das auf dem einen war doch dieser seltsame Aktionskünstler der Stadt. Der hatte vor zwei Jahren seinen ersten großen und auch einzigen (die einen freute es, die anderen bedauerten es) Erfolg: zersägte Schiffsrümpfe mitten in der Fußgängerzone, rosa bemalt.

Jetzt standen die drei draußen.

„Ich muss jetzt los. Unterricht."

„Ja, dann geh auch", bullte Straeten. „Wir sehen uns übermorgen zum Chor."

„Genau. Das war's dann aber auch, oder? Oder nicht?" Dahl schien sich nicht sicher zu sein. Oder er hatte ein schlechtes Gewissen den anderen gegenüber, sie jetzt einfach so stehen zu lassen.

„Nein, das war's. Du hast vollkommen Recht. Wir haben alles gesagt und alles gemacht. Der Fall ist abgeschlossen, die Affäre Zimmermann zu einem Ende gebracht worden. Du kannst jetzt wieder getrost weitermusizieren."

„Gut. Gut, dann gehe ich jetzt. Wenn's eh vorbei ist, kann ich ja jetzt gehen." Unentschlossen blieb er stehen.

„Auf was wartest du denn noch? Wir gehen jetzt auch."

„Wirklich?"

Friedrichsberg verdrehte die Augen. „Ja, selbstverständlich. Ich gehe jetzt nach Hause und gebe mich der Horizontalen preis. Und Straeten geht zu Frau und Herd."

„In Ordnung, dann gehe ich jetzt." Sie verabschiedeten sich, Dahl kehrte ihnen den Rücken zu und ging in Richtung Musikschule.

Straeten und Friedrichsberg schauten sich an. „Ja, das war's dann wohl. Auch irgendwie komisch. Kümmert man sich erst eine Woche drum und dann Schluss und aus."

Friedrichsberg zuckte mit den Schultern. „Ja, aber was willst du denn noch? Es gibt nichts mehr herauszufinden. Besser: Es gibt nichts mehr, was uns weiterbringen könnte. Und die Selbstmorde bleiben Selbstmorde."

Straeten schaute hinunter auf den Boden und visierte die Spitzen seiner Schuhe. „Ja, ja, gut, dann also bis Mittwoch."

„Bis Mittwoch." Friedrichsberg schlug Straeten noch mal abschließend auf die Schulter, drehte sich um und ging Richtung nach Hause.

Der Fall war abgeschlossen. Für ihn jedenfalls. Er hatte genug, wollte jetzt nur noch nach Hause, aufs Sofa und seine Ruhe. Und die würde er auch bekommen. Für heute. Er konnte ja nicht ahnen, dass bereits am nächsten Tag der Fall eine ganz neue Wendung bekommen sollte.

TEIL 2

KAPITEL 31

Stell die Tafel raus, stell die Tafel raus. In Gedanken äffte sie ihn nach. *Maria, stell die Tafel raus, warum hast du die Tafel noch nicht rausgestellt, Maria?* Äffen durfte sie ihn. Aber nur so, dass er es nicht mitbekam. Sonst wären ihre Tage hier gezählt gewesen, da kannte er kein Pardon. Flachbirne, mehlbestäubte.

Warum hast du die Tafel nicht rausgestellt? Vielleicht weil ich noch keine Zeit für diesen Scheiß hatte, kann das vielleicht sein?

Wisch hier durch, Maria, warum hast du noch nicht durchgewischt? Hatte sie also durchgewischt, sie hatte ja sonst nichts zu tun. Sie musste eh schon eine halbe Stunde eher da sein, bevor sie aufmachen konnten. Halb sieben. Mitten in der Nacht. Und der Montag war schon so stressig gewesen. Erst spät Feierabend gemacht, dann musste sie noch mit ihrer Mutter einkaufen gehen, und dann kam am Abend ihre beste Freundin vorbei und schnitt ihr die Haare. Das machte sie wenn dann immer montags, da hatte sie ihren freien Tag, da ging sie aushäusig. Ein bisschen nebenbei. Und eigentlich wollte sie gegen 21 Uhr kommen, dann war es aber doch 22 Uhr geworden, Verschiebung bei den anderen Terminen und dann meinte sie auch noch, ihr von den Problemen mit ihrem Freund erzählen zu müssen. Und das interessierte sie einen Scheißdreck. Aber was sollte sie machen? Sie schnitt ihr die Haare. Nicht umsonst, aber ziemlich preiswert. Also ertrug sie auch das blöde Gewäsch über diesen dämlichen Freund. Es war nicht ihr Tag gewesen. Dann noch so eine schlechte Nacht gehabt, schlecht geschlafen, um halb sechs raus, um halb sieben den Laden gewischt, Brötchen geschmiert und ab Punkt 7 Uhr hinter der Ladentheke gestanden und fröhlich „Guten Morgen!" gesungen in die unausgeschlafenen, morgenmuffeligen oder gutgelaunten Hackfressen der penetranten Kundschaft.

Und dann „Stell die Tafel raus!". Diese blöde Tafel. Als hätte sie nichts Besseres zu tun. Vorne rannten sie ihr die Bude ein, sie musste sogar noch einige Brötchen extra schmieren, eine lange Schlange hatte sich gebildet, die Leute mussten teilweise warten, wurden mürrisch, herrschten sie dann an, er aber blieb in seiner

Backstube und raunte nur raus, als der Laden langsam wieder einigermaßen leer wurde: „Stell die Tafel raus!"

Warum war sie eigentlich alleine hier? Weil der Chef zu geizig war, Geld sparen wollte, woanders reininvestieren, nur nicht in seinen Laden. Dabei: Wenn er wenigstens noch eine Kraft einstellen würde, könnten sie das Doppelte reinfahren. Aber nein, sie allein musste es sein. Und da hatte sie bald keinen Bock mehr drauf. Aber in der jetzigen Zeit musste sie ja froh sein, wenn sie überhaupt einen Job hatte. Und den hier hatte sie, und er war nicht schlecht. Nur das frühe Aufstehen... Das setzte ihr wirklich zu. Wo sie doch so gerne abends ausging. Und erst am Wochenende. Tanzen, was trinken, Kerle aufreißen. Jung genug war sie ja. Sie dachte an das letzte Wochenende zurück und musste grinsen. Die Ausbeute war gar nicht mal so schlecht gewesen.

„Hast du die Tafel jetzt mal rausgestellt?!"

Ja, ja, nerv nicht. Tafel, Tafel. Ich hau dir die Scheißtafel gleich um die Ohren!

„Entschuldigen Sie bitte kurz", sagte sie zu der Dame, die vorne am Tresen stand. „Aber wenn ich die nicht sofort rausstelle, macht der Chef eine Zitronenrolle aus mir." Sie lächelte freundlich rüber, die Dame nickte verständnisvoll, sie ging um den Tresen herum, nahm sich die Tafel und trat auf den Bürgersteig.

Gott sei Dank stellte sie die Tafel immer direkt neben den Fahrradständer. Hätte sie sie auch nur zwei Meter weiter nach links gestellt, was aber nicht logisch gewesen wäre, denn dann hätte sie somit auch den Eingang halb versperrt, aber hätte sie sie eben nur zwei Meter weiter nach links gestellt, hätte sie wahrscheinlich der von oben herabstürzende Richter getroffen und unter sich begraben. Denn just in dem Moment, als sie die Türe geöffnet hatte, um die Tafel nach draußen zu stellen, hörte sie noch ein klirrendes Geräusch, wunderte sich kurz darüber, woher das gekommen sein könnte, und hatte die Tafel direkt neben den Fahrradständer gestellt und genau in dieser Sekunde klatschte neben ihr Gernot Carstensen auf den Asphalt. Das Geräusch konnte sie später nicht genau beschreiben. Es war, sagte sie, ähnlich einer riesigen Melone, die man aus großer Höhe einfach so auf den Boden… Oder einer großen Menge Hefeteig, die man aus der riesigen Rührschüssel auf die Maschine wirft… Aber all das beschrieb nicht annähernd das Geräusch, das sie vernommen hatte. Nicht mal annähernd. Denn zu dem Geräusch kamen der Schrecken, das Bild und der Schock. Und all das miteinander vermischt trübt einem schon mal die Sinne. Ein *Rummmms!*, sie drehte sich zur Seite, sah einen schwarz gekleideten Mann neben sich auf dem Boden liegen, dessen Körper wie im Krampf seltsam verdreht war und dessen Arme und Beine angewinkelt und widernatürlich vom Körper abstanden.

Regungslos schaute sie auf ihn herab. Sie wollte in die Bäckerei zurück rennen, sie wollte den Mund öffnen und um Hilfe rufen oder einfach nur schreien, schreien, schreien. Aber sie schaffte es nicht. Sie schaffte nichts. Sie war bewegungslos. Der Mund stand offen, ein kleiner Speichelfaden kroch ihr über die Unterlippe und begann sich langsam abzuseilen, aber kein Ton kam aus ihrem Körper; nichts.

Und auch die Stille. Wieso hörte sie nichts? War da nichts mehr? Keine Kundschaft, keine stark befahrene Straße, keine Passanten, keine Kinder, nichts? War die Welt stehen geblieben? Die Zeit schien davonzuschleichen, alles zeitlos, endlos, kein Ton, rundherum vollkommene Stille. Und sie mittendrin mit diesem Toten vor ihren Füßen. War der Mann überhaupt tot? Vielleicht hatte er sich nur kurz da hingelegt. Aber warum? Wieso? Und woher kam er? Er war von oben gekommen. Von ganz weit oben und direkt neben ihr aufgeschlagen. Soll ich mich runterbeugen um zu sehen, ob er noch lebt? Aber ich kann mich nicht bewegen, ich kann mich einfach nicht bewegen. Sie wollte schreien, aber sie konnte auch das nicht, sie konnte nichts. Gar nichts. Sie stand einfach nur da, direkt neben diesem Mann und starrte auf ihn herunter.

Und jetzt sah sie noch, wie unter dem am Boden liegenden Mann eine Blutlache hervortrat, an der Seite, am Kopf, am Unterleib, wie da Blut hervortrat, immer mehr, es kam immer näher, es schlich zu ihren Füßen. Sie wäre gerne dem Blutfluss ausgewichen, aber sie konnte sich nicht bewegen. Keinen Millimeter.

Als sie aber sah, dass das Blut sie eingeholt hatte, dass sie mitten in dem Blut stand, das aus dem Mann kam, schrie sie plötzlich laut los, kreischte gar, machte eine halbe Drehung und umklammerte die gerade raus gestellte Tafel mit beiden Händen.

Sie sah die Tafel an, schaute unter sich und sah den Blutfluss, stellte fest, dass das nicht die einzige Flüssigkeit war, die in diesem Moment lief, und kotzte mitten auf und über die Tafel. Über das Angebot der frischen Berliner mit Aprikosenkonfitürefüllung.

KAPITEL 32

Das Telefon schellte. Genauer: Die Technik gewordene Nervensäge, Geißel der Menschheit schellte: Das Handy. Friedrichsberg saß in seinem Ohrensessel, Beine auf einem Höckerchen, las irgend so einen Kriminalroman, in dem der Antiheld dem Suff und den Frauen verfallen war und sich durch die Szenerie prügelte. Fast wie am Sonntagabend. Nur waren da keine Frauen dabei. Und erst kam die Prügelei und dann die Trinkerei und nicht umgekehrt wie hier. Und am Schluss rennen die Täter meistens vor ein vorbeifahrendes Auto. Natürlich nicht dann, wenn die letzte Szene in der obersten Etage eines Wolkenkratzers spielt. Dann springt der Täter meistens aus dem Fenster. Aber auch nicht vor ein eventuell vorbei fliegendes Flugzeug, sondern auf die Straße, dass es nur so spritzt. Von der obersten Etage eines Hochhauses auf die Straße... Da braucht man nur noch Kehrblech und Besen.

Er zog immer wieder genüsslich an seiner Zigarre, hing seinen Gedanken nach und paffte große Ringe in die Luft.

Aber der Anrufer war impertinent, ließ immer und immer wieder das kleine Telefon bimmeln, aufschrillen, was Friedrichsberg eigentlich hätte egal sein können, nur: Er hatte auch die Vibrationsfunktion eingestellt, dass hieß: Das Ding rappelte sich auf dem Weichholzschrank in der Diele einen Wolf und er hatte die ernsthafte Befürchtung, dass, dem steten Tropfen auf dem fast gehöhlten Steine gleich, es, das Telefon, ihm, dem Schrank, auf diese Weise eine ordentliche Beule verpassen könnte.

Mehr aus Mitleid am Schrank als aus Neugier stand er nach geraumer Zeit auf, ging in die Diele, nahm sich das kleine Telefon und drückte einen der winzigen Knöpfe in der Hoffnung, den richtigen erwischt zu haben.

„Ja, Friedrichberg hier, was gibt's?" Rauschen. Er hörte eigentlich nur Rauschen. Wie immer mit dem Handy, was aber nicht am Handy lag, sondern vielmehr an der Tatsache, dass dieses Phänomen generell so war: Den, den man eigentlich hören wollte, den, um den es ging, hörte man nur spärlich, konnte man nur rudimentär verstehen, dafür bekam man en detail mit, was um ihn herum passierte: Kindergeschrei auf dem Spielplatz, stark befahrene Straße im Hintergrund, Meeresrauschen vom Urlaub, plappernde Gattin aus der Küche mit Kochgeräuschen. Immer dasselbe. Und hier war es das immer wieder gern genommene Autorauschen.

„Wer ist denn da? Hier ist Friedrichsberg." Automatisch erhob er die Stimme, so als wär der Autolärm auf seiner Seite und als galt es, ihn übertönen zu müssen.

Dann aber hörte er was. „Marc hier. Stör ich?" Er drückte die Lautstärke an seinem Handy nach oben, was den Autolärm aber natürlich noch lauter werden ließ.

„Hallo Marc mit c?! Ich kann dich ganz schlecht hören."

„Warte mal, ich gehe mal eben um die Ecke. Marc hier", dröhnte es jetzt aus dem Handy und Friedrichsberg schaltete wieder leiser. Anschreien lassen brauchte man sich auch nicht. „Stör ich?" Was für eine blöde Frage. Jeder Anrufer stört erstmal, da man ja nicht den ganzen Tag harrend vor dem Gerät sitzt. Vielmehr beschäftigt man sich anderweitig und wird durch das Gebimmel immer zwingend bei irgendwas gestört. Selbst wenn man dösig in Langeweile zergehend rumsitzt, stört das Läuten beim dösigen Imlangeweilezergehen.

„Warum? Möchtest du gerne?"

„Nein, nein. Ich habe nur solange bimmeln lassen. Wollt grad auflegen."

„Nee, ist schon gut. Störst nicht. Ich hatte mich nur dem Müßiggang hingegeben. Da fällt es mir immer besonders schwer, mich ihm wieder zu entreißen."

„Aha, verstehe."
„Aber wer mir so beisteht, der stört mich nie und nimmer."
„Gut zu wissen."
„Jetzt koste es aber ja nicht aus, Bürschchen. Was ist denn jetzt der Grund deines Anrufs? Du wolltest doch bestimmt nicht nur hören, wie es mir geht, was du im Übrigen noch nicht getan hast."
„Oh, Verzeihung. Wie geht es dir denn?"
„Frag nicht. Also: Was kann ich für dich tun?"
„Ach, eigentlich nichts. Ich habe nur noch mal über Sonntag nachdenken müssen und über unsere Aktion am Freitag. Der Einbruch bei diesem Typen da."
„Na, na, Einbruch. Wie das schon klingt. Sag doch lieber: halboffizielle Zutrittsverschaffung am schälen Blötschauge der sichtbehinderten Justitia vorbei unter absolut verschärften Bedingungen zwecks seligmachender Befriedigung ungestillter Neugier. Klingt angenehmer."
„Ja, von mir aus. Habt ihr denn da noch irgendwas rausfinden können?"
Schon wieder das alte Thema. Er wurde es langsam ein wenig Leid, hatte er es doch für sich abgeschlossen. „Nein, nicht wirklich. Es hat uns jedenfalls nicht ernsthaft weitergebracht. Wir haben den Fall gestern abgeschlossen."
„Ach so. Gut. Dann ist ja alles gelaufen."
„Richtig. Für uns schon."
„Was mich aber noch interessieren würde: Was war denn mit dem Schließfachschlüssel?"
Zack!, der Schließfachschlüssel. Der war ihm im Eifer des Gefechts kurzerhand zeitweise untergegangen. Und das mir! Er ärgerte sich. Das verdammte Alter. Wenn er wenigstens Alzheimer hätte… Dann müsste er sich jetzt nicht über sein Vergessen ärgern, sondern wüsste gar nichts über einen Schlüssel. „Mensch, an den habe ich die letzten Tage gar nicht mehr gedacht. Du hast Recht, der Schließfachschlüssel. Wo habe ich den überhaupt?"
Er überlegte krampfhaft, wo er den Schlüssel hingelegt hatte. Langsam. Welche Hose hatte ich an? Moment, das war am Frei-

tag gewesen, diese Aktion mit der Zutrittsverschaffung. Welche Hose war das denn am Freitag? Die schwarze Cord, das war die schwarze Cord. Da war der Schlüssel dann drin gewesen. Die habe ich aber abends ausgezogen, über den Stuhl, meinen Wohnungsschlüssel, das Portemonnaie und diesen Schließfachschlüssel... Oder war der nicht in der Manteltasche? Aber den habe ich, den muss ich... hier in der Diele in die oberste Schublade vom Weichholzschrank... Er zog sie auf, da lag er drin.

„Der Schließfachschlüssel liegt hier vor mir."

„Und? Was war drin?"

„Wo drin?"

„Na, im Schließfach?"

Woher sollte er das denn wissen? „Woher soll ich das denn wissen?" Er hatte ja nicht nachgesehen.

„Hast du etwa noch nicht nachgesehen?!" Da klang mehr die Empörung als die Frage durch.

Friedrichsberg schüttelte den Kopf: „Nee, habe ich noch nicht. Nicht mehr dran gedacht. Einfach nicht mehr dran gedacht. Aus den Augen, aus dem Sinn."

„Und? Dabei willst du es belassen?"

„Bist du wahnsinnig?! Auch wenn mir mein Gedächtnis ein kleines Schnippchen geschlagen hat und Herr Alzheimer – jedenfalls bestimmt ein entfernter Schwippschwager – mir einen kleinen Antrittsbesuch abgestattet hat, heißt das noch lange nicht, dass ich es dabei bewenden lasse. Die Schließfächer dieser Welt sind meine und können sich jetzt schon mal warm anziehen."

„Weißt du was, ich komme morgen früh mal vorbei. So gegen 9 Uhr. Du machst dir ein paar Gedanken und ich mache mir ein paar Gedanken, wo der Schlüssel hinpassen könnte. Und dann sehen wir weiter. Abgemacht? Abgemacht. Bis morgen."

Er legte auf. Es war kein Marc mehr zu hören und in erster Linie auch keine den Hintergrund akustisch untermalenden Autogeräusche mehr.

Friedrichsberg stand da mit dem Handy in der Hand, schaute auf die drei Löcher, wo der Ton immer rauskam, schaute auf den Schließfachschlüssel in der Hand und fluchte leise vor sich hin.

Warum hatte er ihn vergessen, verdammte Scheiße noch mal? Mit Verlaub. Warum hatte er sich denn nicht gleich am Samstagmorgen wieder an ihn erinnern können? Ach, da liegt ja der Schlüssel, und dann hätte er oder Dahl oder Straeten nach dem passenden Fach, nach dem Fach zum Schlüssel suchen können. Jetzt waren sie aber mit der Sache durch und kaum, dass man denkt: Na, endlich ist die Kuh vom Eis, steht auch schon der Esel wieder drauf. Also rein bildlich gesehen jetzt. Oder gedacht. Aber immer nur bildlich.

Du wirst alt, Friedrichsberg, du wirst alt. Nein, halt: Du bist es schon. Das ist der Punkt.

Er ging in die Küche, nahm eine Flasche Bier aus dem Kühlschrank, öffnete sie, stand kurz vor dem Gläserschrank und überlegte, ob er sich eins nehmen solle oder einfach so gleich pur aus der Flasche, entschied sich für die pure Flasche, setzte sich wieder in seinen Ohrensessel, trank, paffte dicke Kringel vor sich hin und fluchte innerlich ob der morgigen Aktivität.

Nicht primär wegen der Suche nach dem zum Schlüssel passenden Fach, obwohl es da bestimmt auch hunderte geben konnte, vielleicht sogar tausende von Fächern, die in Frage kommen konnten. Nein, deswegen fluchte er nicht. Vielmehr wegen der Uhrzeit. 9 Uhr. Setzte sich die senile Bettflucht jetzt schon bei Twens durch? Wenn er überlegte… 9 Uhr… Als er jung war, war er um die Uhrzeit gerade mal ins Bett gegangen. Ans Aufstehen war gar nicht erst zu denken gewesen. Na ja, ganz so war es auch nicht. Aber so ähnlich.

Und wozu könnte der Schlüssel passen? Bahnhofsschließfach? Bankschließfach? Irgendein anderes Schließfachdepot irgendwo? Er hatte doch keine Ahnung, er kannte sich mit Schließfächern nicht wirklich aus. Einmal hatte er eins in München genutzt. Am Bahnhof. Da hatte er einen großen schweren Koffer gehabt, musste eigentlich weiter nach Südtirol, hatte aber noch ein paar Stunden Aufenthalt in München gehabt und den Koffer einfach in ein Schließfach gestellt, abgeschlossen und war noch durch die Innenstadt gebummelt. Ein bisschen erinnerte ihn der Schlüssel an den Schlüssel von damals, vom Bahnhof in München. Vielleicht war das hier ja auch so ein Bahnhofsschließfachschlüssel.

Er stand auf, ging in die Diele zum Schrank. Er hatte den Schlüssel obenauf liegen lassen. Ein dicker, schwerer Schlüssel mit einer Nummer drauf: 3357. Und was wird drin sein? Mit Sicherheit wieder irgendwelche Fotos von Leuten, die man nicht kennt und die man auch gar nicht kennen lernen möchte. Mann mit Frau, Frau mit Mann, in beiden Fällen aber jeweils fremder Mann und fremde Frau. Deshalb auch Fremdgehen. So einfach. Bargeld war auch möglich. Vielleicht auch Unterlagen, die eine Erpressung dokumentieren. Unterlagen, die zeigen, wen dieser Berger alles erpresst hat. Und erpressen wollte. Vielleicht auch ein Hinweis auf seinen Mörder. Wer weiß. Musste Friedrichsberg diesem Heidenreich eigentlich Bescheid sagen? Eigentlich schon. Aber erstmal wollte er alleine in das Fach schauen. Und sollten sie es unter Umständen nicht finden, könnte er immer noch Heidenreich anrufen. Der würde mit Sicherheit relativ schnell das passende Fach finden. Aber wenn der das schaffte, warum sollte er das dann nicht auch finden?

Ach, egal. Friedrichsberg hatte auch keine Lust, sich weiterhin darüber Gedanken machen zu müssen. Das würde er morgen machen, das müsste reichen. Er nahm wieder den Krimi an sich, blätterte weiter und las. Schießerei in Chicago. Das war weit genug weg, das war erträglich. Ein weiterer blauer Ring stieg in die Luft. Wenige Minuten später, eine Maschinenpistolensalve wollte gerade in die Umgebung streunen, war er eingedöst.

KAPITEL 33

Zu folgendem Ergebnis waren sie gekommen: es gibt mehrere Möglichkeiten: Bahnhof, Bank, Depot. Magere Ausbeute, aber zwischen neun und halb zehn war auch nicht mit mehr zu rechnen gewesen. Kurz nach neun war Marc erschienen, er hatte Brötchen und eine Tageszeitung mitgebracht, Friedrichsberg hatte einen Kaffee gekocht und während sie so frühstückten hatten sie sich darüber Gedanken gemacht, wo denn das Schließfach zu finden sein könnte. Und gegen halb zehn hatten sie sich gesagt, dass sie es, bevor sie die Bankleute eventuell hätten abschmettern können, am Bahnhof probieren sollten.

Friedrichsberg hatte sich von seinem Küchenstuhl erhoben, hatte das Kreuz durchgestreckt, weil er eine unschöne Nacht hinter sich hatte: schlecht geschlafen und krudes Zeug von Schließfächern geträumt, die immer wieder aufgeschnappt und wieder zugefallen waren. Und aus den Schließfächern schauten Zimmermann und Burkunther heraus und riefen immer nur: „Hol uns hier raus! Hol uns hier raus!" Er, Friedrichsberg, war immer nur auf und ab gegangen und hatte gesagt: „Ich habe aber doch keinen Schlüssel." Diese ganze Träumerei hatte ihm aber Energie und Kraft geraubt und dazu geführt, dass er schweißgebadet am nächsten Morgen aufgewacht war. Und er wusste immer noch nicht, zu welchem Schließfach der Schlüssel passen könnte. Und Rückenschmerzen hatte er obendrein.

Marc schulterte seinen Rucksack, Friedrichsberg steckte den Schließfachschlüssel ein und beide bestiegen Friedrichsbergs Auto.

Keine fünf Minuten später waren sie am Hauptbahnhof. Kein wirklich schöner Hautbahnhof, vor allen Dingen ziemlich lang. Aber wahrscheinlich würde dieser Bahnhof den ganzen Modernisierungsplänen und Umgestaltungen, die die Nachbarstädte mit ihren Bahnhöfen unternahmen, trotzen und noch in zweihundert Jahren genau so aussehen wie heute. Und wie vor fünfzig Jahren. Denn in der Zwischenzeit hatte sich nicht viel und nicht wirklich Bedeutendes geändert. Wie hieß dieser Slogan noch mal: Schönes bleibt.

Lachhaft.

Die beiden parkten den Wagen auf dem Bahnhofsvorplatz, stiegen aus und gingen Richtung Schalterhalle. Hier befanden sich auf der rechten Seite, direkt hinter den Fahrkartenschaltern, gegenüber dem alten Wartesaal, die Schließfächer. Um diese Uhrzeit war hier recht viel Betrieb, die Nachzügler von den Berufspendlern, ein großes Kommen und Gehen, morgendliche Hektik. Viele Menschen liefen durcheinander, riefen, schrieen, es roch schon um halb zehn nach Essen, Bratwürstchen und was sonst noch so an Bahnhöfen verkauft wird und das Schlimme war ja: Es wurde auch gegessen. Selbst früh am Morgen. Züge kamen wie immer zu spät, noch mehr Hektik brach aus.

„Meine Herren, das wäre nichts für mich. Nicht mein Ding. So viele Menschen, so viel Tumult am frühen Morgen... Ich würde wahnsinnig werden. Und dann auch noch diese blöde Handybimmelei!“ Friedrichsbergs Laune verfinsterte sich von Schritt zu Schritt mehr.

„Dann musst du mal morgens um 7 Uhr hier sein, dann ist noch mehr los.“ Wieder schellte ein Handy.

Friedrichsberg verzog angewidert das Gesicht. „Kann ich mir gar nicht vorstellen. Will ich mir auch gar nicht vorstellen. Ist so schon schlimm genug.“

Sie konnten die Ecke mit den Schließfächern sehen. Das Handy bimmelte immer noch.

„Müssen die denn alle immer erreichbar sein?“

„Ich glaube...“, Marc hielt in der Bewegung inne. „Ich glaube, das ist deins.“

Auch Friedrichsberg blieb stehen, fasste in seine Innentasche und merkte es sofort rappeln. „In der Tat, es ist meins. Tut mir Leid.“ Er drückte wieder hoffnungsvoll eine der Tasten. „Ja, Friedrichsberg hier“, brüllte er fast in das Telefon. Die Akustik war zum Fürchten.

„Ja, guten Morgen Friedrichsberg, Straeten hier. Hast du heute schon die Zeitung gelesen?“

Zwar verstand er ihn nur bruchstückhaft, er konnte ihm aber folgen. „Nein, wann hätte ich das denn noch tun sollen? Warum? Worum geht es denn?“

„Ein neuer Selbstmord. Hier in der Stadt. Ein Richter. Carstensen heißt der Mann. Keine Ahnung, wer das ist.“

Jemand lief zwischen Marc und Friedrichsberg hindurch und rempelte mit seinem Aktenkoffer Friedrichsberg an. „Können Sie nicht aufpassen, Sie mental ramponierte Oberpfeife?!“ Und wieder in den Hörer: „Na und? Hat uns das zu interessieren?“

„Weiß nicht. Ist nur der dritte Selbstmord innerhalb einer Woche in dieser Stadt."

„Soll das denn irgendwie mit unserer Sache zu tun haben?"

„Weiß ich nicht. Lies dir mal den Bericht in der Stadtteilzeitung durch. Ist nur eine kleine Meldung. Aber mit Bild. Scheint kein Unbekannter gewesen zu sein."

„Ist in Ordnung. Mache ich. Bis später, ich melde mich. Ist grad schlecht." Er drückte wieder einen der Knöpfe, Hauptsache rot.

„Was Wichtiges?"

Friedrichsberg zuckte mit den Schultern. „Weiß nicht. Wieder ein Selbstmord. Ist nun schon der dritte. Merkwürdig ist das schon." Er kratzte sich am Hinterkopf. „Hast du die Zeitung eigentlich mit?"

„Ja, die ist im Rucksack. Warum?"

„Zeig doch mal eben her, bitte."

Marc zog die Zeitung heraus und gab sie Friedrichsberg. Der holte den Stadtteilteil hervor und überflog ihn. Oben rechts: Ein kleiner Artikel über den Selbstmord von Richter Gernot Carstensen, der seinem Leben am gestrigen Dienstag auf tragische Weise ein Ende bereitet hatte. Darunter ein Bild. So alt war der noch nicht gewesen. Friedrichsberg spitzte die Lippen. Irgendwoher kam er ihm bekannt vor, den Typen hatte er schon mal irgendwo gesehen. Aber wo? Hm… Er schüttelte den Kopf, da kam er jetzt so schnell nicht drauf. „Darf ich das behalten?" fragte er und fuchtelte mit dem Stadtteil in der Luft herum.

„Klar, immer doch. Und? Ist was nicht in Ordnung?"

„Ich weiß es nicht. Kann ich nichts zu sagen. Kann sein, kann aber auch nicht sein. Weiß nicht. Aber Zufälle soll es ja bekanntermaßen geben." Er zeigte mit seinem Doppelkinn in Richtung Schließfächer. „Jetzt lass uns erstmal schauen, ob wir hier an der richtigen Stelle sind. Sonst können wir die ganze Aktion nämlich knicken."

Marc nahm seinen Rucksack wieder auf und sie betraten das Rechteck, an dessen Wänden sich die Schließfächer tummelten. Links die Einsernummern, vor Kopf die Zweier, rechterhand die mit der drei. Oberste Reihe 31…, darunter die 32…, darunter die 33… Sie schauten die Reihe entlang und tatsächlich, fast ganz zum Schluss, auf der rechten Seite der Schließfächer fand sich ein Fach, das die Nummer 3357 trug.

Die beiden schauten sich an, nickten sich zu und traten an das Schließfach heran.

Friedrichsberg griff in seine Hosentasche, kramte den Schlüssel hervor, schaute Marc an. „Jetzt drück uns mal die Daumen."

Er näherte sich mit dem Schlüssel dem Loch. Was mochte wohl dahinter liegen? Fotos, Beweise, Erpressungsversuche, Formulare, vielleicht sogar Bargeld, ein ganzer Batzen, eine beiseite geschaffte Million eventuell? Oder auch nur ein Zettel: „Verarscht, Freunde, aber Danke für die Mühe!"

Friedrichsberg steckte den Schlüssel in die dafür vorgesehne Vorrichtung. Und… Er passte nicht. Mit großen Augen schaute er Marc an. „Dreh ihn doch mal um", sagte der.

Auf die Idee hätte Friedrichsberg auch selber kommen können. Er drehte den Schlüssel um, führte ihn erneut ein, er passte, er drehte den Schlüssel im Loch, es klackte und die Schließfachtüre sprang auf.

Friedrichsberg holte tief Luft, hielt sie an und beugte sich leicht hinunter, um sowohl in das Fach sehen zu können, als auch den eventuellen Inhalt hinauszuziehen. Er bückte sich hinunter. Außer einem dicken braunen Umschlag befand sich nichts in diesem Fach. Friedrichsberg zog ihn hervor, schaute noch mal nach, aber da war nichts mehr. Er fuhr einmal mit der Hand durch, aber auch beim nochmaligen Nachprüfen war nichts dazugekommen, das Schließfach blieb leer, bis auf diesen einen dicken Umschlag war nichts drin gewesen.

Die beiden schauten sich stumm an.

„Das soll alles gewesen sein?" Marc deutete mit dem Zeigefinger auf ihren Fund.

Friedrichsberg zog die Mundwinkel nach unten. „Scheint wohl so zu sein. Hm… Da vorne ist eine Bank. Lass uns mal da hinsetzen und den Umschlag hier öffnen." Die beiden gingen zu einer dreisitzigen Bank in der Schalterhalle, der eine nahm auf dem linken Sitz Platz, der andere auf dem rechten, in der Mitte stellten sie den Rucksack hin, legten den Umschlag darauf ab, beugten sich über ihn und öffneten vorsichtig den braunen Umschlag, der mit Klebeband an der Öffnung versehen war.

„Hast du ein Taschenmesser?"

Marc nickte, reichte es Friedrichsberg und der schlitzte behutsam das Klebeband auf. Sie schauten sich beide erneut wortlos an, sie nickten und breiteten den Inhalt auf dem mittig gelegenen Rucksack aus. Den Inhalt bildete eine Reihe von Fotos, Zetteln, handschriftlichen Notizen und Computerausdrucken. Friedrichsberg überflog alles. Zunächst die Computerausdrucke: Kommentare (hier tagebuchähnliche Formulierungen von Berger, wann er wo war, warum, wieso, was er eventuell herausgefunden hatte), Bitten (von Seiten der Auftragsgeber oder eventuell von Opfern Bergers Erpressungsversuche), Auftragserklärungen, Forderungen („*Wenn Sie nicht bis dann und dann das und das Geld da und da abgeliefert haben, sehe ich mich leider gezwungen…*" und so weiter). Da tauchten Namen auf, die Friedrichsberg nichts sagten, aber teilweise auch Namen, die ihm durchaus schon mal untergekommen waren, was sich durch die Fotos nur bestätigte: Da waren Kulturschaffende und vor allen Dingen zwei Politiker abgebildet, nicht allein, sondern in Begleitung attraktiver junger Damen, deren Reizen eben jene Politiker allem Anschein nach erlegen waren, was eindeutig zweideutige Situationen, per Foto dokumentiert und festgehalten, zu demonstrieren wussten. Friedrichsberg nahm diese Bilder genauer unter die Lupe, indem er sie ziemlich nah an seine Augen führte. Sie schienen aus einem Fenster geschossen worden zu sein, dass sich gegenüber des abgelichteten Fensters befand. Schräg gegenüber. Und etwas höher gelegen, so schätzte Friedrichsberg. Wäre ja interessant zu wissen, wer diesem Berger da den nötigen Fensterplatz angeboten hat. Dazu müsste man aber erstmal herausfinden, an welchem Ort man sich da getroffen hatte. Er atmete hörbar aus und zog die Augenbrauen zusammen, ganz auf den Inhalt der Fotos konzentriert.

Da war einer, MdB, Abgeordneter im Landtag, verheiratet und dreifacher Familienvater, wenn er sich nicht recht irrte, und er irrte sich nicht, der da in einem... Nun, er ging mal davon aus, dass es sich hierbei um ein Hotelzimmer der etwas besseren Klasse handelte, also der sich da in einem Hotelzimmer mit einer kessen Brünetten in den Betten vergnügte. Und nicht nur da. Wozu Schreibtische alles herhalten mussten... Und den anderen Herrn Politiker sah man devot auf allen Vieren vor einer in Lack und Leder gekleideten und eine Peitsche knallenden, streng blickenden Dame kuschen. Auf dem Parteitag launige Reden schwingen und hier schwingen lassen. Strafe muss sein, wofür auch immer. Über die Familienverhältnisse dieses Herren wusste Friedrichsberg allerdings nichts zu sagen. Aber er konnte sich durchaus vorstellen, zu welchen Diskussionen die Bilder im privaten Umfeld hätten führen können, wenn sie denn veröffentlicht worden wären. An den politischen Bereich gar nicht erst zu denken, geschweige denn davon zu reden. Der hätte sich den Strick nehmen können. Rundherum erledigt. Bis in die Steinzeit. Oder wie man da sagte.

Er blätterte die Bilder, schätzungsweise dreißig an der Zahl, flott weiter. Interessant zu sehen war das allemal, aber es führte doch in Kreise, denen er sich nur allzu ungern nähern wollte. Und schon wurde es für Friedrichsberg interessanter, denn die nächsten Bilder zeigten Werner Zimmermann mit Elke Rondoff. Nun gut, bekannter Stoff, aber es schlägt wieder den Bogen zum Fall. Herrjeh, was für ein Fall? Der war am Montag erst abgeschlossen worden. Und was war? Schon wieder wühlte er in Dingen, die ihn eigentlich nichts angingen. Er blätterte die Bilder weiter, immer noch Zimmermann und Rondoff, diesmal sogar in ziemlich verfänglichen Situationen. Das, was Berger in der Wohnung behalten hatte, schienen nur seine Erinnerungsstützen gewesen zu sein. Das wirklich Interessante, das mit dem sich wirklich etwas anfangen ließ, fand sich hier.

Aber was durchwühlte er dieses Zeug? Er hatte nichts mehr damit zu tun. Ruf ich doch diesen Heidenreich an, der soll sich damit beschäftigen. Aber wie soll ich ihm das erklären? Wie komme ich zu diesem Umschlag, wie komme ich an den Schlüssel? War ich in der Wohnung? Wann und wie? Und vor allen Dingen: warum? Nein, alles viel zu kompliziert. Es kommt alles wieder in den Umschlag, ab damit ins Schließfach, dann werfe ich da wieder eine Münze ein, Ende, aus. Und der Schließfachschlüssel? Nun, der kommt wieder in die Schublade im Küchentisch. Muss ich mir da wieder Zutritt verschaffen... Na, das kann ja heiter werden.

Der Stapel durchzusehender Bilder wurde immer kleiner. Aber auch interessanter. Denn auf den letzten fünfzehn Bildern wechselte noch mal das Motiv. Denn da waren plötzlich nicht mehr Zimmermann und Elke Rondoff zu sehen, sondern eben jener Zimmermann mit einem Friedrichsberg nicht unbekannten Mann. Er zog die Augenbrauen zusammen und presste die Lippen aufeinander. Das war jetzt seltsam. Wie kam diese Person denn da hin, da auf die Fotos? Was hatte er mit Zimmermann zu tun? Offensichtlich in eine heftige Diskussion verstrickt? Weiterblättern, Zimmermann verschwand von den Bildern und nun sah man die nicht unbekannte Person zusammen mit einer weiteren nicht unbekannten. Jetzt wurde es kompliziert. Die Bilder dokumentierten zwar augenscheinlich keine Diskussion, so aber doch ein heftiges Gespräch zwischen beiden. Aber das konnte doch nicht sein. Wie sollte das jetzt zusammenhängen? Auf dem letzten Bild klebte ein Zettel, handschriftlich beschrieben, Datum, Uhrzeit, ein Vermerk, dass dieser, Friedrichsberg nicht unbekannte Mensch, diesem Berger den Auftrag erteilt hat, Werner Zimmermann zu observieren. Aber das hatte doch auch Mechthild Zimmermann getan. Er wusste zwar nicht wann, aber getan hatte sie es.

Durch Friedrichsbergs Kopf zuckten die Gedanken wie ein Blitzlichtgewitter der Boulevardjournaille. So, als ob ein großer Hollywoodstar frisch verheiratet auf einem Supermarktparkplatz aus dem Auto steigt und seinen verfressenen Köter schlägt. Was machte diese Person auf den Fotos? Und es handelte sich auch exakt um diese Person, die er meinte. Also kein Doppelgänger oder so. Da hatte er sich nicht verguckt, der Name stand ja auch auf diesem Zettelchen. Und warum hat er die Beschattung Zimmermanns in Auftrag gegeben? So wie die Zimmermann Witwe auch? War das purer Zufall? Absicht? Soviel Zufall kann doch gar nicht sein. Was steckte dahinter? Hat diese Person vielleicht auch Zimmermann erpresst? So, wie es dann wohl auch Berger getan hat? Haben beide, also die Person und auch Berger, Zimmermann mit ihren eventuellen Erpressungen, Drohungen und Einschüchterungen in den Tod getrieben? Und warum hat dieser Berger dann nicht nur Zimmermann beschattet, sondern auch diese Person? Und wie kam es dazu, dass die eine Person sich ausgerechnet mit der anderen Person getroffen hat?

Friedrichsberg blickte da nicht mehr durch. Er nahm sich noch einmal das Foto zur Hand, das die ihm nicht unbekannte Person zusammen mit der anderen nicht unbekannten zeigte. Da bestand kein Zweifel, es waren die, für die er sie hielt. Er kannte sie. Alle beide. Aber interessant war doch die Frage: Woher kannten sie sich?

Er ließ die Unterlagen auf seinen Schoß sinken und lehnte sich auf der Bank zurück.

„Ist alles in Ordnung? Ist dir nicht gut?" Marc sah besorgt zu Friedrichsberg, der kreidebleich und mit schweißbenässter Stirn neben ihm saß. Der schüttelte nur den Kopf und legte den Zeigefinger an die Lippen, um ihm zu bedeuten still zu schweigen.

Durch seinen Kopf wirbelten die abgebildeten Personen und ihre Konstellationen. Ihre Konstellationen auf den Bildern und im Gesamtzusammenhang. In diesen Zusammenhang hatte er die beiden nicht gebracht. Warum auch? Wieso hätte er darüber nachdenken sollen? Da wäre er ja im Traum nicht drauf gekommen. Aber was hieß das denn weiter? Oder was könnte das heißen? Er wusste es momentan selber noch nicht so genau. Er rief sich den gesamten, für ihn bereits abgeschlossenen Fall noch einmal ins Gedächtnis zurück. All die Toten, all die Selbsttötungen und auch die, die damit in Verbindung gebracht worden waren. Und dann fiel es ihm ein. Und auf. Es ging ihm siedendheiß durch, der Herzschlag erhöhte sich und ging ihm bis in die Ohren und gab ihm den Takt der Kombinationen an. Vor seinem geistigen Auge sah er nicht nur die Bilder, die vor ihm auf dem Schoß ruhten, sondern noch andere Bilder, besser: noch ein anderes Bild. Aber das konnte doch nicht sein, das durfte es nicht sein!

Er visierte mit einem strengen Blick Marc. Dann griff er in seine Innentasche und fischte den Stadtteil heraus. Er schlug die Seite auf, auf der er wenige Minuten zuvor den Artikel über den toten Richter Carstensen gefunden hatte. Er sah das Bild. Dieses kleine Schwarzweißfoto. Aber es reichte ihm, es reichte ihm vollkommen aus.

„Lass uns hier mal raus, ich muss an die frische Luft." Friedrichsberg packte die Unterlagen zusammen, schob sie alle zurück in den braunen Umschlag, erhob sich und ging mit großen Schritten Richtung Ausgang. Marc, der nichts von alledem verstand, tat es ihm gleich.

Draußen angekommen klemmte sich Friedrichsberg den Umschlag zwischen die Beine, holte sein Handy hervor und rief die Auskunft an. Er geriet in eine Warteschleife. Nach kurzer Zeit wurde er frei geschaltet, äußerte seinen Wunsch: „Ich brauche dringend die Nummer von Herrn Gernot Carstensen." und kam danach wieder in eine Schleife, diesmal in die Auskunftsschleife, die stoisch immer wieder die Auskunft (Name, Rufnummer und Adresse) hersagte.

Er notierte sich die Nummer und wählte sie kurz drauf. Es dauerte recht lange, bis jemand abhob. Vielleicht dauerte es auch gar nicht so lange, nur Friedrichsberg kam es wie eine halbe Ewigkeit vor, weil er von einer ungeheuren inneren Unruhe geplagt war. Seit er auf dieser Bank diesen Umschlag geöffnet hatte, tickte in ihm so was wie eine innere Zeitbombe. Die losen Fallfäden in seinem Kopf, die er eigentlich schon zu einem großen Knäuel zusammengedreht hatte, und die er am liebsten längst hätte ad acta legen wollen, begannen sich langsam wie von selbst eigenhändig zusammenzuknüpfen. Und er wollte sie sowohl nicht dran hindern, als auch ihre Verknüpfung durch weiteres Ermitteln und Klarheitverschaffung beflügeln. Endlich wurde am anderen Ende abgenommen.

„Carstensen." Die Frauenstimme klang müde, traurig und erschöpft. Hier musste er den absolut richtigen Ton treffen, was leichter gesagt war als getan.

Er räusperte sich und begann leise, leicht und eine Spur vertraut und mitfühlend. „Guten Tag, Friedrichsberg hier. Spreche ich da mit Frau Carstensen?"

Am anderen Ende entstand eine Pause, so als ob sie überlegen müsste, ob sie es denn auch wirklich war. „Ja. Worum geht's denn?"

„Ich habe gerade vom Tod Ihres Mannes erfahren. Mein Beileid."

Mehr gehaucht als alles andere: „Danke."

„Und ich habe in diesem Zusammenhang die ein oder andere Frage. Hätten Sie etwas dagegen, wenn ich mal kurz vorbeikomme? Es dauert auch nicht lange."

Erneute Pause. „Ich habe vor einiger Zeit einen Freund ebenfalls durch Selbstmord verloren und sehe da Parallelen zu Ihrem Mann. Ich würde gerne kurz mit Ihnen sprechen."

„Ich habe nichts dagegen. Aber worum geht es denn?

„Das möchte ich Ihnen am Telefon nicht sagen. Ich bin in zehn Minuten bei Ihnen." Er legte auf.

„Was ist denn los jetzt?" wollte Marc wissen.

Fast wie geistesabwesend antwortete Friedrichsberg. „Nichts. Eigentlich gar nichts. Aber auch jede Menge."

„Was jetzt?"

„Das kann ich dir im Moment nicht erzählen. Später vielleicht. Vielleicht eben später. Oder auch nicht. Ich muss jetzt was tun, ich kann nicht länger warten."

Friedrichsberg ließ einen verdutzten Marc stehen, ging zu seinem Auto, stieg ein, startete es und fuhr zu der angegebenen Adresse von Gernot und Almuth Carstensen. Er war froh, als er endlich oben in der Wohnung angekommen, wieder zu Luft und dann letztendlich im Wohnzimmer zu sitzen gekommen war. Almuth Carstensen hatte ihm ein Glas Wasser eingeschenkt, es vor ihm auf den Tisch gestellt und ihm gegenüber Platz genommen. Sie war so alt nicht, wirkte aber irgendwie grau.

„Haben Sie eventuell eine Ahnung, wieso sich Ihr Mann aus dem Fenster gestürzt haben könnte?“

Sie schaute ihn aus traurigen Augen leicht entsetzt an und formte mit ihren Lippen unverständliche Worte, schüttelte ihren Kopf zur Verneinung immer wieder leicht hin und her. „Nein. Das weiß ich nicht.“ Das Kopfschütteln wurde intensiver. „Ich kann mir das alles nicht erklären.“

Friedrichsberg nickte leicht, wie um das Gehörte zu bestätigen. „Ein Unfall wird es ja wohl nicht gewesen sein, oder?“

Sie schien für all ihre Antworten lange zu brauchen, so, als ob sie ihre Aussagen erst mal im Kopf für sich vorformulieren musste. „Er hatte aber auch keinen Grund, sich das Leben zu nehmen.“

„Hatte er denn irgendwelche Feinde?“

„Mein Mann ist Richter. War Richter. Ich denke, solche Menschen haben genügend Feinde.“

„Hat er Drohungen bekommen?“

Ihre Hände falteten ein Papiertaschentuch immer wieder zusammen und dann auseinander. Ihr Blick ging von Gegenstand zu Gegenstand in dem Zimmer suchend umher. „Ja. Ständig. Am Anfang hat ihn das auch noch verrückt gemacht. Da kam er abends nach Hause und war vollkommen fertig, weil ihm irgendein Verurteilter sonst noch was an den Leib gewünscht hat. Aber mittlerweile… Das prallte an ihm ab. Jedenfalls sagte er das immer. Und ich habe ihm auch schon lange nichts mehr angemerkt.“

Er strich sich über sein Doppelkinn. „Hm… Sie können sich also auch nicht erklären, wie es dazu gekommen ist.“

„Nein.“

Friedrichsberg beugte sich vor, griff nach dem Glas und trank einen kleinen Schluck und wollte etwas ausprobieren: „Ich habe da jetzt mal eine ganz andere Frage: Kannte Ihr Mann eigentlich diesen Gourmetkritiker, diesen Carl Burkunther?“

Sie schreckte auf. „Burkunther… Burkunther… Irgendetwas sagt mir dieser Name, aber ich weiß leider noch nicht was. Burkunther… Hat der nicht dieses Magazin rausgebracht, den *Genießer*?“

„Ja, richtig.“

„Doch, den kannte mein Mann. Fragen Sie nicht, woher, aber die kannten sich wohl. Ich kannte ihn nicht. Aber mein Mann schon."

Er wusste nicht, wie er das nun Folgende am besten formulieren sollte, tat es dann aber schlicht frei raus: „Vielleicht ist die Bitte etwas zu indiskret, aber dürfte ich mich vielleicht mal im Arbeitszimmer Ihres Mannes umsehen, falls er denn so was gehabt haben sollte?"

„Warum das denn?"

„Ich suche Hinweise darauf, dass Ihr Mann mit einigen Personen bekannt oder befreundet oder was auch immer war. Ich kann mich momentan leider nur so schwammig ausdrücken, weil ich selber noch nichts Genaues weiß. Was ich weiß, ist, dass der Selbstmord Ihres Mannes kein Zufall war. Aber vielleicht könnte eben das Arbeitszimmer Ihres Mannes befriedigend Auskunft erteilen."

Sie musste erst überlegen, dann erhob sie sich aber, nickte, sagte nur kurz „Na gut." und ging dann vor ins Arbeitszimmer.

„Ich weiß zwar nicht, wonach Sie suchen, auch nicht, was Sie finden wollen, aber wenn Sie was finden können, dann nur im Arbeitszimmer meines Mannes."

„Ich danke Ihnen für Ihr Vertrauen."

Sie zuckte mit den Schultern. „Warum sollte ich Ihnen nicht vertrauen? Da drin gibt es nichts, was sich zu klauen lohnen würde. Das zum einen. Und zum anderen sehen Sie auch nicht so aus wie jemand, der was im Schilde führt."

Friedrichsberg versuchte, sein charmantestes Lächeln aufzusetzen. „Da danke ich Ihnen aber nochmals. Darf ich irgendwo nicht nachsehen? Also gibt es eine Tabuzone?"

Sie schaute ihn verständnislos an. „Tabuzone? Weiß ich nicht. Glaube ich aber auch nicht. Ich bin da seit Jahren nicht mehr drin gewesen. Das war das Reich meines Mannes. Da hatte ich nichts drin zu suchen." Da schwang Verbitterung mit, Verärgerung, Groll.

Friedrichsberg nickte, verstehen tat er das allerdings nicht. „Aber Sie hätten ohne weiteres reingehen und nachsehen können."

„Nein, das hätte ich nicht. Diese Türe war abgeschlossen. Und den Schlüssel führte mein Mann immer bei sich. Ich habe Ihnen doch gesagt: ich war da seit Jahren selber nicht mehr drin."

Friedrichsberg öffnete die Türe. Der Schlüssel steckte von außen. Er stand jetzt in diesem kleinen Raum, von draußen schienen durch das Fenster ein paar Sonnenstrahlen. Almuth Carstensen hatte die Türe wieder angelegt und war zurück ins Wohnzimmer gegangen und hatte Friedrichsberg allein in und mit diesem Raum gelassen. Da stand er nun und traute seinen Augen nicht. Denn das, was er hier sah, war unbeschreiblich. Regale an jedem freien Platz und der Platz in den Regalen auch gefüllt. Hier quoll alles über mit Ordnern, Papieren, Notizen, Kästchen und dergleichen mehr. So was hatte er beim besten Willen noch nie gesehen. Und bei dieser Anhäufung und Ansammlung war alles ordentlich. Ordentlich und organisiert. Dieser Mann musste ein absoluter Ordnungsfanatiker gewesen sein. Und ein Sammler. Vielleicht in diesem Fanatismus ein Wahnsinniger?

Friedrichsberg steckte den Kopf durch den Spalt zwischen Tür und Rahmen und rief mit unbestimmtem Ziel in die Wohnung: „Ihr Mann schien ja allerhand gesammelt zu haben!"

„Ja, das war sein Tick", kam es von irgendwoher.

Aha, ein Tick also. Aber was für einer. Bei all der Menge: Wo sollte er da anfangen? Wo war ein Anfang zu finden, wo ein Ende auszumachen? Er stellte sich mit dem Rücken zur Türe und ließ seinen Blick durch den Raum gleiten. „Die Frage ist doch", sagte er sich, „Wonach suche ich? Was ist mein Ziel? Denn dann findet sich auch schon ein Weg."

Vielleicht gab es ja eine Verbindung zu Zimmermann. Wenn es auch schon eine zu Burkunther gab... Aber wo suche ich da, wo finde ich da was? Er ging zu einem großen Regal, das von oben bis unten mit Ordnern gefüllt war. Ganz unten rechts fand er den Ordner mit dem Buchstaben Z. Vielleicht finde ich ja hier etwas über einen Kontakt mit Werner Zimmermann. Er schlug den Ordner auf, der auch noch mal unterteilt war in Zs mit draufolgenden Vokalen: *Za, Ze, Zi, Zo* und *Zu*.

Er schlug unter *Zi* auf. Da fand er *Ziffern, Zimmer, Zimmer-*

mann, Werner. Das durfte nicht wahr sein, das konnte nicht wahr sein. Da kannte dieser Carstensen nicht nur Burkunther, wie mir seine Frau gesteht, sondern auch noch Zimmermann. Langsam schien sich das Puzzle zusammenzusetzen. Aber wie alles hundertprozentiggenau zusammenpassen sollte, darüber war er sich auch noch nicht im Klaren. Er blätterte und fand Vermerke über Telefonate, die er mit Zimmermann geführt hatte, wenige Tage vor Zimmermanns Selbstmord. Als Betreff stand dort: *Konfirmandentreffen*. Er runzelte die Stirn, ging rüber zum Regal, zog den *K*-Ordner hervor und blätterte darin herum. Unter *Ko* fand er Kontoverbindungen und –auszüge, die er rasch überblätterte, gingen sie ihn doch nichts an, und war nach wenigen Seiten bei einem abgehefteten Brief angekommen, eine Einladung zu einem Konfirmandentreffen der *Thomasgemeinde*. Oben am Brief heftete eine Klammer, die eine Seite mit diesem Brief verband. Er schlug die Briefseite um und besah sich die nun vor ihm liegende Seite. Auf dieser linierten Seite standen nur acht Namen. Hinter jedem Namen war ein kleines rotes Häkchen gemacht, ein Datum notiert und der Vermerk *„tel.“* gemacht worden. Friedrichsberg nahm an, dass Carstensen die acht Personen wegen dieses Konfirmandentreffens angerufen hatte. Warum, stand hier nicht. War wahrscheinlich auch so wichtig nicht. Eins allein war für Friedrichsberg von Interesse: vier der Namen kannte er. Und einen davon sogar gut. Leider zu gut.

Und diese vier Personen schienen sich gekannt zu haben. Nein, falsch, die mussten sich kennen, zwangsläufig. Seltsamerweise war um fünf Namen ein roter Kreis gezogen worden. Nur kam ihm der fünfte Name nicht bekannt vor: Ludwig Jansen.

Friedrichsberg ging wieder zu dem Regal, zog den J-Ordner hervor, öffnete ihn und schlug unter *Ja* wie *Jansen* nach. Und da war auch ein Brief abgeheftet worden. Ein alter Brief, datiert auf den 6.7.2002, mit der Adresse und der Telefonnummer von diesem Jansen im Briefkopf. Er zog sein Handy aus der Innentasche seines Sakkos und wählte die angegebene Nummer.

Nach kurzer Zeit hörte er am anderen Ende der Leitung eine weibliche Stimme: „Jansen.“

„Ja, guten Tag, Frau Jansen, Friedrichsberg hier. Kann ich mal bitte eben Ihren Mann sprechen?“ Erst jetzt fiel ihm ein, dass sich dieser Jansen ja durchaus auch umgebracht haben könnte, wenn er mit den anderen befreundet gewesen war. So nach dem Motto: Das Gesetz der Serie und so.

„Aber… Aber der ist doch nicht da.“ Das sagte sie so, als müsse es jeder wissen und als wäre das eine ganz glasklare Sache.

„Wann kann ich Ihren Mann denn sprechen? Also wann ist er wieder da?“

„Das weiß ich nicht.“

„Wie: Das wissen Sie nicht? Sie müssen doch wissen, wann Ihr Mann wiederkommt.“

„Eben nicht. Ich weiß es nicht. Er ist ja weg.“

„Aber wo ist er denn?“

„Das weiß ich doch auch nicht.“

Friedrichsberg verstand das alles nicht. Man weiß doch wohl noch, wo der Mann mal eben hin ist, oder? „Also Frau Jansen… Können Sie mir das vielleicht mal erklären?“

Sie atmete hörbar laut auf. „Mein Mann ist vor nicht ganz zwei Wochen einfach verschwunden. Der kam nachmittags von der Arbeit nach Hause, zog sich aber nicht um, weil er noch einen Termin hatte.“

„Was denn für einen Termin?“

„Das weiß ich doch nicht. Das hat er mir auch nicht gesagt.“

„Und wann war das?“

„Das war Donnerstag vor zwei Wochen.“

„Soso, Donnerstag vor zwei Wochen. Und was sagt die Polizei dazu?“

„Nichts. Ich habe eine Vermisstenanzeige aufgegeben, aber gefunden worden ist er noch nicht.“

„Ja, haben Sie denn eine Vorstellung, wo er sein könnte?“

„Nein, habe ich nicht.“

„Seltsam.“

„Kann ich ihm denn etwas ausrichten, wenn er doch zurückkommt. Soll er Sie noch mal anrufen?“

„Ach, nein. Das wird sich dann auch schon erledigt haben. Haben Sie vielen Dank." Er legte auf.

Wo sollte er denn jetzt nach diesem Ludwig Jansen suchen? Und wollte er das überhaupt? Aber da war doch dieser rote Kreis um die fünf Namen. Es hing alles irgendwie zusammen. Es musste zusammenhängen. Nur wie?! Vielleicht hatte dieser Jansen ja doch Selbstmord begangen, aber man hat ihn nicht als Ludwig Jansen identifizieren können. Legst du dich auf Bahnschienen und lässt einen Zug anfahren kommen, ist's aber aus mit der Ruhe. Und auch der visuelle Wiedererkennungswert ist dahin. Auch eine Möglichkeit. Deshalb ist es beim Selbstmord eines Unbekannten geblieben. Für die Öffentlichkeit jedenfalls. Wer könnte da mehr drüber wissen?

Friedrichsberg wählte noch eine Nummer.

„Hör mal, Straeten. Hast du noch von einem anderen, von einem weiteren Selbstmord gehört, also nicht Zimmermann, nicht Burkunther und auch nicht Carstensen, sondern ein Mann namens Jansen?"

Straeten musste kurz überlegen. „Nein; nicht, dass ich wüsste."

„Kann auch sein, dass das unter die Rubrik *Unbekannter ums Leben gekommen* oder so was gefallen ist."

Erneutes Überlegen. „Nein, beim besten Willen. Aber da habe ich jetzt grad nichts im Kopf."

„Na ja, macht ja nichts. Danke und entschuldige die Störung."

„Ja, aber warum hast du denn angerufen? Bist du wieder mit der Sache beschäftigt? Wir haben das doch abgeschlossen."

„Nicht ganz. Ich habe die Kiste wieder aufgemacht. Wieder aufmachen müssen."

„Kann ich dir denn irgendwie behilflich sein?"

„Ich glaube nicht, also auf jeden Fall bis jetzt noch nicht. Aber ich rufe dich heute Abend noch mal an." Er trennte die Verbindung.

Was sollte er mit all den Informationen jetzt anfangen? Er kratzte sich energisch am Kopf. Das war ein üppiges Rätsel, ein dicker Happen. Er hatte eine Ahnung, ein Bild im Kopf, vor Augen. Aber es war ein Bild, an das er nicht glauben, dass er am liebsten aus seinem Gedächtnis streichen wollte.

Er hatte eine Idee. Und er hatte eine Person, die möglicherweise ein Mörder war. Höchstwahrscheinlich sogar. Aber er hatte kein Motiv. Und keine Indizien. Und nach den Möglichkeiten und den letztendlichen Schlussfolgerungen musste er auch noch suchen. Was brachte die fünf zusammen? Was war der gemeinsame Nenner? Wie konnte er diese Person, diesen Mörder, der eigentlich auch wieder kein Mörder war, packen?

Er schaute in dem Ordner nach, in dem der Brief über das Konfirmandentreffen abgeheftet war. Das war vor rund sechs Wochen gewesen. Er schrieb sich die Adresse und die Telefonnummer der Gemeinde raus, steckte den Zettel ein und stellte alle Ordner zurück an Ort und Stelle.

Sollte er noch nach etwas suchen? Aber nach was? An der rechten Wand stand ein Regal ohne Ordner. Da waren die Dinge zwar auch alphabetisch geordnet, aber zu groß oder zu unhandlich, um in Ordnern abgeheftet zu werden.

Setzkästen, Kartons, Gläser… Und… Was war das denn? Er musste sich etwas auf die Zehenspitzen stellen, um es genauer sehen zu können. Da standen Einmachgläser in der zweiten Reihe, deren Inhalt… Jetzt sah er es genau und es jagte ihm einen Schauer über den Rücken. Und so, wie der Schauer von oben nach unten jagte, kam ihm von unten ein Brechreiz herauf, den er aber noch rechtzeitig genug abstoppen konnte. So was hatte er noch nicht gesehen: In den Einmachgläsern waren Finger. Zehn Gläser, sechs Finger, vier Gläser waren leer, drei Finger lagen lose im Regal. Er ging ans Fenster, öffnete es und holte tief Luft. Er atmete durch.

Er ging noch einmal zu dem Regal und schaute auf die eingelegten Finger. „Wird vielleicht dieser Jansen sein“, dachte er spontan und musste ob dieses Gedankens grinsen. Er konnte ja nicht ahnen, wie Recht er damit hatte. Dann schüttelte er aber den Kopf und verließ das Zimmer. Ob Almuth Carstensen von den Fingern wusste? Höchstwahrscheinlich nicht. Sie war ja noch nie in diesem Zimmer gewesen.

Friedrichsberg hatte hier alles gesehen, was es zu sehen gab. Jetzt wollte er nur noch gehen. Er verabschiedete sich und ging die fünf Stockwerke hinunter. „Das will ich auch nicht fallen", dachte er sich.

Almuth und Gernot. Der eine trägt die Not im Namen, die andere den Mut. Auch seltsam. Vielleicht empfand der eine größte Not; ob die andere ihm aber was durch ihren Mut bringen konnte, helfen konnte, stand auf einem anderen Blatt. Eins steht fest: Gebracht hat es nichts. Er ist in den Selbstmord gegangen, hat sich in den Tod gestürzt. Und tot ist nun mal tot, da helfen keine Pillen.

KAPITEL 34

Er parkte seinen Wagen direkt vor dem Pfarrbüro. Lange hatte er für die Fahrt nicht gebraucht, auch wenn sich die Gemeinde im Süden der Stadt befand und er, um sie zu erreichen, einmal ganz durch die Stadt musste. Und das bei beginnendem Berufsverkehr. Aber er war ganz gut durchgekommen. Er schaute auf die Uhr, es war mittlerweile früher Nachmittag.

Wie sah die weitere Planung aus? Wie sollte er weiter vorgehen? Er war sich darüber nicht im Klaren. Zunächst wollte er sich im Pfarrbüro erkundigen, was es mit dem Konfirmandentreffen auf sich hatte, und ob es irgendwelche... also... Ja, was sollte er überhaupt fragen? Friedrichsberg wusste es selber nicht. Sollte er wieder nach Hause fahren?

Er atmete schwer aus. Jetzt konzentrier dich noch mal. Noch ein letztes Mal. Reiß dich zusammen, frag dich hier rund und dann war es das. Dann bringst du die ganze Angelegenheit zu einem Ende. Jedenfalls versuchst du es.

Er stieg aus und ging auf den Eingang des Pfarrbüros zu, drückte die Klinke herunter. Abgeschlossen. In die Türe war ein kleines Sichtfenster eingelassen und hinter der Scheibe war ein Zettel angebracht: *Pfarrbüro Thomasgemeinde: Bürozeiten Mo bis Do 9 – 12 Uhr, Fr 9 – 11 Uhr.*

„Ich freu mich auch", dachte Friedrichsberg. Dass die überhaupt die Türe öffnen, kommt ja schon einem Wunder ziemlich nahe. Er klopfte, in der Hoffnung, dass doch zufälligerweise irgendjemand drin war. Aber da irrte er sich. Dann eben nicht, dachte er sich, machte auf dem Absatz kehrt und ging wieder in Richtung Auto.

Er holte gerade den Schlüssel aus der Hosentasche, als er sich noch einmal umdrehte und sein Blick auf die moderne Kirche fiel. Typisch protestantischer Gebetsschuhkarton. Er ging darauf zu, probierte am Haupteingang sich Eintritt zu verschaffen und in der Tat: Die Türe ließ sich öffnen, Friedrichsberg war drin.

Er schaute sich um und konnte die typische protestantische Bauweise und „Ausschmückung" erkennen: Immer aufs Wesentliche reduziert. Bänke, Orgel, Altar, fertig. Nun, wenn es Leute gibt, die so glauben können, bitte.

Ganz vorne, in der ersten Reihe erkannte er einen Mann, der dort saß und der in seine Gedanken vertieft schien. Friedrichsberg ging auf ihn zu.

„Entschuldigen Sie bitte die Störung, aber kennen Sie sich hier zufällig aus?"

Der Mann schaute klerikal von unten nach oben zu Friedrichsberg hinauf. „Kommt drauf an, was Sie wünschen."

„Ich suche jemanden, der sich hier in der Gemeinde auskennt. Irgendwas pfaffenmäßiges. Wissen Sie, an wen ich mich da wenden könnte?"

„Ja, das weiß ich. Wenden Sie sich an mich. Ich bin hier der Pfarrer." Er öffnete seine Augen sehr weit, zwecks Unterstreichung seiner Aussage.

Friedrichsberg nickte. „Der Hirte sitzt hier und sinnt. Hübsch anzusehen. Weiter so. Sie sehen gar nicht wie ein Geistlicher aus."

„Wie sieht denn ein Geistlicher aus?" fragte der im Gesicht fast vollkommen Zugewachsene, der ein Jeanshemd trug, eine helle Cordhose und ein ausgebeultes grünes Sakko.

„Das weiß ich selber nicht. Vielleicht freudloser, angestrengter. Hatte was anderes vor meinem geistigen Auge."

„Dann tun Sie mal was an Ihrem geistigen Auge. Aber wenden können Sie sich trotzdem an mich."

„Man dankt." Der Zugewachsene rückte ein Stück beiseite und wies mit der Hand auf den freigewordenen Platz. Friedrichsberg setzte sich. „Ich habe eine vielleicht etwas seltsam klingende Frage, aber das dürften Sie als Theologe ja gewöhnt sein. Und zwar haben Sie vor einiger Zeit ein Konfirmandentreffen organisiert; können Sie sich daran erinnern?"

„Ja, das kann ich. Warum fragen Sie denn?"

„Nun, das weiß ich, ehrlich gesagt, selber nicht."

„Das klingt ja spannend."

„So spannend ist es leider nicht. Da sitzt mein Beinkleid durchaus bedeutend spannender. Darf ich Ihnen denn trotzdem ein paar Fragen stellen?"

„Bitte, aber da war ja nichts Besonderes dabei, bei dem Treffen."

„Das sagen Sie. Wahrscheinlich war auch wirklich nichts Besonderes dabei. Warum kam es zu diesem Treffen und wer war dazu eingeladen?"

„Dazu eingeladen waren die Menschen, die vor genau dreißig Jahren in unserer Gemeinde konfirmiert wurden."

„Aha. Und wie viele waren das?"

„Ach Gott, da muss ich schätzen. Das waren so um die fünfundzwanzig Leute."

„Männlein wie Weiblein, nehme ich an."

„Richtig. Männlein wie Weiblein. Auch schon vor dreißig Jahren."

„Und wie war die Stimmung bei diesem Fest, bei diesem Treffen?"

„Gut. Wie immer eigentlich. Wir machen das jedes Jahr und jedes Mal ist es was Besonderes, die Freude ist immer groß. Es haben sich immer bei den Konfirmanden Grüppchen gebildet, die in der Formation meistens auch an dem Abend des Treffens wieder beieinander hocken."

Wonach sollte er ihn jetzt noch fragen? Was konnte er thematisieren? Nach der Gruppe. Er konnte ihn nach der Gruppe befragen. „Hm… Können Sie sich bei diesem letzten Treffen an eine Gruppe erinnern, die an dem Abend zusammenhockte, die auch schon damals miteinander befreundet war?"

„Wie meinen Sie das?"

„Nun, wie ich es gesagt habe; schriftlich reinreichen wollte ich es nicht. Gab es eine Gruppe, die damals wie heute zusammen war? Genauer gesagt: eine Fünfergruppe?“

Er dachte nach. „Ja. Ja, die gab es. Tut mir Leid, dass es etwas gedauert hat, aber ich musste mir die Situation erst wieder vor Augen führen. Aber die gab es. Also die Gruppe gab es. Beziehungsweise die gibt es. Damals wie heute. Also wie bei dem Treffen vor wenigen Wochen. Und das hat mich ja auch so gefreut, dass die sich wieder zusammengefunden haben an dem Abend.“

„Für alte dicke Männer bitte etwas langsamer: Wie meinen Sie das?“

„Nach all den Jahren zum ersten Mal wieder zusammen und es ist so wie früher. Das merkte man gleich an der Stimmung. Die war kein bisschen getrübt.“

„Warum hätte sie das auch sein sollen?“

„Nun, ich kann mich daran erinnern, dass damals irgendetwas vorgefallen war.“

Obacht, da tat sich was! Friedrichsberg wusste noch nicht was, aber es tat sich was. Ganz ruhig, Brauner, und nicht nachlassen. „Wie: Damals, vor dreißig Jahren? Da können Sie sich heute noch dran erinnern?“

„Ja, das kann ich. Damals war ich Vikar in dieser Gemeinde. Heute bin ich Pfarrer. So ändern sich die Zeiten. Manches wird zum Schlechten, manches aber auch zum Guten.“

„Fürwahr. Und damals waren Sie hier Vikar?“ Friedrichsberg wollte den Westentaschenphilosophen im Keim ersticken.

„Richtig. Und zum Abschluss gab es eine Wochenendfahrt ins Sauerland. Fragen Sie mich bitte nicht, wohin. Und da waren wir mit der ganzen Konfirmandengruppe.“

„Und?“ Da musste doch jetzt noch was kommen, der Kosakenzipfel war doch schon zu erahnen.

„Und irgendetwas war da vorgefallen.“

„Wie: vorgefallen? Was heißt das?“

„Ich kann mich da beim besten Willen nicht mehr so genau dran erinnern. Ich weiß nur, dass da diese Fünfergruppe war. Die war damals unzertrennlich. Aber irgendetwas war da gewesen.“

„Ja, Herrgott, was denn?"

„Ich kann es nicht sagen. Ich hatte es auch komplett verdrängt, mir fiel es erst wieder ein, als ich sie da so sitzen sah. Und als ich ihn da so sitzen sah. Und da fiel es mir ein."

„Was fiel Ihnen ein?"

„Das damals was war. Mit den fünf. Halt: Man muss besser sagen mit den vieren und Georg. Denn an diesem Wochenende war irgendetwas mit ihm passiert, da war was vorgefallen. Irgendetwas stimmte danach nicht mehr mit ihm. Aber was das war und vor allem warum das war, kann ich Ihnen leider nicht sagen. Er hat mir damals auch nichts erzählt, sonst könnte ich mich dran erinnern. Und die anderen auch nicht. Ich weiß es nicht mehr."

Das konnte doch nicht wahr sein. Was wusste dieser Mann denn überhaupt? Da studierst du Theologie, siehst auch so aus und was bringt's? Nichts! „Gut, gut. Da kann man nichts machen. Und es war was zwischen diesen fünf?"

„Ja. Zwischen den fünf ist damals was vorgefallen. Und das meine ich vor ein paar Wochen beim Treffen bemerkt zu haben. Ich habe mir eingebildet, dass da immer noch was in der Luft lag. Aber wahrscheinlich bilde ich mir das wirklich alles nur ein. Schließlich ist das alles schon dreißig Jahre her. Da kräht doch kein Hahn mehr nach."

Mehr Informationen schein ich hier nicht mehr zu bekommen. Aber ein bisschen hat es ja was gebracht. Nicht viel, aber immerhin. Wie war das noch mal gleich in der Bibel? Wasser zu Wein konnte er ja. Aber aus nichts was machen ging auch nicht. Also lass ich den Pfaffen mal hübsch in seinem Weihrauchdunst versauern. Friedrichsberg erhob sich und hob zur Verabschiedung leicht die Hand. „Sie sollten sich wundern, wonach so ein Hahn noch alles krähen kann. Erst recht, wenn man nicht mehr damit rechnet. Und erst recht, wenn man den Hahn schon längst als stumm wähnt." Der Pfaffe glotzte. „Wie war das noch gleich? In Ihren theologischen *Gelben Seiten*? Dem Nachschlagewerk für brenzlige Fälle? Da steht's doch: Lahme zum Gehen, Blinde taub oder so, da fängt so ein Hahn auch gerne mal das Krähen an." Er drehte sich um und verließ die Kirche.

Draußen atmete er erstmal tief durch.

„Hier können Sie aber nicht stehen bleiben. Sie blockieren ja den ganzen Eingang." Die Stimme. Die Stimme, der Klang: die Geblümte. Musste das jetzt sein? So kurz vorm Schluss, ihn aus den Gedanken reißend?

„Ich mache ja schon Platz, gnä' Frau, für Sie immer und mit Kusshand. Wohin geht's? Ins Gotteshaus? Zur Beichte? Da beißen Sie aber bei Protestantens auf Granit. Wohl bekomms."

„Wie bitte? Ich verstehe Sie nicht! Ich muss da rein, Kerze anzünden für meinen Mann, der liegt hier nebenan."

Friedrichsberg schaute sich um. Nebenan war der Friedhof. „Der Glückliche. Hat's hinter sich und platzbedingt begrenztes Wohnrecht auf Lebenszeit in Ewigkeit für die Ewigkeit."

„Was?!"

„Nichts, nichts."

Die Geblümte stand schon halb im Eingangsbereich der Kirche. „Ja, mein Mann. Schon so lange tot und ich muss mich immer noch drum kümmern. Wie zu Lebzeiten. Immer kümmern. Früher Schnittchen, heute Kerzen. Die Vergangenheit hinterlässt ihre Spuren." Und schon war sie in der Kirche verschwunden.

Die Vergangenheit hinterlässt ihre Spuren… Was für ein wahrer Satz. Hatte er den nicht schon mal gehört? Von ihr sogar. Und er passte auch auf die Fünf. Auf so vieles.

Er stieg feist grinsend in seinen Wagen und startete ihn. Hier hatte er genug gehört, er wollte jetzt erstmal nach Hause und sich in den eigenen vier Wänden Gedanken darüber machen, wie er weiter vorgehen sollte.

Und dann saß er da. Am Küchentisch. Vor sich hatte er ein weißes DIN A 4 Blatt liegen, einen Füllfederhalter und versuchte nun, all seine Gedanken zu bündeln und chronologisch geordnet zu Papier zu bringen. Was nicht auf Anhieb funktionieren wollte. Er dachte über alles Geschehene nach. Ihm fiel sogar die Eierszene auf dem Wochenmarkt ein. Was hatte der Typ gesagt: *Eier sind wie Menschen, man weiß nicht, wie es drinnen aussieht.* Wie wahr. Nach außen eitel Sonnenschein und im Innenleben tun sich seelische Abgründe auf. Zeit heilt eben nicht alle Wunden. Bei weitem nicht. Die Vergangenheit hinterlässt oftmals viel zu starke Spuren. Es war ein Vergangenheitsmord, der sich in die Gegenwart rübergerettet und das Innenleben eines Menschen und dann letztendlich mehrerer Menschen zerstört hat wie ein rohes Ei.

Es war mittlerweile 18:20 Uhr und Friedrichsberg begann seine Gedanken, Hinweise, wenn man so will auch Ermittlungsergebnisse und die daraus erfolgten Schlussfolgerungen, zu Papier zu bringen. Nur war dieses Unterfangen zeitraubender, als er es anfänglich für möglich gehalten hatte, denn über das Ganze war es dann mittlerweile 19:50 Uhr geworden, als ihn das Läuten seines Handy aus den letzten Gedanken riss.

„Was denn?“ bellte er in das kleine Telefon.

„Friedrichsberg? Straeten hier. Was ist denn los?“ Er hatte eine fast nervöse Stimme.

„Musst du nicht zum Chor? Schau mal auf die Uhr.“ Das musste die Unpünktlichkeit in Person gerade sagen. Wer, wenn nicht er, kam immer zu spät?

„Ich weiß, ich weiß. Aber ich habe den ganzen Tag auf deinen Anruf gewartet. Der kam aber nicht. Und jetzt habe ich gedacht, bevor ich los muss, rufe ich dich mal an. Also, was ist los?“

Friedrichsberg holte tief Luft. „Genug. Zuviel. Nichts Schönes. Mir reicht's.“

„Was heißt das?“

„Ich habe alle Fakten zusammengetragen und in den letzten anderthalb Stunden all das aufgeschrieben, was wir in der letzten Woche herausgefunden haben.“

„Und? Zu welchem Ergebnis bist du gekommen?“

„Ich bin zu dem Ergebnis gekommen, dass ich mittlerweile weiß, wo das Tablett steht und wie eben dieses aussieht, auf dem ich unseren Täter zu präsentieren gedenke.“

„Wie: unser Täter?“ Straeten stand auf der Leitung. „Was für ein Täter? Das waren doch Selbstmorde. Und wir haben am Montag alles zu den Akten gelegt. Was kramst du denn jetzt auf einmal einen Täter hervor? Und woher? Und was soll der getan haben? Und wie?“

„Das habe ich alles aufgeschrieben, Straeten. Und diese Anmerkungen liegen hier vor mir auf dem Küchentisch. Ich werde jetzt gleich noch mal das Haus verlassen..." Er schaute auf die Uhr, es war kurz vor acht. „...so gegen 22:30 Uhr wird das sein. Dann werde ich die letzten Schritte in dieser Angelegenheit unternehmen. Ich denke, dass ich eigentlich gegen Mitternacht wieder zu Hause sein müsste. Sollte ich mich um diese Zeit nicht bei dir gemeldet haben, also gegen 0 Uhr oder 24 Uhr, ganz wie du willst, dann fahr zu mir nach Hause, du hast ja einen Schlüssel. Geh in die Küche, da liegt alles, was du brauchst. Alle Informationen, die von Belang sind. Und dann greifst du ein. Ich lege dir neben meine Notizen auch die Visitenkarte von diesem Heidenreich. Ruf den an, tu was. Wie auch immer, frag mich nicht. Ich hoffe, dass du nicht zu spät kommst. Aber ich denke nicht."

„Wie? Was denkst du nicht? Dass ich zu spät komme? Aber wohin denn?"

„Ich denke nicht, dass mir irgendetwas passiert."

„Was soll dir denn passieren?" Pure Verzweiflung nahm Straeten in Besitz.

„Eben. Nichts."

„Das verstehe ich alles nicht. Wohin soll ich denn wann kommen?"

„Das wirst du schon lesen. Um Mitternacht. Wenn es denn soweit kommen sollte, was ich nicht glaube."

„Du machst mir Sorgen."

„So soll's sein. Brav. Aber eigentlich besteht kein Anlass zu Grübelei und Sorge. Alles halb so wild."

„Ach, alles halb so wild?"

„Ja. Alles halb so wild."

„Kannst du mir denn nicht irgendeinen Hinweis geben, irgendwas, dass ich weiß, um was es geht?"

Friedrichsberg kratzte sich am Kopf und spitzte die Lippen. Er überlegte. Dann malte sich auf seinem runden Gesicht ein recht feistes Grinsen ab. „Hm... Ich weiß nicht. Na gut, vielleicht soviel: Der Fall ist abgeschlossen und wir sollten uns überlegen, wo wir uns das nächste Hirschgulasch einverleiben."

EPILOG

Friedrichsberg saß wieder einmal (und auch zum letzten Mal) in diesem wunderbaren Gastraum, allerdings nicht an seinem Stammplatz, sondern in der Mitte des Lokals. Er sah, dass alle guten Plätze besetzt waren, sah aber auch diesen mittigen Platz, steuerte ihn an und setzte sich.

Auf dem Stammplatz saßen zwei Ehepaare, die schon gegessen hatten, aber noch in eine tiefe Diskussion verstrickt waren. Auf drei der Eckplätze saß jeweils ein Pärchen, an einem Platz eine ältere Dame alleine. Nein, mit Dackel. Die ältere Dame aß den letzten Rest von ihrem Teller und war dabei lauter als der Hund unter dem Tisch. Einer der vielen Fälle, wo sich das Tier für den Menschen schämt und nicht umgekehrt. Solange die jetzt nicht auch noch das Bein hebt, möchte ich mich nicht weiter beschweren, dachte Friedrichsberg.

Er hatte angerufen. Noch von zu Hause aus. Seine verschriftlichten Anmerkungen fein säuberlich auf dem Küchentisch drapiert, dass es Straeten, sollte es denn soweit kommen, womit er insgeheim nicht rechnete, sofort ins Auge fiel. Und dann hatte er eben angerufen. Gesagt, dass er noch vorbeikommen würde, später, absichtlich so spät, weil er die Gelegenheit nutzen und ihn alleine sprechen wollte. Vielleicht war ihm direkt die Bedeutung des Anrufes bewusst gewesen, jedenfalls hatte es für Friedrichsberg so geklungen. Eben so, als wisse er, was jetzt auf ihn zukommen würde. Aber woher? Wusste er, dass er sich mit dem Fall, pardon: mit den Fällen beschäftigt hatte? Sie hatten sich nach Burkunther erkundigt, mehr nicht.

Es sei aber kein Problem, beileibe nicht, dass er noch so spät vorbeikommen wolle. Auch nicht, wenn er noch etwas essen wolle. Und erst recht nicht, wenn er mit ihm unter vier Augen reden wolle. Gerade dann nicht. Gerade dann wäre es gut, wenn er später käme, dann hätte er mehr Zeit.

Jetzt zahlten die beiden Ehepaare, standen gut gelaunt auf und turtelten laut aus dem Lokal. Auch die anderen Pärchen zahlten und gingen mit der Zeit. Das gleiche tat die ältere Dame, zog ihren Dackel unterm Tisch hervor und verließ ebenfalls das Restaurant, nicht ohne noch einmal einen verächtlichen Blick auf

Friedrichsberg zu werfen, so nach dem Motto: Jetzt können Sie aber auch mal bald aufstehen und das Haus verlassen, schließlich ist es spät genug. Es gibt Menschen, die denken mit ihnen dreht und steht die Welt.

Kurz nach halb elf war er da gewesen. Hatte diesen Platz eingenommen. Hatte einen Rotwein bestellt. Und dann war der Chef gekommen. Aufgrund der hohen Frequentierung seines Ladens hatte er ihn nicht, wie gewohnt, direkt an der Tür in Empfang nehmen können. Was Friedrichsberg nur begrüßte, hatte er so doch Zeit genug, relativ unbeobachtet noch mal einen Blick über die Bilderwand, genauer gesagt einen gezielten, langen Blick auf das eine Bild zu werfen, das ihm beim letzten Besuch aufgefallen und im Gedächtnis geblieben war. Ein altes Photo aus der Jugend von fünf Männern. Und er assoziierte nicht nur irgendwas mit diesem Bild, nein, er erkannte sie sogar. Alle fünf Männer. Beziehungsweise bei einem dachte er sich, dass es sich hierbei nur um den einen handeln konnte. Den hatte er nicht kennen gelernt, da kannte er nur den Namen. Aber das musste Ludwig Jansen sein. Bei den anderen war er sich sicher, deren Bekanntschaft hatte er, mehr oder weniger, manchmal nur über Dritte gemacht, heißt: machen müssen. Die sah er auf diesem alten Foto und ordnete sie ihren heutigen Gesichtern, besser: ihrem heutigen Aussehen und ihrer Statur zu. Und zwar waren das, von links nach rechts: Werner Zimmermann, Ludwig Jansen, Carl F. Burkunther, Gernot Carstensen und Georg Bartolt.

Durch Zufall hatte er dieses Bild gesehen und nach und nach seine Schlussfolgerungen ziehen können.

„Darf ich Sie zu einem Dreigangmenü einladen, Herr Friedrichsberg?“ Bartolt knetete die Hände vor dem Bauch und beugte sich leicht zu ihm hinunter.

„Also, wissen Sie, Herr Bartolt, ich weiß nicht, ob mir zum Essen zumute ist. Eigentlich wollte ich mit Ihnen reden.“

„Immer gerne.“ Sagte es zwar, aber es klang durchaus sein Bewusstsein über den Ernst der Lage durch. „Schauen Sie sich doch bitte um.“ Er wies mit den Händen durchs Lokal und ließ dabei den Blick über die Gäste schweifen. „Solange es noch so voll ist, habe ich nicht wirklich Zeit für Sie, also ich kann mich nicht voll auf Sie konzentrieren. Deshalb schlage ich vor, dass Sie erst etwas essen, nach und nach werden auch die letzten Gäste das Lokal verlassen haben, dann schicke ich das Personal nach Hause und dann werde ich Zeit für Sie haben." Das klang wie die Schlussszene in einem romantischen Film. Italien, kleine verwanzte Fressklitsche mit verbautem Blick aufs Meer, bunte Lampions, die schon für Mussolini hingen, Mann und Frau am rotweißbetischdeckten Holzwurmverhau, ein Teller Spaghetti und schlechter, sodbrennenbeschwörender Roter. Nach Romantik war Friedrichsberg aber ganz und gar nicht.

Er lehnte sich auf seinem Stuhl zurück, ließ die Hände auf die Tischdecke fallen und schaute zu Bartolt hoch. „Nun denn, bevor ich mich schlagen lasse... Aber da kann ich beim besten Willen nicht widerstehen."

„Ich möchte Sie kulinarisch überraschen. Lassen Sie sich auf mich ein und vertrauen Sie mir." Bartolt lächelte ihn an und Friedrichsberg tat es ihm gleich; er lächelte zurück.

Kurz darauf bekam er einen Rotwein serviert. Er nahm das Glas auf, ließ die rote Flüssigkeit ausladend kreisen, führte das Glas an seine Nase, sog einmal tief das Aroma des Weins ein und nahm einen üppigen Schluck. Er ließ den Wein genüsslich hinunterlaufen und schmatzte ein paar Mal nach. Ein guter Wein. Ein edles Tröpfchen. Er stellte das Glas ab und just in dem Moment schoss ihm ein Gedanke durch den Kopf: Sollte das mein letzter sein? Mein letztes Getränk, das servierte Essen die Henkersmahlzeit?

Für einen Moment dachte er gar nichts mehr, pure Leere in seinem Kopf, er saß wie versteinert da. Nur allein der Gedanke an eine mögliche Vergiftung hämmerte immer wieder durch seinen Schädel.

Aber warum? Warum sollte er mich vergiften? Was hatte er davon? Unsinn. Gar nichts hätte er davon. Ich will ja nichts von ihm. Ich habe ja auch nichts gegen ihn. Ich habe nur die ein oder andere Unebenheit entdeckt und möchte mir Klarheit verschaffen. Nur allein deswegen bin ich hier. Weil ich einen Verdacht habe und den entweder bestätigt oder entkräftet sehen möchte. Also kein Grund, mich um die Ecke zu bringen. Und er wusste ja auch noch nicht den Grund meines Erscheinens.

Friedrichsberg nahm noch einen Schluck. Vor ihm ein perfekt eingedeckter Tisch, um ihn herum wurde gegessen. Nach guten zehn Minuten kam eine Kellnerin und brachte einen Teller. Fisch. Er probierte. Es sah aus und schmeckte auch wie Wildlachs. Diesen Lachs schloss eine Art Sauce ein. Zitronenschaum. Und das Ganze... Wie nannten die das immer in diesen Feinschmeckerzeitschriften? Wie hätte es Burkunther ausgedrückt? Wahrscheinlich so: *„in einem Spiegel von Flusskrebsschwänzen"*. Aber es schmeckte vorzüglich. Was heißt *aber*? Nur weil es einen blöden Namen trägt, muss es ja noch lange nicht schlecht schmecken. Wie viele Menschen heißen Kevin-Pascal Quiatkoschinski und können doch ganz nett sein? Selten, kommt aber vor.

Schmeckte er denn irgendetwas heraus, was eventuell nicht da hinein passte? Man sagte ja, dass Bittermandel ein untrügliches Zeichen für das Gift Zyankali war. Oder war es doch ein anderes Gift? Er wusste es nicht mehr so genau und es war ihm auch egal. Er schmeckte nichts Mandeliges und selbst wenn... Was sollte es jetzt ändern? Der Mann war Koch und würde wahrscheinlich genug andere Möglichkeiten haben, mich aus dem Weg zu räumen oder zu vergiften. Wer weiß, was da alles in seinem Gewürzregal steht. Da stehen bestimmt Sachen, von denen der Pathologe noch nicht mal weiß, wie sie geschrieben werden. Oder überhaupt, dass es sie gibt. Krötengift von Ureinwohnern beispielsweise. Hier aber nicht auf die Pfeilspitze gepinselt, sondern unter das Püree gehoben.

Oder der gute Koch rammt mir einfach so ein großes Fleischermesser zwischen die Schulterblätter und ich sinke zwischen Zitronenklammer und Flusskrebsspiegel tot zusammen. Dann werde ich nach hinten gezogen durch die Schwingtüre und auseinander genommen. Er musste an die eingelegten Finger im Regal des Richters denken.

Er nahm eine weitere Gabel von dem Lachs, es schmeckte ausgezeichnet. Aber irgendwann hatte auch dieser Genuss ein

Ende, er tupfte sich mit der Serviette, die er vorab wohlweislich auf seinem Schoss ausgebreitet hatte, die Mundwinkel ab und faltete sie neben seinem Teller zusammen.

Hier war er jetzt angekommen. Die Gäste verließen langsam das Lokal, es war kurz nach 23 Uhr. Bartolt kam aus der Küche, ging auf Friedrichsberg zu, räumte den Teller weg und sagte: „Ich schicke eben noch das Personal nach Hause, sollen die morgen eben eine Stunde früher kommen. Von wegen Aufräumen und Saubermachen. Dann serviere ich Ihnen den zweiten Gang und werde nur noch Zeit für Sie haben." Daran gefolgt die leichte Verbeugung, Abgang in die Küche.

Friedrichsberg richtete sich kerzengerade auf und schaute sich um. Und in der Tat: Das Restaurant war vollkommen leer, kein Gast mehr da, auch niemand hinter dem Tresen, er war ganz alleine. Alleine mit Georg Bartolt. Ihm war die Leerung des *Lamms* gar nicht aufgefallen, so versunken war er in seine Gedanken gewesen.

Und schon schwang die Küchentüre wieder auf, der Chef des Hauses trat heraus, in der Hand einen großen Teller, den er Friedrichsberg mit leicht elegantem Schwung vor die Nase setzte.

„Ich habe hier für Sie eine Ente rosa gebraten auf einer hellen Soße vom Wild, dazu reiche ich Ihnen Broccoliröschen, die ich mit Herzoginkartöffelchen zu garnieren pflege." Bartolt lächelte und kniff Friedrichsberg ein Auge, wie um das Gesagte zu kommentieren, dem Ganzen einen leichten Ansatz zu geben.

Friedrichsberg nahm die Serviette wieder von ihrem Platz, breitete sie auf seinem Schoß aus und beugte sich über den Teller. Es war eine gute Portion, er sog den Duft ein und hauchte ein „Herrlich!" über das Ganze.

„Noch einen Wein?"

Friedrichsberg nickte nur stillschweigend, den Blick nicht vom Teller wendend.

Bartolt nahm sich das noch viertelvolle Glas, schaute es an, schaute Richtung Tresen, stellte das Glas dann wieder ab und sagte wie zu sich selbst: „Ach was, ich hole die Flasche hierher.

Ich brauch jetzt auch was. Und dann müssen wir nicht so oft hin und her laufen, oder?"

Friedrichsberg schreckte aus seinem Tellerblick auf. „Mir soll's nur recht sein."

Bartolt ging zum Tresen, holte eine neue, original verschlossene Flasche hervor, öffnete sie, griff sich ein frisches Glas, ging zurück zum Tisch und nahm Friedrichberg gegenüber Platz.

„Lassen Sie es sich schmecken." Er goss zunächst ihm, dann sich ein, beide stießen an, nahmen einen Schluck und dann beschäftigte sich Friedrichsberg erst einmal nur mit der Ente, was er zwischendurch nur mit einem „hervorragend", „wunderbar" und „erstaunlich" kommentierte.

„Es ist aber auch nicht gerade höflich, dass ich Ihnen hier was vorkaue, oder?"

„Lassen Sie mal", beschwichtigte Bartolt ihn. „Ich habe den ganzen Abend zubereitet, gekocht, abgeschmeckt, gebraten, ich muss nach so einer Arbeit nichts mehr essen. Ein bisschen trockenes Brot zum Wein, das reicht aus. Vor allen Dingen kauen mir die Leute ständig was vor." Er stand auf, verschwand kurz in der Küche, nur um nach wenigen Minuten mit einem gefüllten Brotkorb wieder herauszukommen.

Friedrichsbergs Teller war halb geschafft. „Eigentlich", sagte er mit halbvollem Mund, „eigentlich bin ich ja gar nicht zu meinem Vergnügen hier. Ganz im Gegenteil."

Bartolt nahm einen Schluck vom Wein. „Das klingt aber höchst unerfreulich."

Sein Gegenüber nickte. „Leider, leider. Es ist auch unerfreulich." Er steckte sich ein Broccoliröschen in den Mund, kaute ein paar Mal drauf rum und schluckte es dann hinunter. „Und ich muss sagen: Mir gefällt das alles ganz und gar nicht." Er schaute Bartolt aus traurigen Augen an, schnitt ein Stückchen Ente, zog es durch die Soße, in den Mund, kauen, runter.

„Ich weiß gar nicht, ob Sie wissen, worum es hier eigentlich geht. Es geht um eine… Nun, wie soll ich das jetzt nennen? Es geht um… Ja, um eine seltsame Selbstmordserie. Ich denke, damit ist das Ganze hinreichend beschrieben." Er sah Bartolt genau in die Augen. Und seinen Reaktionen nach zu urteilen, schien Bartolt zwar von diesen Selbstmorden zu wissen, allerdings hatte er sie nicht mit Friedrichsberg in Verbindung gebracht. Und diese Tatsache schien ihn gerade etwas zu beunruhigen. Diese bartoltsche Beunruhigung beruhigte wieder Friedrichsberg, denn sie zeigte ihm, dass Bartolt nicht damit gerechnet hatte, dass Friedrichsberg ihn auf das Thema anspricht, ihn mit dem ganzen Informationskonvolut konfrontiert und damit waren all seine Vergiftungsvermutungen hinfällig.

Noch ein letzter Bissen von der Ente, dann die übrig gebliebene Herzoginkartoffel durch die Soße und fertig ist die Laube. Er legte das Besteck fein säuberlich auf den leer geputzten Teller, wischte sich mit der Serviette den Mund ab und faltete sie wieder ordentlich zusammen. Er griff das Glas mit dem Wein, nahm einen Schluck, wie um nachzuspülen. Dann stellte er das Glas ab und schaute den stummen Chef des Hauses an. „Also Herr Bartolt, das hier gerade…" Er wies mit dem Zeigefinger der Linken vor sich auf den leeren Teller, „…war vorzüglich. Meine Hochachtung."

Bartolt lächelte müde. Es war aber kein echtes Lächeln. Ein aufgesetztes. „Und… Also ich meine… Das mit den Selbstmorden… Was hat das denn mit mir…" Bartolt spielte mit dem Griff seines Glases.

„Ach, jetzt hören Sie auf, Herr Bartolt. Wiegeln Sie bitte nichts ab, sparen Sie sich fürs Erste jeden Kommentar. Ich will Ihnen ja nichts Böses. Ich will lediglich herausfinden, was in den letzten Wochen eigentlich passiert ist. Wirklich passiert ist. Und wie alles zusammenhängt. Das interessiert mich brennend. Ich weiß nicht, ob es auch andere interessiert. Mich interessiert es. Und das soll reichen. Mir jedenfalls reicht es." Er zog die Augenbrauen zusammen, wie um die Diffusheit des Gesagten zu unterstreichen. „In meinen Ausführungen wird die eine oder andere Lücke sein. Das tut mir Leid und dafür möchte ich mich vorab entschuldigen. Diese Lücken hoffe ich von Ihnen ausgefüllt zu bekommen. Entweder gegen Ende meiner Ausführungen oder durch pures Unterbrechen Ihrerseits. Tun Sie mir den Gefallen?" Friedrichsberg hatte sich für die direkte Konfrontation entschieden. Wie heißt das bei Boxern? Immer voll auf die zwölf? Mag sein. Angriff ist die dings, na, die beste Verteidigung. Sagt man jedenfalls. Und so wollte Friedrichsberg auch vorgehen.

Irgendwie wirkte Bartolt wie in Trance. Er starrte vor sich auf den Tisch, nickte immer wieder und drehte das Weinglas in seiner Hand.

„Helfen Sie mir, die Lücken zu schließen, Herr Bartolt?" Der nickte immer nur. „Herr Bartolt, haben Sie mich verstanden?"

Er schaute auf. „Ja. - Ja, ich werde Ihnen helfen."

„Schön." Friedrichsberg lehnte sich auf seinem Stuhl zurück. Jetzt konnte er beginnen.

„Also", er begann. „Fangen wir mal am Anfang an. Der Anfang ruht noch ein bisschen zu sehr in Dunkelheit. Drum fangen wir mal vorsichtig und peu à peu an, wenn es Details zu vervollständigen gibt, bitte ich um Wortlaut." Friedrichsberg warf Bartolt ein schräges Lächeln rüber. Erneut der Griff zum Weinglas. „Jetzt mit *Es war einmal...* anzufangen, würde ich für etwas übertrieben halten. Nichts desto trotz ist das, was zunächst kommt und auf dem alles Folgende fußt, schon ziemlich lange her. Aber, so scheint mir jedenfalls, noch nicht so lange her und für Sie in so bleibender Erinnerung, dass Sie keines der Ereignisse vergessen haben können. Das, was damals passiert ist, muss so tief gesessen haben, dass Sie sich fest vorgenommen haben, sich an einigen Personen zu rächen. Ich habe anhand von Schreiben, die bei Richter Carstensen lagen und aufgrund einer Unterredung mit dem Pfarrer einer evangelischen Gemeinde herausgefunden, dass vor dreißig Jahren eine Gruppe von Jungen und Mädchen konfirmiert wurde. Das zog sich wohl über mehrere Wochen und Monate und wurde vor der eigentlichen Konfirmationsfeier durch ein gemeinsames Wochenende gekrönt. Und, so wusste sich der damalige Vikar noch zu erinnern, es gab damals eine Gruppe, die unzertrennlich war. Eine Fünfergruppe. Und die besteht... Oder soll ich besser sagen: Die bestand? Jedenfalls bestand die aus den Herren Zimmermann, Burkunther, Carstensen, Jansen und Bartolt. Damals natürlich noch keine Herren, sondern Jungen, alle gingen noch zur Schule und waren, wie gesagt, miteinander befreundet. So weit, so gut. Was mich wundert, ist Folgendes: Jahrzehnte später bringen drei der Herren sich nacheinander um und einer verschwindet. Der Verschwundene heißt Ludwig Jansen, soviel weiß ich auch schon, ich habe mit seiner Frau gesprochen. Jetzt fragen Sie mich nicht, wo er hin ist. Ich nehme auch stark an, dass Sie mich das eh nicht hätten fragen wollen, weil Sie es ohnehin schon wissen, weil Sie hinter seinem Verschwinden stecken. Und hinter den drei Selbstmorden Ihrer Freunde stecken Sie auch. Nur wie Sie das angestellt haben, weiß ich leider nicht. Der eine hat sich erschossen, der andere erhängt, der dritte hat sich aus dem Fenster gestürzt. Das ist bewiesen, da lässt sich auch nicht dran rütteln. Nur was die drei dazu gebracht hat, so zu handeln, das würde mich interessieren. Und was damals auf der Konfirmandenfreizeit passiert ist, das interessiert mich auch noch. Und hier bitte ich Sie um Ihre Mithilfe: Was ist damals vorgefallen, dass Sie sich Jahrzehnte später an diesen Menschen gerächt haben?"

Eine lange, schweigsame Pause entstand. Stille machte sich breit und erfüllte den ganzen Raum. Eine klärende Stille, die Friedrichsberg auch nicht unterbrechen wollte.

„Menschen… Das waren keine Menschen. Ungeheuer waren das. Das trifft es eher."

„Na, ist das nicht ein bisschen hochgespielt? Ungeheuer… Ein Lehrer, ein Richter, ein Feinschmecker und dieser Jansen eben, von dem ich nicht weiß, was er ist."

„Finanzbeamter."

„Na, hat's ja einen getroffen, der es verdient hat." Friedrichsberg schmunzelte zunächst ob seiner Bemerkung, fand sie aber gleich drauf höchst unpassend. Höchst unpassend!

„Wie bitte?"

„Pardon, war eine unpassende Bemerkung. Aber diese Leute als Ungeheuer zu bezeichnen… Ich weiß nicht."

Bartolt fuhr sich durchs Haar. „Sie haben mir mein Leben versaut, zunichte gemacht, mir die Zukunft ruiniert."

„Wie habe ich das zu verstehen?" Friedrichsberg lehnte sich auf seinem Stuhl zurück und breitete die Arme aus. „Ich sehe Sie hier in Ihrem Laden, der Laden läuft gut, um nicht zu sagen ausgezeichnet, Sie scheinen nicht unzufrieden zu sein, Ihnen geht es gut."

„So mag es vielleicht aussehen, aber so ist es nicht. Die Wirklichkeit sieht ganz anders aus."

Friedrichsberg dachte an die Wochenmarkteier. „Wie sieht denn die Wirklichkeit aus? Beziehungsweise was ist vorgefallen, dass Ihre Wirklichkeit so aussieht wie sie aussieht?"

Er atmete schwer durch und man konnte ihm anmerken, dass es ihm nicht leicht fiel, zu antworten, über all das zu reden. Er setzte ein paar Mal an, um Friedrichsberg eine Antwort geben zu können. „Gut, ich will es Ihnen erzählen. Leicht fällt es mir nicht, das können Sie mir glauben."

„Tu ich, tu ich." Friedrichsberg winkte leicht ab.

„Wir waren dieses Wochenende weg. Eben dieses Konfirmandenwochenende vor dreißig Jahren. Von Freitagmittag bis Sonntagabend. In irgend so einem Kaff im Sauerland, ich weiß nicht mehr, wo das war. Ich habe es verdrängt. Das konnte ich noch verdrängen, Gott sei Dank. Wenigstens etwas. Es gab größtenteils Sechserzimmer und wir fünf hatten ein solches Sechserzimmer in Beschlag genommen. Wir waren wirklich dicke Freunde. Irgendwie. Aber dann kam etwas dazwischen, zwischen uns, was nicht gut für uns war. Und zwar war das eine Frau. Wie so oft, eine Frau. Ludwig war damals schon seit einem guten Jahr mit einem Mädel zusammen. Gitta hieß die. Ein tolles Mädchen. Da waren wir alle scharf drauf. Die war grade 17 geworden, sehr reif, sah toll aus, war witzig und intelligent, hatte alles, was man brauchte, kurzum: ein Traum. Natürlich gab Ludwig sehr mit ihr an. Konnte er ja auch, war ja seine und damit sein gutes Recht. Aber dann passierte es eben. Es passierte das, was eigentlich nicht hätte passieren dürfen: Wir alle kamen am Freitag an, bezogen unsere Zimmer, Abendessen, Spielrunde. Und Freitagabend war Disko. Wir saßen nach der Spielrunde bei uns auf dem Zimmer, wir hatten uns ein paar Flaschen Wein mitgebracht von zu Hause, Gernots Vater hatte einen ziemlich großen Weinkeller, wir ließen also die Weinflasche kreisen, ich sagte noch so, kommt, lasst uns runter gehen, die machen doch Disko. Aber die anderen vier hatten keine Lust, wollten nicht wieder mit den anderen Schwachköpfen zusammenhocken, wie sie sagten, die hielten sich schon damals für was Besseres, das ist unglaublich. Ich hatte aber damit nichts zu tun, sagte, dann gehe ich eben alleine und bin dann runter in den Gemeinschaftsraum, wo fast alle versammelt waren, Mädchen, Jungen und zwei Leiter. Kassettenrekorder in der Ecke, Vorhänge zugezogen, großes Licht aus und über die Ecklampe ein rotes Tuch geworfen. So machte man damals Disko. Einer von den Leitern verteilte Cola und Limonade, das war's. Ein paar Jungs saßen verschüchtert auf Stühlen, die Mädchen tanzten miteinander. Ich hatte mir erstmal eine Cola geholt, mich an den Rand gestellt und den Mädchen beim Tanzen zugesehen. Und plötzlich kam direkt auf mich zu die Gitta, strahlte mich an und fragte, ob ich mit ihr tanzen wolle. Ich dachte mir: Warum nicht, Gitta ist hübsch, da tanze ich gerne. Und erst spielten die so ein flippiges Zeug, dann aber kam plötzlich ein Klammerblues. Und ich dachte erst: Nee, da gehst du mal wieder auf Distanz, aber Gitta umschlang mich sofort und ließ mich nicht mehr gehen und drückte mich ganz fest an sich. Ich spürte ihre Haare in meinem Gesicht, ich konnte sie riechen und ihre Brüste auf meinem Körper fühlen. Das hatte mich schon sehr angemacht. Dann fragte sie plötzlich, wo denn Ludwig sei. Ich sagte, dass er mit den anderen oben ist. Sie verzog das Gesicht und sagte nur: Du bist mir eh viel lieber. Mit Ludwig kann man so was gar nicht machen. Und anderes auch nicht wirklich. So weit sei er noch nicht. Ich fragte sie, was sie denn mit *was anderem* meinte. Sie lächelte nur, hörte auf zu tanzen, nahm mich bei der Hand und führte mich hinaus. Wir sind dann aus dem Gebäude, einmal ums Haus, hinten auf den Hof. Und da war eine recht ruhige Ecke, in die sie mich zerrte. Und dann kam eins zum anderen. Ich konnte da gar nichts dafür, aber ich habe mich auch nicht gewehrt. Ich habe es einfach geschehen lassen. Erst haben wir uns nur geküsst, dann haben wir… Na ja, Sie wissen schon, Sie werden es sich schon denken können."

Friedrichsberg nickte. Er nahm einen letzten Schluck aus seinem Weinglas, stellte es wieder ab, nahm die halb volle Flasche, füllte sich nach, füllte Bartolts Glas auf und nahm sich noch einen Schluck.

„Aber wir sind aufgefallen, wir sind entdeckt worden. Wir waren gerade... Also mitten... Plötzlich packen mich von hinten zwei starke Hände, reißen mich von Gitta, die fährt mit ihrem Körper zusammen und bedeckt sich mit Armen, Beinen und Händen. Ich werde zu Boden gerissen, hinter mir steht Ludwig mit soviel Zorn im Gesicht... Das werde ich mein Leben lang nicht vergessen. Soviel Wut, Zorn, Aggression und Hass habe ich nie wieder in einem Gesicht sehen können. Neben ihm Carl, Werner und Gernot. Die drei lachten. Nur Ludwig lachte nicht. Er ging rüber zu Gitta, schlug ihr ein paar Mal ins Gesicht und trat ihr mit unglaublicher Brutalität in den Unterleib. Ob das bleibende Schäden, gesundheitliche Schäden, hinterlassen hat, weiß ich nicht. Gitta ist zu dem Treffen auch nicht erschienen. Dann beschimpfte er sie aufs Übelste und sagte ihr, sie soll abhauen. Sie stand auf, packte ihre Sachen zusammen und rannte ins Haus. Und dann war ich an der Reihe. Und das werde ich mein Lebtag nicht vergessen. Wir sind auch ins Haus, die vier hielten mich in ihrer Mitte fest. Wir sind auf unser Zimmer. Dann haben die mir Unterhosen in den Mund gesteckt, so viele, dass nichts mehr reinpasste. Und zum Schluss Klebeband drüber. Ich habe gedacht, ich würde ersticken. Aber der Knebel war dafür da, dass ich nicht schreien konnte, denn jetzt verprügelten sie mich bis ich am Boden lag. Alle vier. Alle vier schlugen auf mich ein wie Geistesgestörte. Wie in einem Wahn. Ein Wahn zwischen Hass und purer Lust an Brutalität. Und als ich schon lag, traten sie noch auf mich ein. Ich habe bald gar nichts mehr gespürt, mir wurde schwarz vor Augen, ich war wie im Koma, wie in Trance. Meine Augen waren verschmiert von einer Mischung aus Blut und Tränen. Ich hätte liebend gerne Blut gespuckt, aber ich konnte ja nicht wegen des Knebels. Und dann kam die Panik dazu, dass ich ersticke. Irgendwann ließen sie von mir ab. Ich hatte schon gehofft, es sei vorbei. Aber da hatte ich mich geirrt.

Sie hatten mich so auf dem Boden liegen lassen, hatten das Zimmer verlassen, das Licht gelöscht. Ich weiß nicht, wie lange ich so da lag. Es kam mir vor wie Stunden. Ich weiß es nicht mehr. Und dann kamen sie zurück, irgendwann. Alle vier. Sie hatten zwei dicke, feste Seile mitgebracht, fesselten mich mit dem einen an Armen und Beinen, legten das andere zu einer Schlinge zusammen, banden einen Knoten, legten es mir um den Hals, stellten einen Stuhl vor das Fenster, ich kam auf den Stuhl, sie banden den Strick, den ich ja um den Hals trug, an der Gardinenstange fest, und schubsten mich immer leicht, sie versuchten mich von dem Stuhl zu holen. Aber nie richtig, nie ganz. Ich weiß nicht, was sie damit bezwecken wollten. Ich wusste es nicht, ich hatte nur eine Mordspanik, eine Angst wie nie zuvor und auch nie mehr danach. Ich dachte wirklich, ich müsste sterben. Dann löschten sie erneut das Licht und verließen den Raum. Und ich stand da. Die ganze Nacht. In dem dunklen Zimmer. Alleine. Geknebelt. Auf einem Stuhl, einen Strick um den Hals. Ich konnte mich nicht befreien und auch keinen Alarm schlagen, da ich gefesselt war, ich konnte nicht um Hilfe rufen wegen des Knebels. Und so stand ich da. Stundenlang. Die ganze Nacht. Mir war schlecht, ich ließ unter mich gehen, ich wurde immer müder, die Beine wollten mir einige Male wegknicken, ich drohte in Ohmacht zu fallen vor lauter Müdigkeit. Aber das hätte meinen Tod bedeutet. Ich kämpfte ums Wachbleiben. Und somit ums pure Überleben."

Friedrichsberg starrte Bartolt wort- und fassungslos an. Er musste erstmal das verdauen, was er gehört hatte. Und das, was er gehört hatte, konnte er nicht glauben. So handelten doch keine Jugendlichen. Oder konnten Jugendliche so grausam sein? Konnten sie so etwas tun? Es war für ihn unglaublich, unvorstellbar.

Bartolt griff zu seinem Glas und nahm einen großen Schluck. „So war das damals. Ich habe mir vor lauter Panik in die Hose gemacht, ich habe geheult, ich habe immer wieder Blut und Erbrochenes geschluckt. Erbrochenes, weil ich schon so erschöpft war, weil mir schlecht wurde vor lauter Müdigkeit; und das Blut, weil sie mich so mit ihren Schlägen malträtiert hatten. Ich habe immer nur geheult, gebetet, dass das so bald wie möglich aufhört und geschluckt. Schlucken müssen, weil ich sonst erstickt wäre."

„Ja, aber wie lange haben Sie denn da gestanden?"

„Es wurde draußen schon wieder hell, da kamen die vier irgendwann rein."

„Und was passierte dann?"

„Ich weiß noch, wie die vier lachend rein kamen, sahen, dass ich mich voll gemacht hatte, dann kam Ludwig auf mich zu, spuckte mir ins Gesicht und trat gegen den Stuhl. Der kippte um, ich verlor den Halt, den Boden unter den Füßen, es gab einen Ruck, aber die anderen drei fingen mich noch rechtzeitig auf und einer von denen schnitt mich dann ab. Ich glaube, das war Gernot."

Friedrichsberg schüttelte fassungslos den Kopf. „Das ist ja unglaublich."

„Ja, das ist es."

„Und dann?" Er trank sein Glas aus und schüttete sich erneut nach.

„Und dann? Nichts und dann. Ich habe mich ziemlich lange unter die Dusche gestellt und geheult. Einfach nur geheult. Und dann habe ich mich abgetrocknet und mir was Neues, was Frisches angezogen. Irgendwie brachte man den Samstag und den Sonntag noch hinter sich. Dann war ein paar Wochen später die Konfirmation. Und danach war Schluss."

„Was heißt das: Schluss?"

„Ich hatte nichts mehr mit den vieren zu tun. Wollte ich auch nicht. Schon während der Konfirmationszeit nicht mehr. Aber man sah sich ja noch."

„Aber haben Sie das denn keinem erzählt?"

„Wem hätte ich das denn erzählen sollen? Können Sie mir das mal verraten? Und was hätten die tun können? Nein, ich habe nichts unternommen. Was auch? Damals nicht."

„Richtig. Damals nicht. Aber jetzt. Warum mussten erst dreißig Jahre vergehen, bis Sie etwas unternehmen? Und dann gleich so was?"

„Weil ich eigentlich nichts unternehmen wollte. Was bringt einem so was auch? Nichts."

Friedrichsberg senkte den Kopf, sein Doppelkinn trat hervor und er beäugte Bartolt kritisch. „Das verstehe ich nicht."

„Nach der Konfirmation kam erst mal das Abi. Dann kam der Zivildienst, die Ausbildung. Und dann war ich viel in der Welt unterwegs. Zunächst Schweiz, dann drei Jahre auf einem Luxuskreuzfahrtschiff, dann ein paar Jahre England, Italien und dann Österreich. Ich brauchte Abstand, Distanz. Zu dieser Gegend, vor allem zu diesen Leuten. Ich wollte sie damals nie wieder sehen. Die Jahre taten mir gut. Langsam kam ich wieder zu mir. Und seit ein paar Jahren bin ich wieder hier. Fragen Sie mich nicht, warum. Nennen Sie es Vorbestimmung, Schicksal, ich weiß es nicht. Ich bin jedenfalls wieder hier gelandet. Konnte und wollte mich aber auch nicht dagegen wehren. Ich dachte, ich hätte alles verdaut. Lang genug war es ja her. Doch dann kam ausgerechnet vor ein paar Wochen dieser Brief mit der Einladung zum Konfirmandentreffen."

„Aber warum sind Sie denn da hin? Ich an Ihrer Stelle wäre doch gar nicht erst dahingegangen."

„Ich wollte sie mal wieder sehen. Ich wollte ihnen in die Augen sehen. Ich wollte sie mit mir konfrontieren. Und ich wollte mit ihnen konfrontiert werden. Sehen, ob wirklich alles abgearbeitet ist."

„Aha."

„Ich wollte sehen, wie sie reagieren, wenn sie mich wieder sehen. Was sie sagen. Ob sie was sagen. Ob sie sich entschuldigen. Ich weiß nicht mehr, was ich gedacht habe. Ich wollte ihnen einfach nach all den Jahren noch einmal gegenüber treten."

„Und? Was ist passiert?"

„Nichts. Gar nichts. Sie sahen mich, schauten erst sehr verdutzt und dann begannen sie zu lachen. Erst Ludwig, dann Carl, dann Werner und zum Schluss auch noch Gernot."

„Sie lachten?"

„Ja, sie lachten. Sie lachten mich aus. Sie nahmen mich in ihre Mitte, hauten mir auf die Schulter, freundschaftlich irgendwie, so, als sei das damals eine Art Dummejungenstreich gewesen. Mehr nicht."

Friedrichsberg riss die Augen weit auf. „Die hielten das für einen Dummejungenstreich?"

„Ja, so kam es mir vor. Sie sagten nur andauernd so Sachen wie *Weißt du noch damals…, Erinnerst du dich noch, wie… Und dann haben wir…* Ich konnte es nicht ertragen. Ich kam mir vor wie der kleine Junge von damals, der sich nicht zu wehren gewusst hatte, mit dem sie ihr makabres widerliches Spielchen spielen konnten. Und jetzt taten sie dasselbe wie damals. Nur auf einer anderen, viel schlimmeren und unwürdigeren Ebene. Auf der verbalen Ebene, der Verspottenden. Sie hatten nichts dazu gelernt. Sie waren genauso platt, dämlich und Ekel erregend wie damals."

„Und das hat Sie dann zu dem Entschluss kommen lassen, sich an ihnen zu rächen?"

Pause.

„Ja."

„Und warum all die Jahre vorher nicht?"

„Ich hatte es verdrängt. Jedenfalls so weit, wie es sich verdrängen ließ. Mit der Entfernung zu dieser Gegend, zu diesen Leuten. Mit den Folgen hatte ich zu leben gelernt."

„Was für Folgen denn?" Friedrichsberg zog die Augenbrauen zusammen.

„Ich kann keine dunklen Räume ertragen. Ich brauche es immer hell. Auch in der Nacht, wenn ich schlafe. Da brennt immer ein Licht in meinem Zimmer. Und wenn ich abends das Restaurant verlasse oder sonst abends auf der Straße bin, ich habe immer eine Taschenlampe bei mir für den Notfall. Dunkelheit, auch die plötzliche, ist für mich unerträglich. Ich brauche immer Licht. Und Beengungen, sei es durch Menschenmassen, Fahrstühle, enge Räumlichkeiten, aber auch enge Jacken, Mäntel, Schals um den Hals kann ich nicht ertragen, das macht mich wahnsinnig. Auch die jahrelange Arbeit mit meinem Psychotherapeuten hat nichts an diesem Zustand geändert."

„Das ist ja entsetzlich."

„Ich leide schon seit Jahrzehnten darunter und habe mich damit arrangiert. Als ich aber die vier bei dem Konfirmandentreffen sah, erfolgreich, gut gelaunt, fröhlich, unbeschwert, wie sie sich über mich lustig machten und nichts, aber absolut gar nichts begriffen zu haben schienen, da brannte bei mir irgendeine Sicherung durch und ich wollte mich rächen. Auf dieselbe Art rächen, wie sie es an mir getan hatten. Ich wollte ihnen indirekten, grausamen Schmerz zufügen."

„Und diese Rache sollte dann so aussehen, dass Sie die anderen vier in den Selbstmord zu treiben versuchten? Kombiniere ich da richtig?"

„Ja, so war mein Plan."

„Nach all den Jahren?"

„Besser spät als nie."

„Sagt der Dichter." Friedrichsberg lächelte ihn diplomatisch an. Er konnte die jetzige Situation nicht einschätzen. Sollte er Mitleid mit ihm empfinden, sollte er ihn bedauern? Oder sollte er ihn verurteilen ob der begangenen Taten? Er wusste es noch nicht. „Und wie sah die weitere Vorgehensweise aus? Was haben Sie gemacht?"

„Sie haben sich doch auch mit der ganzen Angelegenheit auseinandergesetzt. Zu welchen Schlüssen sind Sie denn gekommen?"

Friedrichsberg strich sich über den Schnurbart. „Mir kommt das hier langsam wie so eine Art Krimipuzzle vor. Oder besser: Leichenpuzzle. Ein Leichenpuzzle mit mehreren Beteiligten, was sich jetzt, bei diesem Leichenschmaus, zusammenfügt. Aber für ein Spiel halte ich das Ganze für zu makaber. Aber bitte, wenn Sie wollen, lege ich meine Schlussfolgerungen dar. Soll ich der Reihe nach vorgehen oder besser in der Reihenfolge des Anfallens der Leichen?"

„Wie Sie belieben." Bartolt stand auf, ging rüber zum Tresen, holte noch eine neue Flasche Wein hervor, entkorkte sie, ging wieder zurück zum Tisch und setzte sich auf seinen Platz. „Bevor uns mitten im Gespräch das Flüssige knapp wird."

Keine Frage, ein guter Gastgeber war er; er hatte es ja auch gelernt. Friedrichsberg bekam nachgeschenkt. „Gut, dann fange ich mal mit dem Anfang an. Der gestaltet sich für mich leider noch zu schwammig, deshalb bitte ich um Korrektur beziehungsweise Einschreitung Ihrerseits bei Bruchstellen oder Unklarheiten in meinen Kombinationen."

„Gerne."

„Sie haben also nach dreißig Jahren zum ersten Mal Ihre damaligen Freunde wieder gesehen. So weit, so schlecht. Es hat in Ihnen alte Erinnerungen geweckt. Jetzt wandten Sie sich zunächst einmal an Ludwig Jansen. An den, der Ihnen am meisten Schmerz zugefügt hat, der Sie auf brutalst mögliche Weise gequält hat. Ich weiß nicht, wie das ausgesehen hat, hier ist also meine erste Lücke, aber Sie werden sich mit ihm verabredet haben. Dann haben Sie ihn getötet, ihm die Finger abgehackt und diese dann Gernot Carstensen geschickt."

„Langsam, langsam. Das ist alles korrekt, aber viel zu verkürzt dargestellt."

„Na gut, ich hätte noch sagen können, dass Sie sich auf dem Treffen wahrscheinlich letztendlich doch mit Ihren alten Weggefährten unterhalten haben, die Interessen ausgelotet, wahrscheinlich schon bei diesem Treffen beschlossen haben, die vier Individuen auszumerzen. Gehe ich da richtig in der Annahme?"

Bartolt nickt langsam. „Vollkommen."

„Und mit meiner Annahme, dass Sie Ludwig Jansen getötet haben, liege ich wahrscheinlich auch richtig. Der wird ja wohl nicht einfach so verschwunden sein, oder?"

„Nein, wird er nicht."

„Wie haben Sie das denn gemacht? Das mit Jansen, meine ich?"

„Dazu muss man leider etwas ausholen. Ich habe mir bei diesem Treffen die vier angesehen. Die hatten sich nur recht wenig verändert. Etwas andere Interessen, älter geworden, klar. Verheiratet, auch klar. Aber sonst? Burkunther war immer noch der von sich selbst absolut überzeugte Kerl, der nichts und niemanden neben sich gelten lässt. Und Carstensen der schweigsame Mitläufer, der noch wie damals immer leicht neben der Spur zu sein schien. Der war ja schon damals so psychomäßig unterwegs. Und hatte jetzt immer noch diesen absolut schizophrenen Sammlertick. Burkunther war indes Feinschmecker geworden und Herausgeber eines eigenen Magazins, Carstensen Richter. Alles sehr angesehene Berufe. Zimmermann war Lehrer. Und der war auch nach dreißig Jahren immer noch so blass, so unscheinbar wie damals. Der fiel früher schon nicht auf. Und heute? Dito. Über den wusste ich nichts. Und ich hatte auch nichts über ihn. Oder gegen ihn. Dasselbe bei Jansen. Da war nichts. Rein gar nichts."

„Aber was sollte da auch sein? Ich meine, wonach haben Sie denn gesucht?"

„Nach Schwachpunkten. Ganz einfach. Dann habe ich mir ein Blatt Papier genommen und die vier charakterisiert und skizziert. Und dann hatte ich einen Plan."

„Sie töteten zunächst Jansen."

„Richtig. Wir waren ja jetzt wieder in Kontakt, wie man das so schön nennt."

Friedrichsberg unterbrach, hier war ihm was unklar. „Ja, wie: in Kontakt? Haben Sie denn bei Ihrem Treffen mit den anderen so getan, als wäre nichts gewesen? Damals? Haben Sie ihnen was vorgespielt? Die Leiden und Einschränkungen der letzten Jahrzehnte können Sie doch nicht einfach so weggewischt haben. Dann treffen Sie wieder aufeinander und die haben Sie ausgelacht. Da brechen doch sämtliche alte Wunden auf, oder nicht?"

„Das stimmt. Aber in dem Moment, genau in dieser Sekunde, als ich die da alle wieder vereint sah und mir all das vergegenwärtigt wurde, wollte ich nur noch eins: Rache."

„Und die haben Sie auch bekommen."

Bartolt nickte langsam. „Ich habe dann Jansen eingeladen. Zu mir nach Hause. Lecker essen, über alte Zeiten reden. Ohne die anderen."

„Und er ist gekommen?"

„Er ist gekommen. Als wäre nie etwas gewesen zwischen uns. Vielleicht hat er es auch einfach nur vergessen. Das kann ja auch sein."

„So was kann man doch nicht vergessen!"

„Die schon. Ich als Opfer nicht. Aber die schon. Vielleicht sahen die das in der Rückschau auch alles nicht so eng, wer weiß? Der Mensch an sich ist Oberverdränger. Alles weg, alles nach unten. - Wir haben dann lecker zusammen gegessen. Und uns unterhalten. Halt, das ist nicht richtig. Er hat von sich erzählt und ich habe ihm zugehört. Ich habe das immerhin drei Stunden lang durchgehalten."

„Tapfer", nickte Friedrichsberg anerkennend und spülte seine Anerkennung mit etwas Wein hinunter.

„Ja, das war durchaus tapfer."

„Und nach den drei Stunden?"

„Er wollte gehen, ist in den Flur, ich bin noch mal in die Küche. Da hatte ich seitlich hinter der Ablagefläche meine Axt hingestellt. Die habe ich geholt, bin zu ihm hin und hab ihm die dann von hinten in den Rücken gerammt."

Friedrichsberg schaute ihn aus weit aufgerissenen Augen an. „In Ihrer eigenen Wohnung?!"

„Ja, wo denn sonst?"

„Und was haben Sie dann mit Jansen gemacht?"

„Ich habe ihn in eine Plastikplane gehüllt und nach unten getragen."

„Durch das Treppenhaus?"

„Genau."

„Und Sie sind da keinem aufgefallen?"

„Wem soll ich denn da aufgefallen sein? Und wissen Sie, wie oft ich Schweinehälften und große Einkaufsbehältnisse zu transportieren habe? Da fällt so was doch gar nicht großartig auf. Und selbst wenn… Es gab ja nichts zu verbergen. Nur wer verbirgt, fällt auf. Ich habe das ganz öffentlich gemacht."

„Und dann? Was haben Sie dann mit dem Toten gemacht?"

„Ich habe hinten, im Hinterhof so eine Art Werkstatt. Die gehörte mal meinem Vater, der war Tischler. Als meine Eltern gestorben sind, habe ich das Haus geerbt und bin da wieder eingezogen. Zurück zu den Wurzeln, sozusagen."

Friedrichsberg richtete sich auf, wedelte mit den Armen um sich. „Geschenkt, geschenkt." Er beugte sich nach vorne, lehnte die Arme auf dem Tisch auf und flüsterte zu Bartolt hinüber: „Aber was haben Sie dann mit Jansen in der Werkstatt gemacht?"

„Nun, das gehörte auch zu meinem großen Plan: Ich habe ihn auseinander genommen."

„Wie: auseinander genommen?"

„Wie ein Jäger das erlegte Wild ausnimmt, so bin ich auch mit Ludwig Jansen verfahren."

„Soso. Und das heißt?" Hier noch zu große Unklarheit.

„Nun, da kommen wir schon zu der zweiten und dritten Stufe meines Plans. Vorab dies: Ich wollte alle vier mit ihren eigenen Waffen, mit ihren eigenen Interessen, Phobien, Hobbys oder Steckenpferden umbringen. Das war mein Plan. Soviel vorab. Und jetzt fangen wir mit der dritten Stufe meines Plans an, quasi von hinten nach vorne: Ich wollte Gernot Carstensen mit seiner Sammlerleidenschaft umbringen. Ich wollte ihn so in den Wahnsinn treiben, dass er als Richter sich selber richtet."

„Und wie wollten Sie das anstellen? Besser: Wie haben Sie das angestellt, Sie haben es ja schließlich geschafft?"

„Ich wusste ja, dass er alles sammelt. Alles, was auch nur halbwegs originell ist, musste er besitzen. Und wenn es von diesem Teil mehrere Ausführungen gab, brauchte er alle. Er konnte und wollte nicht eher ruhen, bis er alles komplett hatte. Das waren damals noch simple Bierfilze, das waren dann Insekten, Briefmarken und als ich dann bei unserem Zusammentreffen mitbekam, was er alles für Kuriositäten in seinem Besitz hatte, dachte ich, dass es recht interessant würde, wenn ich ihm jeden Tag einen Finger des Toten zuschicke. Das heißt: Jeden Tag einen Finger mehr. Am ersten Tag einen, am zweiten zwei und so weiter. Nur am letzten Tag, da wird ein Finger fehlen. Das macht die Serie aber kaputt, es zerstört sie vollends. Was macht man da? Besser: Was macht Gernot Carstensen da? Und ich hätte mein ganzes Vermögen verwetten können, dass Gernot dann da stehen wird, ihm fehlt ein Finger, wo kriegt er jetzt diesen fehlenden Finger her? Den gibt's nirgendwo zu kaufen, in die Öffentlichkeit kann er damit auch nicht. Stellen Sie sich das mal vor, ein Richter annonciert in der Tageszeitung, er benötige dringend einen fehlenden Finger von einer Leiche. Das konnte er vergessen."

„Und da haben Sie im Prinzip von Anfang an daraufhin gearbeitet, dass er sich selber umbringt?"

„Richtig. Wie gesagt, ich hätte alles verwetten können. Hätte ich es doch nur mal gemacht, ich wäre jetzt ein reicher Mann. Aber darum ging es mir nicht. Das, was ich erreichen wollte, habe ich erreicht."

Friedrichsberg lehnte sich wieder zurück. Er nickte. „Richter Carstensen hat sich aus dem Fenster gestürzt."

„Ja. So war es beabsichtigt. Oder jedenfalls so ähnlich. Ob der sich aus dem Fenster wirft oder vergiftet oder weiß der Henker… Es ging mir nur um seinen selbstgewählten Tod. Und das der kommt, war mir klar."

„Der Mord an Jansen, um noch mal kurz auf ihn zurückzukommen, war aber sehr brutal."

„Das stimmt. Aber er war auch derjenige, der von allen vieren die größte Brutalität mir gegenüber zeigte."

„Und dann? Wie ging es dann weiter?"

„Kommen wir zur zweiten Stufe."

„Ja, bitte." Beide tätigten kräftige Schlucke aus ihren Gläsern.

„Die zweite Stufe war für mich Burkunther. Und in meinen Augen das leichteste Opfer."

„Das leichteste Opfer? Wie habe ich das zu verstehen?"

„Er war derjenige, der am leichtesten zu knacken war."

„Dieser von sich selbst überzeugte Klotz?! Das kann ich Ihnen nicht glauben." Er schüttelte vehement den Kopf.

„Doch, das können Sie. Soll ich Ihnen erzählen, wie ich bei ihm vorgegangen bin?"

„Ich bitte drum", sagte er, obwohl er sich nicht sicher war, ob er es auch wirklich so meinte.

„Ich habe dem toten Ludwig Jansen ein sattes Filetstück entnommen und Burkunther zubereitet."

„Was haben Sie?!" Aufbäumen im Stuhl. Manch andere wären sogar vom Stuhl aufgesprungen. Ähnlich Friedrichsberg, nur aufgrund seiner Masse kam er nicht so schnell vom Stuhl hoch und man sah ihm das Aufspringen nicht wirklich an. Schlicht: Er war entsetzt.

„Sie haben schon vollkommen richtig gehört. Ich habe Jansen ein Stück Fleisch entnommen. Burkunther erfuhr bei unserem Treffen, dass ich ein ausgezeichneter Koch geworden bin. Er hatte schon mal irgendwo davon gehört, das aber wieder vergessen. Jetzt, wo wir wieder aufeinander trafen, hat er sich dieser Tatsache wieder besonnen und bot mir an, mal bei mir zu essen. Ich weiß noch genau seinen feisten Gesichtsausdruck, als er mir ein Auge kniff. So nach dem Motto: Das kriegen wir schon hin. Und dann war er hier."

„Aber doch nicht an dem Tag, als wir auch hier bei Ihnen waren, oder?"

„Doch."

„An dem Montag, wo wir drei über den Tod von Werner Zimmermann geredet haben?"

„Ja, an dem Montag war das. Da haben wir uns doch auch noch über Burkunther unterhalten."

„Stimmt, das haben wir. Und da haben Sie ihm... Also da haben Sie... Menschenfleisch...?" Ihm wurde leicht blümerant.

„Er hat es mit voller Überzeugung gegessen. Er war begeistert und sagte nach dem Verzehr: Du kriegst die Lobeshymne des Jahres. Es scheint ihm wirklich geschmeckt zu haben."

„Das ist doch ekelhaft." Friedrichsberg schlug mit der flachen Hand auf den Tisch, was die Gläser zu einem kurzen Tänzchen veranlasste, was aber beide durch energisches Greifen zum Stiel zu unterbinden wussten. Sie leerten beide ihre Gläser und füllten neu auf. Das wievielte Glas mochte das jetzt sein? Es war Friedrichsberg egal.

„Das mag sein. Es war aber auch effektiv."

„Was heißt das? Was war effektiv?"

„Nun, er hat über mich geschrieben, mir auch noch den Bericht, seinen persönlichen Bericht, den er an ausgesuchter Stelle platzieren wollte, vorab zugefaxt. Das ist schon nicht schlecht."

„Ja, aber was hat das denn nun mit der erwähnten Effektivität zu tun, verdammt noch mal?"

„Als ich definitiv wusste, dass das Magazin nicht nur mit dem Artikel über mich gedruckt, sondern auch ausgeliefert worden war, habe ich ihm einen Brief geschrieben, in dem stand, dass er bei mir Menschenfleisch gegessen hat. Ich habe ihm Mensch gekocht und er hat es gegessen. Und über mich, über meine Küche und ergo letztendlich auch über das Fleisch, über das Menschenfleisch, gut geschrieben, hervorragend geurteilt. Mit diesem Beweis, den ich in Händen hielt, wäre er, wenn ich denn an die Öffentlichkeit gegangen wäre, erledigt gewesen. Aber bis in alle Zeit."

„Den Sinn verstehe ich nicht. Sie wären doch auch erledigt gewesen."

„Das stimmt. Aber um mich ging es mir nicht."

„Wie klingt denn das?"

„Ich wollte Rache. Mehr nicht. Und die habe ich auch bekommen. Mein Leben ist eh ruiniert. Das ist es seit nunmehr dreißig Jahren. Ich wollte auch das Leben der anderen ruinieren; koste es, was es wolle. Ob ich jetzt auch noch ins Gefängnis gehe, darauf kommt es nicht mehr an."

„Ja, und wie Burkunther gehandelt hat, wissen wir ja nur allzu gut."

„Er hat sich erhängt. Das, oder etwas ähnliches, war auch beabsichtigt."

„Schön. Beziehungsweise nicht schön. Aber so weit, so gut. Oder auch eher nicht gut. Wie dem auch sei: Das einzige, was jetzt noch im Verborgenen liegt, sind Zimmermann und dieser Berger."

„Ja, Stufe eins und Zwischenspiel. Unbeabsichtigtes Zwischenspiel. Zu Stufe eins: Über Zimmermann wusste ich nichts. Absolut nichts. Auch nichts Negatives. Also weder positiv noch negativ. Was sollte ich machen? Mir kam eine Idee: Ich beauftrage einen Privatdetektiv, der Zimmermann mal beschatten und eventuelle Ungereimtheiten in seinem Tagesablauf, vielleicht sogar in seinem Leben, herausfinden soll. Das kam dem Detektiv, diesem Rolf Berger, seltsam vor, denn kurze Zeit zuvor hatte, was es nicht alles für Zufälle gibt im Leben, Mechthild Zimmermann eben jenen Berger ebenfalls mit einer Beschattung beauftragt. Und zwar mit der Beschattung ihres Mannes. Darüber stolperte der gar nicht so dumme Berger. Zimmermann musste er ja eh beschatten, jetzt teilte er mir nach wenigen Wochen mit, was er über ihn herausgefunden hatte: Und zwar, dass Werner Zimmermann ein Doppelleben geführt hat."

„Mit Elke Rondoff", mischte sich Friedrichsberg noch mal ein und öffnete dazu den Mund. Wahrscheinlich nur, um erneut Wein hineinlaufen zu lassen. In Ansätzen nüchtern konnte er das hier eh nicht ertragen.

„Woher wissen Sie das denn?"

„Ein bisschen weiß ich eben auch."

„Ich habe ihn für seine Ergebnisse bezahlt, wahrscheinlich hat das Zimmermanns Frau auch..."

„Die hat ihn zwar dafür bezahlt, aber ihr hat er gesagt, dass er nichts raus gefunden hat."

„Ach? Wahrscheinlich, um ihn zu erpressen."

„Das ist auch so gewesen. Ich habe Beweise gefunden, die das belegen. Aber er hat nicht nur Zimmermann erpresst, sondern auch noch viele andere."

„Kann ich mir denken. Mich hat er nämlich auch erpresst."

„Sie? Womit denn?"

„Nun, dieser blödsinnige Privatdetektiv machte sich wohl immer auch einen Eindruck über seine Auftraggeber. Er hat mich beschattet. Nur kurz, dafür aber unter anderem ausgerechnet an dem Abend, an dem Jansen kam. Er hat gesehen, wie Jansen zu mir kam. Er hat aber nicht mehr gesehen, wie Jansen wieder ging. Und als er dann auch noch in der Zeitung las, dass Jansen vermisst wird und dass sich Zimmermann erschossen hat, zählte er auch hier eins und eins zusammen und kam zu dem Schluss, dass ich da irgendwie drinhängen muss."

„Ah ja. Und dann haben Sie sich mit Berger getroffen und ihm die Axt, mit der Sie schon Jansen den Rücken gespaltet haben, in den Körper geschlagen."

„Das tut mir eigentlich auch am meisten Leid, denn das war nicht beabsichtigt. Und auch nicht gewollt. Aber er kam mir in die Wege und hätte mich und meinen Plan total auffliegen lassen können. Und das konnte ich nicht zulassen."

„Verstehe. Und vorab haben Sie und dieser Berger also Zimmermann erpresst."

„Ich nehme mal an, dass auch Berger ihn erpresst hat. Ich habe es getan. Aber ich wollte kein Geld. Ich wollte es seiner Frau sagen. Und es in der Schule an die große Glocke hängen. Dieser feine Herr Zimmermann wäre geliefert gewesen. Seine scheinheilige Fassade wäre nicht nur gebröckelt, sie wäre eingestürzt."

Friedrichsberg spitzte die Lippen. Ihm gegenüber saß Bartolt und schaute ihn aus ruhigen Augen freundlich an. Ein Mörder. Und ein gelassener Mensch. Trotz allem. Aber irgendwie auch gezeichnet. Innerlich. Fürs restliche Leben. Wie eine kurze Episode doch ein ganzes Leben für immer verändern kann. Das, was Friedrichsberg gerade gehört hatte, wollte nicht zu der Person, die er da vor sich sah, passen. „Auch das hat ja geklappt. Er hat sich in seiner Badewanne erschossen. Damit hätten wir sie aber alle, oder? Was mich noch interessieren würde, wäre eine Kleinigkeit. Und zwar haben Sie da diese wunderbare Fotowand, die ich jedes Mal, wenn wir Ihr Restaurant besuchen, bestaunen muss. Aber diese besagte Fotowand hat Ihnen ein Bein gestellt. Und zwar sah ich da bei einem unserer letzten Besuche, oder war es sogar der letzte Besuch gewesen, auch egal, auf jeden Fall sah ich da ein Bild, das diese Fünfergruppe zeigt. Als ich das sah, klingelte irgendwas in mir, aber ich konnte es noch nicht deuten. Als ich dann von Carstensen gehört hatte, klingelte es nicht mehr, da gingen sämtliche Alarmglocken. Warum hing das Bild da an der Wand? Warum haben Sie es nicht vernichtet? Nicht, dass es dort einem sofort ins Auge springt, aber gesehen habe ich es letztendlich doch."

Bartolt nickte ein bisschen müde. „Ja, die Bilderwand. Eine schöne Erinnerungstafel. An Jugend, Familie, Prominenz, Freunde. Ich habe die auch sehr gern. Ich sehe sie jeden Tag, wenn ich hier reinkomme und auch, wenn ich meinen Laden wieder verlasse. Und dann das Bild.... Ja, das Bild. Ein Bild von damals. Es zeigt uns ein paar Wochen vor der Konfirmandenfreizeit. Da war alles noch in Ordnung. Das ist jetzt über dreißig Jahre her."

„Aber warum hängt es da? Das brachte doch die Wende. Diese Menschen brachten Ihre Wende. Durch die sind Sie zu dem geworden, was Sie sind: Ein gebrochener Mensch. Und letztendlich sind Sie durch sie zum Mörder geworden."

„Ja, aber ich wollte ihr Bild immer vor Augen haben. Ich wollte immer wieder die sehen, die mir das angetan haben. Und ich wollte auch, dass die sehen, dass dieses Foto sieht, dass es mir heute wieder gut geht. Oder besser geht; dass sich was getan hat, dass ich an mir und der Situation gearbeitet habe."

„Aber viel besser geht es Ihnen doch nicht. Ganz im Gegenteil, würde ich sogar sagen: Sie haben gemordet. Fünfmal."

„Nein, ich habe nur zweimal gemordet. Drei Selbstmorde waren dabei."

„Gut, aber Sie haben fünf Menschen auf dem Gewissen."

„Aber fünf Menschen haben auch mich auf dem Gewissen."

„Sie wollten immer die Menschen vor Augen haben, die Ihnen das angetan haben, richtig?"

„Ja. Ich wollte die sehen, an denen ich vorhatte, Rache zu üben."

„Haben Sie nicht damit gerechnet, dass es irgendeinem Ihrer Gäste auffällt? Oder sogar mir?"

„Kann sein."

Es entstand eine Pause. Niemand trank, niemand atmete hörbar, absolute Stille. „Was haben Sie da alles nur getan?" Friedrichsberg schüttelte etwas traurig den Kopf.

„Was soll ich denn getan haben? Das war mehr oder weniger reine Glückssache. Die Selbstmorde waren alle geplant, ich habe sie nur ein wenig mitinszeniert und bei zweien musste ich ein wenig nachhelfen. Es war Glück, dass die so mitgespielt haben."

„Sie reden hier von Glück und von mitspielen. Schon recht makaber, finden Sie nicht?"

„Schon. Aber was war denn nicht makaber? Waren Jansen, Zimmermann, Burkunther, Carstensen und Berger nicht auch makaber auf ihre Weise?"

Er wiegte abschätzend den Kopf. „Mag sein."

„Ich habe Werners große Lebenslüge aufgedeckt. Ein Mensch, der sich zwei Frauen hält, der Geliebte hat, der mit Drogen Geschäfte macht, das ist doch pervers. Ich hatte ihn in der Hand, ihm blieb gar nichts anderes übrig. Er war sein Leben lang hin- und hergerissen zwischen zwei Frauen und zwei Leben. Er konnte sich schon im Leben für nichts entscheiden, sich nicht auf eine Seite schlagen. Und so war es kurz vor seinem Ausscheiden aus seinem Leben auch. Deshalb wählte er den Tod als einzige Möglichkeit."

„Er musste sich auch am Ende keiner Entscheidung stellen. Wenn mal nicht der Tod die endgültigste von allen Entscheidungen ist, wenn man sie mal freiwillig trifft."

Bartolt fuhr fort: „Carl habe ich Menschenfleisch zubereitet und er hat exzellent drüber geschrieben, sogar hervorragend. Er hat sich selber ruiniert. Auch ihn hatte ich in der Hand. Das, was er sich jahrzehntelang aufgebaut hatte, wäre binnen kürzester Zeit für immer zerstört gewesen, sein Lebenswerk vernichtet, die Schande grenzenlos. Das alles hat er begriffen. Aber er stand selbst im Tod nicht hinter und zu sich, sondern dachte nur an seinen Ruf und wollte sein Gesicht nicht verlieren. Deswegen wählte er den Freitod."

„Er hat sich im Prinzip selbst vom Thron gestürzt", fügte Friedrichsberg zum Burkunther-Thema abschließend an.

„Und Gernot hat, kurz und knapp, sich umgebracht, weil sein lebenslanger schizophrener Sammlertick letztendlich bei seinem größten Fund nicht befriedigt werden konnte. Er stürzte sich in die Tiefe."

„Und die anderen beiden?"

„Um es mal platt zu sagen: Der eine diente der Vorbereitung, der andere fiel ungefragt an. Ludwig musste ich umbringen, sonst wären die Ideen für die anderen beiden nicht aufgegangen. Und er war mein größter Peiniger. Ich musste mich auf diese Weise an ihm rächen. Und Sie können sich gar nicht vorstellen, was das für ein Gefühl war, als ich ihm die Axt hineinrammte, als ich ihn dann vor mir liegen hatte, wehrlos auf meiner Werkbank. Und dann das Auseinandernehmen… Dieses Gefühl… Dieses Gefühl können Sie sich gar nicht vorstellen. Die physische Demontage meines Feindes zum eigenen psychischen Aufbau. Was der eine verliert, gewinnt der andere."

„Hm... Was ist denn eigentlich mit dem Rest von Jansen?" Friedrichsberg fiel ein, dass da ja noch was war. Die Jansenleiche war ja noch nicht zur Gänze aufgebraucht. Bis jetzt fehlten ja nur die Finger und... Er wollte gar nicht dran denken.

„Was mit Jansen ist?"

„Ja."

„Die Einzelteile liegen bei mir in der Werkstatt im Eisschrank."

Es lief Friedrichsberg kalt den Rücken runter, wenn er nur daran dachte. Das dieser Mensch, der hier vor ihm saß, von dem er soviel gehalten hatte und dessen Kochkünste sie schon so lange Zeit genießen durften, dass dieser Mensch also zu all dem fähig gewesen war, war schlichtweg unglaublich.

„Aber fast alle haben sich selbst gerichtet, indem sie mit dem konfrontiert wurden, was sie jahrzehntelang gelebt haben", schloss Bartolt ab. Er füllte sein Glas noch mal mit Wein, er hatte aufgehört zu zählen, darauf kam es jetzt auch nicht mehr an. Er schenkte Friedrichsberg auch noch mal nach und beide tranken. Es entstand eine Pause, die keiner von beiden unterbrechen wollte.

Nach langer Zeit der Stille tat es doch Friedrichsberg, es waren bestimmt an die zehn Minuten schweigend vergangen. „Mensch, Herr Bartolt... Ein richtiges Leichenpuzzle." Er schüttelte den Kopf.

Wieder die Pause, diesmal nicht so lang. „Sie scheinen gar nicht sonderlich abgeschreckt", bemerkte Bartolt etwas verwundert.

„Wodurch denn auch?"

Mit dieser Reaktion hatte er nicht gerechnet. „Durch mich und meine Taten."

Er zog die Mundwinkel nach unten und rümpfte die Nase. „Warum auch? Ich kann das alles nachvollziehen. Ich muss es ja nicht verstehen. Aber nachvollziehen kann ich das. Sie haben sich gerächt für Ihr, mit Verlaub, in Teilen verpfuschtes Leben."

„Ja, so ist es. Ich wollte Rache. Anfangs war ich mir nicht darüber klar. Aber das war es, worauf es hinauslaufen sollte. Kalte Rache."

„Nachvollziehbar, absolut nachvollziehbar."

„Finden Sie? Oder wollen Sie mich…? Sie wollen mich doch…? Finden Sie das wirklich nachvollziehbar?" Friedrichsberg schaute vor sich auf den Tisch und nickte stumm. „Ich meine, jetzt wissen Sie ja alles. Sie haben vieles herausgefunden und den Rest, Ihre Lücken habe ich ja ausgefüllt. Das war ja fast so was wie ein…

„Wie ein Geständnis." Friedrichsberg schaute immer noch starr auf die Tischdecke vor sich und spielte ein bisschen mit dem vor ihm liegenden Löffel.

„Ich meine… Also, ich würde gerne wissen…" Unsicherheit machte sich bei ihm breit. Er wurde nervös, verhaspelte sich, riss sich dann aber sichtbar zusammen, räusperte sich und schaute Friedrichsberg direkt an. „Herr Friedrichsberg, ich würde gerne wissen, also ich möchte wissen, was Sie jetzt vorhaben? Was ist Ihr Plan? Wollen Sie die Beweise, die Sie gegen mich in der Hand haben, verwenden? Werden Sie zur Polizei gehen? Sagen Sie es Ihren beiden Freunden? Wollen Sie mich anzeigen? Was haben Sie vor?"

Friedrichsberg schaute auf die Uhr, es war 23:52 Uhr. Noch acht Minuten bis Mitternacht. Dann erhob er sein Glas, hielt es gegen das Licht, ließ den Rotwein vor sich kreisen, bestaunte die prächtige Kraft des Rots und das Farbenspiel, das der Wein in den Raum warf, führte das Glas unter seine Nase, roch noch einmal, führte es wieder weg, prostete wortlos Bartolt zu und leerte sein Glas in einem Zug. Dann stellte er es vor sich ab, tupfte sich mit der Serviette den Mund ab und sagte lächelnd: „Das hängt ganz von Ihrem Dessert ab."